Aussi loin qu'elle se souvienne, **Suzanne Wright** a toujours inventé des personnages et raconté leurs aventures. Lectrice passionnée de récits fantastiques, elle apprécie particulièrement l'œuvre de Christine Feehan, Nalini Singh ou encore Stephen King. Elle vit à Liverpool avec son mari et leurs deux enfants, et ne fait pas mystère de son incapacité totale à cuisiner quoi que ce soit, ni de son allergie à toute forme de ménage. Cela dit, elle a un répertoire sans fin d'histoires drôles et est toujours prête à partager son chocolat.

De la même autrice, chez Milady :

La Meute du Phénix :
1. *Trey Coleman*
2. *Dante Garcea*
3. *Nick Axton*
4. *Marcus Fuller*
5. *Ryan Conner*
6. *Tao Lukas*
7. *Patrick Hardy*
8. *Dominic Black*

La Meute Mercure :
1. *Derren Hudson*
2. *Jesse Dalton*
3. *Zander Devlin*
4. *Bracken Slater*

Noirs démons :
1. *Tout ce qui brûle*
2. *À feu et à sang*
3. *Des cendres en enfer*
4. *Entre deux feux*

Suzanne Wright

À feu et à sang

Noirs démons – 2

Traduit de l'anglais (Grande-Bretagne)
par Jocelyne Bourbonnière

Milady

Milady est un label des éditions Bragelonne

Titre original : *Blaze*

Originellement publié en Grande-Bretagne en 2016
par Piatkus.

ISBN : 978-2-8112-1972-7

Bragelonne – Milady
60-62, rue d'Hauteville – 75010 Paris

E-mail : info@milady.fr
Site Internet : www.milady.fr

À tous ceux qui, comme moi, trouvent que les archidémons devraient exister. Certes, ils seraient assez puissants pour détruire le monde, il ne faut pas laisser ce genre de détail nous empêcher de rêver, pas vrai ?

Chapitre premier

— Bouge pas, connasse !

Surprise, Harper Wallis leva la tête de son téléphone, aperçut le flingue braqué sur sa tête et s'immobilisa. Eh ben merde ! Elle avait certes quelques fautes à expier, elle devait le reconnaître. Elle était loin d'être un ange. Plutôt le contraire même. En effet, Harper était une démone mais elle eut l'impression que l'univers lui tournait subitement le dos en se retrouvant ainsi à se faire braquer par un type armé à la main tremblante et aux pupilles dilatées, un junkie selon toute apparence.

— Pose ton téléphone par terre !

Harper n'avait pas de temps à perdre avec ces conneries. Elle était sortie de son studio de tatouage le temps de se rendre à un DAB…

— *Pose immédiatement ce téléphone par terre !*

— Tu y tiens vraiment ?

Le sol de la ruelle était jonché d'ordures, de mégots, de bouts de verre cassé et de flaques boueuses. Sans parler de ces taches nauséabondes…

— Ne m'oblige pas à répéter.

Harper s'exécuta lentement en soupirant intérieurement.

Note perso : cesser d'emprunter des ruelles obscures même si c'est un raccourci.

Et puis le paysage était vraiment très moche, composé de bacs à ordures, de sacs-poubelle, de murs recouverts de moisissures, sans parler des relents de nourriture en décomposition avancée… Les tags étaient pas mal par contre. L'artiste était assez doué.

— Haut les mains et bouge pas !

La jeune femme obtempéra sans cesser de dévisager son agresseur, un type nerveux qui clignait rapidement de ses yeux bleus. Il était sans doute moins sûr de lui qu'il ne le montrait. Pourtant, il avait toutes les raisons de ne pas douter. Il n'y avait personne d'autre dans cette ruelle, à part eux deux et quelques rats ; elle était petite et il était baraqué ; et il avait un flingue tandis qu'elle n'était pas armée, ou, du moins, il devait le penser. Mais bon, le stylet qu'elle portait caché dans sa botte ne ferait pas le poids de toute manière contre une arme à feu.

Elle aurait dû se méfier. Vraiment. Le taux de criminalité dans ce quartier de North Las Vegas était très élevé. C'était d'ailleurs la raison pour laquelle la famille de Harper s'y sentait aussi bien. Les démons du clan Wallis étaient connus pour leur savoir-faire dans les domaines où excellaient les elfes : le mensonge, le cambriolage, la triche, sans oublier le vol par effraction. Harper avait beau être un sphinx comme sa mère, elle avait grandi au sein de sa famille paternelle et avait acquis les nombreux talents de cette branche.

— Balance-moi ton sac !

— Mais tu m'as dit de ne pas bouger, lui rappela-t-elle.

— Oui mais là je te dis de me balancer ton putain de sac.

Harper hésita. Ce sac était un cadeau et elle n'avait pas envie de le donner à qui que ce soit.

— *Tout de suite*, sale garce.

En plus, il était vraiment grossier. Harper était peut-être une garce, mais elle s'en était toujours enorgueillie.

— Désolée, mais je ne peux pas faire ça.

— Quoi ? éructa-t-il en fronçant les sourcils.

— Tu vois, ce sac m'a été offert par un homme qui compte beaucoup pour moi. Je n'arrête pas de lui dire de ne pas me faire des cadeaux aussi luxueux, mais il ne m'écoute jamais. Il continue de me gâter même s'il sait que cela me met mal à l'aise.

— Balance-moi ton putain de sac, éructa agressivement le type, en détachant les syllabes et en piétinant un emballage de hamburger en s'approchant d'elle.

La démone intérieure de Harper poussa un grognement et l'incita à donner une bonne correction à son assaillant ou à l'égorger purement et simplement. Les démons, comme les métamorphes d'ailleurs, partageaient leur âme avec un humain. Sauf que, dans leur cas, l'entité que l'humain abritait en lui était dépourvue de conscience, d'empathie et de capacité à développer des liens émotionnels, en plus d'être persuadée que tout lui était dû.

— Allez, laisse-moi partir, le supplia-t-elle.

— Pas question. Tu vas voir ce que tu vas voir, insista-t-il en lui adressant un regard lubrique.

Oh que oui, qu'elle verrait ! Harper sentit un pouvoir sombre refluer vers ses doigts en picotant. Sa démone la poussait à l'utiliser contre cet enfoiré mais la jeune femme préférait tenter autre chose d'abord.

— Mon sac ne t'intéresse pas vraiment, dit-elle d'une voix hypnotique, les sphinx possédant le don d'influencer les autres et de leur embrouiller les idées. Tu ne me veux aucun mal, poursuivit-elle en constatant que le regard du type se faisait vitreux. Tu vas poser ton arme, lança-t-elle, n'osant pas aller jusqu'à essayer de le convaincre de ne plus jamais recommencer ou d'aller confesser ses crimes à la police parce que ses pouvoirs de persuasion étaient assez limités dans le temps.

Un Klaxon de voiture au loin les fit sursauter et le type retrouva ses esprits.

— Ton sac! cria-t-il.

— Tu commences à m'énerver, dit-elle avant qu'un bruit sourd la fasse tressaillir.

Bordel de merde! le type avait tiré un coup à ses pieds. Elle se demandait s'il avait fait exprès de la louper mais elle n'avait aucune envie de prendre le temps de le vérifier. Elle agit donc avant qu'il n'appuie de nouveau accidentellement sur la détente de sa main tremblante. Plus rapidement qu'aucun humain et surtout que son agresseur, Harper sortit son stylet de sa botte, assena un coup de pied au junkie, lui fit lâcher son arme et le poussa contre le mur en lui plaquant sa lame sur la gorge.

Les yeux écarquillés et la respiration haletante, il la dévisagea, terrorisé.

Il aurait eu plus peur encore si Harper avait obéi aux sollicitations de sa démone de faire apparaître des flammes des enfers sur la pointe de sa lame. Cela l'aurait amusée de voir ses traits se déformer sous l'effet de la peur mais Harper ne voulait pas révéler son côté démoniaque… Elle frissonna et se demanda si elle était la seule à réagir ainsi ou si la température avait effectivement subitement baissé.

Le ciel semblait s'être rapidement obscurci. Harper leva les yeux et vit un énorme nuage noir et menaçant se former au-dessus de leurs têtes.

La jeune femme reporta son regard sur son agresseur mais, au même moment, une grande main moite s'abattit sur son poignet, lui assena un coup sec et lui fit lâcher son stylet.

De son autre main, le type l'agrippa à la gorge, se retourna et repoussa la jeune femme contre le mur si violemment qu'elle expulsa tout l'air de ses poumons. L'attrapant par les cheveux, il lui cogna la tête contre la brique et Harper entendit le bruit sourd de son crâne percutant le mur. Elle fut sonnée et perçut une sorte de bourdonnement.

— Connasse ! cria-t-il en la mordant sauvagement à la joue tout en lui défaisant sa braguette.

Abruti d'enculé. Harper lui assena une grande tape sur le front et le pouvoir qui avait afflué vers ses mains s'infiltra dans son agresseur.

Le type poussa un sanglot déchirant avant de tomber sur les genoux et de poser les mains sur sa tête.

Prise d'un léger vertige, Harper cligna rapidement des yeux. Elle ressentait une douleur à la joue, là où le type l'avait mordue. Elle regarda le malfrat qui gémissait à ses pieds et frotta la bosse qui se formait rapidement à l'arrière de son crâne. Putain de merde ! ça faisait mal.

— Sais-tu pourquoi il a suffi que je te touche pour t'infliger une douleur à l'âme ? dit-elle, ayant décidé de cesser de se faire passer pour une humaine. C'est un don que j'ai. Je ne peux pas vraiment compatir parce que je n'ai jamais personnellement ressenti cette douleur. D'après ce qu'on m'en a dit, elle affecte toutes les terminaisons nerveuses, transperce les organes, pénètre dans les os et atteint l'âme, donnant l'impression qu'elle éclate en mille morceaux. Est-ce que c'est vrai ? s'enquit-elle, l'air sincèrement curieuse.

Complètement terrorisé, le type rampa pour s'éloigner d'elle.

Ce qui était tout à fait compréhensible.

Puis il aperçut le flingue gisant au sol non loin d'eux mais la douleur l'empêchait de se relever et s'en emparer.

— Je te conseille d'oublier ton rêve de me buter, lança-t-elle en récupérant son téléphone et en le rangeant dans son sac. Qu'est-ce que je vais faire de toi maintenant ?

Un vent glacial s'abattit subitement sur eux, faisant claquer le tee-shirt de Harper et voler ses cheveux qu'elle n'avait pas attachés. La jeune femme leva les yeux et constata que le nuage avait encore grossi et s'était même assombri. L'air semblait s'être chargé de quelque chose. Méfiante, elle se releva lentement.

« Ploc. Ploc. Ploc. »

Quelque chose de dur, d'acéré lui percuta la main avant de rebondir jusqu'au sol. Elle ne put retenir une grimace en apercevant une petite boule blanche rouler à ses pieds : un grêlon.

— Eh ben merde ! s'exclama-t-elle.

Une véritable tempête de grêle s'abattit alors sur eux, lui mordant la peau du visage et des mains. Harper retira sa veste et s'en couvrit la tête mais pas plus que ses autres vêtements le tissu n'allait la protéger longtemps contre les assauts des grêlons.

Le bruit de la tempête était assourdissant. Les grêlons tombaient au sol en rebondissant sur les poubelles et les éclaboussaient en terminant leur course dans les flaques. Ils n'étaient pas très gros mais développaient une force considérable en tombant, suffisante pour abîmer les fenêtres et les carrosseries des voitures.

Putain ! d'où venait cette tempête ? Le temps avait changé si brutalement. Il faisait doux jusqu'à ce que cet orage s'abatte sur eux tout d'un coup et voilà qu'elle grelottait. Et si cette tempête ressemblait à toutes les précédentes elle allait s'arrêter aussi vite qu'elle avait commencé.

Elle perçut alors des bruits de voix provenant du bout de la ruelle et vit des passants courir pour se mettre à l'abri. Elle les aurait volontiers suivis et imités s'il n'y avait pas eu ce type. Elle allait devoir prendre une décision concernant le connard qui rampait vers son flingue, prouvant encore une fois qu'il lui manquait une case.

D'un coup de pied, elle fit valdinguer le pistolet dans une grande flaque de gadoue.

L'air désespéré, le type émit un grognement et se roula en boule, protégeant son visage de ses deux bras musclés. Il était aussi mouillé que Harper et il claquait des dents. Elle aurait peut-être dû avoir pitié de lui mais elle en était incapable. Il l'avait agressée, merde !

Un esprit très familier vint alors caresser le sien.

— *Où es-tu, Harper ?* lui demanda Knox par télépathie.

Sa voix était chaque fois pour elle comme une caresse hautement érotique, même quand il choisissait ce moyen pour la contacter. Merde! Knox Thorne lui titillait tout le temps les sens. Sa voix sensuelle et rocailleuse était pire que tout. Un vrai péché.

—*Dans une ruelle, surprise par la grêle*, répondit-elle.

Il devait être au sec dans une salle de conférences quelque part à Chicago.

—*Je sais que tu as été surprise par l'orage, mais je veux savoir exactement où tu es.*

Harper fronça les sourcils, se demandant comment il était déjà au courant. Constatant que la tempête s'estompait, elle reprit son stylet de ses doigts gelés et le rangea dans son étui dans sa botte.

—*Dis-moi où tu es et je viens te chercher.*

Harper entendit un grognement et se tourna vers son agresseur. Il grelottait de plus en plus, mais bon, elle n'éprouvait toujours aucune pitié pour lui.

—*J'apprécie beaucoup ton offre, mais tu n'as pas besoin de te pyrotransporter depuis Chicago pour venir me chercher.*

Elle aurait bien aimé avoir ce don par contre, les flammes l'auraient réchauffée.

—*Je t'attends au studio de tatouage.*

Il était rentré plus tôt que prévu. Pourquoi?

—*Il y a un problème?* s'enquit-elle, inquiète.

—*Où es-tu, Harper?*

—*Tu n'as pas répondu à ma question*, dit-elle en plissant les yeux.

—*Tu as évité la mienne.*

Ouais, mais bon.

—*L'orage commence à s'éloigner.*

Le vrombissement des grêlons s'estompait. Il n'en tombait plus que quelques-uns dont on percevait le lointain écho.

— *Tu n'es pas obligé de venir me chercher.*

— *Harper*, grogna-t-il.

— *Bon, d'accord, mais promets-moi de ne pas péter un câble.*

Il y avait peu de chances qu'il ne s'énerve pas cependant dès qu'il verrait sa morsure à la joue, la bosse sur sa tête et les boutons manquants à son jean. Elle ne redoutait pas de voir son enculé d'agresseur mourir dans d'atroces souffrances mais ce n'était jamais une bonne chose que Knox Thorne perde son sang-froid.

Seul un petit groupe restreint de personnes, dont Harper, savait de quelle espèce de démon il était. Knox Thorne imposait le respect et suscitait la peur parmi leur espèce. La rumeur voulait qu'il soit le démon le plus puissant du monde, capable de contrôler les flammes des enfers. Très peu de gens savaient que c'était le cas. Et comme rien ne résistait au feu des enfers, cela signifiait qu'il était capable de détruire le monde entier.

Une vague d'angoisse effleura l'esprit de la jeune femme.

— *Dis-moi où tu es, merde, Harper!*

— *La ruelle entre le DAB et le traiteur*, répondit-elle, résignée, en poussant un long soupir.

Le sol était recouvert de grêlons. L'odeur dans la ruelle s'était nettement améliorée depuis l'orage. Le mélange d'ozone et d'eau était de loin plus agréable que les relents de fientes de pigeons et de poubelles.

Des flammes apparurent à quelques mètres de là et l'agresseur de la jeune femme poussa un cri d'effroi. Le feu crépita encore quelques instants avant de disparaître rapidement. Knox apparut et braqua ses yeux d'ébène sur Harper. Sensible à l'appel sauvage de sa virilité, elle ne put empêcher son corps de réagir. Knox Thorne, avec sa haute taille, ses muscles bien définis et son magnétisme sexuel exacerbé, était tout aussi attirant qu'intimidant.

Très élégant comme toujours, dans un costume noir sur mesure, avec sa prestance naturelle et ses cheveux sombres impeccablement coiffés, il semblait tout droit sorti du magazine de mode masculin *GQ*. Il dégageait une réelle aura de confiance en lui, comme s'il se sentait capable de faire face à n'importe quelle situation. Sauf que là une grande colère émanait de lui, se répandant dans l'air ambiant. Merde !

— Tout va bien, le rassura-t-elle.

— C'est faux, rien ne va ici, rétorqua-t-il en s'approchant lentement de sa compagne.

Knox avait l'air parfaitement calme et décontracté, mais Harper savait que c'était loin d'être le cas.

— Je vais bien, c'est ça que je voulais dire.

Elle avait froid, elle était trempée, mais elle allait bien.

— Tu es toute mouillée, tu grelottes et tu saignes, dit-il en passant son pouce tout chaud sur la peau de Harper, juste en dessous de la trace de morsure sur sa joue, et sa colère sembla redoubler. Les boucliers mentaux de cet humain sont perméables. Je vois ce qu'il t'a fait et ce qu'il avait l'intention de te faire. Tu as agressé et violé plusieurs femmes, n'est-ce pas ? dit-il au type qui grelottait comme un chien mouillé. Des adolescentes aussi. Tu ne mérites pas de vivre.

Les traits de Knox se firent menaçants. Il attrapa le voyou par la gorge et le remit sur ses pieds. Ses yeux virèrent au noir, signe que son démon intérieur avait pris le contrôle, et l'air se refroidit encore davantage. Le démon avait choisi Harper comme compagne. Il s'était beaucoup attaché à elle même si cette espèce n'avait pas la capacité émotionnelle nécessaire pour éprouver de l'amour. Il se sentait tout aussi possessif et protecteur que Knox. Harper lui appartenait, il l'avait conquise et il avait l'intention de la garder.

Il fixa son regard glacial sur le voyou et s'adressa à lui de sa voix neutre, désincarnée, capable d'inspirer la plus grande frayeur.

— Tu as agressé cette jeune femme. Elle m'appartient. Tu mérites donc la mort.

Il appela les flammes des enfers, qui jaillirent du bout de ses doigts et entourèrent complètement le corps du malfrat. Cela se passa si vite que le type n'eut même pas le temps de crier. Le feu crépita et la peau du voyou se boursoufla, se souleva et tomba en lambeaux. Harper ne put s'empêcher de plisser le nez en percevant les épouvantables effluves de chair brûlée. Une mauvaise odeur se répandit de nouveau dans la ruelle.

Le corps du type s'effondra, le démon le relâcha et le regarda froidement finir de se consumer sous leurs yeux. Le feu des enfers réduisait tout en cendres.

Le démon tourna ensuite ses yeux d'obsidienne toujours aussi glacials vers Harper. Il s'approcha d'elle de sa démarche lente de prédateur à l'affût de sa proie et la jeune femme dut déployer énormément d'efforts pour ne pas se raidir. Elle ne courait aucun danger avec lui, elle le savait, mais le démon lui foutait une trouille pas possible.

— Tu aurais dû m'appeler, petit sphinx, dit-il en clignant lentement des yeux.

— J'avais la situation bien en main, affirma-t-elle, sa démone intérieure se rebiffant.

— L'orgueil est parfois une faiblesse, déclara-t-il en haussant un sourcil. Tu es mienne et j'exige que tu prennes soin de ce qui m'appartient, dit-il en lui tapotant la lèvre.

Puis le démon se retira et Knox plongea à son tour son regard sombre dans celui de sa compagne. Il n'était pas content et cela se voyait clairement. Il était parfaitement d'accord avec son démon.

— Je me suis très bien débrouillée toute seule avec ce connard, affirma-t-elle en soupirant. Je t'aurais appelé si j'avais eu besoin de ton aide.

— C'est vrai ? demanda Knox en passant la main sur la gorge de la jeune femme et en lui caressant le pouls du pouce.

Son ton de voix semblait insinuer qu'elle mentait.

— Oui. Je suis têtue, mais pas idiote.

— Alors tu devrais être capable de me faire une promesse, là tout de suite.

— Ah ? répondit-elle, méfiante.

— Promets-moi de m'appeler si tu as besoin de moi.

— Je t'ai déjà dit que je le ferais. Je ne te mentais pas.

— Donc, tu n'auras pas de mal à me le promettre.

Eh merde… Elle s'était bien fait avoir.

— D'accord, d'accord, je te le promets.

— Très bien, dit-il.

Puis il l'embrassa et lui lécha les lèvres. Son baiser était aussi agressif que possessif. Elle y détectait sa colère, son inquiétude, sa détermination à la protéger. Il termina son étreinte en la mordant assez fort à la lèvre inférieure, pour la punir. Il n'avait pas encore complètement retrouvé son calme.

— On y va, dit Knox en entendant un coup de Klaxon. Il est temps que tu te mettes au chaud.

Il guida la jeune femme vers l'entrée de la ruelle où les attendait sa Bentley rutilante, tout ce qu'il y avait de plus luxueux. Le genre de plaisir que pouvait facilement s'offrir un milliardaire comme Knox Thorne, propriétaire de chaînes d'hôtels, de casinos, de restaurants, d'agences de sécurité et de bars.

Comme tous les démons, il se cachait à la vue du monde entier, évoluant parmi les humains, qui ne se doutaient de rien. Les démons occupaient des postes qui leur procuraient tout ce qu'ils aimaient : le pouvoir, le contrôle, le respect et des défis intéressants. Un certain nombre d'entre eux étaient devenus des entrepreneurs, des traders, des P.-D.G., des politiques, des banquiers, des chirurgiens, des avocats, des policiers, des célébrités. Harper, pour sa part, ne cherchait pas vraiment le pouvoir mais elle aimait beaucoup les défis que lui offrait le studio de tatouage dont elle était la copropriétaire.

Knox était une personnalité influente tant dans le monde des démons que dans celui des humains. Il était un Grand Maître très puissant, à la tête d'un clan éparpillé entre le Nevada et une bonne partie de la Californie. Il était également propriétaire de la Cité souterraine, une sorte de Las Vegas sous terre, fort prisée des démons, des êtres impulsifs et agités, qui voulaient toujours tout, tout de suite et étaient sans cesse à la recherche de sensations fortes mais abordables pour tromper leur ennui permanent.

Levi, une des sentinelles de Knox, leur ouvrit la portière arrière de la voiture. Il dévisagea Harper, l'air aussi mécontent que son patron.

— Qu'est-ce qui t'est arrivé au visage, merde ? grogna-t-il, des lueurs de colère traversant ses yeux gris métallique.

La jeune femme adressa un sourire éclatant à l'Ankou, un grand baraqué, en lui tendant sa veste trempée.

— Tu ne pourras pas te plaindre que je ne te donne jamais rien, ironisa-t-elle. Tu es rentré plus tôt que prévu de ton voyage d'affaires, non ? dit-elle ensuite à Knox en se tournant vers lui.

Il ne changea pas d'expression, mais son hésitation à lui répondre était assez révélatrice.

— Il s'est passé quelque chose. Quoi ?

— C'est Carla. Elle a disparu, expliqua-t-il en lui prenant la main.

Harper sentit son estomac se nouer. Carla Hayden était un sphinx, un membre du clan de Knox, mais elle était aussi sa mère.

Chapitre 2

Knox prit une bouteille d'eau, humecta son mouchoir et essuya le sang sur la joue de Harper. Sa blessure commençait déjà à guérir. Putain, le mec l'avait mordue à la joue ! Il avait osé lever la main sur elle ! Il lui avait braqué son flingue sur la tempe, l'avait repoussée contre un mur, avait même tenté de la v…

Une forte secousse de la Bentley les fit tressaillir et Harper adressa un regard en coin à Knox. Il prit une profonde inspiration pour calmer sa colère et se concentra sur le fait que la jeune femme était bien vivante et en sécurité à son côté. Il avait du mal à retrouver son calme avec la fureur de son démon qu'il sentait circuler dans ses veines et lui faisait bouillir le sang. Quand ils avaient exploré les pensées du malfrat, Knox et son démon avaient vu exactement ce qu'il avait fait à Harper.

Ils étaient tous deux très possessifs envers elle, très protecteurs aussi, parce qu'elle était non seulement la compagne de Knox mais aussi son *alter ego*. Les démons en avaient tous un, un peu différent d'une âme sœur. L'*alter ego* était plutôt une sorte de compagnon psychique qui stabilisait le démon intérieur, le soutenait, lui donnait la force nécessaire pour l'empêcher de sombrer dans l'aliénation.

Les *alter ego* étaient unis par des liens purement psychiques qui n'avaient rien de sexuel ou d'émotionnel. Ils devenaient souvent des amis intimes parce qu'une séparation trop longue pouvait s'avérer inconfortable pour eux. Ils se protégeaient, se défendaient mutuellement et faisaient preuve d'une loyauté sans faille l'un envers l'autre.

Le fait d'avoir trouvé son *alter ego* n'empêchait pas le démon d'émerger parfois. Rien ne pouvait en effet le maîtriser complètement. En revanche, il ne pouvait pas prendre entièrement le contrôle quand il avait trouvé son *alter ego*. Mais un démon qui perdait ce dernier devenait incontrôlable lorsque les liens psychiques qui l'unissaient à lui se rompaient.

Harper était à la fois l'*alter ego* et la compagne de Knox et, à ce titre, elle lui était indispensable à plusieurs niveaux. Il ne supportait pas qu'elle ait été braquée par un junkie. Il n'était pas étonné qu'elle ne l'ait pas appelé quand ce type l'avait agressée. En effet, Harper avait l'habitude de se débrouiller seule et de veiller sur sa propre sécurité. Il la savait capable de le faire, mais il ne voulait pas qu'elle y soit obligée. Surtout, Knox souhaitait lui donner tout ce qu'elle n'avait jamais eu avant : quelqu'un qui serait toujours là pour elle et qui l'aiderait à régler ses problèmes. Il avait envie de lui offrir tout ce dont elle avait été privée dans son enfance. Il ne voulait surtout pas la retrouver blessée, en sang.

Il passa tendrement la main sur l'arrière de son crâne pour vérifier la bosse qu'elle y avait. Elle ne semblait pas trop importante et devrait vite s'estomper. Perdue dans ses pensées, la jeune femme ne parut même pas s'en apercevoir.

Il la scruta de près, se demandant comment elle allait réagir. Il aurait parié qu'il connaissait Harper mieux que quiconque mais il ne parvenait jamais à prédire ses réactions. La jeune femme était dotée d'une personnalité secrète, complexe et évasive, et l'étonnait constamment, ce qui était tout à fait remarquable car il se targuait de décrypter facilement les autres.

C'était son talent pour l'étonner et l'intriguer qui avait d'abord attiré Knox. Elle était différente, intéressante. Cela avait exacerbé le besoin violent qu'elle avait déclenché en lui. Avec son petit mètre soixante-sept, elle était très bien roulée, très féminine avec sa bouche pulpeuse qui aurait fait fantasmer n'importe quel mec. Elle possédait également une grâce naturelle et une réelle sensualité dans ses mouvements qui ravissaient son démon.

Mais ce que Knox préférait chez sa jolie petite compagne, c'était ses yeux. Non seulement étaient-ils étrangement brillants et réfléchissants, tels les prunelles d'un chat, mais ils changeaient aussi tout le temps de couleur. Malheureusement, elle les cachait souvent derrière d'horribles verres de contact pour ne pas laisser les humains voir ses étranges pupilles, entièrement dénuées d'émotion là tout de suite. Il n'avait donc aucune idée de ce qu'elle ressentait concernant Carla.

La relation, si on pouvait appeler cela ainsi, entre la mère et la fille était assez compliquée. Il n'y avait strictement rien entre elles. Carla avait tenté d'avorter mais n'avait pas réussi et s'était adressée à une incantatrice, une démone magicienne, pour enfermer l'âme de Harper et punir Lucian, son père. Tous ses projets avaient échoué et la grand-mère de Harper avait fini par payer Carla pour mener sa grossesse à terme. Cette dernière avait ensuite confié son bébé à la famille de Lucian Wallis, des elfes, et ne s'était plus jamais occupée d'elle.

Non que Carla soit foncièrement mauvaise mais plutôt qu'elle ait été profondément perturbée par le départ du père de Harper, son *alter ego* qu'elle avait désiré prendre pour compagnon mais qui l'avait rejetée sur tous les plans. Une démone qui avait perdu son compagnon risquait de devenir très dangereuse et instable. Knox comprenait parfaitement que Carla ait été durement éprouvée car la perte de Harper aurait eu des effets tout aussi dévastateurs sur lui. En revanche, cela n'excusait en rien les actions de Carla.

Toute sa vie, Harper avait cru que cette femme la détestait autant qu'elle haïssait Lucian, son père, et avait fini par l'accepter. Avec Knox, ils avaient découvert quelques mois plus tôt que Carla avait suivi l'évolution de sa fille à distance et était allée la voir à chacune de ses visites à Las Vegas. Elle avait même assisté à sa cérémonie de remise des diplômes à la fin de ses études. Knox avait senti que Carla avait envie quelque part d'inclure son unique fille dans sa vie mais pas suffisamment pour lui faire une vraie place. Harper s'était senti déstabilisée quand elle avait découvert tout cela. Elle avait été obligée par la suite de revoir tout ce qu'elle avait toujours cru la concernant.

Il soupçonnait que trop de choses s'étaient passées pour que la mère et la fille puissent avoir une vraie relation. Il doutait que Carla ait vraiment manqué à Harper. La jeune femme n'était pas amère et refusait catégoriquement de fréquenter quiconque n'aurait pas une influence positive sur sa vie.

À sa place, Knox n'aurait pas vraiment souffert de la disparition d'une mère entièrement dépourvue de fibre maternelle. Il n'aurait rien ressenti pour une personne capable de couper les ponts aussi définitivement. Contrairement à lui, par contre, Harper était très sensible. Son apparence dure cachait en réalité un cœur de Chamallow et elle risquait par conséquent de se faire du souci pour Carla.

— Comment ça, elle a disparu ? s'enquit-elle enfin.

Knox caressa doucement la longue chevelure sombre aux reflets dorés de sa compagne qui séchait rapidement, Levi ayant mis le chauffage à fond.

— Lawrence Crow, un démon membre de mon clan et voisin de Carla, l'aurait enlevée.

— Contre son gré ?

— Oui, répondit Knox.

Son démon avait envie de la câliner. Sa colère s'était passablement estompée maintenant qu'elle était en sécurité, au chaud et, surtout, à son côté.

— Je ne comprends pas. Pourquoi aurait-il voulu enlever Carla ? demanda Harper en secouant doucement la tête.

— Étant donné l'état d'esprit de ce démon, c'est difficile à dire.

— C'est celui dont tu m'as parlé ? Celui qui était à la limite de sombrer dans l'aliénation ?

— Oui.

Ils étaient tout à fait en droit de s'inquiéter car cela signifiait que le démon intérieur de Crow pourrait tout à fait prendre complètement le contrôle.

— Est-ce qu'il a craqué ? Est-il complètement aliéné ?

— Delia, sa compagne, pense que non, mais qu'il n'en est pas très loin.

Knox observa attentivement Harper mais elle ne changea pas d'expression.

— Alors elle est vraiment dans la merde, putain ! lança-t-elle avant de pousser un long soupir.

Harper avait raison. Ce n'était pas facile de partager son âme avec un prédateur sombre et à la limite de la psychopathie.

Il fallait constamment lutter pour empêcher le démon intérieur de prendre le contrôle et certains humains n'avaient tout simplement pas la force morale nécessaire pour y parvenir. Soit ils devenaient complètement cinglés, soit ils se suicidaient ou alors sombraient dans l'aliénation.

Il y avait un seul moyen d'éviter ce sort : l'*alter ego*. Mais encore fallait-il le trouver et nouer avec lui le lien psychique qui les unissait. Cette relation stabilisait convenablement le démon. Cependant, même si Lawrence Crow et Delia vivaient ensemble, ils ne s'étaient pas revendiqués comme compagnons.

— À quoi penses-tu ? demanda Knox en obligeant Harper à cesser de triturer sa lèvre inférieure.

— Je ne sais pas que penser.

Harper était un peu fâchée que Carla ait été enlevée. En effet, que cela lui plaise ou non, cette femme n'en demeurait pas moins sa mère. Or elle se demandait aussi si elle n'était pas en même temps un peu hypocrite vu qu'elle ne souhaitait pas la voir.

— Je ne peux pas prétendre avoir des sentiments pour elle. Mais je n'ai jamais souhaité sa mort.

Et si Carla avait effectivement été enlevée par un démon aliéné, elle risquait d'avoir déjà perdu la vie.

— Je comprends, répondit Knox en faisant glisser sa main de sa chevelure à sa nuque. Allez, personne ne te tiendra responsable si c'est le cas.

— Quand cela s'est-il passé ?

— Il y a environ quatre heures. C'est la raison pour laquelle Tanner a quitté son poste devant ton studio. Il essaie de retrouver la trace de Crow.

Une des sentinelles de Knox, Tanner, était également le garde du corps de Harper. Il était un chien des enfers et donc par définition un excellent pisteur.

— Tu n'as pas besoin de m'accompagner chez Delia. Levi va te ramener à la maison pour que tu puisses te changer et te sécher.

— Non. Je veux voir Delia, savoir ce qui s'est passé. Je ne sais pas que penser de tout cela, dit-elle en se frottant les yeux, manifestement perturbée et choquée par les événements.

— Regarde-moi, insista Knox. Je ne peux pas te promettre que Carla sorte indemne de cette aventure, mais je te jure que je vais les retrouver, elle et Crow, déclara-t-il quand Harper eut levé les yeux vers lui.

— Je sais, dit-elle en lui serrant la main.

Il déglutit bruyamment en voyant toute la confiance qu'elle lui témoignait, sa foi en lui. Puis il l'embrassa tendrement. Avant Harper, il ne se serait pas cru capable d'une telle délicatesse. Puis cette fille était entrée dans son bureau, brillant d'un éclat étincelant ; unique, têtue, elle avait illuminé sa vie en plus de lui faire découvrir des émotions qu'il ne se croyait pas capable d'éprouver.

Il n'était pas pour autant une « bonne » personne. Ne le deviendrait jamais. Knox Thorne était un archidémon, une espèce sombre et cruelle née des flammes des enfers, qu'il contrôlait parce qu'il était fait de la même matière. Harper le savait et l'acceptait tel qu'il était et l'aimait, même. C'était un miracle, il n'y avait pas d'autre explication possible.

Harper se tenait debout à côté de Knox au centre d'un séjour trop bien rangé. Ils regardaient tous deux une femme écroulée dans un fauteuil, le corps secoué de sanglots silencieux. Delia gardait les yeux baissés, intimidée par la colère de Knox. Harper la comprenait parfaitement. Non que sa colère soit apparente. C'était rarement le cas. Mais elle était presque tangible et elle imprégnait l'atmosphère de la pièce. Il avait parfaitement le droit d'être furieux. Delia avait avoué qu'elle avait remarqué que l'état de Crow s'était aggravé mais elle n'avait rien fait.

Knox n'était pas le seul à lui en vouloir. Bray, le compagnon de Carla, et Roan et Kellen, ses fils, étaient également présents. Harper n'avait aucun contact avec Roan, âgé d'une vingtaine d'années, un jeune homme qui n'avait jamais coupé le cordon avec sa mère. En revanche, elle voyait Kellen à l'occasion mais ses parents et son frère n'étaient pas au courant.

Contrairement à Roan, Kellen n'était pas proche de sa mère. Il ne la trouvait pas normale, elle avait du mal à contrôler sa démone intérieure, croyait-il. Elle faisait parfois preuve d'une certaine gentillesse mais il lui arrivait aussi de péter tout à coup un câble pour des raisons assez étranges. Il la trouvait « tordue » à l'intérieur mais ce n'était apparemment pas sa faute. Harper ne comprenait pas trop ce qu'il entendait par là.

Kellen n'avait pas encore salué Harper. Il ne la regardait même pas, détournant les yeux, de belles prunelles noisette qu'il tenait de son père. Le dos voûté, il passait et repassait nerveusement la main dans sa chevelure châtain clair.

— Vous étiez censée me prévenir si son état s'aggravait, dit Knox à Delia.

— Je sais. Mais j'avais peur de le perdre.

Harper la comprenait. À sa place, elle n'aurait pas voulu que quiconque éloigne Knox d'elle même s'il risquait de sombrer dans l'aliénation. Elle aurait préféré rester à son côté pour lui venir en aide.

— Je ne l'aurais éloigné de chez lui que s'il présentait un danger pour lui-même ou pour les autres, déclara Knox. Cela aurait été temporaire de toute façon.

— Il n'était pas dangereux, affirma Delia en levant les yeux vers lui.

— Vous vous trompiez, manifestement, dit Levi. Il a enlevé votre voisine.

— Je sais, répondit-elle en détournant le regard. Il allait mieux. Vraiment, insista-t-elle en fronçant les sourcils. Puis il a commencé à déprimer un peu. Je pensais que c'était peut-être un effet secondaire de ses médicaments. Ce n'est que ce matin que j'ai remarqué qu'il ne prenait plus ses comprimés depuis un certain temps déjà.

Delia se tourna alors vers le mur de la pièce où était accrochée une photo de son compagnon, un homme mince au torse très développé avec de magnifiques yeux bleus au regard doux, et aux cheveux poivre et sel comme sa petite moustache drue. Knox avait un peu parlé de lui à Harper pendant le trajet. Crow était chirurgien et adorait son métier. Il donnait des fonds à des associations caritatives et à des causes humanitaires et aidait les autres démons de leur clan à la veille de sombrer dans l'aliénation.

— Que s'est-il passé exactement ? demanda Knox après avoir pris une longue inspiration.

— Je suis entrée dans la chambre et il faisait sa valise, raconta Delia. Il a dit qu'il était obligé de s'en aller, qu'on lui avait confié une mission.

— Une mission ? répéta Knox.

— Il a eu une vision, apparemment, déclara Delia après s'être léché les lèvres. Il semblerait que vous allez avoir un bébé avec Harper, un enfant de la même espèce que vous, mais je ne sais pas ce que c'est, et que ce bébé nous détruira tous.

Harper sentit son ventre se nouer et un frisson glacial lui parcourir l'échine. Toutes les personnes présentes échangèrent des regards inquiets, exception faite de Knox, qui se contenta de dévisager Delia calmement, comme si elle ne venait pas de lâcher une information létale.

— Il a eu une nouvelle crise d'hallucinations paranoïaques, intervint Knox.

— Oui, répondit Delia. Il est convaincu que lui seul peut sauver le monde en vous tuant avant que ce bébé soit conçu. J'ai essayé de lui faire comprendre que tout cela se passait uniquement dans sa tête mais il n'a pas voulu m'écouter. Il a fait ses valises et s'apprêtait à partir quand j'ai eu le réflexe de lui confisquer ses clés de voiture. Il a exigé que je les lui rende mais j'ai refusé. Il s'est mis à crier, très en colère que je ne le crois pas. Puis il m'a frappée et a aspiré mes énergies.

Harper fronça les sourcils, se demandant bien ce que cela signifiait. Personne d'autre ne semblait s'en étonner cependant, alors elle en déduisit qu'il s'agissait d'un don démoniaque que devait posséder Crow.

— Carla nous a sans doute entendus gueuler, poursuivit Delia, alors elle a fait irruption chez nous pour voir ce qui se passait et…

— Et ? insista Knox.

— Il s'en est pris à elle, a crié que c'était sa faute, que c'était elle qui avait tout commencé en donnant naissance à Harper.

Bray poussa un grognement et Roan lâcha un juron.

— Il l'a tirée hors de la maison. Je voulais l'aider mais je n'avais plus assez de force pour me lever.

— De quelle espèce de démon est-il ? s'enquit Harper, curieuse de comprendre pourquoi Delia était si faible.

— C'est un démon psi, expliqua Knox.

Cela expliquait beaucoup de choses. Les démons psi étaient une sorte de vampires psychiques. Ils se nourrissaient des émotions des autres, ils aspiraient leur énergie. Cela augurait mal pour Carla.

— Il va la tuer, éructa Roan.

Il tourna les yeux vers Harper et lui adressa un regard mauvais, méprisant. Elle avait vu le même chez Carla dans le passé. Aussi grand que son père, le jeune homme ressemblait cependant davantage à sa mère. D'elle il tenait ses cheveux sombres, ses yeux marron en amande, ses pommettes hautes et son teint mat.

— Il va la tuer et ce sera ta faute.

Harper cligna des yeux, se demandant bien comment ce pourrait être le cas.

Roan se rua sur elle mais Levi s'interposa.

— Un instant, lança-t-il sur un ton de voix dangereux. Je te conseille de réfléchir un peu avant d'attaquer Harper.

— C'est sa faute, cracha Roan.

— Comment peux-tu prétendre cela ? lança Knox d'une voix létale. Ce n'est pas Harper qui a enlevé ta mère. Elle n'est pas non plus responsable des hallucinations de Crow. Elle ne le connaît même pas et a très peu de contacts avec ta mère. J'aimerais bien que tu m'expliques comment ce pourrait être sa faute.

— Rien ne nous donne à penser qu'il veut tuer ta mère, intervint Bray. Si telle était son intention, il l'aurait fait ici tout de suite.

— Mais s'il est à la veille de sombrer dans l'aliénation il ne lui faudra pas grand-chose pour lui en donner l'envie, déclara Roan.

Puis il fusilla Harper du regard et sortit précipitamment de la maison, Bray sur les talons. Kellen se tourna alors vers Harper, l'air indécis. Puis il détourna les yeux et suivit son père et son frère. Aïe !

Knox enroula une main autour de la taille de Harper pour la soutenir.

— Si Lawrence vous contacte, dit-il à Delia, appelez-moi tout de suite. N'essayez pas de le convaincre de rentrer à la maison et n'acceptez aucun rendez-vous avec lui. Appelez-moi et dites-moi où il se trouve. Lawrence est votre compagnon, vous êtes importante pour lui, mais il n'est pas lui-même.

— Je vous appellerai s'il me donne des nouvelles, convint Delia en hochant la tête, visiblement malheureuse.

Chapitre 3

Le lourd portail de métal noir s'ouvrit et la Bentley s'engouffra lentement dans l'allée circulaire qui menait au somptueux manoir de Knox. Harper adorait l'endroit. Avec son architecture contemporaine, la grande maison était aussi extraordinaire que son propriétaire. Loin d'être prétentieuse, elle avait néanmoins l'air tout droit sortie d'un magazine people. Harper appréciait particulièrement les vitres blindées teintées de bleu qui lui donnaient un air résolument moderne.

Les hauts murs de briques qui encerclaient la maison étaient recouverts de lierre. Les arroseurs automatiques étaient en marche sur les grandes pelouses et des jardiniers taillaient les haies entourant la guérite de sécurité à l'entrée. Levi déposa Harper et Knox devant le perron avant de se diriger vers le garage qui contenait plusieurs autres voitures de luxe, comme le savait Harper.

— Salut, Dan, lança-t-elle au majordome en pénétrant dans l'entrée de marbre où trônait, posé sur une table ronde, un superbe bouquet de fleurs fraîchement coupées.

— Viens, dit Knox en lui prenant la main et en entrelaçant ses doigts avec ceux de sa compagne.

Il ne la guida pas vers le séjour comme elle s'y attendait mais vers le couloir qui menait à un majestueux escalier en arc de cercle.

— Tu veux abuser de mon corps, c'est ça ? Mais on vient à peine d'arriver.

— Ça, ce sera après, dit-il en esquissant un sourire.

Il la mena alors vers la chambre, magnifique avec son parquet de bois exotique rare. Cette pièce sentait toujours bon ; il y régnait une odeur faite de draps propres, du parfum de Knox et d'effluves d'huiles essentielles apaisantes. Elle était aussi luxueuse que le reste de la maison avec ses meubles en bois exquis, son lit moelleux, ses stores électriques et son balcon, si on pouvait l'appeler ainsi. Il s'agissait en effet plutôt d'une sorte de grand patio équipé d'une piscine.

Il la dirigea ensuite vers la salle de bains attenante où l'attendaient des bougies parfumées au jasmin et un verre de vin rouge posé sur le bord de la grande baignoire ronde en granit noir. Harper devina que Knox avait contacté Meg, son employée, par télépathie pour lui demander de lui préparer un bain. Il était toujours très attentionné avec sa compagne. Harper était une fille indépendante qui s'était élevée toute seule et elle ne savait pas trop comment réagir devant ces nombreuses marques de sollicitude.

— Vite, ôte ces vêtements trempés et réchauffe-toi, lui dit-il en l'embrassant. Je reviens tout de suite. J'ai du boulot.

Le travail aurait pu attendre, mais Harper avait besoin d'un peu de solitude, Knox le sentait. Si elle avait eu envie de parler, il l'aurait deviné et lui aurait demandé ce qui préoccupait son esprit fascinant mais il avait vite compris qu'elle avait besoin de temps avant de se confier.

— Détends-toi, je reviens dans un petit moment.

— Merci, dit Harper en le serrant dans ses bras. Merci d'être venu me chercher, ajouta-t-elle un peu gauchement, n'ayant pas l'habitude de se faire gâter.

La solitude était son élément naturel mais elle comprenait que ce ne soit pas toujours facile pour Knox, si insistant de nature et si protecteur avec elle. Il lui suffisait de la voir un tant soit peu stressée pour avoir envie d'intervenir et de lui régler tous ses problèmes.

Knox resserra son étreinte et l'embrassa doucement dans le cou.

— Je te donnerai toujours ce dont tu as besoin.

Il désirait constamment la dorloter, la choyer, lui offrir tout ce qu'elle voulait. Il recula ensuite d'un pas et lui serra brièvement l'épaule.

— Profite bien de ton bain, ajouta-t-il en refermant la porte de la salle de bains avant de se diriger vers son bureau.

— *Viens me retrouver, Knox*, lui demanda Levi. *Il faut que tu voies quelque chose.*

Knox alla rejoindre sa sentinelle dans le grand séjour à plafond cathédrale. Levi était installé sur un des canapés beiges en forme de demi-lune et il pianotait sur l'écran de son portable. Les spots encastrés dans les murs et le plafond recouvert d'acajou éclairaient les traits de l'Ankou, comme figés en un masque d'exaspération profonde.

— Que voulais-tu me montrer ? l'interrogea Knox en s'asseyant sur l'autre canapé.

Levi fit glisser son téléphone vers lui sur la table basse qui les séparait.

— Ceci, répondit-il.

Knox prit l'appareil, cliqua sur la touche « démarrage » et lança une vidéo apparemment filmée par une caméra de surveillance située en face de chez Lawrence et Delia. Il vit Crow traîner Carla, qui se débattait sauvagement en criant et en gesticulant, vers une Toyota Corolla rouge. Crow cogna ensuite la tête de Carla contre une des vitres de la voiture, elle s'évanouit et il l'enfourna dans le coffre. Puis il se passa une main tremblante dans les cheveux avant de balayer les alentours du regard comme s'il s'attendait à ce quelqu'un lui tombe dessus. Il balança ensuite une valise sur le siège passager, sauta dans la voiture et la fit démarrer.

Knox poussa un juron à la fin de la vidéo.

— Il a l'air hagard mais il n'a pas les yeux noirs. Il n'a donc pas entièrement sombré dans l'aliénation, déclara-t-il.

— Pas encore, précisa Levi.

— Carla s'est bien débattue.

Au moins autant que l'aurait fait Harper, pensa-t-il.

— Crow n'a jamais été violent, avant.

Knox se leva et s'approcha de la cheminée. Il regarda distraitement le tableau accroché au-dessus, sans le voir.

— N'annule pas ses cartes de crédit. Laisse-le s'en servir. Cela nous permettra de retrouver sa trace.

— Je ne suis pas persuadé qu'il va les utiliser même s'il a un besoin désespéré de fric. Son extrême paranoïa va être un avantage pour lui au point où il en est.

— On aura bien du mal à le retrouver s'il ne s'en sert pas, d'autant plus qu'il connaît nos méthodes.

En effet, en plus d'être chirurgien, Lawrence Crow était également membre des forces de défense du clan de Knox.

— Il n'a pas de résidence secondaire, alors je n'ai aucune idée d'où il se planque.

— Il n'ira pas très loin, avança Knox, qui s'était adossé au mur à côté de la cheminée dont le manteau était maintenant décoré d'un tas de petits souvenirs que Harper avait rapportés de ses nombreux voyages avec son père, un véritable nomade.

La jeune femme avait ajouté plusieurs petites touches personnelles à la pièce, la rendant beaucoup plus chaleureuse.

— Il pense qu'il a pour mission de me tuer, ajouta-t-il. Cela signifie qu'il ne s'éloignera pas beaucoup d'ici.

— Il y a un nombre incalculable de motels miteux et de chambres d'hôtes pas chères à Las Vegas. Ce sera comme chercher une aiguille dans une botte de foin.

— Il est inutile de déployer toutes nos forces de défense pour le chercher. On sait en effet avec certitude qu'il y a un endroit où il finira bien par se présenter : là où je serai, expliqua-t-il en lissant du talon un pli dans le tapis persan bleu. Il ne va pas essayer de pénétrer dans ma maison vu que c'est tellement plus facile d'entrer tout simplement dans un de mes hôtels.

— Tu penses que c'est ce qu'il va faire ?

— Les démons préfèrent se cacher au vu et au su de tous, non ?

— Je vais envoyer plusieurs membres de nos forces patrouiller dans les secteurs les plus chauds. Les autres seront déployés dans tes hôtels et tes casinos pour le cas où il s'y présenterait.

— Il va finir par se montrer, j'en suis persuadé, affirma Knox en hochant la tête.

Il ne leur restait plus qu'à espérer qu'il ne trucide pas Carla dans l'intervalle.

Harper se tourna vers la porte de la salle de bains en l'entendant s'ouvrir. Elle vit entrer Knox qui avait défait les premiers boutons de sa chemise et remonté ses manches. Il s'accroupit à côté de la baignoire, plongea une main dans l'eau et lui caressa la jambe.

— Es-tu prête à parler de ton principal sujet d'inquiétude ? s'enquit-il.

Pas vraiment, mais Harper éteignit tout de même les jets du Jacuzzi et poussa un long soupir.

— Tout le monde me croit responsable.

Knox n'eut pas besoin de lui demander de quoi elle parlait. Quand ils étaient partis de chez Delia, Bray, Roan et Kellen discutaient devant la maison avec les voisins. Exception faite de Kellen qui avait détourné les yeux, ils la dévisageaient tous comme si c'était elle qui avait enlevé Carla.

— Tu sais pourquoi.

Effectivement.

— Ils culpabilisent de ne pas avoir pu l'aider et ils ont besoin d'un bouc émissaire pour se sentir mieux. Je comprends ça mais cela ne veut pas dire pour autant que je l'accepte.

— Ça ne me plaît pas non, plus, crois-moi, déclara-t-il en lui caressant la jambe pour la rassurer.

D'ailleurs, il avait eu du mal à s'empêcher de leur envoyer une boule de feu des enfers. Il s'était contenté de leur adresser un regard mauvais qui leur avait fait détourner les yeux.

— Que va faire Crow maintenant, à ton avis?

— C'est difficile à dire. On ne peut pas prédire la réaction d'un démon au bord de l'aliénation. Il risque de souffrir d'hallucinations, de paranoïa, d'une impression de vide et d'une colère irrépressible, surtout s'il commence à disjoncter. Sa perception de la réalité sera faussée et il deviendra dangereux, mais pas autant que s'il est complètement aliéné.

— Cette vision qu'il a eue…, commença Harper en se redressant et en se mordant la lèvre inférieure.

— C'est le fruit d'un cerveau perturbé, une hallucination, déclara Knox en posant la main sur la joue de sa compagne, content de voir que toutes les traces de morsure humaine avaient disparu. Notre futur enfant ne peut pas hériter de ma nature, Harper. Mon espèce ne naît pas du ventre d'une femme mais des flammes des enfers, lui rappela-t-il, une information que ne possédait pas Crow, qui ignorait la vraie nature de Knox. Et comme les démons ne produisent pas d'hybrides nos enfants seront des sphinx, comme toi.

— Tu as raison, je n'y avais pas pensé, dit Harper après avoir pris une longue inspiration.

Knox se releva et prit un drap de bain sur le radiateur chauffe-serviettes.

— Allez, debout! dit-il.

Harper se tordit les cheveux pour les essorer et Knox l'aida à sortir de la baignoire avant de l'envelopper dans le drap de bain moelleux. Il la tamponna pour la sécher et elle utilisa une autre serviette pour se frictionner la tête.

— Tu devras être très prudente chaque fois que tu sors. Mes ennemis s'en sont déjà pris à toi pour m'atteindre. Tu as vu des photos de Crow chez lui, tu sais à quoi il ressemble. Si tu le croises, tu m'appelles. Tu es forte, je le sais. Tu pourrais lui infliger une douleur à l'âme mais, lui, il peut faire apparaître des armes et il peut donc te blesser sans même avoir besoin de t'approcher.

— A-t-il d'autres talents ? voulut savoir Harper.

— Des petits trucs sans grande importance. Ah ! oui, il peut aussi faire apparaître des boules de feu des enfers.

— Génial !

C'était assez courant chez les démons et ces boules étaient très nocives. Harper n'avait pas ce talent cependant, mais elle pouvait faire apparaître le feu des enfers avec n'importe quel objet.

Knox la mena ensuite vers la chambre où il lui démêla tendrement les cheveux avec un peigne.

— Tu devras faire très attention et rester sur tes gardes.

— Comment vas-tu le trouver ?

— Un démon, qu'il soit au bord de l'aliénation ou déjà aliéné, cherche encore plus la stimulation qu'avant. Il sera attiré par la drogue, l'alcool et le danger. On va surveiller tous les endroits chauds. Le problème, c'est qu'il a été membre de mes forces de défense. Il connaît nos méthodes, il sait où nous allons le chercher.

— Est-ce que tu envisages d'annuler ta teuf ?

— Cesse d'utiliser ce mot.

Harper faisait allusion à la grande soirée que Knox avait organisée pour célébrer le cent cinquantième anniversaire de la création de la Cité souterraine. Il s'agissait en réalité d'un grand gala.

— Crow risque de profiter de cette occasion pour t'attaquer, dit Harper. Il y aura tellement de monde qu'il pourra entrer incognito en se mêlant à la foule.

— Cette fête aura lieu dans six semaines. Il y a de grandes chances qu'on l'ait appréhendé d'ici là.

— Il n'y a aucune garantie que ce soit le cas.

— Toutes les excuses sont bonnes pour te défiler et ne pas assister à une soirée, déclara Knox en souriant.

Harper poussa un long soupir.

— Je n'ai jamais aimé les fêtes. Ni les petites, ni les grandes.

Harper n'aimait pas les chichis et encore moins se pavaner. Cela aurait été moins pénible si Knox avait prévu une petite soirée intime. Mais non, il avait organisé un gala dans la Cité souterraine et avait invité tous les démons.

— Beaucoup de gens participent à l'organisation de cette soirée. Et tu me dois bien cela ! Après tout, je t'ai sauvée de la fête que tes copines voulaient organiser pour célébrer notre union.

Ils s'étaient effectivement esquivés tous les deux dans son jet privé jusqu'à Barcelone pour célébrer l'événement dans la plus stricte intimité.

— Tu n'avais pas plus envie que moi de fêter cela, lui rappela-t-elle en se retournant vers lui quand il eut fini de lui démêler les cheveux.

— Ce qui me gênait, ce n'était pas tant cette célébration que voulaient organiser tes amies en notre honneur que l'idée que cela te mette mal à l'aise et nerveuse plutôt que de te rendre heureuse comme c'était le but.

— Et pourtant cela ne semble pas te perturber que je puisse me sentir ainsi à ta teuf.

Knox la guida vers le pied du lit et la renversa sur le dos.

— C'est l'occasion pour moi de frimer avec toi, de te montrer à tout le monde en robe. Pourquoi serais-je perturbé ? lança-t-il en se penchant pour l'embrasser sur la bouche et lui picorer les lèvres. C'est une bonne façon de célébrer ton accession au poste de Grande Maîtresse associée.

— Tu as été très sournois sur ce coup-là ! Tu aurais dû me dire avant que j'accepte de m'unir à toi que cela signifiait que je devenais Grande Maîtresse associée de ton clan !

— Je savais que cela ne te plairait pas.

Harper n'aspirait pas au pouvoir. Elle était beaucoup trop individualiste pour avoir envie de diriger les autres. C'était assez rare chez les démons.

— Je n'allais pas laisser cela entraver mes efforts pour te séduire. Ni ça, ni rien d'autre, d'ailleurs.

— Mouais, comme tu veux, renâcla-t-elle.

— Tu m'as manqué, lui dit-il en souriant avant de l'embrasser.

— Tu es pourtant venu me voir quelques fois, lui rappela-t-elle.

Effectivement, Knox s'était pyrotransporté pour lui rendre visite à la maison.

— Ce n'est pas la même chose. J'ai passé beaucoup moins de temps avec toi, expliqua-t-il en l'embrassant de nouveau. Parlons un peu de ton agresseur.

Harper avança sur les draps de soie bien frais en s'aidant des coudes.

— Ne recommence pas, dit-elle.

Knox la suivit dans le lit et posa une main de chaque côté de sa tête.

— Harper…, commença-t-il.

— Je devine ce que tu vas me dire, l'interrompit-elle, mais laisse tomber.

— Regarde-moi. Tu m'as promis de faire des compromis. C'est important pour moi. As-tu parlé au moins à tes collègues ?

— Oui et elles sont d'accord avec moi. Elles n'ont pas très envie de déménager le studio dans la Cité souterraine.

Harper était copropriétaire d'un studio de tatouage avec son amie, Raini, tatoueuse comme elle. Elles travaillaient avec Devon, une autre bonne copine, spécialisée dans les piercings. Khloë, une cousine de Harper, était leur réceptionniste. Elles étaient toutes trois membres du clan de la grand-mère de Harper.

La jeune femme avait été surprise quand Knox lui avait proposé de déménager le studio. Elle aurait dû le deviner pourtant. Il ne pouvait pas s'empêcher de s'immiscer dans ses affaires depuis le jour où ils s'étaient rencontrés.

— Tu n'es pas en sécurité dans ce quartier, Harper. Tu aurais pu te faire tirer dessus aujourd'hui. Ce type aurait pu te violer et même te buter. Je sais, tu as géré. Tu es tout à fait capable de te protéger toi-même. N'empêche, tu serais morte si tu avais reçu une balle en plein cœur. D'accord, il a tiré au sol, mais il aurait pu aussi bien te viser là, dit-il en posant une main sur le cœur de sa compagne. Et tu serais morte. Que cela te plaise ou non, en tant qu'*alter ego* et compagne, tu es essentielle à ma stabilité. Si je te perds, si mon démon te perd… tu devines ce qui se passera, je n'ai pas besoin de te faire un dessin.

Harper mit ses mains devant son visage et poussa un long gémissement.

— Je préférerais t'éviter ce fardeau, mais je n'ai pas le choix.

— Je ne considère pas cela comme un fardeau, répondit-elle en écartant ses mains. Tu me stabilises tout autant après tout. C'est comme ça entre *alter ego* et dans un couple.

— Mais c'est un réel fardeau. Je dois veiller sur ta sécurité. Je serais plus tranquille si tu déménageais ton studio dans la Cité souterraine. Et puis tu augmenterais ton chiffre d'affaires.

— Je ne le crois pas puisque je perdrais mes clients humains.

— Peut-être, mais il y aurait plus de passage et tu recevrais plus de démons.

— J'ai assez de clients, tu sais. J'ai même une liste d'attente avec tous les démons qui ont envie de se faire tatouer par la compagne de Knox Thorne.

— Tu as une liste d'attente parce que tu es une excellente tatoueuse, la corrigea-t-il. Il y aurait plusieurs autres avantages à exercer dans la Cité souterraine. Tu aurais moins de frais, tu ne paierais plus de loyer puisque la Cité souterraine t'appartient autant qu'à moi. Tout ce qui est à moi est à toi.

Elle n'aimait pas penser à cela. C'était difficile pour elle de s'adapter à sa nouvelle situation. En effet, avant sa rencontre avec Knox, elle n'avait pas grand-chose et, là, elle se retrouvait copropriétaire de presque tout Las Vegas.

— Sur le plan strictement commercial, je ne peux nier que ce soit une proposition intéressante. Je vais en parler à mes collègues quand je retournerai au travail tout à l'heure. Je vais leur demander leur avis maintenant qu'elles ont eu le temps de réfléchir un peu.

Knox hocha la tête. Il pensait qu'elles seraient d'accord avec ce projet de déménagement, surtout parce que Harper serait plus en sécurité dans la Cité souterraine.

— J'ai même l'endroit idéal pour toi. Tu pourrais venir y jeter un coup d'œil avant de refuser. Pourquoi est-ce que tu souris ? s'enquit-il, perplexe.

C'était typique de Knox.

— Tu es un tel opportuniste ! Je me fais agresser et toi, tout de suite, tu penses à la manière dont tu pourras en tirer profit.

— Ça t'étonne ?

Il l'avait pourtant prévenue qu'il était sans pitié et prêt à tout pour arriver à ses fins.

— Pas du tout. Je pense que tu te réjouis même que cet incident m'ait ébranlée dans mon refus catégorique de déménager. Je me trompe ?

— Cette agression n'a fait que prouver ce que je savais déjà : ce quartier n'est pas sûr.

— Peut-être, mais c'est mon quartier. Je suis une Wallis, Knox. Quand il s'agit de criminalité, je suis bien la dernière à lancer la première pierre.

— Mais tu es la compagne d'un démon qui inspire la crainte et dont les nombreux ennemis souhaitent la mort. Et tu as été enlevée il y a quelques mois à peine. J'ignorais où tu étais et je n'arrivais pas à te retrouver. Je n'ai pas envie de revivre cela. Tu as refusé ma proposition de t'implanter une puce psychique pour que je puisse toujours savoir où tu es. J'ai respecté ta décision et tu t'es engagée à faire quelques compromis en échange. C'est tout ce que je te demande.

Il comprenait qu'elle le trouve un peu étouffant avec son envie permanente de la surprotéger. Sans parler de son démon, tout aussi protecteur que lui. Harper pensait qu'il s'agissait surtout du besoin qu'avait Knox de toujours tout contrôler. Il était comme cela, c'était vrai, mais il n'avait pas le choix, c'était le seul moyen pour lui de maîtriser son démon et ses pouvoirs. Il avait passé son enfance sous l'emprise d'une sorte de gourou tordu qui lui dictait tout : ses heures de lever et de coucher, où il devait dormir, ses repas et ses tenues vestimentaires.

Ce gourou exigeait la soumission totale des membres de la secte, leur refusait tout pouvoir de décision et punissait la moindre velléité de rébellion. Quand Knox avait fini par rejoindre le monde extérieur, il s'était juré de ne plus jamais vivre sous la férule de qui que ce soit. Il avait acquis tout ce dont il avait été privé jusque-là, y compris le savoir, l'indépendance et les possessions matérielles.

Knox prenait ce qu'il voulait quand il voulait. Il n'obéissait plus qu'à ses propres règles et décidait lui-même de ses horaires. Il avait mis beaucoup de temps pour y parvenir mais il se connaissait parfaitement bien. Il profitait de toutes ses acquisitions, du pouvoir, du succès, du luxe et même de la décadence. Rien cependant n'avait jamais compté autant pour lui que Harper. Elle était plus qu'importante pour lui, elle lui était essentielle.

Il lui avait expliqué que, s'il avait tendance à la surprotéger, ce n'était pas pour la contrôler. La jeune femme avait du mal à comprendre qu'elle lui était aussi indispensable. Knox en conclut qu'une personne que ses parents, les deux êtres censés l'aimer et la protéger, n'avaient pas chérie, ne pouvait qu'avoir du mal à appréhender cette notion. Lucian avait certes de l'affection pour Harper mais elle n'avait jamais été sa priorité.

— Je te l'ai dit, je vais en parler aux filles.

— D'accord.

Ayant dit tout ce qu'il avait à dire, Knox écarta les pans de la serviette de Harper et admira son corps. Son démon ressentit une immense satisfaction en voyant les marques de possessivité qu'elle portait sur un sein et près du nombril. Knox aimait bien aussi marquer ce qui lui appartenait et la peau ivoirine de Harper était constellée de petites traces de morsures. Ni lui ni son démon n'avaient jamais été possessifs avec aucune autre femme avant Harper.

— Je ne trouve pas cela très juste d'être à poil tandis que tu es encore habillé, se plaignit Harper.

Il plongea son regard sombre, brillant d'une lueur sauvage de possessivité, dans celui de la jeune femme tandis qu'il retirait sa chemise. Harper déglutit bruyamment en apercevant son corps tout en muscles solides et bien définis.

Elle ne put pas l'admirer bien longtemps cependant parce qu'il se laissa retomber sur elle de tout son poids. Elle aimait se sentir ainsi entourée et emprisonnée, mais jamais elle ne l'aurait avoué à son compagnon d'un naturel extrêmement dominant.

Harper caressa les épaules massives de Knox, qui avait plaqué sa bouche sur la sienne dans un baiser brûlant, passionné et possessif. Il lui racla ensuite la gorge des dents avant de lui mordiller et lécher le cou. Gémissant, Harper se cabra. Elle sentit alors un doigt psychique s'insérer entre les doux replis de son intimité et tressaillit. Elle ne comprenait toujours pas comment quelque chose d'aussi glacial pouvait dégager une telle chaleur mais elle éprouvait comme une brûlure dans ses chairs et sa féminité se resserra autour du doigt.

Knox lui suça le pouls et un deuxième doigt vint rejoindre le premier pour la caresser, la titiller et l'exciter, et Harper ne put contenir un nouveau gémissement. Ces doigts l'enflammaient littéralement, créant en elle un besoin que seul Knox serait capable de satisfaire. S'il s'éloignait avant, elle demeurerait dans cet état de surexcitation que personne ne réussirait à soulager. Seul Knox pouvait satisfaire le besoin qu'il avait créé.

De la main, il lui étreignit le sein tandis que les doigts psychiques continuaient à lui infliger leur douce torture. Elle sentait son intimité bouillir tant elle était excitée. Ses cuisses étaient prises de tremblements et la sueur perlait à son front.

— Knox, gémit-elle.

— Je sais ce que tu veux, dit-il, mais cela fait deux jours que je n'ai pas goûté ta saveur, déclara-t-il en raclant des dents la peau fine de sa gorge.

Il l'avait prise mais n'avait pas eu le temps de l'explorer à son goût, de la déguster. Il traça donc une ligne de petits baisers tout le long de son corps en s'arrêtant le temps de lécher les quelques mots de son tatouage qui se trouvaient sous le sein que son démon n'avait pas encore marqué. « C'est la vie » disait-il en encre blanche et en jolie cursive, difficilement perceptible, comme ses autres tatouages discrètement placés.

Il l'embrassa encore jusqu'à ce qu'il atteigne le petit corbeau dans le creux de sa hanche et le taquina de la langue avant de poursuivre son chemin vers le sud.

— J'adore cette marque, dit-il en traçant du doigt les entrelacs ornés d'épines, le symbole de Thorne qui rappelait son nom en vieil anglais, et qui décoraient son intimité, ressemblant à un tatouage. Écarte les jambes pour moi, la pria-t-il.

— Knox, je t'en supplie, je ne vais pas pouvoir supporter plus de préliminaires.

Elle avait terriblement besoin de le sentir en elle.

— Tu es capable d'attendre, je le sais, dit-il en s'installant confortablement entre ses jambes.

Harper secoua la tête. Mécontent, Knox fronça les sourcils. Puis les doigts psychiques disparurent et l'excitation inassouvie de Harper atteignit son paroxysme.

— Non, gémit-elle.

Du bout de la langue, Knox caressa la zone sensible de sa compagne et elle arqua le dos.

— Ne bouge pas, lui ordonna-t-il.

Il insinua la langue entre les replis de son intimité et goûta sa saveur douce et mielleuse. Il gémit en l'absorbant jusqu'au plus profond de son être et son sexe déjà dur se dressa encore davantage.

— Je suis accro à toi, putain !

Harper s'agrippa aux draps, gigota et geignit tandis qu'il l'embrassait, la mordillait et la rendait littéralement folle. Puis il suça son intimité en grognant. Elle l'injuria, le menaça et en redemanda.

Il se contenta de glousser. Deux doigts psychiques lui pincèrent alors les tétons, les triturèrent et les serrèrent. Elle l'injuria de nouveau et essaya de se dégager un peu. Des deux mains, Knox lui immobilisa les cuisses et inséra enfin sa langue en elle. Elle connut une sorte de soulagement mais cela ne suffisait pas et il le savait.

— Tu es méchant, grogna-t-elle. Totalement et absolument…

Elle ne put continuer, Knox l'ayant interrompu en se redressant et en soufflant sur son téton glacial, qui se durcit douloureusement.

— Méchant, répéta-t-elle. Tu vois, j'ai raison.

— Mais tu aimes ça, dit-il.

Puis il aspira son téton dans sa bouche chaude et le racla des dents. Harper aimait bien qu'il lui fasse un peu mal et il connaissait exactement ses limites. Il lui relâcha le téton et, de la langue, traça la marque sur son sein. Comme celle sur son bas-ventre, il s'agissait d'un motif tout en courbes orné d'épines.

— Knox, gémit Harper.

C'était presque un sanglot même, ce qui énerva grandement la jeune femme.

— Tu souffres, mon amour ? demanda-t-il tendrement en lui caressant les lèvres de sa bouche. Tu veux que je te soulage ? s'enquit-il quand elle eut acquiescé de la tête.

Harper fit encore une fois signe que « oui » et contint difficilement un gémissement, surtout en entendant son compagnon baisser sa fermeture Éclair.

— Doux et tendre ou dur et rapide ? demanda-t-il en lui empoignant les hanches et en les faisant basculer.

— Comme tu veux, répondit Harper qui savait reconnaître les questions pièges.

— Rusée ! lança Knox en souriant.

Puis il s'enfouit en elle d'un coup et sentit son intimité brûlante se refermer sur lui.

Harper relâcha tout l'air de ses poumons quand Knox la pénétra profondément de son sexe massif. Il l'étirait et l'emplissait si complètement qu'elle en avait presque mal. Il la touchait comme aucun autre homme ne l'avait fait avant. Comme toujours, les doigts psychiques l'avaient excitée au point où elle sentait chaque petit repli de son intimité. Elle enroula les jambes autour de sa taille et posa les talons sur le bas de son dos.

— Baise-moi, exigea-t-elle.

Knox obtempéra à un rythme effréné. Elle était si serrée, si mouillée qu'il en devenait fou. Elle le rendait dingue. Ses petits couinements, ses ongles lui raclant le dos, l'odeur de son désir, la chaleur de son intimité et sa saveur dans sa bouche, tout cela excitait ses sens. Il accéléra la cadence.

— Tu es mienne, gémit-il.

Sentant la tension augmenter en elle, Harper s'agrippa à son dos. Il la réduisait immanquablement en une petite créature insatiable et agitée qui avait un tel besoin de jouir qu'elle en tremblait.

— Knox…

— Attends.

Oh ! le vilain. Et il rendait l'attente encore plus difficile en passant les bras derrière ses genoux de manière que chacune de ses poussées brutales atteigne sa zone sensible. C'était pour elle un véritable supplice.

— Pourquoi me détestes-tu à ce point ?

— Je ne te déteste pas, ma chérie. C'est tout le contraire.

— Je ne peux pas me retenir.

— Oui, tu le peux. Et tu vas le faire.

Puis il accéléra encore le rythme et la revendiqua à chacun de ses grands coups de boutoir. Il sentit son intimité se resserrer sur lui.

— Attends, exigea-t-il en grognant. Attends, répéta-t-il en la voyant secouer la tête, mais elle lui obéit. Encore un peu, dit-il. (Puis il lui assena un grand coup de reins qui atteignit sa zone sensible et la fit tressaillir ; elle l'injuria et lui griffa le dos de ses ongles ; il lui mordit la lèvre.) Allez, tu peux jouir maintenant.

Une vague de plaisir d'une intensité incroyable emporta Harper. Elle ravala un long cri quand il s'enfouit totalement en elle et elle s'arqua à sa rencontre. Puis Knox grogna son nom et elle le sentit répandre sa semence en elle.

Harper fut prise de tremblements et expira longuement.

— Tu es drôlement doué, merde ! dit-elle, ne trouvant rien de mieux.

Knox sourit, le visage enfoui dans son cou.

Comme les démons étaient capables de tenir plusieurs jours sans dormir, ils passèrent une bonne part de la nuit à baiser et à bavarder. Knox travailla sur son ordinateur portable tandis que sa compagne, allongée à son côté, regardait la télé. Avant, Harper Knox avait toujours préféré bosser dans le silence. En théorie elle aurait dû le perturber. Or sa présence près de lui, le fait de pouvoir la toucher quand il le souhaitait, le détendait et l'aidait même à se concentrer.

Bien entendu, cela avait également trait au fait que son démon se comportait beaucoup mieux quand Harper était là. Elle le charmait, l'amusait et le ravissait. Sans sa seule source de bonheur à son côté, le démon s'embêtait rapidement et s'agitait.

À l'heure du petit déjeuner, le démon de Knox se fit morose et triste parce qu'il savait que Harper les quitterait bientôt.

Harper sourit à Meg quand l'employée de maison plaça une assiette sur la table devant elle.

— Merci, dit-elle.

La démone, d'origine hispanique, lui adressa un sourire affectueux.

— Un bagel au fromage frais au petit déjeuner ? s'étonna Knox en arquant les sourcils tandis qu'il plongeait sa fourchette dans son omelette au blanc d'œuf accompagnée de pain grillé.

Harper ne prenait habituellement que des céréales le matin.

— Meg trouve que mon régime alimentaire n'est pas assez varié, expliqua Harper en haussant une épaule. Cela veut donc dire que, toi, tu trouves que je ne mange pas assez varié et que tu le lui as dit.

C'était effectivement le cas et c'était d'ailleurs la raison pour laquelle Meg avait du mal à contenir un sourire amusé en sortant de la pièce. Comme toujours, la perspicacité de sa compagne avait fait glousser le démon de Knox.

— Comment vas-tu ?

— Mieux, répondit Harper en prenant son bagel.

Elle avait l'air beaucoup plus détendue en effet.

— Bien, dit Knox en buvant une gorgée de café. Belinda m'a laissé un autre message sur mon répondeur. Est-ce que tu l'évites encore ?

— Elle a essayé de m'appeler une fois, répondit Harper en soupirant, mais j'étais dans la baignoire.

Harper ne l'avait pas rappelée parce que, bien honnêtement, cette démone l'énervait au plus haut point. Knox avait embauché une organisatrice d'événements très douée pour sa grande fête. Elle était aussi très efficace et ponctuelle ainsi qu'extrêmement bien organisée. Par contre, elle était très arrogante avec Harper et semblait ressentir le besoin de la conseiller sur sa relation avec Knox.

Elle aimait également comparer Harper aux ex de Knox, qui avaient toutes été des femmes élégantes, bien mises, cultivées, tandis que Harper était… Harper, quoi ! Belinda ne semblait pas avoir compris que Harper était bien dans sa peau, qu'elle ne voulait pas changer et que Knox ne le désirait pas non plus.

— Elle dit que tu refuses de travailler avec la styliste qu'elle t'a choisie, lança Knox en souriant.

Au fond, cela lui était bien égal qu'elle achète une robe dans une boutique ou qu'elle s'en fasse dessiner une. Tout ce qu'il voulait c'était la voir heureuse.

— Je n'ai pas besoin d'une création originale.

Harper n'avait pas surtout pas envie de collaborer avec cette styliste qui lui avait dit méchamment qu'elle aurait du mal à lui donner l'air élégante.

— Je préfère me choisir une robe dans une boutique comme tout le monde, ajouta-t-elle.

Si Belinda, une cambion, appelait si souvent Knox, c'était surtout qu'elle cherchait tous les prétextes pour attirer son attention. Elle s'adressait sans cesse à lui, chaque fois que Harper lui donnait une réponse qui ne lui plaisait pas.

— Pourquoi est-ce que tu ne t'occupes pas toi-même des préparatifs ? demanda Harper.

— Je lui fais part de mes idées dans les grandes lignes. Il serait bon que tu donnes ton avis aussi maintenant.

— Mais c'est son job d'organiser des événements ! Est-ce qu'elle ne peut pas le faire avec son équipe ?

— Non, ma chérie. Tu es une Grande Maîtresse maintenant. Tu ne dois jamais déléguer le contrôle d'aucun aspect de ta vie à qui que ce soit.

Il avait peut-être raison sur ce point, merde !

— Est-ce qu'elle t'a dit qu'elle voulait organiser la fête dans la salle de bal d'un de tes hôtels ?

—Il n'y a pas de salle assez vaste pour les centaines de démons qu'on a invités, grogna Knox.

—Ah ! mais elle est d'accord pour que tous les bars, les clubs, les restaurants et les casinos de la Cité souterraine participent à l'événement, pas de souci. Simplement, elle voudrait que les Grands Maîtres et les VIP soient séparés des autres invités. Elle veut leur organiser une petite soirée un peu plus chic à laquelle les membres de ma famille ne seraient pas conviés.

Pas question, merde !

—Elle ne m'a pas parlé de cela, éructa Knox, manifestement mécontent.

—Je lui ai dit que j'étais d'accord qu'elle transforme l'aire de combat en zone de réception VIP pour les démons qui aiment ça. Mais seulement si elle était ouverte à tous.

Certains clubs et bars prévoyaient d'organiser des soirées plus décontractées mais Knox préféraient le champagne et la musique douce, Harper le savait.

—Je suis bien d'accord, déclara Knox qui repoussa son assiette, ayant fini de manger. Si elle vient se plaindre à moi de cela, je lui dirai qu'il est hors de question d'exclure qui que ce soit. Je suis désolé si elle te complique la vie, ma chérie. Si tu veux que je la licencie, tu n'as qu'à le dire.

—Non, je ne te demande pas de faire cela. Je n'ai pas vraiment à me plaindre d'elle. La plupart du temps, ses idées sont excellentes et son équipe bosse bien. Je n'ai pas envie de m'occuper de tout ce qu'ils font. C'est juste que je la trouve énervante. Mais bon, je gère.

—Très bien.

En réalité, Knox préférerait licencier Belinda si elle compliquait la vie de sa compagne. Mais il savait qu'il risquait d'énerver Harper en intervenant.

— Si elle t'irrite trop ou si elle dépasse les bornes, on la vire, précisa-t-il, satisfait de voir Harper opiner de la tête. Malheureusement, je dois partir, dit-il en enfilant la veste de son costume noir sur mesure. Tu vas demander à tes collègues ce qu'elles pensent de ma proposition ?

— Mais oui, je t'ai dit que je le ferais. Je m'en charge.

— J'ai une grosse journée aujourd'hui, expliqua-t-il en s'approchant de sa compagne et en l'aidant à se lever. Mais je ne devrais pas rentrer trop tard, ajouta-t-il avant de lui mordiller la lèvre.

Harper se laissa aller contre lui et huma son délicieux parfum sensuel qui rendait sa démone dingue.

— Je sors avec les filles après le travail. On va dans la Cité souterraine. Elles veulent m'aider à choisir une robe pour la teuf.

— Tu dis ça comme si elles t'invitaient à emprunter le couloir de la mort. Et ce n'est pas une teuf.

— Hum.

Knox se pencha et embrassa Harper passionnément.

— Je te retrouve dans la Cité souterraine ce soir, dit-il en lui caressant la mâchoire du pouce. N'oublie pas de rester vigilante pour le cas où Crow ferait une apparition. Tu m'as fait une promesse hier et je m'attends à ce que tu l'honores.

Il acceptait son indépendance et son besoin de livrer ses propres batailles mais pas jusqu'au point où elle refuserait de reconnaître qu'elle avait besoin de lui.

— T'inquiète. Et sois prudent. Une balle dans le cœur pourrait également te tuer, non ? s'enquit-elle en fronçant les sourcils.

— Peut-être bien que oui, dit-il en souriant comme pour la taquiner, mais peut-être bien que non.

Puis il partit après lui avoir donné une petite tape affectueuse sur les fesses.

Chapitre 4

Une heure plus tard, Tanner garait l'Audi à proximité du studio de tatouage, comme tous les matins. Grand, baraqué, le teint mat, il était à la fois le garde du corps et le chauffeur de Harper. La jeune femme avait du mal à comprendre que ce travail ne l'ennuie pas terriblement. Après tout, Tanner était une sentinelle, un type formé à plein de tactiques capables de déclencher des décharges d'adrénaline. Il aurait pu pister Crow, entre autres choses.

Harper avait demandé à Knox de lui donner des horaires moins contraignants mais il n'avait rien voulu entendre. Et puis, bon, elle ne pouvait pas trop rouspéter vu qu'il lui arrivait souvent des incidents désagréables en l'absence du chien des enfers, comme la tentative de viol dont elle avait été la victime peu de temps auparavant.

— Ce n'est pas sympa, ça, dit Tanner en souriant.

Harper suivit son regard et aperçut Devon à la fenêtre qui faisait un doigt d'honneur à la sentinelle. Puis elle lui adressa un regard hautain, repoussa ses longues boucles ultraviolettes derrière son épaule, fit demi-tour et se pencha sur la vitrine de bijoux. Ce n'était pas leur faute, les chats et les chiens des enfers se vouaient une haine instinctive.

—Peux-tu remettre cela à la minette de ma part ? demanda Tanner à Harper en se retournant sur son siège et en lui tendant un sachet de papier.

—Pas question, protesta Harper. Je refuse de m'immiscer dans votre drôle de guérilla.

—S'il te plaît, Harper. Allez.

—Non, tu devras t'en charger toi-même, affirma la jeune femme en sortant de la voiture et en secouant la tête, mais je ne te le conseille pas.

Devon avait des ressources insoupçonnées.

En ouvrant la porte du studio, Harper aperçut Khloë derrière le comptoir en chrome incurvé de l'accueil, parfaitement rangé, bien que la petite elfe au teint mat ait toujours elle-même l'air extrêmement débraillée.

—Bonjour, ma belle, dit Khloë en souriant. Tu veux des *donuts* ? Je ne les ai pas volés.

Quelle menteuse ! Harper poussa un long soupir et esquissa un sourire forcé.

—Peut-être tout à l'heure, répondit-elle.

Sentant que quelque chose n'allait pas, Devon fit rapidement le tour du grand canapé d'angle et se précipita au côté de Harper, heurtant violemment la table basse et, au passage, faisant presque tomber le classeur de modèles de tatouage.

—Ça va ? lui demanda Harper en esquissant une grimace.

La jeune femme esquissa un geste, l'air de dire que c'était sans importance.

—Que s'est-il passé ? Raini, viens ici, il y a un problème.

— Qu'est-ce qu'il y a ? s'enquit Raini en sortant précipitamment de son bureau.

Même habillée de façon très décontractée, avec une veste bleue et un jean, elle était irrésistible. Comme tous les succubes, Raini exsudait le sexe. Aucune tenue ne pouvait dissimuler ses courbes, son teint parfait et ses magnifiques yeux couleur d'ambre.

Harper accrocha sa veste au portemanteau et se dirigea vers son poste de travail, où elle se laissa choir dans son fauteuil de cuir noir.

— Un des démons du clan de Knox est presque aliéné. Il s'est enfui en prenant Carla en otage.

— Euh… d'accord, réagit Khloë en clignant des yeux. Je n'aurais jamais imaginé cela.

Elle ne semblait pas trop s'en faire, ce qui n'était pas tellement étonnant vu qu'elle détestait les parents de Harper.

— Attends, pourquoi a-t-il enlevé Carla ? s'enquit Devon, perplexe, ses grands yeux verts de chat se troublant.

— Ce démon, Lawrence Crow, a des visions, expliqua Harper. Il semblerait qu'il ait vu dans l'une d'entre elles que Knox et moi allions avoir un bébé qui finirait par nous détruire tous. Et, non, ce n'est pas une blague. Il accuse Carla d'être en partie responsable parce que c'est elle qui m'a mise au monde. Mais je ne suis pas sûre qu'il l'aurait enlevée si elle ne s'était pas pointée pile au moment où il allait s'enfuir. Je pense qu'il a simplement profité de la situation.

— Eh ben dis donc ! s'exclama Raini en se carrant dans son siège.

— Harper, intervint Devon en se mordant la lèvre inférieure, j'ai déjà connu un démon au bord de l'aliénation. Ces gens-là finissent par devenir complètement paranos. Ils voient des menaces et des complots partout.

— Sa vision n'était rien d'autre qu'une hallucination, selon moi, affirma Harper en levant une main pour rassurer ses amies.

— Tant mieux, dit la chatte des enfers en hochant la tête.

— Ah oui ! au fait, lança Harper, quelqu'un a tenté de m'agresser hier.

Bon, d'accord, elle minimisait légèrement l'importance de l'incident mais uniquement parce qu'elle ne voulait pas influencer ses collègues dans leur décision de déménager ou non le studio.

— Et, bien entendu, poursuivit-elle, Knox utilise ce prétexte pour faire valoir le bien-fondé de sa proposition de nous installer dans la Cité souterraine. Il a même trouvé l'endroit idéal pour le studio, apparemment.

— Es-tu allée le voir ? demanda Khloë.

Harper lui fit signe que « non » de la tête.

— Au début, je n'étais pas trop emballée par l'idée d'un déménagement, déclara Raini. Je suis très attachée à ces murs, mais un changement d'adresse n'est pas nécessairement une mauvaise idée. Soyons honnêtes, ce quartier est pourri. On aurait plus de clients dans la Cité souterraine. Et on y serait plus en sécurité. Qu'en penses-tu, toi ? demanda-t-elle à Devon en se tournant vers elle.

— J'ai un peu de mal à envisager un tel déménagement, répondit la chatte des enfers. Ce studio, on l'a créé de toutes pièces et on a acquis une excellente réputation. Puis on a maintenant une bonne clientèle. J'aime bien ce quartier, ainsi que la sandwicherie et la boulangerie juste à côté.

—Mais… ? lança Raini.

—Mais, d'un point de vue strictement commercial, c'est une bonne idée de déménager, poursuivit Devon. On perdrait certes quelques clients mais on en retrouverait de nombreux autres. On n'aurait ni loyer ni charges à payer parce que la Cité souterraine appartient maintenant en partie à Harper. Et il y a des boulangeries et des restos là-bas aussi. Et toi, Khloë, qu'en penses-tu ?

—J'aime bien l'idée de bosser dans un endroit où on ne serait pas obligées de cacher notre vraie nature, déclara Khloë en indiquant le studio de la main. Ici, on doit faire semblant d'être humaines. Dans la Cité souterraine, on peut être nous-mêmes. Par contre, il y a aussi un inconvénient : je veux parler du fait que les démons se montreront toujours condescendants envers les elfes, surtout ceux du clan Wallis. Cela pourrait affecter notre petite entreprise et nous exposer à toutes sortes d'incivilités.

—Tu as raison, dit Harper. Notre nom de famille ne signifie rien du tout pour les humains, alors ce n'est pas un problème dans le quartier. Mais cela risque de le devenir, et assez vite, dans la Cité souterraine. Et puis je sais, affirma-t-elle en geignant et en se passant une main sur le visage, que Knox ne va jamais laisser tomber. Alors que voulez-vous faire, les filles ? Il faut que la décision soit unanime.

—Je suis d'accord pour déménager, en dépit des quelques désavantages que présente la Cité souterraine, dit Raini. Par contre, je voudrais voir les locaux que Knox a repérés pour nous avant de prendre une décision. C'est important que je m'y sente bien.

— Dis-lui que tu es d'accord pour aller les visiter, convint Devon. Puis appelle-nous si l'endroit te plaît et on ira jeter un œil.

— Si on est toutes d'accord, rien ne s'opposera à ce qu'on fasse ce déménagement, intervint Khloë. Ce n'est pas rare après tout que des boutiques déménagent. Je serai un peu triste quand même de partir d'ici.

Harper balaya le studio du regard et ne put contenir un sourire. Elle y était aussi très attachée. Elle aimait beaucoup l'ambiance rock'n roll et Harley-Davidson. Sans oublier les tableaux tendance *heavy metal* exposés sur les murs blancs ainsi que les agrandissements de photos de tatouages. Il y avait des modèles assez simples comme des flammes brillantes ou des motifs tribaux tout en entrelacs ainsi que d'autres plus voyants comme des loups hurlants, des volées de corbeaux ou des dragons chinois.

— Tiens, Belinda…, réagit Harper en voyant la porte s'ouvrir.

Génial ! Sa démone intérieure ne se réjouissait pas plus qu'elle de cette intrusion. Elle trouvait cette Belinda plutôt inintéressante. Elle était une cambion et, par définition, à moitié humaine, mais ces démons étaient tout de même considérés comme une espèce à part entière.

Mains sur les hanches, tapotant sa jupe crayon de ses longs ongles en acrylique, Belinda s'arrêta devant Harper et ses collègues. Comme toujours, elle avait l'air terriblement professionnelle. Elle était parfaitement maquillée, et il n'y avait pas le moindre faux pli dans son tailleur gris sur mesure parfaitement adapté à sa silhouette svelte. Elle portait des chaussures noires à talons, confortables mais modernes. Elle avait remonté ses cheveux blond paille en un chignon banane très strict qui avait dû nécessiter une tonne de laque et devait lui faire mal au cuir chevelu tant il était serré.

— Harper, lança-t-elle, fixant sévèrement sur celle-ci ses yeux noisette, vous devez absolument respecter mon planning si vous voulez que cette fête se déroule sans anicroches.

— J'ai raté quelque chose ? s'enquit Harper en fronçant les sourcils.

— Votre rendez-vous avec la styliste. Vous deviez y être il y a une heure.

— Ah ! vous voulez parler de ce rendez-vous que je vous ai demandé d'annuler ?

— Si vous n'aimez pas cette styliste, lâcha Belinda en trépignant presque, je peux vous en trouver une autre.

— Ce ne sera pas nécessaire. Je vais acheter une robe dans une boutique de la galerie marchande.

— Vous n'êtes pas sérieuse ! éructa-t-elle, le visage défait, réellement horrifiée.

— Et pourquoi pas ?

— Vous risqueriez qu'une autre des invités porte la même tenue que vous.

— Tant pis, rétorqua-t-elle, très peu préoccupée par cette éventualité somme toute insignifiante comparée aux histoires avec Crow.

— J'ai transmis le book de cette styliste à Knox par e-mail il y a quelques jours, dit Belinda en serrant les lèvres, et il m'a donné son accord.

— Je parie que vous étiez le genre de gamine qui rapportait tous les agissements de ses camarades à la directrice de l'école, je me trompe ?

Belinda ressemblait en effet à ces chipies qui menacent sans cesse les autres avec leur petite voix pleurnicheuse de lèche-bottes.

— Pardon ? dit l'intéressée en arquant un sourcil parfaitement épilé.

— Vous serez peut-être choquée de l'apprendre, Belinda, mais je prends mes propres décisions. Knox peut tout à fait approuver votre choix de styliste, mais il ne me dira jamais comment m'habiller.

Surtout après son expérience dans la secte de Riordan. Il savait ce que c'était que de se faire dicter sa conduite. Il n'hésitait pas à lui donner son avis mais jamais il ne choisissait pour elle.

— Knox Thorne est un homme qui aime parvenir à ses fins, déclara Belinda sur un ton très condescendant, et il ne s'en excuse jamais. Si vous tenez à lui, vous devrez apprendre à en tenir compte et à respecter ses désirs.

— C'est cela que vous auriez fait, n'est-ce pas ? demanda-t-elle à la cambion en inclinant la tête pour mieux la scruter et en repoussant lentement sa chaise. Vous lui auriez obéi au doigt et à l'œil ? Vous seriez devenue celle qu'il voulait ? Hum, je comprends mieux alors pourquoi il ne vous a jamais draguée. Il a bien cerné votre personnalité, poursuivit-elle en souriant quand elle vit Belinda sursauter.

Son démon aussi. Une proie facile ne présente aucun intérêt pour un prédateur aussi puissant que Knox Thorne.

— Si vous voulez bien m'excuser, j'ai du travail, dit alors Belinda, les joues presque aussi rouges que son gloss.

— Vous êtes tout à fait excusée, déclara Harper en lui indiquant la porte d'un grand geste de la main.

Belinda se dirigea alors vers la sortie d'un pas très déterminé, ce qui était bien entendu prévisible.

— Elle semble penser que tu n'es pas la compagne idéale pour Knox, n'est-ce pas ? demanda Raini.

— Elle croit le connaître. Elle estime sans doute aussi qu'elle serait une meilleure compagne pour lui. (C'était là son erreur, songea-t-elle.) Elle n'est pas la seule à le penser, expliqua Harper.

Ce qui était malheureusement vrai.

— Tu es la compagne idéale pour lui, la défendit Devon. Elle ne l'a peut-être pas compris mais, toi et lui, vous le savez. C'est tout ce qui compte et…

La porte s'ouvrit une nouvelle fois et Harper sourit à la démone qui venait d'entrer.

— Mamy ! s'écria-t-elle. Bonjour.

— Pourquoi ne m'as-tu rien dit au sujet de Carla ? voulut savoir Jolene.

Elle traversa la pièce suivie de Beck, son *alter ego*, et de Martina, sa fille. Toujours aussi chic, elle était habillée d'un chemisier strict et d'une jupe bien taillée. Son élégance naturelle ne camouflait pas entièrement le fait qu'elle était véritablement foldingue. Elle était aussi une grande manipulatrice et savait exactement comment faire démarrer

Lucifer au quart de tour, ce dont elle ne se privait d'ailleurs pas. Mais ça, c'était une autre histoire.

— Comment l'as-tu appris ? demanda Harper.

Cette affaire concernait le clan de Knox après tout et non pas le sien.

— J'ai mes sources, rétorqua Jolene en passant une main sur sa coiffure toujours aussi impeccable.

— Tes sources ou tes espions ?

— Tu aurais dû me prévenir.

— J'allais le faire, mais je ne voulais pas que tu démolisses quoi que ce soit.

Jolene protégeait les membres de sa famille avec une férocité prédatrice. Et, quand elle s'énervait, elle avait pour habitude de faire exploser des bâtiments. Elle se présentait d'ailleurs comme experte en démolition.

— J'en ai bien envie, déclara Jolene. Le fils aîné de Carla propage toutes sortes de rumeurs. Le petit enfoiré prétend que tu as profité de la fragilité de Crow pour le convaincre d'enlever Carla.

— Tu rigoles ! lança Khloë en écarquillant les yeux.

— Qu'est-ce que tu as fait alors ? s'enquit Harper, qui savait que sa grand-mère n'aurait jamais laissé passer cela.

— Rien, répondit-elle, l'air parfaitement irréprochable.

— Et toi, qu'est-ce que tu as fait ? demanda Harper à Martina.

— Ce qui me fait le plus plaisir, rétorqua-t-elle en souriant.

Elle avait sans doute mis le feu à la voiture de Roan. Super.

— Les membres du clan le croient ? voulut savoir Khloë en croisant les bras.

— Aucune idée, répondit Beck.

— Cela ne m'étonnerait pas que ce soit le cas, dit Harper en se frottant la nuque. Ils savent que Carla m'a abandonnée à la naissance et ne s'est jamais occupée de moi. (Cette histoire était beaucoup plus compliquée qu'il n'y paraissait mais seule une poignée de gens était au courant.) Les démons finissent toujours par se venger, n'est-ce pas ?

— Ouais, intervint Raini, sauf que, toi, tu n'avais jamais éprouvé le besoin de te venger parce que tu as toujours pensé que ta vie était plus agréable sans elle.

— D'accord, mais les autres membres du clan ne me connaissent pas aussi bien que vous. Il est possible qu'ils le croient.

— Knox sera furieux quand il apprendra ce que raconte Roan, déclara Harper en pinçant les lèvres.

— Il doit le savoir à l'heure qu'il est, supposa Jolene.

— Et que fera-t-il, à ton avis ? demanda Devon à Harper.

— Tout dépend s'il est très en colère ou pas.

De toute manière, cela n'augurait rien de bon.

Knox s'installa confortablement dans son fauteuil de cuir et tambourina sur le bureau en scrutant le démon furieux assis devant lui.

— Qu'es-tu venu faire ici ? J'espère que c'est extrêmement important.

En règle générale, les membres de son clan qui avaient un problème à lui soumettre venaient le voir à son bureau de la Cité souterraine. Or ce jeune homme avait sollicité un entretien dans un de ses luxueux hôtels du Strip de Las Vegas, au risque de perturber son emploi du temps toujours très chargé.

—Des elfes du clan Wallis ont mis le feu à ma caisse! lança Roan, le visage tout rouge.

—Ah bon? fit Knox en arquant un sourcil.

—Ils doivent penser qu'ils ne risquent rien parce qu'ils font partie de la famille de votre compagne, déclara-t-il sèchement. Ils ont l'air de croire que cela leur donne tous les droits.

—Tu les as vus mettre le feu? s'enquit Knox en approchant son fauteuil du bureau et en se penchant un peu vers l'avant.

—Non, mais ce sont eux qui ont fait le coup, c'est sûr.

—Pourquoi?

—Harper leur a sans doute répété ce que j'ai dit chez Crow hier, répondit-il en fronçant les sourcils.

—Tu ne crois pas que tes propos étaient injustifiés?

—Même si je le pensais, les elfes auraient pu venir s'en plaindre à vous! Ils n'avaient pas le droit de faire ça! s'écria-t-il en levant une main en signe de protestation.

—Est-ce qu'on peut s'attendre à ce que des elfes se comportent normalement? demanda Knox en esquissant un sourire. Ils sont très protecteurs envers les membres de leur famille.

—Mais je n'ai fait aucun tort à Harper!

—C'est vrai.

—Alors vous allez vous occuper de cette affaire?

—Oui, répondit Knox en se levant lentement. Je suis content que tu sois venu ici aujourd'hui, Roan.

Le jeune démon releva le menton, se réjouissant manifestement de cette réponse.

— Tu vois, on a attiré mon attention, déclara Knox en contournant le bureau, sur le fait que tu colportes de bien étranges propos sur ma compagne. J'avais demandé qu'on t'escorte ici quand par chance tu t'es présenté à l'accueil de ta propre initiative. Je t'en remercie.

Knox eut énormément de mal à s'empêcher de tordre le cou de cet idiot. Son démon montra les dents, il avait envie de se ruer sur lui et de le buter. Le type avait du culot de se présenter devant lui pour se plaindre des elfes après ce qu'il avait fait.

— Je n'ai pas..., commença Roan avant de s'interrompre et de déglutir bruyamment.

Il s'arrêta avant d'avoir terminé sa pensée, conscient sans doute du risque d'aggraver son cas s'il niait. Si ce démon pensait que les membres du clan n'allaient pas signaler son comportement à Knox, il se trompait. Les démons étaient extrêmement loyaux envers leur Grand Maître.

— Je te croyais intelligent, Roan. (Après tout, pensa Knox, le type avait la réputation d'être un avocat particulièrement adroit et très méticuleux avec un cabinet florissant.) Que reproches-tu réellement à Harper ?

— Rien du tout mais je ne supporte pas de savoir que ma mère a été enlevée uniquement parce qu'elle lui a donné naissance et rien d'autre.

— Rien d'autre, répéta Knox. En effet, elle n'a jamais fait rien d'autre pour Harper que de la mettre au monde.

— Ce n'était pas cela que je voulais dire, affirma Roan, démoralisé.

— Et la manière dont ta mère a traité Harper ne te trouble pas ? (Knox en était très affecté, pour sa part.) Tu te sens très supérieur à elle, c'est cela ?

— C'est une Wallis, dit Roan comme si cela suffisait comme explication.

Beaucoup de gens regardaient en effet la famille de Harper de haut mais cela ne semblait pas beaucoup affecter les elfes, pensa Knox. Ils continuaient à s'adonner à une de leurs activités préférées : asticoter les autres.

— Tu te sens vraiment supérieur à elle ? Cela doit beaucoup te contrarier qu'elle ait maintenant autant d'autorité sur toi que moi.

— Ma mère a fait une erreur de jeunesse, quand elle était en pleine dépression. Elle ne mérite pas qu'on lui rappelle constamment cette histoire.

— Je me demande si cela concerne uniquement Carla. Je pense que tu n'aimes pas devoir affronter tous les jours les conséquences de l'erreur de votre mère. Le clan en a voulu à Carla quand les démons ont découvert ce qu'elle avait fait à Harper. Tu en as subi le contrecoup, je suppose. Peut-être que tes camarades de clan ont changé d'attitude envers toi depuis. Tes affaires ont été impactées, j'imagine. S'ils reportaient toute cette haine sur Harper, ta vie redeviendrait plus facile.

Roan le regarda en clignant des yeux.

— Si ton but était de créer la dissension au sein du clan et que ses membres s'en prennent à Harper, je ne peux pas faire autrement que me demander…, dit Knox avant de s'interrompre et d'examiner Roan en penchant la tête sur le côté. Je me demande, reprit-il, quel genre d'homme cherche ainsi à profiter de la disparition de sa mère. Tu vois, Roan, tu regardes peut-être Harper de haut, mais, si les rôles avaient été inversés, elle n'aurait pas réagi comme toi.

— Je ne comprends pas, déclara sèchement Roan. Toutes les femmes se jettent à vos pieds. Vous pouvez avoir qui vous voulez.

— Tu aimerais ça ? soupira Knox, déçu par le jeune homme. Le fantasme que tu décris est entièrement dénué d'intérêt pour moi.

Harper le leur avait bien fait comprendre, à lui et à son démon.

— Vous n'aviez pourtant pas l'air trop malheureux avec une belle fille pendue à votre bras. Vous êtes prospère, riche. Les membres du clan vous vénèrent. Tout le monde cherche à vous faire plaisir, déclara Roan en faisant un geste pour désigner la pièce. Vous avez tout ce que vous avez toujours voulu.

Avec son style de vie, Knox attirait souvent la mauvaise catégorie de personnes : les manipulateurs, les pervers, les croqueuses de diamants… La liste était longue. Harper n'en faisait pas partie mais Knox n'avait aucune envie de partager ses réflexions avec ce pauvre type.

— Tu veux changer de sujet, c'est cela ?

— Je veux simplement dire que je ne comprends pas votre choix.

— Tu te soucies que je ne sois pas l'homme idéal pour elle ? ironisa-t-il. Tu t'inquiètes pour elle ? Après tout, tu es son demi-frère et tu as le droit de te sentir protecteur à son endroit. Tu crains peut-être que je la fasse souffrir ? Eh bien, laisse-moi te rassurer sur ce point. Elle ne risque rien avec moi. Elle sera toujours en sécurité à mon côté. Ce sont les autres qui feraient mieux de se méfier et c'est la raison pour laquelle je me demande pourquoi tu as pris le risque de venir jusqu'ici m'énerver.

Sa colère s'entendait dans sa voix et Roan recula d'un pas.

— Je serai très clair, déclara Knox en pénétrant dans l'espace personnel du jeune homme. Tu vas cesser de répandre des rumeurs, de semer la zizanie. Et tu vas commencer à montrer un peu plus de respect envers ta Grande Maîtresse. Si tu ne te sens pas capable d'accepter l'autorité de Harper, tu n'as qu'à quitter le clan.

— Mais…

— Mais rien du tout, éructa Knox. Je ne t'autorise pas à contester mes décisions.

— Je pourrais te tuer sans aucun effort, déclara alors le démon de Knox en émergeant. Rien ne me ferait plus plaisir.

Roan pâlit.

— J'aime l'odeur de ta peur, poursuivit-il. Tu as raison d'avoir peur. D'autres ont payé de leur vie d'avoir maltraité ce qui m'appartient. Ne t'approche plus jamais d'elle.

Roan opina de la tête et fit précipitamment un pas vers l'arrière.

— Ne pars pas si vite, Roan, lança Knox, qui avait repris le contrôle. Un autre Grand Maître aurait peut-être été un peu plus indulgent avec toi pour cette grave erreur que tu as commise du fait de l'enlèvement de ta mère. Ce n'est cependant pas mon cas, au contraire de Harper qui est très magnanime. C'est d'autant plus ironique que vous la dédaigniez autant, non ?

— *Levi, viens le chercher.*

L'Ankou entra alors immédiatement dans le bureau et empoigna Roan. En dépit de la terreur qui se lisait dans ses yeux, le jeune démon ne tenta pas inutilement de se débattre contre la sentinelle, qui l'emmena.

Knox devait maintenant informer Harper des rumeurs que Roan avait fait circuler sur son compte avant que quelqu'un d'autre s'en charge à sa place. Il préférait le faire entre quatre yeux.

— *Harper, viens me retrouver dans la ruelle latérale. Il faut que je te parle.*

Knox préférait que cela ne se sache pas qu'il avait le pouvoir de se pyrotransporter. Il désirait laisser planer le mystère sur ses capacités. Il retrouvait donc assez souvent Harper non loin du studio pour lui parler en tête à tête.

— *Roan fait circuler des rumeurs sur mon compte.*

— *Comment le sais-tu*, s'enquit-il perplexe.

— *C'est Jolene qui me l'a dit.*

Knox ne prit pas la peine de lui demander comment Jolene était au courant. La grand-mère de Harper était très rusée et elle avait des informateurs partout.

— *Je l'avais pourtant prévenu, je lui avais dit d'arrêter.*

— *Tu vas le punir*, supposa-t-elle, l'air triste.

Cette fille avait un cœur en Chamallow.

— *Bien sûr.*

— *Quelle punition lui réserves-tu ?* voulut-elle savoir après une courte pause.

— *Le châtiment habituel pour un crime de cette gravité.*

Préférant sans doute ne pas savoir en quoi cela consistait, Harper ne demanda pas de précision.

— *Il va m'en vouloir encore plus maintenant.*

— *Il ne te déteste pas personnellement. C'est juste qu'il a beaucoup souffert quand le secret de Carla a été rendu public. Il apprécie par conséquent encore moins d'être sous ton autorité*, lui expliqua Knox.

Puis son esprit vint caresser doucement celui de la jeune femme et réussit à la réconforter comme seul il savait le faire.

— *Ne laisse pas cette histoire t'affecter, Harper. Roan n'est rien, il ne compte pas, même si vous avez un lien du sang. Il a beau être ton demi-frère, cela ne signifie pas pour autant que vous êtes réellement de la même famille.*

— *Tu as raison*, répondit la jeune femme. *As-tu des nouvelles de Crow ? As-tu découvert où il se terre ?*

— *Non mais, ne t'inquiète pas, on va le retrouver.* (Et ce serait sans tarder, Knox était très déterminé.) *Désolé, mais je dois y aller. N'oublie pas, appelle-moi si tu as besoin de moi.*

— *Oui, promis. À plus.*

— *Ne prends pas de risque, ma belle, fais très attention à toi, pour moi, petit sphinx*, l'enjoignit le démon de Knox, qui avait émergé.

Puis Knox reprit le contrôle et mit fin à la conversation à contrecœur, juste à temps pour sa téléconférence.

Chapitre 5

L'Audi s'arrêta devant la boîte de nuit et Harper remarqua la longue file de gens qui attendaient pour entrer. Il y avait foule, même pour un vendredi soir. C'était un des endroits les plus prisés de Las Vegas après tout. Ainsi que l'accès à la Cité souterraine.

— C'est Keenan qui vous accompagne ce soir, expliqua Tanner en se tournant vers Harper. Il vous attend près de l'ascenseur.

— Tu participes aux recherches pour retrouver Crow ?

— Nan, j'ai juste une ou deux choses à faire.

— Comme essayer d'attraper ta queue et enterrer quelques os, c'est ça ? ironisa Devon.

— Merci de nous avoir déposées, Tanner, intervint Raini avec un sourire forcé. Mais arrête un peu de l'asticoter, dit-elle à Devon en l'attirant hors de la voiture.

Khloë les suivit en gloussant.

— À plus tard, Tanner, dit Harper en levant les yeux au ciel.

Puis elle descendit de l'Audi et prit la tête du petit groupe jusqu'à la porte d'entrée. Les humains qui faisaient la queue ricanèrent en voyant leurs tenues. D'accord, elles n'avaient pas pris la peine de se changer avant de sortir du travail puisqu'elles allaient simplement faire un peu de shopping. Personne ne réagit cependant dans la section réservée aux VIP. Il n'y avait là que des démons et, eux, ils comprenaient.

Le portier reconnut Harper; il hocha respectueusement la tête et s'écarta pour la laisser passer avec ses amies. Harper le remercia d'un sourire. Les copines entrèrent et se dirigèrent vers l'escalier sur leur droite, Harper devant et ses amies sur ses talons. Elles descendirent au sous-sol et se trouvèrent dans une pièce assez sombre qu'elles traversèrent pour se rendre à une porte gardée par des démons musclés qui saluèrent Harper d'un hochement de tête poli.

— Si vous voulez bien me suivre, mademoiselle Wallis, dit l'un des vigiles en ouvrant la porte et en accompagnant le petit groupe jusqu'à un ascenseur.

Il entra un code sur un pavé numérique et les portes en métal poli s'ouvrirent. Il adressa un autre signe de tête à Harper et retourna à son poste.

Les filles pénétrèrent dans la cabine et les portes se refermèrent.

— Est-ce que tu commences à t'habituer à ta célébrité parmi les démons ? voulut savoir Devon en s'appuyant sur la main courante.

— Pas vraiment, répondit Harper, toujours un peu mal à l'aise quand des démons la reconnaissaient. Cela m'étonne encore quand ils me saluent comme si on s'était déjà rencontrés.

— Mais bon, c'est normal que les portiers te reconnaissent, dit Raini. Après tout, tu es copropriétaire de la Cité souterraine maintenant. Tu es un peu leur patronne du coup.

L'ascenseur s'arrêta dans un bruit métallique et les portes s'ouvrirent. Keenan les attendait et leur adressa un sourire charmeur. Un seul regard de ses grands yeux bleus langoureux d'éphèbe suffisait pour éveiller les sens de Harper. Elle n'y pouvait rien. Keenan était un incube et, comme Raini, il exsudait le sexe et excitait les autres naturellement même sans le vouloir ni le chercher. Heureusement, personne ne faisait réagir le corps de Harper comme Knox. Elle n'avait donc aucun mal à faire abstraction des charmes de Keenan, qu'elle pouvait facilement reléguer au second plan.

Derrière Keenan se trouvait le paradis des démons. La Cité souterraine était comme le Strip de Las Vegas multiplié par dix. Il y avait des casinos, des boîtes de nuit, des bars, des hôtels, des restaurants, des clubs de striptease et d'autres espaces de loisirs de toutes sortes. Il y avait aussi des activités qu'on ne trouvait pas à Las Vegas, comme des aires de combat où des démons étaient payés pour se battre ainsi que des stades de courses où s'affrontaient des chiens des enfers.

— Bonjour, les filles ! les salua Keenan, sa flasque à la main.

Certains diraient que la sentinelle avait un problème d'alcool. C'était d'ailleurs assez fréquent chez les démons, qui avaient pour la plupart des personnalités dépendantes.

— Vous n'êtes pas en tenue de soirée, constata-t-il. Rassurez-moi, vous n'êtes pas venues faire du shopping ? demanda-t-il, l'air découragé.

— Si ça peut te consoler, répondit Harper en lui tapotant l'épaule, je préférerais ne pas être obligée d'en faire.

— Tu as besoin d'une robe de gala et on va t'en trouver une, affirma Raini en l'attrapant par le bras et en l'attirant vers la galerie marchande.

Harper regarda à l'intérieur de chacun des bâtiments devant lesquels passait le petit groupe. Comme ils étaient dépourvus de devanture, il était facile de voir ce qui se passait à l'intérieur, où des bandes d'amis étaient occupés à rire, manger, boire et danser. Quelques bagarres éclatèrent ici et là mais rien d'anormal.

Arrivé à la galerie marchande, le petit groupe passa les portes de verre automatiques et se retrouva dans un véritable labyrinthe de boutiques, de kiosques, de cafés, de bars à *smoothies*, de salons de coiffure, d'Escalator et de cages d'escalier. Harper, ses amies et Keenan perçurent l'écho des bruits de pas et de conversations. Très bien entretenue, la galerie était claire et spacieuse, et toutes les surfaces et les vitrines brillaient. Assaillie par les odeurs de café, de parfum, d'encaustique et de viande grillée, Harper plissa le nez.

— Viens, dit Raini en désignant l'Escalator du doigt. C'est à l'étage qu'il y a les plus jolies robes.

— D'accord, mais je veux aussi aller manger un morceau, dit Harper, beaucoup plus attirée par les bonnes odeurs qui émanaient de l'aire de restauration.

— Attendez-moi, je vais chercher de l'argent, annonça Devon en se dirigeant vers un DAB avec Raini.

Keenan resta près de la fontaine avec Harper et vit Khloë assener un coup sec sur le côté d'une machine à friandises et en retirer une petite boule de plastique. Elle avait toujours été douée pour ces petites escroqueries.

— Super ! du chewing-gum à la fraise ! se réjouit-elle en ouvrant la capsule tout en retournant auprès de ses amis.

— Est-ce que c'est bizarre, tu crois, demanda Keenan à Harper, que moi, un adulte, j'ai envie d'apprendre à faire ça ?

— Non, c'est plutôt cool, reconnut Harper en souriant parce qu'elle avait vu un groupe de jeunes qui avaient admiré la technique de Khloë et essayaient de l'imiter, mais, malheureusement pour eux, leurs tentatives avaient toutes échoué.

— Allez, on va te trouver une robe, dit Raini en prenant Harper par le bras.

Les copines consacrèrent les quelques heures qui suivirent à la recherche de la robe et des chaussures idéales ainsi qu'aux essayages. Keenan adressa plusieurs regards éplorés à Harper, l'air de la supplier d'avoir pitié de lui, mais elle lui répondit chaque fois par un simple haussement d'épaules. Raini et Devon étaient très déterminées à aider leur amie à trouver la robe de gala parfaite et Harper préférait cela, et de loin, que de traiter avec la styliste de Belinda. En revanche, il y avait tellement de monde dans la galerie marchande qu'on pouvait facilement se sentir claustrophobe. On y trouvait de tout : des vêtements, des livres, de l'électronique, des bijoux, des jouets, de la musique, des chaussures, des sacs, du maquillage, des articles ménagers, des meubles… et ce n'était que le début.

Pile au moment où Harper commençait à en avoir vraiment marre, Raini s'arrêta devant une vitrine et lui indiqua une robe.

— Celle-ci est parfaite pour toi, déclara le succube.

—Elle est un peu trop… sophistiquée à mon goût, réagit Harper en se mordant la joue.

—Ah non ! pas du tout, insista Raini en l'attirant dans le magasin.

—Bonjour, mademoiselle Wallis, la salua la vendeuse au teint mat avec un sourire affable. Puis-je vous aider ?

Harper avait entendu énormément d'offres semblables au cours des quelques dernières heures et elle n'en revenait toujours pas. Elle n'eut pas le temps de répondre que Raini désignait du doigt la robe couleur pêche sur le mannequin dans la vitrine et demandait si elle était disponible dans la taille de Harper.

Pendant ce temps, Harper regardait les portants dans la boutique. Elle arrêta son choix sur un modèle sans bretelles en satin couleur framboise, ornée de petites pierres. Très près du corps jusqu'à mi-cuisse, la jupe s'évasait ensuite vers le bas.

—Cette couleur te va à ravir, s'extasia Devon. Elle est parfaite pour toi.

—Je suis tout à fait d'accord, convint Khloë. Par contre, je ne sais pas ce qu'en pensera Raini. Elle semble beaucoup tenir à ce modèle dans la vitrine.

Harper avait vu juste : le succube insista sur son choix à elle.

—Elle est en soie, d'une grande élégance et puis cette couleur te va à merveille, déclara Raini. Tu n'es pas d'accord, Keenan ?

L'incube ouvrit et referma la bouche à plusieurs reprises avant d'esquisser une grimace.

—Pourquoi est-ce que tu me demandes mon avis ?

—Eh bien, tu es un homme et les hommes aiment bien voir les filles en robe. Et cette robe irait très bien à notre Harper, n'est-ce pas ?

La sentinelle ouvrit et ferma de nouveau la bouche sans proférer un son.

—Arrête. Ça suffit. C'est trop de pression pour moi, parvint-il enfin à articuler.

Harper les laissa se chamailler et se dirigea vers les salles d'essayage où elle passa la robe framboise. Quand elle choisissait des vêtements, elle ne prêtait pas beaucoup d'attention à la manière dont ils mettaient son ossature, sa poitrine ou ses hanches en valeur. Elle recherchait en priorité le confort. Elle aimait avant tout se sentir bien dans ses vêtements, quels qu'ils soient. Cette robe correspondait tout à fait à ses critères même si elle ne cachait pas entièrement la marque que lui avait faite le démon de Knox sur le sein. Mais bon, c'était le cas aussi de la plupart d'entre elles.

En sortant, elle retrouva Raini et Keenan qui continuaient à discuter mais, cette fois, ils comparaient les talents des incubes et des succubes, chacun prétendant que son espèce avait plus de sex-appeal que l'autre. Harper se dirigea tout droit vers la caisse sans même leur adresser un regard.

La vendeuse lui sourit, fit les habituels chichis, prit la robe, la plia et la mit dans un sac qu'elle tendit à Harper.

—Je vous souhaite une belle journée, dit-elle.

—Mais je n'ai pas payé, répondit Harper en lui tendant sa carte de débit.

—Ce n'est pas nécessaire puisque vous êtes propriétaire de la Cité souterraine.

—Peut-être, mais cette boutique ne m'appartient pas. Ce ne sera pas bon pour vos affaires si vous donnez la marchandise.

Harper savait d'expérience que ce n'était pas facile de faire tourner une boutique. Et puis les frais généraux dans cette galerie marchande étaient très élevés.

La vendeuse lui témoigna son respect d'un signe de tête et porta l'achat sur la carte de Harper.

—Il ne nous reste plus qu'à trouver des chaussures, déclara Devon, mais Harper secoua la tête.

—Une autre fois, dit-elle. Je suis trop crevée.

Harper n'était pas une accro au shopping. Elle était plutôt du genre à faire les boutiques jusqu'à ce qu'elle finisse par avoir envie de tabasser les gens qui avaient le malheur de la frôler avec leurs sacs.

—Il est temps d'aller manger un morceau, lança-t-elle.

—Oh, j'adore ce sac rouge! s'extasia Devon en passant devant une boutique de sacs et chaussures. Regardez comme il brille!

—Il vaudrait peut-être mieux éviter cette boutique, intervint Keenan après s'être raclé la gorge et en se grattant la nuque.

—Pourquoi? voulut savoir Devon.

—Eh bien, la gérante…

—… a eu une aventure avec Knox, compléta Harper.

—Comment le sais-tu? s'enquit Keenan en clignant des yeux.

—Je suis entrée là il y a quelques semaines et elle m'a félicitée de notre union. Puis elle a esquissé un petit sourire sournois et m'a raconté qu'elle savait d'expérience que Knox était un amant merveilleux. Elle ne m'a épargné aucun des détails de son histoire avec lui. (Elle lui avait décrit dans les détails ses mains psychiques si talentueuses, son insatiable désir pour elle et lui avait répété tous les compliments qu'il lui avait faits en la baisant.) Puis elle a ajouté que son matelas était très confortable et m'a demandé quelle impression cela me faisait de m'endormir dans un lit où mon compagnon avait reçu tellement d'autres filles.

— Ce n'est pas vrai ! Elle ne t'a pas dit tout ça ! s'exclama Devon, abasourdie.

— Il n'a jamais invité d'autre femme que toi à la maison, dit Keenan en grimaçant. Avant toi, il recevait ses copines dans un de ses hôtels et il a fait remplacer les lits de tous ses appartements après votre union.

— Je sais, répondit Harper. Knox me l'a avoué il y a plusieurs mois déjà. Je me suis esclaffée et je lui ai dit que j'allais ajouter ses propos à ma liste de concepts futiles. (Mais bon, elle n'avait tout de même pas apprécié ces histoires et encore moins d'être confrontée à la réalité de la vie sexuelle mouvementée de Knox avant leur rencontre.) J'ai été très tentée de lui infliger une douleur à l'âme mais la garce aurait su alors à quel point elle avait réussi à m'énerver.

Et Harper n'avait pas voulu donner à cette pouffiasse la satisfaction de la voir souffrir.

— Ne la laisse pas te taper sur le système, dit Keenan. Cette nana est sans importance. Je ne dirais pas que c'est une fille facile, mais elle se laisse draguer par le premier venu.

— Tout compte fait, Devon, dit Khloë en passant la langue sur ses incisives, je pense qu'on devrait entrer voir ce sac.

— Tu as raison, répondit la chatte des enfers.

— Laissez tomber, les filles, soupira Harper.

— Et moi, j'aime bien cette écharpe bleue, ajouta Raini.

— Allez, on va s'amuser un peu, lança Khloë en adressant un regard suppliant à Harper. Ça fait un bail qu'on n'a pas torturé des vendeurs.

— Bon, d'accord, gloussa Harper.

Une fois dans la boutique, elles se séparèrent. Khloë et Devon allèrent jeter un œil sur les sacs et autres accessoires tandis que Harper et Raini regardaient les chaussures. Keenan, pour sa part, assurait leur protection.

Harper eut du mal à contenir un éclat de rire en voyant le visage de la gérante dans un miroir.

— Dis à notre agent de sécurité de bien surveiller la petite et de s'assurer qu'elle ne chipe rien, cracha-t-elle à une des vendeuses en écarquillant les yeux.

Elle se méfiait manifestement de Khloë.

Raini se tourna vers Harper, l'air de dire : « Mais comme elle est mesquine ! »

— Bonjour. Est-ce que je peux vous aider ? s'enquit alors sèchement la gérante avec un sourire forcé en s'approchant.

— Ah ! bonjour, Lora, dit Harper, souriante, en lisant le nom de la rouquine sur son badge. Je suis venue chercher des chaussures pour le gala. Knox m'aime bien en talons hauts.

— Je vois, dit-elle, ses traits se durcissant.

— Vous avez l'air étonnée de me revoir ?

— Comme vous n'aviez pas eu l'air d'apprécier notre échange lors de votre dernière visite, je ne m'attendais pas à ce que vous reveniez, répondit Lora en rectifiant sa coiffure impeccable.

Puis elle se tourna vers Keenan et lui adressa un regard sensuel dont il ne tint aucun compte.

— Elle t'a insultée ? voulut savoir Raini en croisant les bras. Qu'est-ce qu'elle t'a dit ?

— Lora s'est sentie obligée de me raconter sa relation avec Knox et tout le plaisir qu'elle a connu avec lui, répondit Harper.

— C'était juste une petite conversation entre copines, lança Lora en haussant une épaule.

— Elle est même allée jusqu'à prétendre qu'elle avait dormi dans mon lit, ajouta Harper en ne prêtant aucune attention à la gérante. Du grand n'importe quoi.

— C'est vrai, protesta la rouquine en se léchant la lèvre inférieure. Je ne m'attendais pas à ce que cela vous irrite à ce point. Tout le monde sait après tout que Knox a eu une vie sexuelle débridée.

— Vous avez autant de classe qu'une école de campagne, railla Raini en fusillant Lora du regard.

— Raini a raison, vous savez, déclara Harper devant l'air abasourdi de Lora. C'était très mesquin de votre part et de fort mauvais goût de me décrire tous les détails les plus croustillants de votre aventure avec mon compagnon. Je suis prête à parier aussi que vous en avez inventé une grande partie, comme le fait de déclarer que vous avez dormi dans mon lit.

— C'est votre affaire si vous préférez penser que j'ai tout inventé. Moi, je sais ce qui s'est vraiment passé.

— Et vous osez recommencer à dire n'importe quoi, lança Harper. Vous ne proférez que des conneries. Vous feriez mieux de tout ravaler.

— Et vous, vous feriez mieux de sortir de ma boutique, éructa Lora, les joues rouges de colère.

— Pourquoi est-ce que vous me suivez comme cela ? geignit une voix familière dans le fond de la boutique. Vous ne seriez pas un peu bizarre par hasard ?

Harper et Lora se retournèrent et virent Khloë qui apostrophait le vigile.

— Je travaille ici, déclara le type en désignant son uniforme du doigt.

— Vous me soupçonnez de vol à l'étalage, c'est ça ? demanda Khloë, l'air sincèrement blessée. Mais pourquoi ? Est-ce que je vous ai déjà fait quelque chose ?

— Je n'ai pas dit…, bafouilla le vigile.

— Et pourquoi me collez-vous aux basques ? Pour m'intimider ? Vous faites comme ça avec toutes les femmes ?

— Je ne suis pas… Vous n'êtes pas… C'est elle qui m'a demandé de vous suivre, expliqua-t-il en pointant la gérante du doigt.

Les copines avaient réussi à attirer l'attention de tout le monde dans la boutique.

— Vous êtes une elfe, dit la rouquine à Khloë en redressant la tête et en haussant les épaules, comme si cette explication suffisait.

— Moi, au moins, je n'ai pas de préjugés à l'endroit des autres espèces de démons, rétorqua Khloë, les yeux humides de larmes. Je t'attends dehors, Harper, dit-elle à son amie.

Puis, la lèvre inférieure tremblotante, la jeune femme se retourna brusquement pour sortir de la boutique, bousculant au passage une table où étaient exposés des sacs et les faisant tomber. Certains furent même projetés à l'extérieur. L'alarme se déclencha et, l'air honteuse, Khloë sortit du magasin d'un pas déterminé.

— Je dois aller retrouver ma cousine, dit Harper en se tournant vers la gérante. Mais je voulais d'abord vous prévenir que vos frais généraux risquent d'augmenter considérablement dans un avenir rapproché.

— Vous ne pouvez pas faire cela ! déclara la gérante, estomaquée.

— N'allez surtout pas croire, déclara la démone de Harper en émergeant, que vous pouvez nous dicter notre conduite.

La démone se retira alors, Harper fit demi-tour et sortit, suivie de Raini et de Keenan, en contournant les vendeuses qui tentaient désespérément de remettre de l'ordre dans la boutique.

Harper balaya la galerie du regard et aperçut Khloë assise, tête baissée, à côté de Devon, non loin des toilettes. La chatte des enfers frottait le dos de la jeune femme comme pour essayer de la réconforter.

— Ça va ? s'enquit Keenan en s'accroupissant à côté de Khloë, l'air inquiet.

— Bien sûr, répondit l'elfe en relevant la tête et en esquissant un sourire. Tiens, ajouta-t-elle en sortant l'écharpe bleue de sa poche et en la tendant à Raini.

— Ooh ! elle est si douce, s'extasia le succube avec un sourire ravi.

— Tu es très forte, affirma Keenan après avoir dévisagé Khloë pendant au moins dix bonnes secondes.

— La première règle du vol à l'étalage, c'est de déclencher l'alarme avant de sortir, expliqua Khloë. Après, personne ne réagit quand vous quittez la boutique. Il m'arrive aussi de la déclencher plusieurs fois de suite et les employés finissent par croire qu'elle est défectueuse. Hé, qu'est-il arrivé à tes verres de contact ? demanda-t-elle à Harper en se relevant, satisfaite de son bon coup.

— Ma démone a émergé brièvement pour parler à la gérante, répondit Harper. Mes lentilles fondent chaque fois que cela se produit. Allez, on va manger.

Elles optèrent pour un chinois dans l'aire de restauration avant de quitter la galerie marchande. Harper s'étonna de ne pas voir Keenan s'agenouiller et embrasser le sol de soulagement. Elle sourit en apercevant Larkin, la quatrième sentinelle de Knox, qui les attendait à la sortie. La magnifique et svelte harpie avait la posture d'une vraie guerrière. Ses yeux gris-bleu ne rataient rien.

— Hé ! les salua-t-elle. Keenan a dit que vous aviez fini.

Ils avaient manifestement eu un échange télépathique.

— Dis-moi que tu es venue nous annoncer que Crow a été retrouvé, dit Harper.

—J'aimerais bien que ce soit le cas, répondit Larkin, dont le sourire s'amenuisa. Mais non, je suis venue parce que Knox préfère que tu aies deux gardes du corps dans une telle foule.

Génial.

—Ce n'est pas nécessaire, rétorqua Harper tandis que le groupe se mettait en marche. Keenan est là et mes copines sont loin d'être des petites fleurs fragiles.

—Peut-être, mais les Grands Maîtres doivent se protéger, affirma-t-elle. Et tu es une Grande Maîtresse maintenant.

—J'ai très hâte au gala, lança Raini. Tu pourrais avoir l'air de t'en réjouir un peu, Harper. Après tout, cette fête a été organisée en partie pour célébrer ton accession au poste de Grande Maîtresse associée.

—Tu me connais assez bien pour savoir que je n'ai pas du tout envie de fêter cela, rétorqua Harper en sentant survenir une migraine à cette seule idée.

—Je ne pense pas avoir jamais rencontré un autre démon aussi complètement désintéressé par le pouvoir, affirma Larkin en tordant la bouche.

—Il vaut mieux que tu t'y habitues et vite, intervint Keenan, parce que tu en as beaucoup maintenant. La vie avec Knox n'est pas une sinécure, loin de là, et tu t'en doutais.

—Justement, où est-il ? s'informa Devon. Je pensais qu'il devait nous rejoindre ici.

—C'est ce qu'il m'a dit, déclara Harper.

—Il est ici, dans la Cité souterraine, expliqua Larkin, mais à son bureau. Jonas (un autre Grand Maître) s'est pointé juste au moment où il allait partir et a sollicité un entretien. Il était accompagné d'Alethea, expliqua Larkin à Keenan, qui haussa les sourcils avant que les deux sentinelles échangent un regard lourd de sens.

— Quoi ? s'exclama Harper en s'arrêtant. Il y a quelque chose que je devrais savoir ? Et qui est cette Alethea ? Encore une ex de Knox ?

Knox était irrésistible, aucune femme ne pouvait s'empêcher de le désirer et Harper le savait.

— Une ex ? répéta Keenan en insistant sur le mot.

— Une ex-amante, quoi, expliqua Harper.

— Je ne dirais pas cela, déclara Keenan. C'est une copine occasionnelle de Knox depuis quelques siècles, si tu veux tout savoir.

— Quelques siècles, répéta Harper. Je vois. De quelle espèce est-elle ? demanda-t-elle en sentant les muscles de son ventre se contracter de jalousie, un sentiment qu'elle détestait, une émotion inutile, vaine, selon elle.

— C'est une *encantada*.

Très tendue, Harper expira longuement.

— Oui, bon, d'accord, il a fait la bête à deux dos avec une super démone du sexe. C'est bon à savoir.

Les *encantadas* et leur pendant masculin, les *encantados*, étaient de très beaux démons connus pour leur pouvoir de séduction. Ils avaient le don de se transformer en dauphins, ce que Harper trouvait pour le moins curieux.

— Les *encantadas* ont beau détenir de réels pouvoirs, ils ne peuvent séduire que des humains. Les succubes et les incubes, eux, peuvent charmer tout le monde, expliqua Keenan, ou presque, ajouta-t-il en baissant la voix.

Cela ne rassura pas beaucoup Harper. Elle essaya de ne plus y penser, mais bon, elle avait du mal à ne pas se sentir perturbée. Tout comme elle trouvait difficile de supporter la présence de deux gardes du corps qui lui collaient aux basques. Sans oublier que sa vie avait été chamboulée de fond en comble maintenant qu'elle codirigeait un putain de clan.

Elle ne regrettait rien, n'en voulait pas à son compagnon, mais elle avait un peu de mal à s'adapter. Elle avait besoin de distraction, de faire quelque chose, n'importe quoi.

Elle entendit alors un grand « *Yee-haw!* » retentir non loin d'elle. Elle leva les yeux et aperçut une petite arène de rodéo. Puis elle se tourna vers Khloë et échangea un sourire de connivence avec sa cousine.

— Jonas, Alethea, quel bon vent vous amène ? s'informa Knox sur un ton peu avenant en joignant les mains.

Il s'était rendu à la Cité souterraine pour retrouver sa compagne et la ramener à la maison. Il n'était pas d'humeur à parler affaires mais bon, Jonas était un de ses associés et il avait donc accepté de le recevoir.

Il ne savait pas par contre ce que lui voulait Alethea, d'autant plus qu'elle n'était pas en affaires avec son frère et l'accompagnait rarement. Knox s'en fichait un peu dans la mesure où la rencontre ne s'éterniserait pas.

Un sourire cordial éclairant ses traits, Jonas s'installa dans un fauteuil en face de Knox tandis qu'Alethea se laissait choir sur un canapé près de la fenêtre qui donnait sur l'aire de combat.

— On a entendu parler des problèmes de ton clan, expliqua Jonas.

— Quels problèmes ? s'enquit Knox en arquant un sourcil.

— Lawrence Crow, lâcha Alethea sur un ton neutre, vexée que Knox ne l'ait pas embrassée à son arrivée.

— Qui vous a parlé de cela ? demanda Knox en plissant les yeux.

— Beaucoup de gens sont déjà au courant, à mon avis, répondit Jonas. On prenait un verre dans un bar tout à l'heure quand un de tes démons est venu vers nous. Il nous a montré la photo d'une femme en nous expliquant que c'était sa mère, qu'elle avait été enlevée par Lawrence Crow, un démon presque complètement aliéné. Il cherchait à savoir si quelqu'un les avait vus. Il posait la même question à tout le monde.

Putain de Roan !

— En effet, Crow risque de sombrer dans l'aliénation.

— Si tu as besoin d'aide pour le retrouver, je peux t'envoyer quelques membres de mes forces de défense, proposa Jonas. Un démon presque aliéné en liberté est un problème pour toute notre espèce.

— Oui, et il risque d'attirer l'attention des humains, ajouta Alethea. On ne peut pas se permettre de laisser faire ou de sous-estimer le danger que présente un démon dans cet état. C'est arrivé à notre ancien Grand Maître, alors on est bien placés pour savoir qu'un démon aliéné en liberté peut causer des dommages considérables, dévastateurs.

— Il n'en est pas encore là, affirma Knox en se redressant sur son siège.

— Il n'en demeure pas moins dangereux, insista Alethea.

— Je te remercie d'être venu me proposer ton aide, Jonas, mais ce ne sera pas nécessaire.

— Si tu changes d'avis, répondit celui-ci en hochant de la tête, n'hésite pas à me contacter. Sur un autre sujet, tu sais sans doute que c'est moi qui organise cette année la réunion annuelle des Grands Maîtres. Elle aura lieu chez moi le dernier samedi du mois en cours. J'espère que tu nous honoreras de ta présence.

— J'y assiste tous les ans, rétorqua Knox.

Les Grands Maîtres se réunissaient régulièrement pour discuter de leurs éventuels problèmes.

— J'ai entendu dire que tu avais pris une compagne depuis notre dernière rencontre, Knox. J'ai été très surprise. J'ai même cru à une blague.

— Non, c'est vrai, affirma Knox.

— Dois-je en conclure que c'est également vrai qu'il s'agit d'une Wallis ? dit-elle en retroussant très légèrement la lèvre supérieure, une expression de dédain que ne put s'empêcher de remarquer Knox.

Son démon, qui ne l'avait jamais beaucoup aimée, incita Knox à lui lancer un crayon ou même l'agrafeuse à la tête.

— Oui, lâcha Knox. Tu aurais dû l'apercevoir à l'écran lors du vote.

Quelques mois auparavant, des Grands Maîtres avaient cherché à se faire élire Monarque de tous les clans américains. Sans leader mondial, les démons dépendaient uniquement de leurs Grands Maîtres. La majorité des démons s'était prononcée en faveur du *statu quo*. Comme les élections avaient été diffusées en direct, tous les démons avaient pu suivre le processus sur des écrans disposés çà et là dans la Cité souterraine. Ils avaient même pu voir un Grand Maître tuer une Grande Maîtresse pour avoir osé attaquer Harper, qui avait tout de même réussi à infliger une douleur à l'âme à la traîtresse avant que Knox intervienne.

— Cette histoire ne m'a pas du tout intéressée, raconta Alethea. J'étais à Berlin à l'époque de toute façon. (Alethea, comme un grand nombre de démons de son espèce, préférait vivre parmi les humains, plus facilement manipulables et contrôlables.) Tu n'avais pas remarqué mon absence ?

— Non, répondit Knox en se levant. Je te remercie encore une fois pour ton offre d'aide, dit-il alors à Jonas.

— Es-tu bien sûr de ne pas en avoir besoin ? insista Alethea en arquant un de ses sourcils blonds.

— Tout à fait, répondit Knox en contournant lentement son bureau, désirant uniquement rejoindre sa compagne. Crow sera retrouvé et recevra le traitement médical approprié.

— Tu veux le soigner ? s'enquit l'*encantada*.

— Ça se soigne, déclara Knox.

— Un démon presque aliéné est capable de commettre toutes sortes de crimes.

C'était vrai, Knox ne pouvait le nier. Il balaya distraitement des yeux les écrans du système de vidéosurveillance et se raidit. Il eut du mal à croire ce qu'il y vit. Ce n'était pas possible. Mais c'était pourtant vrai, putain !

— Knox, qu'est-ce qu'il y a ?

Il ne répondit pas à la question de Jonas et prit une longue inspiration, mais cela ne l'aida pas. Il sortit précipitamment de son bureau, persuadé que sa compagne souhaitait le rendre fou. Rien d'autre ne pouvait en effet expliquer pourquoi elle avait décidé de mettre ainsi sa sécurité en péril.

— *Qu'est-ce qui ne va pas, Knox?* demanda Levi en lui emboîtant le pas.

— *Je vais la tuer.*

Oui, il allait le faire. Il allait tordre son joli petit cou.

— Knox, attends! cria Alethea sur ses talons.

Mais il ne l'écouta pas. Il continua à avancer d'un bon pas. Quelque chose dans son regard devait révéler sa colère car la foule s'écartait sur son passage tandis qu'il poursuivait sa route sur l'avenue principale de la Cité souterraine. Il atteignit enfin la petite arène de rodéo, où il fut assailli par les odeurs de poussière, de paille, de fast-food et d'excréments d'animaux. La foule tapageuse regardait avec beaucoup d'intérêt un grand type qui essayait de monter sur un taureau.

Knox aperçut alors Keenan, Larkin et les amies de Harper non loin de la clôture haute d'un peu plus de deux mètres qui entouraient l'arène. Tous avaient le regard braqué sur sa compagne, debout avec Khloë près de l'enclos des taureaux. Elle enfilait un gant de cuir et tapotait le gilet de protection qu'elle avait déjà passé. Elle avait dû emprunter ces vêtements pour l'occasion, avec des éperons et des bottes de cow-boy.

— Ce n'est pas bon du tout, ça, marmonna Levi.

Knox se rua sur ses sentinelles en grognant. Il leur avait confié la sécurité de sa compagne. Et elle allait faire quelque chose de très dangereux. C'était pure folie, merde!

— Knox ! s'exclama Keenan en tournant brusquement la tête, les yeux écarquillés.

— Qu'est-ce que Harper fait là ? rouspéta-t-il, serrant les poings pour s'empêcher d'attraper l'incube par la chemise et le repousser contre la clôture.

Ce serait une erreur pour lui de perdre le contrôle. Il risquerait de blesser beaucoup de gens. En revanche, son démon, lui, n'était pas en colère. Au contraire, il aimait bien les décharges d'adrénaline, comme beaucoup de ses congénères, et il respectait le désir de Harper.

— Eh bien, elle avait envie de faire un peu de rodéo, expliqua Keenan en se grattant la nuque, et…

— Tu n'as pas pensé à l'en empêcher ?

— J'ai essayé, mais elle s'est tirée en douce !

Rien d'étonnant à cela.

— Et pourquoi ne l'as-tu pas retenue contre son gré, s'il n'y avait pas d'autre solution ?

— C'est moins dangereux que ça en a l'air, répliqua Keenan.

La sentinelle tressaillit cependant en voyant un démon se cogner le visage sur les cornes du taureau qu'il chevauchait avant de mordre la poussière.

— Si cela peut soulager un peu ton inquiétude, laisse-moi te dire que ce n'est pas la première bête qu'elle monte, sans vouloir faire de jeu de mots, dit Devon.

— Elle a déjà fait du rodéo ? demanda Levi en se tournant vers la chatte des enfers.

— Les elfes adorent ça, expliqua Devon. Surtout quand ils ont bu.

— Quand ils ont bu ? répéta Knox. Tu veux dire qu'ils pratiquent un sport très dangereux même en état d'ébriété ?

— Ça t'étonne ? demanda Devon, surprise.

— Pas trop, non, rétorqua Knox, qui passait beaucoup de temps avec des elfes depuis quelques mois.

Puis il se tourna vers sa compagne qui se dirigeait vers la cage de contention des taureaux où l'attendait un gigantesque animal blanc qui piétinait le sol.

— *Harper, ne monte pas sur cette putain de bête !*

La jeune femme redressa brusquement la tête. Elle chercha Knox du regard et, l'ayant trouvé, elle lui adressa un grand sourire et un signe de la main.

— *Je suis sérieux, Harper*, éructa-t-il.

— *T'inquiète, je gère*, le rassura-t-elle comme si elle le trouvait un peu trop mélodramatique et que ce qu'elle s'apprêtait à faire n'était pas pire qu'une petite promenade sur un poney docile.

— *Je ne peux pas t'autoriser à mettre ta sécurité en jeu, Harper.*

Ce n'était pas sans raison après tout si on appelait le rodéo « les huit secondes les plus dangereuses du monde du sport ».

— *Personne ne décide pour moi, Knox.*

Knox sentit son sang ne faire qu'un tour. Il aurait voulu crier, exiger qu'elle vienne le retrouver, lui interdire de faire cela… Le fait était cependant qu'il pouvait lui donner tous les ordres qu'il voulait mais cela ne ferait aucune différence. Au contraire, elle n'en serait que plus déterminée à agir à sa guise.

Il savait en la choisissant comme compagne qu'il ne pourrait jamais la contrôler. Qu'elle n'en ferait toujours qu'à sa tête. Et sa tête ne fonctionnait pas comme il l'aurait souhaité. Il le savait, il l'acceptait. Mais le rodéo... Ouais, il y avait quand même des limites à tout.

Il décida alors d'essayer une autre approche.

— *S'il te plaît, ma chérie, ne fais pas ça*, dit-il d'une voix adoucie.

Harper redressa les épaules et le regarda, clairement hésitante.

— *Viens me retrouver*, lui demanda-t-il sur un ton plus cajoleur.

— Elle va vraiment monter ce taureau ? s'enquit Alethea en s'approchant de lui et en posant une main sur son bras.

Les yeux de Harper s'étrécirent en la voyant, puis son visage se couvrit d'un masque inexpressif.

Bordel de merde ! Knox s'éloigna, mais trop tard, le mal était fait.

— *Harper, cette fille n'est rien pour moi.*

Pas de réponse.

— Regarde-la. Elle n'a qu'à tenir huit secondes ou plus, c'est tout, expliqua Devon.

— Ouais, grommela Knox. Elle n'a qu'à rester en équilibre sur le dos d'un taureau d'une tonne.

Il vit alors sa compagne regarder droit dans les yeux l'énorme bête manifestement de fort mauvais poil et qui le montrait en soufflant très fort, et il ne comprit pas qu'elle n'ait pas pensé que ce n'était peut-être pas une bonne idée.

— Bien honnêtement, Knox, je n'ai jamais vu un elfe se blesser sérieusement, dit Devon. Il leur arrive de faire une commotion, de se casser un bras à cause d'une mauvaise chute ou un pied sous le poids d'une de ces bêtes, mais rien de trop grave.

— Rien de trop grave ? répéta Knox.

— Je ne réussirai jamais à te rassurer, je pense, déclara Devon en serrant les lèvres.

— Exactement, déclara Knox en se tournant vers Harper juste à temps pour la voir monter sur le dos du mastodonte. Putain ! éructa-t-il.

Harper se retint de chaque côté de la cage de contention et se laissa doucement retomber sur le dos du taureau qui, sans doute de mauvaise humeur et agacé par la corde qui l'entourait, se mit à renâcler. La démone de la jeune femme était surexcitée. Elle avait toujours aimé ce sport et chaque décharge d'adrénaline exacerbait son état.

— Les règles sont assez simples, expliqua le clown du rodéo. Vous devez tenir huit secondes. Vous n'avez pas le droit de toucher l'animal, ou la corde, ni aucune partie de votre corps avec votre main libre sous peine d'être disqualifiée.

Déjà parfaitement au courant du règlement, Harper hocha la tête.

— Et quand vous tomberez, relevez-vous et allez tout de suite vous mettre à l'abri. Croyez-moi, il va vous courir après vite fait.

— J'ai compris, dit-elle en s'agrippant solidement à la corde tressée à plat de sa main gantée.

— Vous êtes bien sûre de vouloir faire cela ? demanda le clown en soupirant. J'ai l'impression que votre compagnon n'est pas très content.

Ouais mais bon, son compagnon était avec une ex-… quoi au juste, elle l'ignorait. Et la garce avait osé le toucher ! Harper n'était pas trop d'humeur à être gentille.

— Allez, dégage, tu me gênes.

— Il ne te reste plus qu'à faire tes prières, dit le clown en gloussant et en s'écartant pour la laisser passer.

— Ça va bien aller, tu vas voir, la rassura Khloë. C'est toi la meilleure à ce jeu !

— Je te vois dans huit secondes, dit Harper en hochant la tête pour indiquer qu'elle était prête.

Puis les portes de la cage s'ouvrirent.

Le taureau déboula furieusement dans l'arène et Knox sentit son cœur cogner contre ses côtes. Tout se passa très vite, sans entrée en matière, sans répit. Le taureau rua. Se cabra. Recula. Se tortilla et se mit à tourner en cercles de plus en plus serrés. Harper tenait bon avec les cuisses, une main en l'air. La foule, ses copines et les sentinelles l'acclamaient, criaient et l'encourageaient.

Knox eut envie de la contacter par télépathie mais il jugea préférable d'éviter de risquer de la déconcentrer. Il se contenta donc de regarder et d'ailleurs le spectacle se termina rapidement. Il lui sembla qu'elle était à peine entrée dans l'arène lorsqu'elle se jeta délibérément au sol et qu'un coup de sifflet retentit.

Le clown du rodéo s'empressa d'aller distraire la bête tandis que Harper se précipitait vers la sortie. Elle leva les yeux vers l'écran géant et put y lire en grosses lettres « DIX SECONDES ». Elle s'arrêta à côté de Khloë, leva les deux mains en l'air et lança un cri digne d'une grande guerrière. La foule l'applaudit et scanda son nom mais elle ne sembla pas se préoccuper de l'intérêt qu'elle suscitait. Encore très excitée, elle bavardait avec sa copine, qui l'aidait à retirer ses vêtements de protection.

— *Tu sais pourquoi elle a fait ça, non ?* demanda Levi à Knox en s'approchant de lui.

— *Pour me donner une attaque cardiaque ?*

Knox avait en effet eu l'impression que son cœur allait lâcher.

— *Cela n'a rien à voir avec toi. Sa vie était très différente avant. Elle était simple mais agréable. Harper a grandi parmi les Wallis, des elfes. Ce sont des êtres sauvages, fonceurs, toujours à la recherche d'activités dangereuses, risquées ou même illégales. Ces gens-là ne prennent pas la vie très au sérieux.*

Effectivement. Harper lui avait parlé de ses différentes expériences au fil des ans, comme les courses-poursuites à grande vitesse ou le cambriolage du coffre d'une banque.

— *Tout est différent pour elle maintenant,* poursuivit Levi. *Sa vie n'est plus si simple. Elle s'amuse, c'est vrai. Mais pas de la même manière. Au lieu d'avoir des activités excitantes et dangereuses comme par le passé, elle ne se déplace plus qu'avec un contingent de garde du corps et elle vit avec un compagnon hyper protecteur. Elle doit même prendre la vie au sérieux parce qu'elle est devenue Grande Maîtresse associée, un poste qu'elle n'a pas sollicité, soit dit en passant. Jolene l'a préparée à prendre sa relève mais cela ne l'intéresse pas.*

— *Je sais. Mais bon, cette histoire de rodéo…*

Tous ces changements inquiétaient sans doute Harper, il le comprenait. Elle avait peut-être peur de devenir une tout autre personne.

— *Qui sait ? Peut-être fait-elle du rodéo depuis sa plus tendre enfance. Ce soir, elle avait besoin de s'amuser, de se distraire, de pratiquer une activité familière et que tout redevienne simple comme avant. Elle t'a prévenu dès le début que tu ne pourrais jamais la contrôler. Elle t'accepte exactement comme tu es mais, toi, tu n'es pas capable de lui rendre la pareille, pas capable de l'accepter telle qu'elle est, avec ce qui en elle te rend un peu fou.*

— *Je ne veux pas la changer.*

Knox la désirait telle qu'elle était.

— *Alors laisse passer cette histoire de rodéo. Je ne te demande pas d'approuver. Je n'ai pas non plus aimé la voir monter ce mastodonte. Mais si tu lui reproches d'être ce qu'elle est, tu lui feras du mal. Et ce n'est pas ce que tu souhaites.*

Knox poussa un long soupir. Levi avait raison et il le savait. Il ne pouvait s'empêcher de lui en vouloir un peu cependant de sa perspicacité. Il attendit impatiemment que Harper s'approche d'eux en bavardant avec sa cousine de façon animée. Les joues roses de plaisir et les yeux brillants, elle avait l'air heureuse. Plus que cela même. Euphorique. Stimulée. Knox ne pouvait plus lui en vouloir.

Raini, Devon et Larkin vinrent à sa rencontre et la félicitèrent, lui demandant comment elle avait réussi à tenir dix secondes. Puis Harper se tourna vers Knox et son regard se fit plus méfiant, inquiet aussi, et il abhorra cela.

— *Viens, ma chérie*, dit-il.

Harper obtempéra.

— Imagine ma surprise quand je t'ai vue sur les écrans de surveillance dans mon bureau, dit-il en lui caressant les bras pour vérifier qu'elle n'était pas blessée.

— Je n'ai rien cassé, ne t'inquiète pas, répondit Harper en souriant devant son inquiétude. Il vaudrait mieux que tu me lâches, par contre, je suis couverte de poussière.

Elle en avait même jusque dans la gorge. Mais Knox la serra encore davantage dans ses bras.

— Bonjour, la salua un autre type qui s'approcha en souriant. Je m'appelle Jonas. On s'est rencontrés brièvement pendant les élections mais je n'ai pas eu le plaisir d'échanger avec vous.

— Oui, en effet, dit-elle simplement en lui adressant un sourire poli.

Plutôt grand, le teint mat, le type était charmant et assez bel homme, mais c'était là le propre des *encantados*.

— Et voici ma sœur, Alethea, ajouta-t-il en la lui présentant.

Harper eut du mal à réprimer un grognement en la voyant approcher. C'était d'autant plus difficile que sa démone intérieure avait très envie d'assener de grands coups de poing à cette garce. Alethea était presque douloureusement belle avec son visage tout à fait symétrique, son ossature parfaite, ses traits exotiques et ses courbes bien dessinées. Le fait de savoir que cette nana avait touché Knox, l'avait embrassé et l'avait accueilli en elle… Eh bien, Harper détestait cela et lui en voulait terriblement. Par contre, elle apprécia la lueur amère qu'elle détecta dans le regard de l'*encantada*.

— Vous êtes bien petite, lui dit Alethea en lui lançant un regard hautain.

— Mais elle est si lumineuse, dit Jonas. Je n'ai jamais vu cette couleur d'yeux avant. On dirait une sorte d'opale.

— Ils ne resteront pas comme cela longtemps, expliqua Knox en caressant du pouce la pommette de sa compagne. Ses yeux sont très changeants.

— C'est vrai ? s'enquit Jonas, l'air fasciné.

— Ses yeux changent de couleur ? lança Alethea en reniflant. Comme c'est étrange, ajouta-t-elle en se tournant vers Knox. Elle n'est pas ton genre de fille. Pas du tout, même.

— C'est peut-être la raison pour laquelle il m'a revendiquée, moi, et pas les autres, rétorqua Harper en lui adressant un sourire charmeur.

Alethea écarquilla les yeux et ses lèvres s'étirèrent en un rictus sévère, déclenchant un rire sarcastique chez la démone de Harper.

— Harper et moi allons rentrer, déclara Knox en prenant sa compagne par le poignet et en l'entraînant derrière lui.

Mais la jeune femme résista, le temps de saluer ses amis.

— N'oublie pas la rencontre, Knox, lança Jonas. C'est très important.

Harper lui adressa un regard interrogateur mais Knox secoua la tête. Ils en parleraient plus tard. Pour l'instant, il voulait juste rentrer chez lui avec sa compagne.

Chapitre 6

Épuisée, Harper pénétra dans le séjour et s'affaler sur le canapé. Sa longue sortie de shopping lui avait donné mal aux pieds mais elle était encore toute surexcitée par le rodéo.

—As-tu fini de bouder ? demanda-t-elle à Knox. Je suis curieuse de savoir à quelle rencontre Jonas faisait allusion.

—Je ne boude jamais, affirma Knox en se mettant devant elle. Je t'en veux encore par contre de t'être ainsi exposée au danger.

—Ce n'est pas comme si je m'étais précipitée devant un bus en marche.

—Mais tu as chevauché un taureau.

—C'est moins grave que de baiser un dauphin.

—Quoi ? s'exclama Knox, éberlué.

—Je veux parler de toi avec Alethea, expliqua Harper en levant un doigt. Sérieusement, Knox, je n'aime pas sa façon de te regarder, comme si tu étais à elle. C'est normal, je suppose, qu'elle estime avoir des droits sur toi vu que vous vous connaissez depuis tellement longtemps, depuis avant ma naissance même.

Knox fronça les sourcils.

—Elle n'a aucun droit sur moi, affirma-t-il.

Harper était la seule personne à en avoir.

—Je sais, dit-elle.

—Tu essaies de changer de sujet, soupira Knox.

—Effectivement. Mais tu as bel et bien baisé un dauphin.

—Alethea peut se transformer en dauphin, c'est vrai.

En revanche, il ne l'avait jamais vue faire même si c'était courant pour son espèce.

—Les dauphins sont des animaux particulièrement vicieux, tu sais.

—Les dauphins sont vicieux? répéta-t-il, vraiment perplexe.

—Ce sont les seuls prédateurs qui tuent leurs petits pour le plaisir. Et les mâles pratiquent le viol en réunion. Oui, je sais, ils ont l'air mignons comme ça, mais leur apparence gentillette cache bien leur vraie personnalité. En fait, ils sont la version marine de Ted Bundy, le *serial killer*.

Knox ferma les yeux et expira longuement. Son démon était hilare.

—Je ne vois pas à quoi tu veux en venir, pourquoi tu me racontes tout cela.

—Ben alors, tu pourrais peut-être me dire à quelle rencontre Jonas faisait allusion.

—On en parlera quand je t'aurai livré le fond de ma pensée, déclara-t-il en ouvrant les yeux. Voilà: je n'aime pas te voir monter sur un taureau d'une tonne. Cela m'agace profondément que tu t'adonnes à une activité aussi dangereuse. Tu aurais pu te faire très mal mais ça tu le sais mieux que moi. Je n'apprécie pas que tu n'aies pas pris mon inquiétude au sérieux. Je comprends toutefois pourquoi tu as fait ce rodéo.

— Ah oui ?

— Ta vie a été entièrement bouleversée, déclara Knox en aidant Harper à se relever et en la prenant dans ses bras. C'est difficile à accepter, émotionnellement parlant. C'est normal. J'aimerais que tu m'en parles quand tu te sens dépassée. Laisse-moi t'aider plutôt que de sauter sur le dos d'une bête sauvage.

— Je suis désolée, lui dit-elle en lui caressant les épaules, si tu as pensé que je ne prenais pas tes inquiétudes au sérieux. Crois-moi, ce n'était pas du tout de l'arrogance de ma part quand je t'ai dit de ne pas t'inquiéter. Je voulais simplement te rassurer. Tu veux tellement me protéger que tu as du mal à accepter que je sois capable de veiller sur ma propre sécurité.

— Ce n'est pas que je ne me fie pas à ton jugement mais plutôt que je me méfie des taureaux sauvages.

— Bon, d'accord, tu fais exprès de ne pas comprendre ! s'exclama-t-elle en levant les yeux au ciel. Dis-moi plutôt à quoi Jonas faisait allusion.

— Cette année, expliqua Knox en posant les mains sur les hanches de sa compagne, c'est à lui qu'incombe la responsabilité d'organiser la rencontre annuelle des Grands Maîtres américains où nous discutons de nos sujets de préoccupation. Cette réunion aura lieu dans quinze jours et Tanner et Levi vont nous accompagner.

— Pourquoi est-il venu te voir ?

— Il avait entendu parler du problème de Crow. Il semble que Roan arpente la Cité souterraine avec une photo de Carla et demande à tous les passants s'ils ont vu sa mère.

Harper tapota distraitement les épaules de Knox du bout des ongles.

— J'ai beau ne pas encore être très à l'aise dans mon rôle de Grande Maîtresse associée, je ne suis pas très contente, je l'avoue, que Jonas et le dauphin aient cherché à te rencontrer sans moi ce soir, comme si je n'existais pas.

La démone intérieure de Harper était vexée.

— Si j'avais su que Jonas ne voulait pas me parler uniquement d'affaires, je t'aurais invitée à te joindre à nous.

— Tu sais, il se peut qu'ils ne me considèrent pas vraiment comme ta compagne. Peut-être même sont-ils si étonnés qu'ils ont du mal à prendre notre union au sérieux. Après tout, il est très rare qu'un Grand Maître choisisse une compagne parce qu'il leur répugne de partager leur pouvoir.

— C'est possible, reconnut Knox en repensant aux propos d'Alethea, qui lui avait fait part de ses soupçons concernant la véracité des rumeurs sur son union.

— Nos congénères partagent sans doute aussi son incrédulité. La majorité t'a vu tuer Isla pour me venger mais peut-être pensent-ils que tu l'as fait parce que nous sommes *alter ego*.

— Ou peut-être refusent-ils simplement de prendre notre union au sérieux ? Un couple de Grands Maîtres détient beaucoup plus de pouvoir qu'un chef de clan célibataire. On est le seul couple de Grands Maîtres au monde, et le fait qu'on soit tous les deux très puissants nous rend encore plus effrayants.

— Je suis loin d'être aussi puissante que toi, dit Harper.

Et cela ne la perturbait pas du tout parce qu'elle trouvait que personne n'aurait dû être obligé de maîtriser ou de contrôler les pouvoirs que détenait Knox.

— Tu es loin d'être faible et les démons respectent ta force. Tout le monde sait maintenant que tu peux infliger des douleurs à l'âme.

— Ouais, mais bon, je suis une Wallis. Du coup, je ne suis même pas prise au sérieux en tant que femme.

C'était ridicule cette réputation qu'avaient les elfes, mais Harper avait malheureusement raison.

— Ils apprendront, il faut leur donner le temps.

Harper demeurait sceptique cependant. Les préjugés à l'endroit des elfes, et de sa famille en particulier, étaient beaucoup trop profondément ancrés.

— Mais toi, tu prends notre union au sérieux, n'est-ce pas ? demanda Knox en plongeant son regard dans celui de sa compagne.

— Évidemment, répondit-elle, étonnée. Je ne comprends pas que tu me poses cette question.

— Parce que tu t'attends toujours à ce que les gens t'abandonnent. (Comme ses parents l'avaient fait.) Je veux m'assurer que tu sais que, moi, je ne le ferai jamais.

— Je ne crois pas que tu vas le faire.

— Mais tu n'as pas confiance, lança-t-il.

Ouais, mais bon, il n'avait pas besoin de s'en faire avec ça.

— Knox, j'ai toujours eu du mal à avoir confiance, surtout quand mes désirs se réalisent. Ce n'est pas parce que je n'ai pas confiance en toi.

— Tu ne te sens toujours pas en sécurité, n'est-ce pas ?

— Ça, c'est mon problème, dit-elle en haussant les épaules. Cela n'a rien à voir avec notre relation. (Knox ne sembla pas convaincu.) Il y a beaucoup de gens, Belinda par exemple, qui ne comprennent pas ce que tu vois en moi. Ils se demandent pourquoi un mec qui peut avoir n'importe quelle nana m'a choisie, moi. Veux-tu que je te dise pourquoi cela m'énerve ? C'est parce que ces gens-là te croient superficiel. Or ils se trompent.

» Je me demande parfois, avoua-t-elle en se lovant contre lui, comment tu peux supporter une fille comme moi qui met constamment ta patience à l'épreuve. Tu n'es pas le genre d'homme à prendre des décisions irréfléchies, je sais. Et tu cherches toujours à obtenir ce que tu désires. Alors je te crois quand tu me dis que c'est moi que tu veux. Mon subconscient mettra du temps à l'appréhender, c'est tout. C'est juste que j'ai toujours cru que les gens allaient et venaient dans ma vie sans s'arrêter, qu'ils étaient libres comme l'air. Et puis je ne pourrai pas m'empêcher d'être toujours un peu inquiète, mais ce n'est pas une mauvaise chose, tu sais. Cela veut dire que je ne te tiendrai jamais pour acquis.

— Mais cela signifie aussi que tu ne m'appartiens pas complètement et, moi, c'est ce que je souhaite. (Il était très avide en ce qui la concernait.) Je veux que tu sois toute à moi, y compris cette partie de toi qui demeure sur ses gardes en ce qui me concerne.

— Donne-lui le temps de s'habituer à te voir tous les jours.

— Avant que tu saches à quelle espèce j'appartenais, dit-il en replaçant une mèche des cheveux de Harper derrière son oreille, je craignais de te perdre. Mais tu m'as accepté tel que je suis. Si je me souviens bien, tu as dit : « Je m'en fous. Complètement. » Tu as vu ce que je suis capable de faire, tu sais mieux que personne que je suis très dangereux et jusqu'où je suis prêt à aller pour te protéger, et pourtant, tu es encore là.

— C'est bien la preuve que tu n'as pas à t'inquiéter. Ce qui compte, ce n'est pas ce qu'on dit mais ce qu'on fait.

Knox allait donc devoir réfléchir un peu à ce qu'il lui restait à faire pour la convaincre qu'il n'allait pas la quitter.

— Tu as congé demain, dit-il en changeant de sujet. As-tu prévu quelque chose ?

— Une leçon de vol avec Khloë.

Pour tout dire, ces leçons ne donnaient pas grand-chose. Harper avait vécu presque toute sa vie sans ailes. Tous les sphinx portaient dans le dos une sorte de tatouage représentant des ailes qu'ils pouvaient déployer pour voler. Harper avait bien ces marques mais elle n'avait jamais pu faire apparaître ses ailes. Du moins jusqu'à quelques mois plus tôt, quand un peu du pouvoir de Knox s'était infiltré dans son esprit et dans son corps.

— Je peux aussi te donner des leçons de vol, lança Knox en fronçant les sourcils. Pourquoi ne me l'as-tu pas demandé ?

— Tu es si occupé.

— Peut-être, mais j'ai toujours du temps pour toi. Les ailes de Khloë ne ressemblent pas du tout aux tiennes. Elles sont gothiques, on dirait des ailes de chauve-souris.

— Ouais, mais bon, les tiennes sont faites d'énergie magmatique ; elles sont très différentes des miennes aussi.

— Cela ne m'empêche pas de te donner des leçons.

— Tu n'aimes pas, conclut Harper, qui venait de comprendre, que d'autres personnes fassent des choses pour moi, c'est cela ?

— Je ne dirais pas exactement cela.

Bon, soit. Il désirait, de manière très égoïste, être tout pour elle, qu'elle n'ait besoin de personne d'autre que lui.

— D'accord, très bien, soupira-t-elle. Tu peux me donner des leçons de vol.

Satisfait, Knox embrassa sa compagne.

— On commence demain alors. Allez, à la douche ! dit-il en passant un bras autour de sa taille et en la soulevant, on va aller te débarrasser de ces effluves de taureau.

Harper enroula ses jambes autour de sa taille. Elle trouvait que c'était une bonne idée.

— Prête ? demanda Knox.

— Pas vraiment, grimaça Harper.

— Ce n'est pourtant pas ta première leçon de vol.

Effectivement, mais c'était la première fois qu'elle prenait une leçon sur une crête surplombant un profond canyon. Elle était donc un peu nerveuse, même si le paysage était divin. Et puis il faisait une chaleur torride, aussi sèche que la brise.

— Ces leçons ne m'aident pas beaucoup. Je ne sais pas si c'est facile pour toi de déployer tes ailes mais, pour moi, c'est vraiment laborieux. Je ne me rendais pas compte à quel point c'était difficile de simplement les faire apparaître.

— Mais tu y arrives ?

— Oui, acquiesça-t-elle en écrasant un insecte qui s'était approché un peu trop d'elle. C'est le vol qui est dur.

— Où sens-tu tes ailes ? Dans les épaules ou dans ton dos ?

— Je sens comme un poids qui va de mes omoplates jusqu'au milieu de mon dos. Plus comme des bras que comme des ailes. C'est très étrange.

Knox sentait aussi ses ailes dans son dos et dans ses épaules, mais très différemment de ses bras.

— Fais-les apparaître. Je vais les examiner.

— Es-tu sûr, lui demanda-t-elle en déplaçant nerveusement son poids d'un pied sur l'autre sur le sol rugueux, que c'est une bonne idée de faire cela dans le Grand Canyon ? On n'est pas exactement seuls ici.

La vue surtout était magnifique avec tous ces rochers de couleur et le fleuve Colorado qui coulait au centre du canyon.

— Ma chérie, on est dans un parc national qui s'étend sur près de cinq mille kilomètres carrés. Le canyon lui-même mesure près de cinq cents kilomètres. C'est un immense terrain de jeux pour les touristes. Les déplacements sont très difficiles dans cette zone et c'est pourquoi il n'y a jamais personne.

— N'oublie pas les sorties en hélico.

— On les entendrait de loin et je nous pyrotransporterais rapidement loin d'ici.

De la même manière qu'il les avait transportés dans ce lieu.

— On pourrait reporter cette leçon, dit Harper. On a tellement de choses plus importantes à faire. Comme retrouver Crow avant qu'il fasse du mal à Carla.

Si ce n'était pas déjà fait. Il y avait des chances qu'elle soit déjà morte et ils le savaient tous.

Le sol caillouteux crissa sous les pas de Knox.

— Ils sont nombreux sur leur piste, Harper. Les membres des forces de défense les cherchent jour et nuit, lui et Carla. D'accord ?

Mais Knox ne pouvait pas promettre que Carla serait retrouvée vivante.

— D'accord, répondit-elle en inspirant profondément.

— Super, dit-il en reculant d'un pas. Maintenant, arrête de chercher des prétextes pour reporter cette leçon, ajouta-t-il tendrement.

Harper prit encore une longue inspiration et fit apparaître ses ailes, qui l'enveloppèrent presque.

— *Putain de merde !* jura-t-elle de douleur.

C'était chaque fois comme si on lui arrachait la peau du dos, même si la jeune femme savait que ce n'était pas le cas.

— Tes ailes sont magnifiques, déclara Knox, et son démon était d'accord. (Très fines, elles étaient composées de plumes or, noires et rouges. Leur forme rappelait celles d'un aigle.) Elles sont super sexy, affirma Knox en les lissant du bout du doigt. Soyeuses et douces. Elles ont l'air si légères mais elles sont solides comme l'acier.

— Je doute qu'elles soient aussi solides que celles de Larkin par contre.

— Ses ailes sont lourdes et résistantes mais pourvues d'os. Et les os, ça se brise et cela pourrait l'empêcher de voler. Mais les tiennes n'ont ni os ni muscles, ce qui signifie qu'elles ne peuvent pas casser ni se fatiguer. (Les muscles de son dos et de ses épaules pouvaient tout à fait s'épuiser par contre.) Elles sont peut-être incassables mais elles ont tout de même quelques points faibles.

— Elles sont très fines, dit Harper en hochant la tête, d'accord avec Knox, ce qui signifie qu'elles sont très sensibles et vulnérables face à des objets tranchants. Peut-être ne se déchireraient-elles pas facilement mais je risque d'avoir mal.

— Exactement. Tu devras faire preuve de la plus grande prudence. Et il y a un autre danger, ajouta-t-il en lui caressant de nouveau les plumes.

— Les ailes de sphinx sont très recherchées, répondit Harper, qui avait compris ce à quoi il faisait allusion. Elles sont considérées comme un trophée et se vendent très bien. On chasse donc souvent les sphinx pour les leur prendre.

— Je ne voudrais pas que tes ailes finissent sur un mur. Tu as raison de ne pas les montrer. Elles sont uniques.

Harper était vulnérable du fait qu'elle ne savait pas voler et un chasseur pourrait certes en profiter pour lui prendre ses ailes. C'était la raison pour laquelle Knox tenait tellement à lui apprendre à bien les utiliser.

— Elles sont aux couleurs des flammes des enfers. Qu'est-ce que cela peut bien vouloir dire ? demanda-t-elle en se mordant la lèvre inférieure.

Craignant la réponse, elle n'avait pas encore osé poser la question.

— Peut-être rien du tout.

— Mais il peut aussi y avoir une raison. Laquelle ?

— Honnêtement, je l'ignore. (Knox y avait beaucoup réfléchi mais n'avait pas encore trouvé de réponse satisfaisante.) Je refuse de croire que c'est parce que tu possèdes maintenant certains de mes pouvoirs. Cela t'aurait tuée.

— Je n'ai pas la force nécessaire pour maîtriser ce genre de pouvoir, dit Harper, qui se demandait comment il y parvenait. Quand le bouclier entre nos esprits est tombé et que ton pouvoir s'est infiltré en moi… je n'ai jamais eu aussi mal. Je pensais que j'allais mourir. Vraiment.

— Peut-être, dit-il en glissant la main sur la nuque de Harper et en la lui serrant pour la réconforter, que ces couleurs sont simplement le reflet de mon pouvoir, qui a permis à tes ailes de se matérialiser avant de me revenir.

— C'est l'explication la plus logique, répondit Harper.

Ou, du moins, une explication qui ne l'inquiétait pas trop.

— Bon, et si on commençait cette leçon ? demanda Knox en la relâchant et en reculant d'un pas. Bats des ailes mais pas assez pour te soulever de terre.

Harper se passa un bras sur le front pour en enlever la poussière et la sueur. Puis elle contracta les muscles de son dos et réussit à battre une seule fois des ailes.

— Très bien. Tu as eu mal ?

— Non, ça va. C'est plus tard que j'aurai des courbatures.

— Encore une fois, dit-il. Encore, encore, répéta-t-il et Harper obtempéra. Tu bouges les bras en même temps.

— Je sais, grommela-t-elle. C'est parce que je les sens comme des bras. Du coup, j'ai du mal à garder les bras immobiles.

— Il faut que tu t'entraînes sinon tu auras des problèmes d'équilibre dans les airs plus tard.

— N'as-tu pas quelque chose de nouveau à m'apprendre ? Ça, je le savais déjà.

— Tu es si mignonne quand tu t'énerves, dit Knox en la prenant dans ses bras et en l'embrassant férocement.

Elle lui faisait penser à un chaton en colère quand elle était d'humeur massacrante. Elle marmonna quelque chose qu'il n'entendit pas, le son ayant été masqué par le cri d'un oiseau de proie.

— Bats des ailes mais ne décolle pas encore. Je veux que tu t'entraînes à battre des ailes sans bouger les bras. (Harper réussit, mais seulement une dizaine de secondes.) Tu as recommencé à bouger les bras.

— Je sais, dit-elle en soupirant.

La petite moue qu'elle esquissa fit rire son démon. Puis Knox lui prit les deux poings, qu'elle tenait serrés contre elle, et les immobilisa.

— Vas-y maintenant. Il faut que tu apprennes à différencier tes ailes de tes bras.

Harper battit doucement des ailes en gardant son regard braqué sur celui de son compagnon comme si elle y puisait de l'énergie.

— Très bien, tu peux arrêter, dit-il.

Harper lui obéit en poussant un soupir de soulagement. Elle avait déjà mal aux épaules et au dos mais ne s'en plaignit pas.

— Cela s'est très bien passé. Voyons maintenant si tu y arrives sans que je te tienne les mains.

Harper hocha la tête et mit les mains dans les poches.

— C'est un peu comme quand je te tiens les mains, là, remarqua-t-il, amusé.

— Je m'en fous. J'en ai marre de battre des bras comme une idiote. J'arrive maintenant à faire la différence entre mes ailes et mes bras, affirma-t-elle après quelques nouveaux battements. La différence est très subtile, comme si mes ailes étaient un chouïa plus légères que mes bras. Qui aurait cru que des ailes aussi fines puissent être si lourdes ?

— Tu les trouveras sans doute plus légères quand tu t'y seras habituée. Maintenant, dis-moi : quand tu t'entraînes avec Khloë, tu voles ou tu planes ?

— Je plane, avoua-t-elle honnêtement.

— C'est bien ce que je pensais, déclara-t-il, l'air amusé. Et je suis un peu curieux… Est-ce que tu es gracieuse ?

— Non, pas du tout.

— On va y remédier, mais pas aujourd'hui, dit-il en l'embrassant. L'erreur que font la plupart des gens quand ils commencent à voler, c'est de ne pas démarrer par le vol stationnaire. Tu te feras mal si tu tombes. Mais si tu apprends d'abord à freiner et à faire du surplace, tu sauras éviter la chute.

— Euh… je n'avais pas pensé à cela, répondit-elle en inclinant la tête sur le côté.

— Comme la plupart des démons, parce qu'ils ont juste envie de voler sans réfléchir aux aspects techniques. Ils ne pensent qu'à s'amuser et après, quand ils se font mal, ils se demandent pourquoi. Alors, même si tu ne trouves pas cela trop palpitant, je vais commencer par t'apprendre à faire du surplace.

— Dacodac, dit-elle, n'aimant pas trop l'idée d'une chute mortelle.

— Tu vas commencer par t'élever un tout petit peu dans les airs. Tu devras employer un peu plus de force en faisant battre tes ailes parce qu'elles ne pourront pas te soulever autrement.

Harper ferma les yeux pour écarter toutes les distractions et mieux se concentrer sur le poids qu'elle sentait au niveau des omoplates. Elle banda ses muscles au maximum avant de les relâcher. C'était comme de tirer sur un élastique et de le détendre. Ses ailes la soulevèrent facilement mais elle retomba vite et vacilla sur le sol inégal.

— Très bien. Décollage réussi. (La descente avait été un peu maladroite, mais ce n'était pas entièrement sa faute.) Cette fois, bats des ailes sans discontinuer mais n'essaie pas d'aller plus haut. Bats-les vite mais en souplesse.

— D'accord, répondit-elle en obtempérant. Hé, ça marche ! s'exclama-t-elle avant de perdre le rythme et de refouler le sol des pieds. Correction : cela a marché.

— C'est super, cela prouve que tu peux le faire. Alors refais-le. C'est rasoir comme exercice, je sais, mais c'est important. Je ne vais pas t'apprendre à voler tant que je ne serai pas satisfait que tu ne vas pas t'écraser au sol comme une fléchette.

— On va s'arrêter là, dit-il au bout d'une heure d'exercices intensifs quand la douleur déforma les traits de sa compagne. Tu en as assez fait pour aujourd'hui.

— J'ai le dos tout courbaturé, reconnut-elle en bâillant et en grimaçant, puis en s'étirant comme un chat.

— Je sais. Mais, crois-moi, tout cela deviendra de plus en plus facile. Replie tes ailes. Je sais que ça fait mal, mais tu dois oublier la douleur si tu veux apprendre à les contrôler. Très bien, dit-il quand ses ailes reprirent leur place sous sa peau.

Puis il la souleva et elle se lova contre lui en passant les bras autour de son cou. Des flammes les enveloppèrent et leur léchèrent la peau, et Knox les pyrotransporta jusqu'à la maison.

— Repose-toi, ma chérie, lui dit-il en l'installant sur le lit et en l'embrassant sur le front. Je reviens.

Harper marmonna quelque chose d'incohérent et se retourna sur le ventre.

Knox traversa la maison et se rendit dans le séjour d'un pas vif. Installées sur les canapés, ses quatre sentinelles l'attendaient comme il le leur avait demandé.

— Alors, Harper s'est bien débrouillée ? demanda Larkin.

— Mieux que moi quand j'ai eu ma première vraie leçon, répondit-il franchement. Des nouvelles de Crow ?

— Il ne doit pas être bien loin, affirma Tanner, les chevilles croisées, en secouant la tête. Il va tenter de t'attaquer, j'en suis sûr.

— Que voulaient Jonas et Alethea ? s'enquit Levi.

— Ils sont au courant pour Crow, expliqua Knox en mettant les mains dans les poches de son pantalon. Ils m'ont dit que Roan arpentait la Cité souterraine avec une photo de Carla et demandait à qui voulait l'entendre s'ils avaient vu sa mère. Il prétend que Crow a sombré dans l'aliénation, ce qui pourrait inciter le premier venu qui le croise à le tuer sans poser de question. Surtout si cette personne ne connaît pas la vérité. Je vais te demander d'aller le voir, Keenan, pour lui expliquer que son comportement m'insupporte et l'aider à entendre raison.

— On va bavarder, lui et moi, affirma l'incube en hochant la tête.

— Jonas voulait juste te parler de Crow ? s'enquit alors Levi.

— Il est venu me proposer son aide pour le retrouver.

— Ce n'était donc pas un rendez-vous d'affaires, intervint Keenan. Il n'a pas demandé à voir Harper ?

— Harper pense que beaucoup de gens ne prennent pas notre union au sérieux, déclara Knox en se calant dans un des canapés en demi-lune.

— Je suis assez d'accord avec elle, dit Tanner. Je ne voudrais pas que tu te méprennes cependant. Les membres de notre clan se réjouissent pour toi et sont contents d'avoir Harper comme Grande Maîtresse associée. Les petites rumeurs de Roan ne vont pas changer cela. Ils croient, selon moi, que tu souhaites que cette union soit permanente mais ils ont un peu de mal à y prêter foi.

— Tu as vécu très longtemps seul, ajouta Levi en acquiesçant de la tête. Les membres du clan n'ont pas l'habitude de te voir accorder une telle place à une femme dans ta vie. Plus longtemps tu seras avec elle, plus ils finiront par y croire.

— La teuf marquera une étape dans le cheminement de leur pensée, tu verras, déclara Tanner, ils prendront ton union un peu plus au sérieux.

— Merde ! Voilà que toi aussi tu parles de teuf ! s'exclama Knox, dépité.

Pourquoi son démon s'était-il esclaffé ?

— Désolé, reprit Tanner, l'air de ne pas trop regretter son choix de mot. J'ai pris ça de Harper, à force de l'entendre.

— Il y a quelque chose d'autre que tu dois prendre en compte, Knox, dit Levi en se penchant vers l'avant, les mains jointes. Les membres du clan souhaitent que cette union soit durable mais je doute que les autres Grands Maîtres partagent leur avis.

— Je suis d'accord avec toi, déclara Knox. Ils avaient peur de moi quand je dirigeais seul le clan. Avec une compagne à mon côté, je deviens encore plus dangereux.

— Ils seront choqués d'apprendre que tu acceptes de partager ton pouvoir, affirma Larkin en jouant avec sa longue natte.

— Ce n'est pas négatif, ajouta Levi. Les gens ont peur de toi parce qu'ils ne te comprennent pas et ne connaissent pas tes motivations. Tu es assez fort pour diriger toute notre espèce mais tu ne le souhaites pas. C'est déconcertant pour eux. Les gens craignent ce qu'ils ne comprennent pas.

— Je doute qu'ils réussissent à comprendre mieux Harper, déclara Keenan en prenant une gorgée de sa flasque. On a bien vu qu'elle ne s'intéresse pas du tout aux avantages liés au fait d'être ta compagne.

— Harper préfère gagner tout ce qu'elle a à la sueur de son front, expliqua Knox en passant un bras sur le dossier du canapé. Les cadeaux qu'elle reçoit, et même ses propres dons, n'ont pas la même valeur pour elle. Elle les conserve, les utilise et les apprécie mais elle ressent une plus grande satisfaction quand elle obtient quelque chose par son travail.

— Je respecte cela, réagit Keenan.

— Vous serez peut-être intéressés d'apprendre que Bray et Roan ont raconté aux autres membres du clan la vision que prétend avoir eue Crow, les informa Larkin. La plupart n'y prêtent aucune attention, ils connaissent la chanson avec un démon dans l'état de Crow. Ils savent que ce genre de prédiction est courante venant d'un démon aliéné ou presque. D'autres sont un peu perturbés par contre, mais je doute qu'aucun d'entre eux croit vraiment à la naissance d'un bébé démoniaque qui nous détruira tous. Ah ! oui, Bray et Roan demandent également que Crow soit abattu plutôt que d'être soigné, même en sachant qu'il a un problème mental.

Cela énerva beaucoup Knox.

— Je ne souhaite pas qu'on neutralise un malade qui ne sait pas ce qu'il fait, à moins que cela ne s'avère nécessaire pour sauver une vie.

En dépit de ce que certains démons croyaient, Knox ne tuait jamais pour le plaisir. Son démon, par contre… mais bon, ça, c'était une autre histoire.

Chapitre 7

Knox se pinça l'arête du nez et poussa un long soupir ennuyé en regardant sa montre. La réunion prendrait fin dans dix minutes mais il n'avait vraiment pas envie de passer ce temps à écouter un échange houleux entre deux de ses associés humains. Il avait des choses beaucoup plus importantes et intéressantes à faire. Déjà agité, son démon s'impatientait de plus en plus.

Il envisagea de communiquer avec Harper par télépathie, sachant que sa voix calmerait son démon, quand l'esprit de Levi frôla le sien.

— *Knox, sors de là au plus vite*, dit la sentinelle. *C'est urgent.*

Knox et son démon se mirent tout de suite en alerte et sentirent une décharge d'adrénaline les envahir. Knox prit congé de la réunion, sortit de la salle de conférences de l'hôtel et retrouva Levi à l'extérieur.

— Il est arrivé quelque chose à Harper ? s'enquit-il immédiatement, son cœur battant la chamade.

— Non, répondit l'Ankou en secouant la tête et en serrant les lèvres. C'est Crow. Il a été vu ici.

Putain de merde ! Cela ne faisait que cinq jours qu'il avait disparu en enlevant Carla. Tout le monde attendait impatiemment qu'il se manifeste.

— Où est-il précisément ?

— Sans doute encore dans le hall d'entrée de l'hôtel, répondit Levi.

Knox repartit, déterminé à retrouver la trace de Crow, mais Levi l'attrapa par le bras.

— N'y va pas comme ça, Knox. Il va faire apparaître une arme pour te tirer dessus et il risque de descendre plein d'innocents. Il pourrait aussi t'envoyer des boules de feu des enfers dans l'espoir de t'atteindre. Je n'ai pas besoin de te décrire les conséquences néfastes que cela pourrait avoir.

Grinçant des dents, Knox hocha la tête. Il tenait beaucoup à retrouver Crow mais ne souhaitait pas pour autant révéler l'existence des démons aux humains. Même son propre démon, qui était pourtant très désireux de mettre la main sur Crow, comprenait l'importance de demeurer discret sur ce point.

Knox fit demi-tour et se dirigea vers le centre de sécurité.

— Quand est-il arrivé ici ? s'enquit-il.

— Il y a à peine plus d'une minute, répondit Levi, lui emboîtant le pas. Il est sorti d'un taxi et est entré par la porte sans chercher à se cacher. Les portiers l'ont reconnu mais ne l'ont pas arrêté. Ils m'ont tout de suite contacté.

Ils avaient obéi très précisément aux consignes de Knox pour le cas où Crow se présenterait.

— Où est-il maintenant ? demanda Knox à l'intérieur du poste de sécurité en se penchant vers les écrans de surveillance.

— Encore dans le hall d'entrée, répondit Matt, un agent qui était membre du clan de Knox, en indiquant un des écrans. On dirait qu'il cherche à emprunter l'ascenseur privé.

Knox s'approcha davantage et vit effectivement Crow, hirsute, les vêtements froissés, les traits durcis en un rictus sévère et la sueur au front en raison de la canicule qui s'abattait inexplicablement sur eux. Il tentait d'accéder à l'ascenseur privé qui menait à l'appartement-terrasse de Knox, au dernier étage de l'hôtel, où il passait la nuit quand il devait rester sur place.

— On ne peut emprunter cet ascenseur qu'avec une carte magnétique.

— Il y a des membres des forces de défense non loin de là. Veux-tu qu'ils l'arrêtent ? s'informa Levi.

— Oui. Dis-leur de faire vite, ajouta-t-il, et de l'éloigner des humains pour qu'on puisse ensuite le télétransporter.

La sentinelle répéta ces ordres par télépathie. Knox fronça les sourcils quand Crow, excédé, commença à marteler la porte de l'ascenseur à grands coups de poing.

— Ses yeux n'ont pas viré au noir, remarqua Matt. Il n'est pas encore complètement aliéné.

— Mais bon, il n'est pas non plus tout à fait lucide, intervint Levi. Regarde-le. Il ne semble même pas conscient du fait que son comportement est susceptible d'attirer l'attention des humains.

— C'est parce qu'il veut m'atteindre à tout prix. Il est incapable de penser à autre chose.

Crow était entré dans l'hôtel comme si c'était chez lui, déterminé à faire quelque chose, et que rien ne l'arrêterait. Et cette mission était manifestement plus importante pour lui que la possibilité de se faire prendre.

— Oh merde ! marmonna Matt quand une employée de l'hôtel s'approcha de Crow. Personne ne sut ce qu'elle lui avait dit, mais il fit soudainement volte-face et se précipita vers la sortie.

— Elle lui a fait peur, déclara Knox après avoir poussé un juron.

Avant que Crow ait eu le temps d'atteindre la porte, deux démons s'étaient rués sur lui et tentaient de le maîtriser. Ils luttèrent férocement ; Crow se débattait avec force et gigotait dans tous les sens en hurlant des obscénités. Les humains refluèrent vers le fond de la pièce et vers la réception. Puis Crow s'immobilisa, prit une longue inspiration et le démon qui le retenait encore s'écroula.

— Il aspire ses énergies, dit Knox en serrant les mâchoires.

Ce faisant, non seulement il affaiblissait le démon qui le retenait mais il se renforçait aussi lui-même. Quand le démon commença à le relâcher, Crow se libéra et pointa une main vers son autre assaillant. Un flingue se matérialisa aussitôt et Crow tira. Le vigile évita le coup en se jetant au sol tandis que les humains se mettaient à hurler en se laissant choir. Crow en profita pour s'enfuir.

— Il faut l'arrêter. Tout de suite, lança Knox en se tournant vers la caméra dirigée sur la porte d'entrée juste à temps pour voir Crow braquer son arme sur un chauffeur de taxi et lui crier de sortir de sa voiture.

Quatre membres des forces de défense l'entourèrent alors mais se figèrent en apercevant Crow viser un humain avec son flingue. Le chauffeur de taxi obtempéra mais Crow lui tira quand même une balle dans la jambe avant de sauter dans le véhicule et de disparaître dans un grand crissement de pneus.

Merde!

—Appelez les secours, cria-t-il, ayant du mal à résister à la tentation de donner un grand coup sur le bureau.

Il serra les poings et prit une longue inspiration. Il devait se contrôler à tout prix. Ce n'était pas facile cependant, surtout avec son démon qui grognait et insistait pour qu'il le laisse se lancer à la poursuite du connard.

—Les membres de nos forces l'ont pris en chasse, dit Levi. Il a commis une grave erreur aujourd'hui en se pointant ici. Ils vont l'attraper.

—Je suis sidéré, déclara Matt. Je connais bien Crow et jamais il n'aurait tiré sur un simple passant.

—Ce n'est plus le même homme.

Il s'en était fallu de si peu pour qu'ils le capturent.

—S'il est capable de tirer sur un humain sans aucune raison, ajouta Matt, je doute qu'il y ait beaucoup d'espoir pour Carla Hayden.

Knox aurait aimé pouvoir le nier, mais Carla ne présentait aucun avantage pour Crow. Il n'avait aucun intérêt à la garder en vie et cela ne semblait pas lui poser de problème de tirer sur les gens sans mobile apparent. Il était donc tout à fait possible que Carla soit déjà morte. Et si ce n'était pas le cas il ne donnait pas cher pour sa vie.

—Je souhaite parler à Harper.

Elle entendait sûrement des voix. Ce devait être son imagination à l'œuvre. Peut-être à cause du bruit du dermographe. Elle ne voyait pas d'autre explication à la présence au studio de cette garce. Malheureusement, Harper fit demi-tour et aperçut effectivement le dauphin à l'accueil. Sa démone intérieure retroussa la lèvre supérieure en signe de dédain.

— Elle est occupée, répondit Khloë.

— J'en ai juste pour une minute, insista Alethea en esquissant un sourire aimable.

— Je reviens tout de suite, expliqua Harper à son client, le jumeau de Khloë, en soupirant exagérément.

— Cela ne me gêne pas du tout de faire une pause, la rassura Ciaran, qui avait sans doute les muscles un peu raidis d'être resté le corps penché vers l'avant pendant tout le temps où Harper lui tatouait le dos. Et puis je parie que ta conversation avec cette fille sera amusante à suivre.

Peut-être, mais Harper doutait qu'elle apprécierait de bavarder avec cette pouffiasse. Elle posa ses instruments, retira ses gants stériles, les mit à la poubelle et se rendit à l'accueil. Raini et Devon s'approchèrent d'elle, une expression sévère sur le visage. Harper faillit reculer d'un pas tant étaient agressifs les effluves du parfum du dauphin.

— Harper, comment allez-vous aujourd'hui ? s'enquit Alethea en lui adressant un large sourire.

Merde ! il faisait vraiment trop chaud pour supporter ces conneries. Le studio avait beau être climatisé, il était impossible de lutter contre cette canicule. L'air ambiant était lourd et sec.

Alethea avait l'air d'en souffrir aussi. La sueur qui lui perlait au front gâchait son maquillage et sa chevelure habituellement si soyeuse frisottait n'importe comment.

Harper ne put s'empêcher de s'en réjouir, n'ayant pas trop le dauphin à la bonne.

— Pourquoi êtes-vous venue ici ? lui demanda-t-elle sans préambule.

— J'ai pensé qu'on pourrait déjeuner ensemble, répondit Alethea en haussant innocemment les épaules.

— J'ai déjà mangé, rétorqua Harper.

C'était faux mais elle préférait mourir de faim que d'aller au restaurant avec cette garce.

— On pourrait aller prendre un café alors.

— Pourquoi ? voulut savoir Harper en plissant les yeux.

— Je voulais juste bavarder un peu avec vous.

— Je n'aime pas bavarder.

— C'est important, insista Alethea, tandis que son sourire s'estompait.

— Dites-moi ce que vous avez à me dire ici, lança Harper en croisant les bras. Vous n'avez pas le choix de toute manière.

Heureusement, il n'y avait pas d'humain dans le studio et elles ne seraient pas obligées de surveiller leurs propos.

— D'accord, dit Alethea en relevant le menton. Je suis venue vous demander de faire attention à Knox.

— Hein ? Quoi ? Pardon ? lâcha Harper, qui n'avait pas la moindre idée de ce qu'elle entendait par là.

— Il est tellement fort que les gens ne comprennent pas vraiment qu'il peut souffrir. Ils ne font pas toujours attention à lui. Je voudrais juste vous aider à éviter de commettre les mêmes erreurs que moi.

— Vous insinuez que vous avez fait du mal à Knox, c'est bien cela ?

— Je ne l'ai pas fait délibérément. Simplement, je ne pensais pas qu'il avait des sentiments pour moi. Je ne croyais pas qu'il attachait de l'importance à ce que je faisais. Je l'ai trompé mais sans penser que c'était ce que je faisais. Puis on a rompu. On se retrouvait de temps à autre mais… il n'a pas été capable de me pardonner suffisamment, je suppose, pour m'accorder une seconde chance. Ce devait être plus fort que lui.

— En fait, ce que vous essayez de me dire, c'est qu'il était sérieux avec vous, qu'il était épris de vous et que, même si vous l'avez blessé, il vous désirait tellement qu'il vous a baisé plein de fois encore après que vous l'avez trahi, que c'était plus fort que lui. Je n'avais pourtant pas l'impression d'avoir l'air crédule, affirma Harper en se tournant vers Khloë qui s'éventait.

— Je ne trouve pas non plus, lui répondit l'elfe.

— Elle semble tout de même croire que je vais gober ses conneries !

La démone intérieure de Harper se serait vraiment énervée si toute cette histoire n'avait pas été tellement risible.

— Pardon ? bafouilla Alethea.

— Allez, vous ne pensiez pas vraiment que Harper allait vous croire ? lança Raini en renâclant.

— Vous voulez la rendre jalouse ? la faire douter ? ou vous essayez de semer la zizanie entre elle et Knox ? demanda Devon, l'air fatiguée.

La pauvre chatte des enfers souffrait tellement de la chaleur qu'elle avait l'air d'une plante qui s'étiolait petit à petit.

— Je vous ai dit la vérité, déclara Alethea. Son démon se lasse vite des femmes en général mais il ne s'est jamais désintéressé de moi. Knox m'est sans cesse revenu. Certaines personnes pensaient même qu'on finirait par s'unir un jour.

— Puis-je vous poser une question ? s'enquit Harper en se penchant vers l'avant et en posant les coudes sur le comptoir, prête à sortir l'artillerie lourde. Est-ce que son démon vous a marquée ? demanda-t-elle, son ton de voix indiquant clairement qu'il l'avait fait pour elle.

Alethea écarquilla les yeux et tous ses muscles se raidirent.

— Et Knox vous voulait-il comme compagne ? poursuivit Harper en levant la main pour faire taire la femme dauphin, qui semblait prête à dire quelque chose. Inutile de chercher à me mentir, je connais déjà la réponse à ces questions et cela me dit tout ce que j'ai envie de savoir à propos des sentiments de Knox pour vous. Cela devrait également vous éclairer suffisamment.

— Vous pensez pouvoir le garder ? ironisa Alethea, son magnifique visage déformé par l'amertume et la haine. Vous pensez que votre union est réelle ?

— C'est ce que vous croyez, sinon vous ne seriez pas venue ici dans l'espoir de semer la zizanie. Notre union est réelle et vous détestez cela.

— Ça se voit à sa manière de la regarder, non ? dit Devon en regardant Alethea. Son visage s'adoucit et il sourit avec les yeux comme s'il avait pensé à elle toute la journée et qu'il se détendait enfin en la voyant. Personne ne peut nier les sentiments qu'il éprouve pour elle, alors c'est vraiment idiot de votre part de chercher à le faire.

— Tel que je connais Knox, déclara Alethea en adressant un regard méprisant à Harper, jamais il ne se serait intéressé à une Wallis et il en aurait encore moins voulu dans son lit.

— Vous le connaissez manifestement très mal, affirma Harper.

Knox avait conclu une alliance avec Jolene bien avant sa rencontre avec Harper.

— Vous n'êtes même pas son genre de fille, éructa Alethea. Et puis il n'est pas non plus votre genre. Vous préférez les humains, il me semble. Même que Knox est le premier démon avec qui vous avez couché. Avant lui, vous sortiez avec ce type dont la famille est propriétaire du café de l'autre côté de la rue.

Harper leva les sourcils. Le dauphin s'était bien renseigné.

— J'ai toujours pensé qu'une ex cinglée, dit Devon à Harper, est plus douée pour la recherche que la police.

— Une ex cinglée ? répéta Alethea en écarquillant les yeux.

— Il ne faut pas trop regretter votre moment de folie, dit Khloë en tapotant l'épaule de la garce. Avec Facebook, on est tous devenus un peu des harceleurs.

— Votre relation avec Knox ne va pas durer, affirma Alethea en retroussant la lèvre supérieure et en reculant d'un pas.

— Vous avez peut-être raison, rétorqua Harper. Il se peut tout à fait qu'il décide qu'il préfère être seul. Et même qu'il vous reprenne un jour dans son lit. Ou qu'il finisse par vous choisir comme compagne. Je n'en demeurerai pas moins la première que son démon a marquée. Sans oublier le fait que je ferai toujours partie de sa vie parce que je suis son *alter ego*. Knox me l'a dit, jamais il n'abandonne ce qui lui appartient. Il sera toujours dans ma vie et moi dans la sienne. Alors, quoi que vous fassiez, vous ne pourrez jamais vous débarrasser de moi.

La porte s'ouvrit brusquement et une onde de chaleur étouffante précéda Tanner, qui entra d'un pas décidé dans le studio.

— Tout va bien ici ? s'enquit-il.

— Tout va bien, Tanner, répondit Harper sans cesser de dévisager Alethea. Le dauphin ressentait juste le besoin d'extérioriser un peu de sa malveillance naturelle. Elle a terminé.

— Alors il est grand temps qu'elle parte, éructa sèchement Tanner en s'approchant du comptoir.

Alethea lança des regards mauvais à la sentinelle et à Harper avant de faire demi-tour et de sortir du studio. Personne ne dit mot jusqu'à ce que la voiture de la garce disparaisse dans un crissement de pneus.

— Je passe toute la journée dans la voiture là en face et il n'arrive jamais rien, dit Tanner. Je m'éloigne une petite minute m'acheter un truc à boire et le problème surgit pile à ce moment-là. Pouvez-vous m'expliquer un peu à quoi cela rimait ?

— Mamy dirait qu'elle est venue évaluer l'ennemi, répondit Ciaran en se plaçant derrière sa sœur.

— Ce n'était pas tellement qu'elle cherchait à me rendre jalouse, mais plutôt qu'elle voulait voir si j'étais facilement manipulable.

— Qu'est-ce qu'elle t'a dit au juste ? s'enquit Tanner.

Il s'esclaffa quand Harper lui relata les propos d'Alethea.

— Je n'ai pas besoin de te rassurer, n'est-ce pas ? Elle t'a raconté vraiment n'importe quoi, tu le sais, non ?

— Oui, je l'ai bien compris, affirma Harper.

— Très bien, lança-t-il en tirant sur une des longues mèches bouclées de Devon, qui siffla de mécontentement. Du calme, petite minette, gloussa-t-il avant de retourner à sa voiture en les saluant de la main.

— J'ai parfois juste envie de lui arracher les yeux ! s'exclama Devon en recourbant les doigts.

— Les yeux ? T'es sûre ? demanda Khloë. Tu ne voudrais pas plutôt lui racler la peau du dos en enroulant les jambes autour de sa taille et…

— Arrête ou je te tape, grogna Devon.

— J'étais simplement un peu curieuse, dit Khloë, toute innocence. Il est vraiment canon, ce mec. Et puis il t'offre plein de cadeaux.

— Des cadeaux, tu dis ? répéta Devon, sidérée. Il ne m'a offert que des pelotes de laine, une souris, une arête de poisson en peluche et un pot d'herbe à chat.

— C'est l'intention qui compte, dit Khloë en haussant les épaules. Tu oublies le joli collier avec la clochette… Hé ! pas besoin de t'énerver comme ça !

— Toi, occupe-toi d'elle ! dit Devon à Ciaran en désignant Khloë du doigt. Moi, je n'y arrive pas.

Harper avait un peu pitié de son amie. Il y avait bien une certaine tension sexuelle entre Devon et Tanner mais, même s'ils se laissaient aller à se rapprocher l'un de l'autre, ils ne pourraient jamais avoir une bonne relation. Il existait en effet une réelle aversion entre les chats et les chiens des enfers. Et si Devon et Tanner décidaient de passer outre, leurs démons, eux, ne pourraient pas l'oublier.

— *Harper, viens me retrouver derrière le studio*, lui demanda Knox par télépathie.

— *Tu n'as vraiment pas besoin de venir ici*, répondit-elle, devinant que Tanner l'avait mis au courant. *Le dauphin est parti depuis longtemps et je ne suis ni fâchée, ni jalouse ni quoi que ce soit d'autre.*

— *Elle n'est rien pour moi.*

— *Je sais. Et sa mesquinerie ne m'a pas touchée.*

Tout ce qu'elle avait réussi à faire, c'était exacerber l'envie qu'avait Harper de l'éventrer.

— *Tu es sûre que ça va ?*

— *Absolument.*

— *Très bien, ma chérie.*

Puis son esprit frôla le sien tendrement avant de s'en aller.

— Je présume que tu bavardais avec Knox par télépathie juste maintenant, dit Khloë. Enfin, c'est ce que j'en déduis d'après l'expression un peu rêveuse que revêtaient tes traits à l'instant comme chaque fois que cela se produit. Comme si tu n'étais pas disponible.

— Tanner l'a informé de ce qui venait de se passer, expliqua Harper à sa cousine. Il voulait s'assurer que j'allais bien.

— Il s'occupe bien de toi, déclara Raini en s'appuyant contre le comptoir, et cela me plaît. Mais tu sais ce qui me plaît encore plus ? Le fait que tu l'acceptes.

— Ça n'a rien à voir, mais pouvez-vous me dire qui déplace toujours mon agrafeuse ? grommela Khloë comme s'il s'agissait d'un crime.

— Parfois, je me demande si tu n'as pas un TOC, déclara Harper.

— J'aime l'ordre et la précision, c'est tout, grogna Khloë.

Ah oui ?

— À quand remonte la première fois où on t'a parlé d'un TOC ?

— Cela fait huit ans, six mois, quatre jours et quatre-vingt-dix minutes.

— Ouais, je vois, rétorqua Harper sèchement. Tu n'as pas de TOC, c'est clair.

— Tanner m'a raconté qu'Alethea était allée rendre visite à Harper, dit Levi en regardant Knox dans le rétroviseur de la voiture en le conduisant au studio de tatouage un peu plus tard le même jour.

— Je suis assez d'accord avec Harper, répondit Knox. Elle pense qu'Alethea voulait vérifier si elle pouvait facilement la manipuler. J'espère simplement qu'un jour je croiserai une ex qui ne cherchera pas des noises à ma compagne.

— Je n'y compterais pas à ta place, renâcla Levi. Elles voient toutes ton union avec Harper comme une insulte.

— Une insulte ?

— Avant ta rencontre avec Harper, ton démon souffrait de la solitude. Alors il faisait une fixation sur une nana puis il se lassait aussitôt parce que seul le défi de la drague l'intéressait. Même si tu prévenais les filles que votre aventure n'allait pas durer, cela ne les empêchait pas de t'en vouloir terriblement que tu les quittes aussi rapidement. Elles l'acceptaient assez bien par contre, même si c'était souvent à contrecœur ou que la rupture était parfois un peu dramatique, tant et aussi longtemps que tu les traitais toutes de la même manière.

C'était peut-être un euphémisme de dire que c'était « parfois un peu dramatique ».

— Maintenant que tu as pris une compagne, elles se demandent toutes ce que Harper peut bien avoir de plus qu'elles. Elle n'est pas issue d'une grande famille, n'a pas un superboulot, n'est pas née dans un grand clan puissant et, pire encore, c'est une Wallis. Elles se sentent insultées que tu aies choisi une fille qu'elles considèrent comme leur inférieure. Elles ne comprennent pas.

— Harper ne leur est pas inférieure, affirma Knox.

Cela l'irritait même terriblement qu'on puisse le croire.

— On ne le pense pas non plus, dit Levi. Je ne crois pas que les autres démons se sentent supérieurs aux elfes. Ils s'en méfient, ça oui. Les elfes sont effrayants d'une certaine manière. Ils sont rusés, fonceurs et incontrôlables. Et imprévisibles. On ne sait jamais quand et comment ils vont se venger. Jolene est le parfait exemple de l'électron libre. Elle fait tourner le diable lui-même en bourrique.

D'après Harper, Jolene avait déjà servi à Lucifer des cookies au cannabis. Le diable avait alors fait un striptease et, revêtu uniquement de son caleçon, il s'était mis à chanter *Baby Got Back*.

— Ce à quoi je veux en venir, c'est qu'elles considèrent Harper comme leur inférieure tout en étant intimidées par elle, expliqua Levi. Elle a cette expression, du genre « Je n'en ai rien à cirer et j'ai mieux à faire que de discuter avec toi », et c'est comme si elle repoussait les gens avant même qu'ils aient eu le temps de lui parler. Je trouve ça plutôt drôle.

Tout comme Knox et son démon.

— Ce n'est pas facile de s'approcher de ce genre de fille. Et c'est difficile de vexer une nana qui se fout complètement de votre opinion. On ne peut pas non plus manipuler une femme qu'on ne comprend pas. Harper n'est pas motivée par le pouvoir, l'appât du gain, les addictions ou le besoin d'adrénaline. Elles ne la comprennent pas et elles n'aiment pas ça. Pas plus d'ailleurs que le fait qu'elle se fout complètement de leur existence. Elles voudraient la rendre jalouse du fait qu'elles t'ont connu avant elle. Elles se sentiraient mieux si elles y parvenaient.

— Même si Harper éprouvait un peu de jalousie, jamais elle ne le montrerait.

— Et cela les énerve beaucoup, dit Levi, qui se tut le temps de passer les vitesses. C'est bien que tu aies fréquenté très peu de filles de notre clan, reprit-il. Et celles que tu as draguées sont maintenant en couple et heureuses. Harper n'est donc pas confrontée à des situations difficiles tous les jours.

Et, une fois qu'un démon s'unissait, il cessait de s'intéresser aux autres filles.

Knox regarda par la vitre de la voiture et constata qu'ils n'étaient plus loin du studio. Son démon se calma immédiatement. Il avait été de mauvaise humeur toute la journée, énervé que Crow ait réussi à déjouer les membres des forces de défense lancés à ses trousses. Ils avaient retrouvé le taxi assez vite, mais ils avaient dû se rendre à l'évidence que ce n'était pas le bon au bout du compte. Il y avait tellement de taxis en circulation à Las Vegas que Crow avait réussi à se fondre dans la masse et à s'éclipser.

Le démon de Knox réclamait Harper. Il avait envie de la contacter par télépathie juste pour entendre sa voix. Cela leur aurait fait du bien à tous les deux, à Knox et à lui, mais Knox avait résisté à la tentation, ne souhaitant pas pourrir la journée de sa compagne avec les histoires à propos de Crow. Il avait décidé de ne lui en parler qu'un peu plus tard. Puis Tanner lui avait raconté que cette garce d'Alethea était allée voir Harper et cela l'avait irrité davantage. Knox avait brièvement contacté sa compagne par télépathie pour s'assurer qu'elle allait bien. Leur bref échange avait calmé un peu la colère de son démon mais pas complètement.

— Que vas-tu faire au sujet d'Alethea ? demanda Levi en arrivant au studio.

— Cela dépend de Harper, répondit Knox. Elle est très déterminée depuis le début à se défendre elle-même. C'est important pour elle de livrer ses propres combats. Cela ne me plaît pas. Mais bon, je sais aussi qu'Alethea préfère les attentions négatives à l'absence d'attention.

— En d'autres termes, si tu appelles Alethea pour la menacer, elle sera ravie.

— Exactement.

Et Knox n'avait pas du tout envie de faire plaisir à cette garce.

— *Tanner, tu peux t'en aller. Harper va rentrer avec moi.*

Knox sortit de la Bentley et fronça les sourcils en ressentant l'intense chaleur lui tomber dessus comme une chape de plomb. Il vit le chien des enfers s'éloigner, ouvrit la porte du studio et entra dans le bâtiment fort heureusement climatisé. Il fut immédiatement assailli par un mélange d'odeurs de peinture, d'encre, de café et de désinfectant. L'imprimante cliqueta et produisit un reçu pour la cliente humaine debout au comptoir qui tapotait le pansement sur son bras du bout du doigt. Khloë adressa un bref signe de tête à Knox en guise de salutation et il y répondit de la même manière en se retournant vers sa compagne.

Comme si elle l'avait senti intuitivement, Harper s'interrompit dans son travail et leva les yeux vers lui.

— Hé ! qu'est-ce qui t'amène ? demanda-t-elle en souriant.

— Je suis venu t'inviter à dîner, dit-il en franchissant l'espace qui les séparait pour l'embrasser tandis que le stress accumulé au cours de la journée se dissipait comme par magie.

— C'est vrai ? s'exclama-t-elle, manifestement ravie.

— Oui. À quelle heure termines-tu ?

— J'ai presque fini. Il ne me restera plus qu'à ranger. Tu peux m'attendre dans la voiture avec Levi.

— Je t'attends ici, dit-il en croisant les bras et en appuyant une hanche contre le mur.

Il aimait bien la regarder travailler et il préférait montrer clairement au client humain de Harper qu'elle était prise. D'autant plus que le type lui faisait les yeux doux.

— D'accord, répondit-elle en se penchant de nouveau sur son travail.

Elle tatouait un serpent sur l'épaule de son client. Fasciné par ses capacités de concentration, Knox admira l'assurance de son geste. Quand elle travaillait, Harper était totalement concentrée sur ce qu'elle faisait et tout homme normalement constitué ne pouvait s'empêcher de rêver qu'elle lui accorde ainsi toute son attention. Knox aurait pu en parler au client. C'était enivrant. Excitant. Électrisant.

Enfin, elle termina son travail et donna les conseils d'hygiène d'usage en posant à son client un pansement sur l'épaule. Celui-ci opina de la tête, l'air absolument conquis, prêt à affronter les flammes des enfers pour elle si elle le lui avait demandé. Et si le pauvre type continuait à la dévisager de la sorte, c'était exactement ce qui lui arriverait.

— Je vais ranger, dit-elle quand son client se dirigea vers le comptoir de l'accueil.

— Fais ce que tu dois. Je t'attends, dit Knox.

Harper rangea et nettoya ses instruments tandis que Knox examinait les modèles et les photos de tatouages qu'elle avait mis aux murs du studio, non loin de son certificat de tatoueuse.

Il se sentit envahi d'une immense fierté. Il suffisait de regarder un peu son travail pour constater que Harper avait une véritable aptitude naturelle. C'était indéniable. Elle avait un don, semblait-il, pour le design et un réel talent pour donner un air contemporain ou créatif au moindre tatouage.

— Prêt ? demanda-t-elle en enfilant sa veste.

— On y va, dit-il en acquiesçant de la tête et en lui emprisonnant la main dans la sienne.

Harper salua ses copines et se laissa mener vers l'extérieur. Elle sentit ses épaules tomber sous l'assaut de la canicule en traversant la rue pour rejoindre la voiture de Knox où les attendait Levi, qui tenait la portière arrière ouverte.

— Salut, Levi, dit Harper, en réponse au petit signe de tête de l'Ankou.

Elle se laissa choir sur les coussins de cuir moelleux à l'abri du soleil et poussa un soupir de contentement. Elle était fatiguée et avait les muscles raidis, tout cela exacerbé par les courbatures dont elle souffrait encore depuis sa dernière leçon de vol.

Knox s'assit tout près d'elle et lui passa la main dans les cheveux.

— Bonne journée ? demanda-t-il tandis que Levi démarrait.

— Oui, répondit-elle. Et toi ?

— Occupée, dit-il avant de l'embrasser. Ennuyeuse, ajouta-t-il avant de l'embrasser de nouveau.

Cette journée avait été frustrante aussi mais il attendrait encore un peu avant de lui donner les mauvaises nouvelles. Il voulait d'abord passer un bon moment avec elle.

— Ton invitation à dîner est-elle pour toi un moyen de vérifier que je vais bien après la visite du dauphin ?

— Va-t-il toujours falloir parler d'elle en ces termes ? demanda-t-il, car cela lui donnait quelque part l'impression de s'être comporté comme un animal.

— Toi, je ne sais pas. Mais moi, oui.

— J'en veux beaucoup à Alethea, dit-il en soupirant intérieurement tout en lui caressant le poignet avec son pouce. J'ai même voulu l'appeler. Puis je me suis dit que cela reviendrait à récompenser un mauvais comportement et risquait de lui donner envie de recommencer.

— Ne lui prête aucune attention. Cela va l'énerver plus que n'importe quelle autre réaction.

— Il n'y a jamais rien eu de sérieux entre Alethea et moi. Elle t'a raconté n'importe quoi.

— Je m'en doute, le rassura Harper.

— Très bien, dit-il en continuant de lui caresser le poignet, heureux de sentir son pouls s'accélérer. Tu serais plus en sécurité dans la Cité souterraine, tu sais. Ce serait plus difficile pour qui que ce soit de venir t'y embêter. Je ne serais plus obligé de me fier uniquement à Tanner pour me tenir au courant de ce qui se passe.

— Ah bon ?

— Je le dis, c'est tout.

— Hem.

— Que pensent tes amies de ma proposition de déménager le studio dans la Cité souterraine ? s'enquit-il en posant une main possessive sur la cuisse de la jeune femme.

— L'idée leur plaît bien. C'est moi la plus indécise.

— Qu'est-ce qui te retient ? demanda-t-il en lui caressant la cuisse.

— Tu vas trouver cela trop bizarre.

— Je trouve souvent tes réactions bizarres, dit-il sans s'inquiéter. Dis-moi, je voudrais comprendre.

— Je vivais dans un petit appartement minable et me voilà maintenant dans une grande maison. Je me déplaçais en bus et voilà que je circule en Bentley avec un chauffeur et garde du corps. J'avais une petite garde-robe composée presque uniquement de fringues d'occasion. Aujourd'hui, j'ai un dressing plus grand que mon ancienne chambre, rempli de vêtements de marque, et je dois faire semblant qu'ils proviennent de friperies. J'ai un majordome. Je codirige un clan. Je fais mon possible pour m'adapter du mieux que je peux mais j'ai peur de devenir…

— Snob ? proposa-t-il.

— J'ai peur de devenir une personne qui tient tout pour acquis. Mon studio m'a toujours aidée à garder les pieds sur terre.

— Mais maintenant c'est moi qui t'aide à garder les pieds sur terre et vice versa, déclara-t-il en regardant son visage se détendre. Je comprends à quel point le studio est important pour toi et que tu ressentes le besoin de le protéger. Je ne te demande pas de le fermer. Juste de le déménager dans la Cité souterraine. Tu y serais plus en sécurité, cela te coûterait moins cher et tu réaliserais encore plus de profits. Viens voir le petit immeuble auquel j'ai pensé pour toi. Regarde où il est situé et dis-moi ce que tu en penses. C'est tout ce que je te demande.

— D'accord, fit-elle après avoir émis un long grognement.

— Très bien, réagit-il en ne cherchant même pas à cacher sa satisfaction. On va aller voir ça demain.

— Super, dit-elle en croisant les jambes. Et là, on va où ?

— Je te l'ai dit, on va dîner.

Chapitre 8

Harper ne s'étonna pas trop de voir Levi arrêter la voiture devant un des plus luxueux hôtels du Strip de Las Vegas, un établissement qui appartenait à Knox mais qu'elle n'avait pas encore eu l'occasion de visiter.

Son compagnon l'invitait souvent dans des endroits très chic même quand elle ne portait qu'un jean et un tee-shirt et risquait de détonner par rapport aux autres clients. Harper n'aimait pas se démarquer mais elle n'y pouvait rien, le fait d'être avec Knox suffisant pour attirer l'attention sur elle, peu importe la manière dont elle était vêtue. Comme, de toute façon, elle n'allait pas passer inaperçue, elle préférait porter des vêtements confortables plutôt que des tenues élégantes dans lesquelles elle se serait sentie empruntée.

Knox garda une main possessive sur son poignet comme ils pénétraient dans le palace. Dès qu'ils eurent franchi la porte, Harper apprécia le souffle d'air climatisé sur son visage. Comme chaque fois qu'il se rendait dans un de ses hôtels, quelques employés se hâtèrent vers Knox pour le consulter et il répondit à leurs questions sans même ralentir le pas tout en guidant sa compagne vers le casino, au-delà des ascenseurs.

Les portes automatiques s'ouvrirent et des odeurs de tabac, de parfum, et de désodorisant assaillirent la jeune femme. Knox et Harper avancèrent sur le tapis moelleux aux motifs sobres et passèrent devant la table de roulette et les jeux de cartes. Des clients criaient et injuriaient les bandits manchots. Avec les hurlements des sirènes et ceux des joueurs, c'était à peine s'ils distinguaient la musique, qui provenait d'une autre salle.

Les agents de sécurité saluèrent Knox d'un signe de tête tandis qu'il guidait Harper vers la sortie. Ils traversèrent une boutique et entrèrent enfin dans le restaurant.

— Après toi, ma chérie, dit Knox en ouvrant la porte.

Elle le remercia d'un sourire et passa devant lui. Ici, l'ambiance était plus feutrée. On entendait le tintement des couverts, les glaçons qui s'entrechoquaient dans les verres, et les murmures et les rires des dîneurs. Ils passèrent devant tout le monde et, si Harper n'avait pas été avec Knox, les gens qui faisaient la queue à l'entrée les auraient sans doute fusillés du regard. Mais Knox marchait toujours d'un pas déterminé, les muscles apparents sous ses vêtements de marque sur mesure, comme s'il était en droit d'être là.

— Monsieur Thorne, susurra l'hôtesse humaine en se précipitant vers lui. Quelle bonne surprise ! Je m'appelle Trisha, dit-elle.

Puis elle se tourna vers Harper et la scruta avec une perplexité évidente, se demandant manifestement ce que cet homme magnifique, prospère, viril et létal faisait avec cette petite bonne femme de rien du tout en tenue décontractée.

Harper s'était souvent posé la même question jusqu'à ce qu'elle comprenne que, même si Knox avait certes apprécié la compagnie de belles femmes dans le passé, il n'avait rien de superficiel.

— Je suppose que vous voulez utiliser votre salle à manger privée ? demanda-t-elle en se tournant de nouveau vers Knox. Suivez-moi, s'il vous plaît, ajouta-t-elle en prenant deux cartes quand il eut acquiescé d'un signe de tête.

Le restaurant était aussi élégant et chic que le reste de l'hôtel avec ses suspensions basses, ses tables surélevées, sa musique douce et ses tableaux aux murs. Harper ne se sentait pas trop à sa place dans ce genre d'environnement, et, même si elle vivait dans une maison encore plus opulente que cet endroit, elle continuait à trouver cela difficile d'évoluer dans ce milieu. Ce monde lui était complètement étranger en fait.

La salle à manger privée était également très luxueuse. Suivis de Trisha, Knox et Harper s'installèrent à la table, qui était très bien mise et assez grande pour quatre. Un homme d'âge mûr, clairement un démon, entra alors et s'inclina devant eux.

— C'est Charles qui va vous servir ce soir, dit Trisha, manifestement étonnée par la marque de respect que le serveur leur avait adressée. N'hésitez pas à me demander s'il y a le moindre souci. Bon appétit, leur dit-elle ensuite avant de leur tendre les cartes.

Charles s'avança alors, son bloc et son stylo à la main.

— Voulez-vous quelque chose à boire, le temps de regarder la carte ?

— Tu me fais confiance ? demanda Knox à Harper.

— En d'autres termes, répondit-elle sans même lever les yeux, est-ce que je suis d'accord pour te laisser choisir le vin vu que je n'y connais rien ? Bien sûr.

— Super.

Charles nota alors le choix de Knox et quitta la salle.

Puis Knox sortit son portable et l'éteignit. Il voulait passer un bon moment avec Harper, sans interruption.

— Comment va ton dos ?

— J'ai encore quelques courbatures. Mais ça va mieux que ce matin.

— Plus le vol deviendra naturel pour toi, moins tes muscles en souffriront.

— On refera une autre leçon bientôt ?

— Oui. Je suis impressionné par tous tes efforts. J'aurais dû me douter, je suppose, que tu montrerais autant de détermination. (Harper était un sphinx après tout et cette espèce était réputée avoir la férocité du lion.) Prête à commander ?

— Ouais, répondit-elle en refermant la carte.

— Tu ne prendras pas d'entrée et tu veux un steak, c'est ça ? devina-t-il.

— Tu me connais trop bien, rétorqua-t-elle en refermant la carte.

Charles revint quelques instants plus tard avec leur bouteille de vin. Knox et Harper passèrent leur commande et le serveur ressortit.

— Quelque chose te préoccupe, dit Knox en voyant Harper jouer avec la salière. Qu'est-ce qu'il y a ?

— Je suis juste un peu fatiguée, dit-elle.

— Ne me raconte pas d'histoires.

— Kellen ne répond pas à mes appels, révéla-t-elle en se calant dans sa chaise. Je ne pensais pas que, comme son frère, il me traiterait en bouc émissaire.

— Je ne crois pas que ce soit le cas. Je ne pense pas non plus qu'il se reproche de ne pas avoir aidé Carla. Il doit surtout se sentir coupable.

— De quoi ? s'enquit-elle en passant les mains sur la nappe incroyablement soyeuse.

— Il t'a souvent dit qu'il n'aimait pas particulièrement Carla, avança Knox en soulevant son verre et en le faisant tourner pour mieux sentir le vin. Maintenant que Crow l'a enlevée et qu'on ne sait pas comment elle va, il se sent peut-être coupable pour tout ce qu'il a dit à son sujet.

— Je n'avais pas pensé à cela.

— Il est jeune encore. Donne-lui le temps. Il te rappellera quand il sera prêt.

— As-tu des nouvelles de Crow ? demanda-t-elle après avoir goûté le vin.

Knox ne répondit pas tout de suite à la question, désirant passer encore un bon moment avec sa compagne, qui étrécit les yeux en percevant son hésitation.

— On a failli lui mettre la main dessus un peu plus tôt, répondit-il enfin.

— Que s'est-il passé ? s'enquit Harper en se penchant un peu vers lui.

— Il est entré dans un de mes hôtels, où je participais à une réunion dans une salle de conférences. Il voulait utiliser l'ascenseur privé pour monter à l'appartement-terrasse que j'utilise quand je dois passer la nuit sur place. Or il est impossible d'accéder à cet ascenseur sans carte magnétique.

Une des employés de l'hôtel l'a vu et est allée lui parler. Il a pris peur et s'est enfui. Les agents de sécurité ont essayé de l'appréhender mais il leur a aspiré leur énergie, ce qui les a affaiblis tout en le renforçant. Il en a profité pour faire apparaître un pistolet et a tiré sur un des vigiles. Ensuite, il est sorti de l'hôtel, s'est emparé d'un taxi après avoir agressé le chauffeur et court toujours.

Merde !

— Tu veux dire qu'il s'est pointé à ton hôtel pour te buter, qu'il a tiré sur les passants et que tu as attendu jusqu'à maintenant pour me le raconter ? Pourquoi ne m'en as-tu pas parlé avant ?

Harper n'en revenait pas.

Knox tendit la main et entrelaça ses doigts avec ceux de sa compagne.

— Il n'a pas réussi à m'approcher. Je ne t'en ai pas parlé plus tôt parce que je pensais vraiment qu'on réussirait à l'appréhender et, ainsi, j'aurais pu t'annoncer la bonne nouvelle en même temps que la mauvaise. Mais, là, je n'ai que des mauvaises nouvelles.

Comme si Harper allait croire qu'il n'y avait rien d'autre.

— Tu ne me protèges pas en me cachant des choses, tu sais.

— Si je t'avais raconté cela avant, soupira-t-il, tu aurais passé beaucoup de temps à t'inquiéter. Je ne voulais pas te gâcher ta journée ou, plutôt, que Crow te la gâche.

— C'est bien sympa tout ça, mais j'aurais préféré être au courant. Imagine ta réaction si tu n'apprenais que maintenant qu'Alethea est venue me voir. Cela t'irriterait, je pense, non ?

— C'est vrai, reconnut-il.

— Je préférerais ne pas l'apprendre après coup si Crow revenait t'attaquer. D'accord ?

Knox acquiesça de la tête et Harper retrouva son calme. Cela ne l'étonnerait pas outre mesure cependant qu'il ne la prévienne pas immédiatement d'une autre agression. Knox Thorne n'en ferait toujours qu'à sa tête, elle le savait. Elle devrait se contenter d'être reconnaissante que Crow n'ait pas réussi à l'atteindre. Elle sentit sa poitrine se serrer en pensant à tout ce qui aurait pu lui arriver.

— Et là tu stresses en imaginant ce que Crow aurait pu me faire, dit Knox. C'est pour cela que je n'ai pas voulu t'en parler avant.

— Peut-être, mais je préfère quand même être au courant, dit-elle avant d'avaler une grande gorgée de vin. Plus longtemps il garde Carla, plus il y a de risques qu'il la bute.

— Je sais, ma chérie, dit-il en lui serrant la main. On fait notre possible pour le retrouver et on va réussir.

Charles apparut alors, portant un plateau d'assiettes fumantes. L'estomac de Harper gargouilla quand elle huma toutes ces bonnes odeurs d'épices, de sauces, de poivre et de viande. Une vapeur odorante s'échappa des plats que le serveur déposa devant eux sur la table.

— Je viens juste de me rendre compte que j'ai vraiment très faim.

Knox remercia Charles et sourit de voir l'empressement de sa compagne à commencer à manger sans perdre une minute. Il continua à l'observer tout en dégustant ses plats et se réjouit du ravissement qu'il lisait sur ses traits.

— Tu n'as pas assez mangé aujourd'hui, manifestement.

— J'étais trop occupée.

— Ce n'est pas bien de sauter des repas.

— Je n'aime pas ça, crois-moi, mais, quand on est très occupées, je grignote entre les clients.

Cela ne plut pas à Knox.

— Il faut que tu prennes soin de toi. Sinon, je vais charger Tanner de te donner à manger à la petite cuillère tous les midis.

— Tu n'oserais pas, dit Harper en s'immobilisant, la fourchette en l'air.

— Je me gênerais !

Ouais, bon, d'accord. Harper se contenta de grogner un peu pour la forme avant de se concentrer de nouveau sur son assiette. Ils abordèrent des sujets plus anodins comme les clients difficiles de Harper, ou les hommes d'affaires pompeux avec lesquels traitait Knox, et échangèrent des anecdotes cocasses sur leur journée. Knox aborda également des questions concernant le clan et demanda à Harper son avis sur plusieurs de ses idées, ce qui lui plut beaucoup.

Un peu plus tard, quand Charles apporta les desserts, Knox lui demanda de les laisser seuls et de ne plus les interrompre. Le serveur s'inclina et referma la porte derrière lui.

— Viens ici, ma chérie, dit-il en se laissant glisser sur sa chaise.

Harper cligna des yeux. Knox avait utilisé sa voix grave, dominante et autoritaire, sa voix qu'elle qualifiait de « sexuelle ».

— Quoi ? dit-elle.

— Viens ici.

Curieuse de voir ce qu'il allait faire, elle posa sa cuillère dans son assiette de glace et alla se mettre debout entre les cuisses de Knox.

— Quoi ? réitéra-t-elle avant de se sentir défaillir quand un doigt psychique s'inséra entre les replis de son intimité. Merde !

— Je bande quand je te regarde manger, grogna-t-il. Regarde-moi dans les yeux, ma chérie.

Elle garda son regard braqué sur le sien tandis que le doigt glacial la caressait, repassant sans cesse sur sa zone sensible, créant ce besoin douloureux qui lui était devenu si familier. Elle tressaillit quand le doigt s'inséra en elle et que son intimité se referma sur lui à en avoir mal.

— Enlève ça, lui ordonna Knox en lui défaisant son jean et en le lui baissant en même temps que sa culotte.

Elle les retira et les repoussa au loin. Son désir était exacerbé par le doigt psychique qui continuait à l'exciter.

— Ôte le reste, ma chérie.

Harper enleva son tee-shirt et son soutien-gorge. Elle ressentait une telle chaleur qu'elle avait l'impression de se consumer de l'intérieur. Le doigt psychique disparut et Knox souleva sa compagne et la laissa retomber sur son sexe. Bouche contre bouche, elle fut abasourdie par le choc et le plaisir intense qu'elle éprouva quand elle le sentit l'emplir totalement. Elle était tellement concentrée sur les sensations que lui procurait le doigt psychique qu'elle n'avait pas vu que Knox avait défait son pantalon. Et elle était tellement excitée qu'elle en eut presque mal.

— Ça va mieux ! s'exclama-t-il. Ouvre, dit-il en approchant son dessert et en lui donnant une petite cuillère pleine de glace recouverte de paillettes de chocolat, appréciant de voir ses joues se contracter et sa gorge travailler tandis qu'elle mangeait. Tu as bon goût, dit-il ensuite en l'embrassant, savourant la glace à la vanille dans sa bouche.

Puis il la souleva lentement et gémit quand son intimité se resserra sur lui. Il la refit descendre.

— On devrait arrêter, haleta-t-elle.

Puis Knox la souleva encore une fois jusqu'à ce que seul son gland reste en elle avant de la faire redescendre sur lui.

— Tu veux arrêter ?

— Le serveur pourrait revenir.

Non, il n'oserait pas. Knox lui avait ordonné par télépathie de ne pas les interrompre. Mais il adorait taquiner Harper.

— C'est vrai, il pourrait toujours entrer, dit-il avant de lui pétrir le sein que son démon avait marqué dans un geste de possessivité et de lui pincer le téton. Et il te verrait assise là, mon sexe enfoui profondément en toi.

— Exactement, affirma-t-elle.

Knox ne sembla pas attacher d'importance à ses inquiétudes cependant. Il lui fit manger un peu plus de glace mais pas avec la petite cuillère. Il en prit une cuillerée dans sa bouche et l'embrassa ensuite, se servant de sa langue pour lui donner de la glace. Et pendant tout ce temps il faisait retomber sa compagne sur son sexe.

Il recommença ainsi plusieurs fois, en alternant entre la glace et les coups de reins. Elle en devenait folle. Ses mains étaient pleines d'assurance tandis qu'il la soulevait, lui caressait les seins, les passait dans sa chevelure ou lui enserrait les hanches tout en lui dévorant les lèvres et le cou.

— Je veux lécher, goûter et marquer chaque petit morceau de ta peau, grogna-t-il, les yeux brillant d'orgueil masculin. (Il la rabattit de nouveau sur son sexe en grognant.) Tu es mienne, affirma-t-il.

Harper avait tellement besoin de jouir qu'elle en aurait pleuré. Elle essaya donc de prendre le contrôle.

— Non, éructa-t-il en plantant les doigts dans les hanches de la jeune femme pour l'immobiliser. Quand je voudrai que tu me baises, je te le demanderai.

Espèce d'enfoiré, pensa-t-elle.

— Assez, dit-elle en secouant la tête quand il voulut lui faire manger un peu plus de glace.

— Ce n'est pas pour toi mais pour moi, dit-il.

Puis il avala la glace et referma sa bouche toute froide sur le téton de Harper qu'il suça très fort. L'intimité de la jeune femme se referma sur son sexe et il grogna.

— Tu es cruel, se plaignit-elle en tentant de le repousser.

Alors il la lécha, de son téton jusqu'au pouls qu'il sentait battre dans son cou, où il la mordilla.

— Tu es ce que j'ai de plus important dans ma vie, affirma-t-il. Tu le sais ?

Harper ferma les yeux. Elle n'aimait pas trop entendre ce genre de chose.

— Tu le sais ? insista-t-il sèchement en faisant bouger son sexe.

Harper ouvrit alors les yeux et déglutit bruyamment en voyant la possessivité sauvage se dessiner sur ses traits.

— Oui, répondit-elle.

Il s'enfonça alors profondément en elle, comme pour la récompenser pour cette bonne réponse.

— Je ne te quitterai jamais, dit-il en la relevant doucement tout en appréciant son intimité qui se resserrait sur son sexe comme si elle voulait l'aspirer en elle. Tu m'appartiendras toujours. Et ton intimité…, commença-t-il avant de s'interrompre et de s'enfouir de nouveau en elle…, ton intimité m'appartient, n'appartient qu'à moi, d'accord ?

Se sentant frustrée tant elle avait besoin de jouir, Harper poussa un grognement sourd.

— Oui, dit-elle. Et ton sexe m'appartient et, s'il ne fait pas son boulot, je vais te l'arracher.

Knox ne put retenir un sourire. Il retrouvait bien là son chaton en colère.

— Tu as raison, affirma-t-il. Il est à toi, continua-t-il en lui caressant les cuisses. Si tu veux jouir, tu dois d'abord travailler un peu, ajouta-t-il en lui donnant un tout petit coup de reins. (Elle obtempéra et lui imposa une cadence plus rapide en plantant ses ongles dans ses épaules.) Baise-moi, Harper. Donne-moi ta bouche.

— Je suis occupée, là, lança-t-elle.

Knox lui assena une tape sur les fesses et son intimité se resserra autour de son membre et le baigna dans sa douceur soyeuse.

— Ta bouche, insista-t-il.

Elle l'embrassa alors et Knox goûta chaque petit couinement qu'elle émit tandis qu'elle se levait et s'abaissait sur lui sans arrêter. Elle était si chaude et si mouillée qu'elle le rendait fou.

— Est-ce que tu as une idée à quel point cela m'excite, dit-il en l'empoignant par les cheveux, de te regarder me baiser ? Tu sais ce que je pense ? Qu'il me suffirait d'effleurer ta zone sensible pour que tu exploses comme un feu d'artifice.

Il n'avait pas tort. Alors, quand il glissa une main entre leurs corps, Harper ressentit comme un grand soulagement.

— Mais pas encore, déclara Knox en la caressant tout près de sa zone sensible.

— Quel putain d'enfoiré tu es ! hurla-t-elle. Euh…, continua-t-elle en sentant l'air se refroidir alors que les yeux de Knox viraient au noir et que son démon prenait sa place.

— Ce n'est pas bien ça, petit sphinx, éructa-t-il en lui enserrant la gorge de la main.

Elle écarquilla les yeux en sentant la peau sous sa main chauffer et picoter. Elle devinait ce qui allait se passer.

— Non, pas sur la gorge ! gémit-elle.

— Je te marque où je veux, petit sphinx, grogna-t-il.

Puis, de sa main restée libre, il l'attrapa par la hanche et la fit retomber de plus en plus fort tout en s'enfouissant profondément en elle. Le démon de Knox était encore plus dur que lui. Plus exigeant aussi. Elle sentait la peau brûler sur sa gorge mais cela lui procurait de grandes vagues de plaisir.

— Merde ! je vais jouir.

Puis Knox reprit le contrôle en grognant et lécha la nouvelle marque sur sa gorge, sachant qu'elle serait très sensible.

— Vas-y, jouis, dit-il en caressant sa zone sensible.

Elle pencha la tête vers l'arrière et ouvrit la bouche en un long cri silencieux. Son intimité se resserra sur le sexe de Knox et il répandit sa semence en elle dans un grognement.

Elle se laissa retomber contre son torse et il sentit ses derniers tremblements.

— C'est très voyant ? marmonna-t-elle.

Le démon de Knox n'était pas particulièrement discret en effet.

— Je pense que ça va te plaire, dit Knox, devinant qu'elle faisait allusion à la marque de son démon et lui relevant le menton pour mieux la voir.

Harper n'avait pas l'air de le croire.

— Prends une photo avec ton téléphone, lui demanda-t-elle.

Knox obtempéra et Harper fut étonnée de constater que cette marque n'était pas aussi visible que les autres. C'était un ras-de-cou noir, comme une petite branche ornée d'épines, le symbole de Knox d'après son nom de famille en vieil anglais.

— Cette marque te plaît.

— Ouais, mais j'aurais préféré ne pas l'avoir autour du cou. Merde ! ton démon aurait pu tout aussi bien me tatouer « Tous droits réservés » sur la gorge. Ça ne m'amuse pas.

— Je ne ris pas.

— Pas à haute voix.

— Mais, comparée à tes autres marques, je trouve celle-ci très discrète. Un peu comme les tatouages que t'a faits Raini. Pourquoi les caches-tu tous ? s'enquit-il en inclinant la tête sur le côté.

— Parce que les gens veulent toujours qu'on leur explique l'origine des tatouages.

Son petit sphinx était très discret de nature. Il ne s'ouvrait pas facilement aux autres.

— Est-ce que je peux te demander ce qu'ils signifient ?

— « C'est la vie » est tiré de la nouvelle *Abattoir cinq* de Kurt Vonnegut Jr pour me rappeler d'éviter de ressasser tout le temps ce que je ne peux pas contrôler. Les malheurs arrivent, ils font partie de la vie. Le corbeau sur ma hanche, c'est parce que je me sens proche de cet oiseau, un fin stratège doué de grandes capacités de réflexion.

Une excellente description des Wallis, se dit Knox.

— Et la libellule sur ta nuque ?

— Les libellules ne vivent pas longtemps et sont très fragiles mais cela ne les retient pas. Elles volent merveilleusement bien et je les admire beaucoup. (Elle les enviait aussi jusqu'à ce que ses ailes se matérialisent enfin.) Qu'est-ce que je suis censée répondre cependant quand on me demandera pourquoi j'ai des épines tatouées autour du cou ?

— Seuls les humains te poseront la question. Les démons comprendront tout de suite.

En effet, ils reconnaîtraient immédiatement la marque de Knox Thorne.

— Et cela te ravit, n'est-ce pas ?

Harper sursauta en sentant tressaillir le membre de Knox.

— Comment peux-tu encore bander ? demanda-t-elle.

— Comment puis-je être enfoui dans ma compagne et ne pas bander ?

Dit comme ça…

Chapitre 9

Le lendemain, Harper se retrouva dans la Cité souterraine devant un bâtiment très simple et manifestement inoccupé.

—Je comprends que tu aies pensé à cet endroit pour le studio, dit-elle à Knox. C'est vraiment idéal.

L'immeuble, équipé de systèmes de sécurité à la fine pointe de la technologie, était situé non loin d'une galerie marchande dans un quartier à la mode avec d'excellents restaurants. Il y avait beaucoup de passage, surtout grâce au joli petit café à côté.

—Puis, un autre avantage et non des moindres, c'est qu'il n'est pas très loin de mon bureau.

Knox prit une clé et déverrouilla la porte mais n'insista pas pour que Harper entre. Il préférait attendre qu'elle prenne elle-même la décision. Il lui avait déjà mis beaucoup de pression et il connaissait assez bien sa compagne pour savoir que, s'il en rajoutait, elle risquait de se braquer uniquement pour le contredire.

Harper se promit de garder l'esprit ouvert et d'essayer de s'imaginer travaillant dans cet endroit. Elle ouvrit alors la porte vitrée et entra. Les murs étaient tous peints d'un blanc éclatant comme dans son actuel studio, ce qui était une bonne chose. En revanche, il lui faudrait remplacer l'horrible tapis beige par un parquet en bois dur.

— Fais le tour, proposa Knox. Je vais t'attendre ici avec Levi et Tanner.

Harper hocha la tête et se dirigea vers l'accueil. Il était beaucoup plus vaste que celui du studio actuel et elle se dit que Khloë serait ravie parce qu'elle pourrait y installer un plus grand comptoir. Elle aperçut ensuite deux petits bureaux au fond de la pièce.

Et, un peu plus loin, une porte s'ouvrait sur une pièce vide et sans âme. Bien aménagé, cet espace serait parfait pour Devon et ses piercings, pensa-t-elle.

Elle ressortit et entra dans la pièce suivante, sur la porte de laquelle se trouvait une plaque de métal qui indiquait « bureau ». Cette pièce était beaucoup plus spacieuse que son actuel bureau, même meublée d'une grande table de travail et de classeurs.

Il restait encore une porte sur le mur du fond. Elle la poussa et se retrouva dans un grand espace contenant une cuisine et deux autres pièces, dont une marquée « toilettes » et une autre non identifiée qui pourrait servir d'entrepôt.

— La vie serait tellement plus simple pour toi ici, dit Knox qui l'avait rejointe.

— Comment ça ? demanda-t-elle en se retournant.

— Pense aux petits détails, expliqua-t-il. D'abord, tu ne serais plus obligée de porter des verres de contact. Et puis tu te rapprocherais des lieux que tu fréquentes. Tu pourrais assurer de plus longues heures d'ouverture. Je te demanderai tout de même de me garder tes soirées. J'aime bien les passer avec toi.

— Tanner sera-t-il encore obligé de surveiller le studio toute la journée ?

Le chien des enfers avait beau la rassurer, lui dire qu'il ne trouvait pas désagréable de veiller sur sa sécurité, Harper n'aimait pas qu'il doive la suivre tout le temps. Tanner était une sentinelle après tout. Il aurait dû être affecté à des tâches beaucoup plus intéressantes que sa protection rapprochée.

— Il vaudrait mieux qu'il continue à te protéger au moins jusqu'à ce que Crow ait été appréhendé. Après, ce ne sera plus aussi nécessaire. Si je m'inquiète autant pour toi quand tu travailles parmi les humains, c'est surtout parce que tes amis doivent éviter d'utiliser leurs dons devant eux pour te défendre en cas d'attaque. Cela ne sera plus un souci ici.

Il avait raison. C'était une excellente réponse.

— Tu seras plus en sécurité ici, ajouta Knox en passant une main dans les cheveux de sa compagne. Et tu as remarqué qu'il y a un café juste à côté ?

— Oui, dit-elle.

Une délicieuse odeur de café et de *donuts* lui chatouillait les narines.

— Et aussi, on a un appartement-terrasse dans l'hôtel de l'autre côté de l'avenue. Comme ça, si tu veux faire une pause ou te changer avant d'aller au bar après le travail, tu n'auras pas besoin de rentrer à la maison.

Ce serait très agréable en effet.

— C'est vrai, c'est très bien. C'est vraiment parfait. Est-ce que cet endroit était vraiment inoccupé ?

— Oui, depuis que j'ai découvert que tu étais mon *alter ego*.

— Cela fait si longtemps que tu as envie que je déménage le studio ?

Elle n'aurait pas dû s'en étonner.

— J'espérais réussir à te convaincre, oui, affirma-t-il en posant la main sur son menton. Ta sécurité est primordiale pour moi, Harper. Elle m'importe plus que tout le reste.

— Qu'est-ce qu'il y avait ici avant ?

— Un de mes centres de sécurité. Je l'ai installé ailleurs sans gêner personne.

Harper fut rassurée de penser qu'aucun commerce n'avait été obligé de fermer pour lui céder la place.

— Je m'étonne que tu ne m'en aies pas parlé dès qu'on a découvert qu'on était l'*alter ego* l'un de l'autre.

— Je suis un *alter ego* et un compagnon plutôt difficile, affirma Knox en posant les mains sur les épaules de Harper. Je le sais. Je t'ai mis passablement de pression pour beaucoup de choses, comme de venir t'installer chez moi. Je ne voulais pas trop t'en demander d'un coup. Mais j'ai parfois du mal à me freiner. Ce n'est pas dans ma nature de m'adapter au rythme d'une autre personne.

Ouais, cela faisait longtemps que Harper l'avait compris.

— Merci de m'avoir donné le temps de réfléchir, dit-elle en s'agrippant aux revers de sa veste pour l'embrasser. Sais-tu combien il y a de studios de tatouage dans la Cité souterraine ? demanda-t-elle. Je suis curieuse de savoir si j'aurai beaucoup de concurrence.

— Il y en a deux. Le premier s'annonce plus comme salon que comme studio. Le propriétaire semble se prendre très au sérieux. Les clients n'hésitent pas à payer des prix élevés parce que l'autre studio appartient à des surfeurs qui vont et viennent comme bon leur semble. Il leur arrive de ne pas ouvrir plusieurs jours de suite, expliqua-t-il avant de s'interrompre pour admirer les yeux de Harper, qui avaient pris une magnifique couleur bleu arctique. Ils ont tous deux perdu beaucoup de clients après notre union parce que les démons ont commencé à entendre parler de toi et de ton travail.

— Aucun de ces deux studios ne verra notre installation ici d'un bon œil.

— Effectivement, mais leur rancœur ne sera pas dirigée contre toi. Après tout, rien de plus normal qu'un peu de concurrence dans le monde des affaires, poursuivit-il en lui mordillant la lèvre inférieure. Ils le regretteront cependant s'ils essaient de te mettre des bâtons dans les roues.

— Cela me titille presque toujours autant quand je te vois comme ça en mode protecteur, dit-elle en souriant.

Le démon de Knox gloussa.

— C'est vrai ? demanda Knox en léchant la marque qu'avaient laissée ses dents sur sa lèvre. Alors ? ajouta-t-il en balayant l'endroit du regard.

— Il faudra que mes collègues viennent voir avant que je prenne la décision.

— Je comprends. Mais toi, tu en penses quoi ?

— Ça me plaît vraiment beaucoup, dit-elle en esquissant un large sourire.

Soulagé, Knox l'embrassa en traçant du doigt la nouvelle marque de son démon. Il ne lui restait plus qu'à convaincre les amies de Harper du bien-fondé de ce déménagement et cela ne devrait pas s'avérer trop difficile, à son avis.

— Tu aimes bien cette nouvelle marque, non ?

— Oui, avoua-t-il, en posant la main sur le jean de la jeune femme à hauteur du nombril, là où son démon lui en avait fait une autre un peu avant. Celle-là restera toujours ma préférée en revanche. (C'était aussi la préférée de son démon.) Appelle tes copines, dis-leur de venir, insista-t-il en l'embrassant une nouvelle fois avant de la relâcher, tant il avait hâte de régler cette affaire au plus vite.

Harper sortit son téléphone et obtempéra. Ses amies devaient être plus impatientes qu'elle ne l'imaginait d'avoir des nouvelles de sa visite car elles la rejoignirent en un temps record. Harper attendit dans l'entrée avec Knox pendant qu'elles inspectaient les locaux.

Comme Harper l'avait imaginé, Khloë fut séduite par l'accueil, où elle pourrait enfin installer le comptoir de ses rêves. Devon, pour sa part, réclama la pièce que Harper avait trouvé parfaite pour elle. Les grands esprits se rencontraient donc ! En revanche, Raini ne dit pas un seul mot en faisant la visite. Rien dans son expression ne laissa deviner les pensées du succube.

— Cet endroit est formidable ! s'exclama Khloë.

— Je suis d'accord, dit Devon. C'est plus grand que le studio actuel, il y a plus de sécurité, c'est bien situé et le chien-chien ne sera plus obligé de passer ses journées dehors à nous surveiller comme un harceleur tordu.

— Ah ! petite minette. Tout le monde sait que tu m'adores, dit Tanner en souriant.

— Tu n'as pas un nonos qui t'attend quelque part ? lança Devon en retroussant la lèvre supérieure.

— J'ai envie de te mordre quand tu me parles sur ce ton, tu sais.

— Raini, dit Harper en levant une main pour les faire taire. Tu n'as encore rien dit. Je ne le supporte pas. Qu'en penses-tu ? Allez, réponds.

Raini se retourna lentement pour les regarder et poussa un long soupir. Puis elle esquissa un très large sourire qui les interloqua littéralement.

— On déménage quand ? lança-t-elle.

— Quand vous voulez. C'est à vous, déclara Knox.

— Il faut commencer par revoir la déco, affirma Khloë en sortant son téléphone. On va dresser la liste de tout ce qu'il y a à faire.

Raini et Devon s'approchèrent rapidement d'elle, prêtes à se mettre au boulot.

— Tu es bien content de toi, là, n'est-ce pas ? demanda Harper à Knox pendant que ses collègues discutaient.

— Je suis soulagé surtout, répondit-il.

— Content de toi, insista-t-elle.

— J'aime bien quand les choses vont comme je veux, c'est vrai, avoua-t-il, incorrigible, en haussant les épaules. Il faut que j'y aille maintenant, dit-il en lui tendant les clés. Viens me retrouver à mon bureau quand tu auras fini ici. À tout à l'heure, ajouta-t-il en l'embrassant avant de partir avec Levi.

— Tu as pris la bonne décision, Harper, déclara Tanner.

— Ouais, je le pense aussi, répondit-elle en souriant et en mettant les mains dans les poches.

— Vas-tu fermer ton studio tout de suite ? s'enquit-il.

— Pas avant d'avoir ouvert ici officiellement. On a des réservations et des clients qui doivent revenir pour terminer un tatouage. Je peux reporter les rendez-vous avec les démons, qui n'auront qu'à venir ici quand nous ouvrirons, mais ce ne sera pas possible avec les humains.

Elle ne voulait pas décevoir ses clients.

— Il faudra dire à nos clients humains qu'on ferme le studio définitivement, intervint Raini, sinon ils vont nous demander où on va.

— Combien de temps vous faudra-t-il pour tout installer ici ? voulut savoir Tanner en croisant les bras.

— Trois semaines, je pense, si les membres du clan nous donnent un coup de main, répondit Khloë en tapotant sur l'écran de son iPhone.

— Il faut enlever tous les tapis, dit Devon. Tout de suite.

— Je propose qu'on achète des meubles et de l'équipement neufs, lança Khloë.

— Ouais, on peut se le permettre, convint Raini. On aura moins de frais qu'avant.

— Très bien, dit Khloë en levant la tête de son téléphone. Faisons la liste des choses à faire.

— Laisse-moi deviner, dit Tanner. Tu vas remettre cette liste à des membres de ta famille et ils vont voler au moins la moitié des articles qui y figurent pour que vous n'ayez pas à attendre les livraisons.

— Mais non, pas du tout, dit Khloë, l'air dûment vexée. Pourquoi dis-tu cela ?

Tanner se contenta de renâcler pour toute réponse.

— On a fait une fête trop géniale pour inaugurer notre ancien studio ! dit Devon. Il faudra remettre ça.

— Que diriez-vous d'une fête dans la rue ? demanda Raini. On pourrait embaucher un groupe de musiciens d'un des bars du quartier. Et servir des bouchées. Les gens adorent !

— Oui, et pourquoi pas une inauguration officielle avec une célébrité pour couper le ruban ? Quoi ? demanda Harper quand elle vit tout que tout le monde la dévisageait.

— Mais Harper, tu es une célébrité ! lança Tanner.

— Non, protesta-t-elle en fronçant les sourcils.

— Pour notre espèce, oui, renchérit Devon.

Harper se contenta d'esquisser un geste comme pour écarter cette idée de son esprit.

— Dis, on pourra mettre un distributeur automatique ? demanda Khloë. Il n'y avait pas la place dans le studio actuel.

— Pourquoi pas ? répondit Harper, étonnée par cette demande pour le moins étrange.

— Génial ! s'écria Khloë en se fendant d'un large sourire.

— Ce sera magnifique, encore plus beau que l'autre studio, affirma Devon.

Une fois la liste terminée, les amies téléphonèrent à leur famille. Les elfes se chargeraient d'enlever les tapis et de se débarrasser de tout ce que Harper ne souhaitait pas garder, des objets qu'ils se feraient sans doute ensuite un plaisir de revendre. Richie, l'oncle de Harper, leur dit qu'il utiliserait son van pour déménager leurs affaires de l'ancien studio dès qu'elles seraient prêtes. Il s'agissait probablement du véhicule qui servait à transporter les objets qui tombaient illicitement entre les mains de sa famille.

Il était environ 18 h 30 quand ils décidèrent d'arrêter pour la journée. Tanner et Harper se dirigèrent à pied vers le bureau de Knox, la sentinelle devançant légèrement la jeune femme pour lui éviter d'être bousculée par les passants. Comme la plupart des bars, restaurants et boîtes de nuit étaient ouverts le soir, il y avait foule dans les rues. Les rideaux de fer se relevaient et les marchands ambulants se mettaient au travail.

— Bonjour. Avez-vous vu cette femme ?

Merde ! Harper connaissait cette voix. Elle tourna la tête et vit Roan arpenter les rues en montrant une photo de Carla. Il avait l'air sincèrement inquiet et elle ne put s'empêcher de ressentir un peu de pitié pour lui. Si quelque chose arrivait à Jolene, qui était une vraie mère pour elle, Harper savait qu'elle serait très malheureuse.

Roan vit Harper et s'immobilisa. Puis il fendit la foule pour s'approcher d'elle, les yeux étrécis et les narines dilatées. Merde ! Tanner l'avait sans doute aperçu parce que Harper le vit raidir les épaules et l'entendit pousser un grognement sourd.

— Laisse-moi faire, Tanner, dit-elle en attrapant la sentinelle par le bras.

— Tu n'es pas obligée de t'occuper de lui, répondit le chien des enfers en ralentissant le pas et en lui adressant un regard sévère. C'est mon job, c'est pour cela que tu as un garde du corps.

— Et je suis sa Grande Maîtresse, affirma-t-elle.

Elle voulait gérer ce problème elle-même. Harper ne se cachait jamais derrière qui que ce soit. Et puis c'était très important pour elle qu'on la voit prendre ses responsabilités. Elle était Grande Maîtresse associée du clan de Knox et beaucoup de démons assisteraient à cet échange avec son demi-frère.

Roan s'approcha et ils s'arrêtèrent tous les deux. Tanner resta à son côté, émettant des vibrations menaçantes. Entièrement concentré sur Harper, Roan n'adressa même pas un regard à la sentinelle. Ses traits se déformèrent en un rictus hostile qui irrita la jeune femme et l'attrista aussi un peu. Roan était son demi-frère après tout. Leurs relations auraient pu être tellement meilleures s'il n'était pas aussi déterminé à la détester.

Sa démone ne s'en formalisa pas autant. Elles avaient bien assez souffert toutes les deux de la haine que leur vouait leur famille maternelle. Et, contrairement à Harper, sa démone se réjouissait énormément du poste de Grande Maîtresse associée qu'on leur avait imposé et qui commandait beaucoup de respect.

— Tu t'en fiches complètement, non ? éructa Roan, les mâchoires serrées.

— De quoi veux-tu parler ? s'enquit Harper d'une voix neutre.

— Tu t'en fiches qu'il l'ait enlevée, qu'elle pourrait être morte à l'heure qu'il est ? lança-t-il d'une voix forte, désirant manifestement attirer l'attention.

Il réussit son coup. Ils furent vite entourés de badauds qui les dévisagèrent en silence.

— Quoi que je réponde, tu vas m'engueuler, dit-elle.

— C'était une question rhétorique, cracha-t-il. Tu sais très bien de quoi un aliéné est capable mais tu n'as rien fait pour retrouver Carla. Rien. Tu t'en fous complètement même si c'est ta faute si elle a été enlevée.

— Tu me tiens responsable des actions de Crow ?

— Il n'aurait pas enlevé ma mère si elle n'était pas aussi la tienne.

— Mais peut-être que si. Il l'a peut-être fait parce qu'elle est intervenue pendant qu'il aspirait l'énergie de Delia. Y as-tu réfléchi ? As-tu envisagé la possibilité qu'il aurait enlevé quiconque aurait tenté de l'arrêter ?

— Pourquoi aurait-il fait cela ? s'enquit Roan en renâclant.

— Pourquoi un démon au bord de l'aliénation fait-il quoi que ce soit ?

— Je suis sûr d'une chose et c'est qu'elle regrette de t'avoir donné naissance, lança-t-il en se penchant vers elle et en serrant les poings tellement fort que ses phalanges blanchirent.

— Roan, rétorqua Harper en se retenant de rire, je suis persuadée qu'elle pense cela depuis des années.

La jeune femme avait fini par l'accepter alors, si Roan imaginait que cela allait la chagriner, il se trompait.

— Qui pourrait le lui reprocher après ce que ton père lui a fait ?

Cela l'énerva par contre. Lucian n'avait pas été très correct avec Carla, elle en convenait, mais sa mère devait aussi assumer la responsabilité de ses actions. Ainsi était la vie.

— Laisse-moi maintenant. Tu as eu tes cinq minutes de gloire. Tout le monde doit être très impressionné par ton insolence envers ta Grande Maîtresse.

— Ma Grande Maîtresse ? s'esclaffa-t-il. Tu n'auras jamais l'étoffe d'une vraie Grande Maîtresse ! Tu es une Wallis, un drôle de sphinx sans ailes, merde !

Il avait dépassé les bornes. Elle se jeta sur lui et l'agrippa par le tee-shirt, lui faisant presque sortir les yeux des orbites.

— Tu vas m'écouter maintenant, petit morveux. On sait tous les deux que ce n'est pas de Carla dont il s'agit ici mais de moi. Tu as du mal à accepter que je sois ta Grande Maîtresse et tu te sers de la disparition de ta mère comme prétexte pour te défouler, ce qui fait de toi un sale petit con.

Harper s'attendait à ce qu'il se débatte, mais il ne le fit pas. Il se contenta de lui adresser un regard méfiant, anxieux. Sa démone s'en réjouit.

— Penses-tu vraiment que le fait de sortir toutes ces conneries à ta Grande Maîtresse te fait remonter dans l'estime des autres ? Eh bien, j'ai des nouvelles pour toi, Roan. Cela te donne uniquement l'air d'un connard irrespectueux. Tu ne parais ni fort, ni effrayant, crois-moi. Et, en comparaison avec certains voyous que j'ai affrontés dans le passé, tu ressembles même plutôt à un pauvre petit chiot tout mignon qui se roulerait dans sa propre merde. Je n'ai ni le temps ni la patience d'écouter tes idioties. Va-t'en, termina-t-elle en le repoussant violemment, ce qui déçut terriblement sa démone.

— Mais ne va pas trop loin, grogna Tanner. Knox va vouloir te voir.

Roan déglutit bruyamment et passa devant eux en conservant sa dignité, ce qui était tout à son honneur.

— Tu aurais dû me laisser lui administrer une bonne correction, grommela Tanner tout en se remettant en route vers le bureau de Knox.

— Je suis la Grande Maîtresse associée du clan et je dois me comporter en conséquence, dit-elle en secouant la tête.

— Knox ne sera pas content, dit Tanner en poussant un long soupir. Roan avait été prévenu de ne pas t'approcher. Il a passé outre.

— Et pourquoi ? demanda Harper, qui ne comprenait vraiment pas. Il a déjà été puni pour avoir sorti des conneries à mon sujet. Ça n'a pas suffi, on dirait.

— Manifestement pas, rétorqua Tanner. Il semble attacher plus d'importance à te faire du mal qu'à ses propres souffrances. Votre rencontre d'aujourd'hui va alimenter la rumeur. Il faut que tu en parles à Knox avant que quelqu'un d'autre s'en charge.

Ils arrivèrent enfin à l'aire de combat au-dessus de laquelle était situé le bureau de Knox. Harper suivit Tanner dans l'escalier derrière le dôme jusqu'à la porte marquée « Bureau » à travers laquelle elle sentait, comme d'habitude, filtrer un peu de la puissance de son occupant.

— Il t'attend, Harper, dit Levi en faction devant la porte en inclinant la tête.

— Merci, répondit Harper en tournant la poignée et en ouvrant le battant.

Elle trouva Knox debout derrière son bureau. Il parlait au téléphone et la conversation ne semblait pas très agréable. Elle croisa son regard sombre et la tension qu'elle y lisait sembla s'évanouir.

Elle referma la porte derrière elle et s'approcha de lui.

— Vois à ce que cela soit fait, ordonna Knox avant de raccrocher. Désolé, ma chérie. Il y a eu un problème dans un de mes hôtels. Pris d'une lubie, un client s'est permis de démolir une suite uniquement parce qu'il en avait envie. Il se croit autorisé à tout faire parce qu'il est célèbre. Tu as un goût de café et de caramel, dit-il après l'avoir attirée à lui et longuement embrassée.

— J'ai bu un *caffè latte* au caramel avant de venir.

— Il est arrivé quelque chose, dit-il en inclinant la tête. Raconte-moi.

— Ne t'énerve pas, l'admonesta-t-elle en posant les mains sur ses bras. Je vais bien, je ne suis pas fâchée, juste un peu agacée.

— Que s'est-il passé ? s'enquit-il en sentant tous ses muscles se raidir.

— Roan est venu me provoquer, expliqua-t-elle, sentant la colère monter en Knox même si rien dans son apparence ne trahissait ses émotions.

— Qu'est-ce qu'il t'a dit, exactement ? demanda Knox, qui comprit en sentant les muscles de Harper se détendre à son contact que sa compagne tentait de le calmer. Est-ce que ce n'est pas plutôt moi qui devrais te réconforter ?

Harper sourit en enroulant les bras autour de sa taille.

— Je n'ai pas vraiment besoin d'être réconfortée puisque je ne suis pas énervée.

— Tu n'es peut-être pas énervée mais tu es triste, remarqua-t-il.

— J'aimerais bien que la situation soit un peu différente, convint-elle. Mais les choses sont ce qu'elles sont et on n'y peut rien.

— Raconte-moi ce qu'il t'a dit, demanda-t-il en coinçant une mèche des cheveux de Harper derrière son oreille.

La jeune femme poussa un soupir et s'exécuta. Knox était furieux et son démon émergea.

— Je m'en occupe, déclara-t-il en caressant les cheveux de Harper.

Le serment létal que traduisait son ton dépourvu d'émotion fit frissonner Harper. Elle hocha la tête pour lui montrer qu'elle avait compris.

Knox reprit le contrôle et caressa le cou de sa compagne.

— Je suis désolé que Roan t'ait dit des âneries, déclara-t-il en lui effleurant la gorge du pouce. Tu ne le méritais pas. Il savait pourtant qu'il n'avait pas intérêt à agir ainsi.

— *Keenan, trouve Roan et arrête-le. J'ai besoin de lui parler encore une fois. Tu sais où l'amener.*

— *D'accord*, répondit la sentinelle. *Est-ce que je peux te demander pourquoi ?*

— *Il a provoqué Harper et lui a sorti des trucs inadmissibles.*

— *Je vais attraper ce petit connard*, déclara la sentinelle en poussant un grognement.

— À qui parlais-tu ? s'informa Harper en lui caressant le dos.

Depuis qu'ils avaient noué le lien psychique des *alter ego*, elle percevait comme l'écho de ses échanges télépathiques sans toutefois en distinguer les paroles.

— Keenan, répondit-il.

— Tu l'as envoyé chercher Roan.

C'était assez facile à deviner.

— Je l'avais prévenu. Il aurait dû me prendre un peu plus au sérieux mais il ne l'a pas fait.

Knox veillerait à faire payer le petit enfoiré.

— Il est très perturbé.

— Ce n'est pas mon problème. Ni le tien. Il n'aurait pas dû s'en prendre à toi.

— Il ne m'a fait aucun mal, ni physiquement, ni émotionnellement.

Harper avait manifestement pitié de Roan et Knox ne s'en étonna pas.

— C'est parce qu'il ne compte pas pour toi, mais il l'ignorait et il a voulu te blesser.

Knox aurait été surpris que Harper ait des sentiments pour Roan. En revanche, elle regrettait que les choses doivent se passer ainsi. C'était sa nature et il le savait.

— Il ne me voulait pas vraiment de mal, du moins, je ne le crois pas. Il avait juste besoin de vider son sac.

— Je m'en fous. Je l'avais prévenu. Mon démon aussi. La punition que je lui ai fait subir ne semble pas avoir suffi. Je vais devoir essayer autre chose.

Harper résista à la tentation de lui demander ce qu'il allait faire.

— On peut rentrer ? dit-elle.

— Comme tu veux, ma chérie.

Chapitre 10

La voiture pénétra dans l'enceinte de la propriété de Jonas. Harper fronça les sourcils en apercevant la maison, très impressionnante avec son immense pelouse, ses statues et sa fontaine. La demeure était certes imposante, et Harper en apprécia les grandes baies vitrées et les colonnes blanches. Mais elle était si… ostentatoire. Beaucoup trop même. Elle n'avait aucune personnalité et n'était vraiment pas accueillante.

La Bentley s'arrêta près de l'entrée, où les attendait un voiturier. Harper eut du mal à contenir un sourire en voyant avec quelle réticence Levi lui remit les clés de la voiture. Accompagné de Tanner, l'Ankou emboîta le pas à Harper et Knox, et le petit groupe escalada les quelques marches d'ardoise du perron.

— Monsieur Thorne, mademoiselle Wallis, les accueillit le majordome à la porte, souriant et bien mis, tout en adressant un petit signe de tête à Tanner et Levi, si vous voulez bien me suivre.

En pénétrant dans le hall d'entrée, Harper fut frappée par les odeurs de pot-pourri et d'encaustique. Avec son lustre de cristal, ses hauts plafonds décorés et son sol de pierre, l'intérieur de la maison était aussi impressionnant que l'extérieur. Et manquait tout autant d'âme.

— C'est mieux chez nous, chuchota Harper à Knox, qui lui répondit avec un petit sourire tordu, celui-là même qui ne manquait jamais de la titiller.

Le majordome les escorta ensuite jusqu'à une salle à manger monumentale, digne d'un château royal. Harper continua à sourire même quand Jonas vint à leur rencontre, un verre de cristal à la main.

— Ah ! Knox, le salua-t-il. Ravi que vous ayez pu venir. Harper, un plaisir de vous revoir, vraiment, ajouta-t-il avant d'échanger de brefs signes de tête avec Tanner et Levi.

— Merci, répondit Harper.

Elle aimait bien Jonas. Il avait l'air sincère et sympathique en dépit de sa maison inutilement extravagante qui compensait vraisemblablement un quelconque manque.

— On espérait que vous viendriez, lança une voix qui déclencha une réaction de mépris chez la démone intérieure de Harper.

Alethea apparut alors au côté de son frère. Elle portait son éternel parfum à la rose un peu écœurant.

— C'est vrai ? lança Knox, l'air sévère.

— Bonjour, sphinx, dit ensuite Alethea en se tournant vers Harper, les traits durcis.

— Salut, dauphin, lui renvoya Harper.

Sa démone éprouvait une envie féroce de gifler cette garce qui osait chercher à séduire son compagnon. Elle ne perdait rien pour attendre.

— On va bientôt commencer, annonça Jonas en se raclant la gorge. Si vous voulez bien vous asseoir, dit-il en désignant la très longue table. Vos places se trouvent vers le milieu, il me semble.

Knox posa une main dans le dos de Harper et ils allèrent rejoindre les autres démons, qui les saluèrent d'un signe de tête respectueux, avec dans le regard une lueur de crainte que le démon de Knox apprécia beaucoup. Cette réunion le barbait, la politique ne l'intéressait pas beaucoup.

—Je vois qu'on est voisins, déclara Raul, un Grand Maître qu'estimait Knox. Nos places sont juste à côté de ce magnifique bouquet si odorant qu'il commence à me donner la migraine. Bonjour, Harper.

La jeune femme le salua d'un sourire mais n'adressa même pas un regard à l'*alter ego* du Grand Maître, une femme très coincée qui avait fait du charme à Knox par le passé, ce qui ne lui avait pas du tout plu.

Knox repéra le siège qui lui avait été réservé et grogna en constatant que le carton à la place voisine portait le nom d'Alethea plutôt que celui de Harper. Il balaya la table du regard pour voir où devait s'asseoir sa compagne.

—On l'a mise en face de vous, expliqua le démon de l'autre côté de la table en soulevant un carton au nom de Harper.

Tout comme l'avait anticipé Knox, Harper adressa son sourire le plus avenant au démon en question qu'elle adorait asticoter simplement parce que les elfes étaient comme ça ; ils aimaient faire tourner les autres en bourriques.

—Malcolm ! lança-t-elle gaiement. Bonjour !

—C'est Malden, la corrigea-t-il, un petit muscle sur sa joue se mettant à tressaillir, comme chaque fois.

—Ce n'est pas ce que j'ai dit ? demanda-t-elle en toute innocence en clignant des yeux.

Impassible, Knox ne montra pas à quel point cela l'amusait. Il tendit la main et s'empara du carton de Harper.

— Tu n'as qu'à échanger mon carton avec celui du dauphin, dit-elle. Et puis merde ! ajouta-t-elle en s'emparant du carton d'Alethea, qu'elle réduisit en confettis qu'elle jeta sous la table.

— Vas-tu arrêter de l'appeler comme cela ? demanda Knox avec un sourire forcé tandis qu'ils prenaient place, leurs sentinelles se postant derrière eux.

— Si tu préfères, déclara Harper en serrant les lèvres, je pourrais parler de la connasse de menteuse sans cœur.

— C'est pas mal, ça ! ironisa Tanner.

Harper partageait son avis.

Un serveur arriva sur ces entrefaites en poussant un chariot chargé de boissons. Il leur proposa un large choix d'apéritifs, étrangers pour la plupart. Harper reconnut seulement le whisky, le cognac et le vin et préféra laisser Knox choisir pour elle.

— J'aime bien que tu fasses cela, dit Knox quand le serveur se fut éloigné.

— Quoi ? demanda Harper.

— Que tu me laisses choisir ta boisson.

C'était assez anodin mais Knox appréciait que Harper lui fasse confiance pour choisir un apéritif qui lui plairait.

— Ah ? D'accord.

— Jonas ! C'est toujours un plaisir, lança une voix qui fit sourire Harper.

C'était Jolene, accompagnée de Martina et de Beck, qui regardaient les meubles et la décoration en se demandant sans doute ce qu'ils pourraient emporter discrètement.

— On vous a mis tous les trois en bout de table, expliqua Alethea.

— Je vois ma petite-fille au milieu, je vais aller la rejoindre, déclara Jolene.

— Il n'y a pas de place, répondit Alethea.

— Mais si, il y a une place de libre en face de Knox.

— C'est la place de Harper.

— Ah ? Mais je la vois à côté de lui.

Puis Jolene s'approcha de Harper, qui se leva pour embrasser sa grand-mère.

— Bonjour, ma chérie, dit-elle en attirant sa petite-fille contre elle d'un bras.

— Bonjour, mamy, dit Harper en lui tapotant le dos.

— Knox, vraiment ! s'exclama Jolene en reculant d'un pas et en scrutant la marque que le démon de Knox avait faite sur le cou de Harper. Vous devriez essayer de mieux contrôler votre démon. Il est tellement possessif qu'il va finir par tatouer votre nom sur son front.

— Ne lui donne pas des idées ! s'exclama Harper.

— Ne t'inquiète pas, je ne vais pas mettre le feu, lui chuchota Martina en l'embrassant sur la joue.

— Bonjour, Beck ! dit Harper, saluant l'*alter ego* de Jolene, un peu sceptique tout de même quant aux paroles rassurantes de sa tante.

— Ma chérie, répondit-il en lui adressant un clin d'œil. Comment…

— C'est ma place, déclara alors Alethea en repoussant Beck pour passer et en s'arrêtant devant Harper.

— Pardon ? Je ne comprends pas, réagit Harper en clignant des yeux.

— Le carton avec mon nom…, commença-t-elle avant de s'interrompre en voyant celui de Harper. Il était là, ajouta-t-elle.

— Mais qu'aurait-il fait là ? demanda Harper. C'est la place de la compagne de Knox, il me semble, ce que vous n'êtes pas.

— *Knox, je ne peux pas te promettre de ne pas la buter un jour.*

Harper et sa démone intérieure estimaient devoir prévenir Knox.

— *Tu veux que je m'en occupe ?* demanda Knox en passant la main dans les cheveux de sa compagne.

— *Nan.*

— Jonas, dit-elle au démon qui se hâtait à leur côté. Je suppose que vous ignorez pourquoi votre sœur veut me pousser à faire une scène à propos de son plan de table ?

— Je vais voir ce que je peux faire, dit-il à Harper en rougissant avant d'éloigner sa sœur.

Les joues rouges, Alethea marmonna quelque chose puis pâlit en entendant la réponse de son frère. Elle releva le menton, fit demi-tour et s'éloigna.

— Je vous présente nos excuses pour le comportement de ma sœur, déclara Jonas en revenant vers Harper.

— Il n'y a pas de mal, répondit-elle en reprenant sa place.

— *Je ne m'attendais pas à ce que tu charges Jonas de régler ce problème*, dit Knox.

— *C'est encore plus gênant pour elle de se faire réprimander par son grand frère devant tout le monde.*

Les lèvres de Knox se contractèrent en un petit sourire ironique. Il s'était attendu à ce que Harper menace Alethea… ou même à ce qu'elle lui assène une douleur à l'âme pour lui faire une démonstration de son pouvoir. Il ne réussirait sans doute jamais à prédire ses réactions.

— Salut, Jolene, lança chaleureusement Malden en voyant la grand-mère de Harper s'asseoir à la place initialement prévue pour sa petite-fille.

Plusieurs Grands Maîtres se déplacèrent pour faire de la place à Beck et à Martina, surtout pour séduire cette dernière tant elle était belle, délicieuse et aimable, sans oublier le fait qu'elle était une pyromane avérée, mais, cela, plusieurs d'entre eux l'ignoraient.

— Ah bonjour… euh…, dit Jolene en souriant.

— Malc…, chuchota Harper en se penchant vers l'avant.

— Malden, corrigea-t-il rapidement.

— Bien sûr, dit Jolene en hochant lentement la tête.

— Vous ne pouvez pas vous en empêcher, toi et ta grand-mère, n'est-ce pas ? chuchota Tanner à l'oreille de Harper.

— Ce ne serait pas drôle autrement, répondit-elle en haussant les épaules.

Tanner ne put s'empêcher de renâcler.

Un peu plus loin, une chaise grinça sur le parquet. Alethea l'avait déplacée brutalement avant de s'y asseoir lourdement, comme un enfant gâté qui n'avait pas réussi à obtenir ce qu'il réclamait. Elle risquait même de bouder.

— C'est une vraie chipie, non ? dit Harper tandis que sa démone intérieure souriait de satisfaction et qu'une réaction d'amusement frôlait l'esprit de la jeune femme.

— Elle vit parmi les humains, expliqua Knox en mettant la main sur la cuisse de Harper. Elle les manipule sans peine et elle n'a donc pas trop l'habitude qu'on lui résiste.

— Les travaux avancent bien dans ton nouveau studio, intervint Jolene.

— C'est vrai, convint Harper.

Sa famille l'avait beaucoup aidée à vider les locaux, à repeindre les murs et les portes, à installer un nouveau parquet et à fixer des étagères, à organiser la cuisine et l'entrepôt, puis à brancher le stérilisateur et poser les cloisons. Il ne leur resterait bientôt plus qu'à déménager leur équipement et quelques meubles et à accrocher leur nouvelle enseigne.

Le studio de la Cité souterraine était plus grand que l'ancien et son installation avait exigé beaucoup de travail et d'efforts. Les amies auraient bien sûr pu confier cette tâche à une entreprise spécialisée mais elles trouvaient plus satisfaisant de tout faire elles-mêmes. Elles avaient décidé de conserver leur nom : *Urban Ink*, et un des cousins de Harper avait créé pour elles une enseigne magnifique avec des caractères qui tenaient à la fois de la calligraphie et du tag.

— Où en êtes-vous avec vos projets de fête pour l'inauguration du nouveau studio ? s'enquit Jolene.

— On a presque terminé les préparatifs. Il ne reste plus qu'un ou deux détails à régler.

Belinda avait été profondément choquée que Harper ne fasse pas appel à ses services pour organiser ce grand événement. Elle avait été horrifiée par son idée d'une fête dans la rue. Elle était persuadée que ce serait un échec total et ne se privait pas de le dire à qui voulait l'entendre. Mouais.

— Plusieurs personnes m'ont demandé quand le nouveau studio allait ouvrir, lança Knox. Vous allez faire un carton dans la Cité souterraine.

— Chaque fois qu'on en parle, une petite lueur de satisfaction illumine ton regard. Tu savais ça ? demanda Harper, amusée. Tu jubiles tellement tu es content de m'avoir convaincue de faire ce déménagement.

— Mais non, mentit Knox. Je me réjouis de penser que tu seras plus en sécurité, c'est tout.

— Tu jubiles, avoue, insista Harper en renâclant.

— On va commencer par un déjeuner léger, déclara Jonas en prenant place en bout de table.

Des serveurs entrèrent alors avec des plateaux de salades toutes plus élaborées les unes que les autres, des petits pâtés de poisson, des bruschettas, du caviar et des bouchées un peu étranges qui laissèrent Harper perplexe.

— *Qu'est-ce que c'est que ça ?*

— *Des amuse-bouches chauds et froids*, répondit Knox.

— *Ah !*

Knox serra les lèvres en voyant l'air attristé de Harper. Il tira doucement sur une de ses boucles d'oreilles et l'embrassa sur la tempe.

— *Je t'invite au restaurant de ton choix à la fin de la réunion.*

— *Tu ne peux pas imaginer la surprise que moi je te réserve, mec.*

Harper sirota son verre de vin rouge et vit Alethea qui les observait, une expression indéchiffrable sur le visage, avant de détourner rapidement le regard quand elle remarqua qu'elle avait été repérée.

Harper choisit une bruschetta qu'elle trouva bonne mais qui la laissa sur sa faim. Environ une heure plus tard, quand cessèrent les tintements de couteaux et de fourchettes, les serveurs revinrent enlever les plats et les couverts.

— Et si nous commencions ? intervint alors Jonas en se raclant la gorge. Très bien, poursuivit-il quand des murmures d'assentiment se firent entendre dans la salle. Y a-t-il des sujets particuliers que vous souhaitez soulever ?

— Le clan d'Isla ne l'a pas encore remplacée, dit un des Grands Maîtres à l'autre bout de la table. Il n'a toujours pas de chef.

— J'ai entendu dire qu'il y avait beaucoup de dissensions à ce sujet parmi les membres, ajouta un démon assis non loin de Beck.

— Et moi qu'ils ne voulaient pas la remplacer tant qu'ils n'auraient pas fini de la pleurer, déclara encore un autre Grand Maître, l'air un peu perplexe. C'est toujours inquiétant de voir un clan sans Grand Maître, c'est vrai.

— D'autant plus que cela ne nous regarde pas à moins que nous soyons obligés d'intervenir pour une raison quelconque, dit Raul. Ce clan ne présente aucun souci pour personne en ce moment.

— Sur un tout autre sujet, débuta un autre démon, on ne voit plus Dario nulle part. Quelqu'un sait-il où il est passé ?

— Personne ne l'a vu ? s'enquit Jolene, curieuse.

— Il vit en ermite, déclara Alethea. Et la rumeur veut qu'il se constitue une armée.

Un bref silence étonné suivit cette déclaration.

— Mais les démons ne font jamais la guerre, affirma Harper en intervenant à son tour.

Surtout parce que la guerre ne les intéressait pas.

— Oui, mais Dario espérait être élu Monarque et nous chapeauter tous, lui rappela Alethea. Il est peut-être fâché de ne pas avoir gagné ou alors il désire tellement le pouvoir qu'il se prépare à le prendre par la force.

— J'ai du mal à croire que Dario réagisse comme cela, déclara Raul en se calant dans sa chaise et en croisant les mains sur sa nuque. Il n'avait pas l'air trop malheureux des résultats des élections.

Harper était assez d'accord avec lui.

Malden aussi apparemment parce qu'il hocha la tête en signe d'assentiment.

— Il était déçu du résultat de ce vote, dit-il, mais pas vraiment furieux. C'est surtout Isla qui a mal réagi.

— Personnellement, lança Alethea en serrant les lèvres, je ne crois pas qu'il se constitue une armée. Mais bon, je trouve son comportement assez étrange tout de même. Il faudrait peut-être envisager la possibilité qu'il ait sombré dans l'aliénation.

— Je ne partage pas cet avis, affirma Malden en serrant les mâchoires.

— C'est juste une théorie, ajouta Alethea en haussant les épaules. On devrait peut-être essayer de voir de quoi il retourne. Je suis allée chez lui pour lui rendre visite et tenter de comprendre ce qui se passait mais il a refusé de me recevoir.

— Vous dites cela comme si vous étiez quelqu'un d'important, lança un des Grands Maîtres sur un ton très désobligeant. Vous n'êtes pas une Grande Maîtresse, il n'est pas tenu de vous recevoir. Et vous n'êtes pas particulièrement amis non plus.

Harper eut du mal à s'empêcher de sourire en voyant le rouge monter aux joues d'Alethea.

—Je connais Dario depuis très longtemps, dit celle-ci en serrant sa serviette dans sa main.

—Oui, je sais dit Malden. Et, si je me souviens bien, vous ne vous êtes pas quittés en très bons termes à l'époque. Contrairement à vous, je suis ami avec lui et nous étions en contact jusqu'à tout dernièrement. Je n'ai remarqué aucune dégradation de son état mental.

—Je suis assez sceptique concernant ces rumeurs d'aliénation ou d'armée qu'il se constituerait, intervint Jonas. J'ignore cependant pourquoi il s'isole chez lui.

—Il a peut-être tout simplement trouvé une nana sympa et ils n'ont pas envie de quitter la chambre, ironisa un Grand Maître assis à côté de Harper.

—Cette explication est plus plausible que son éventuelle aliénation, dit Raul en buvant une gorgée de whisky. Les cas d'aliénation chez les Grands Maîtres sont plutôt rares.

—D'accord, mais ce n'est pas impossible, insista Alethea.

—Vous vous intéressez beaucoup à Dario, on dirait, lança Raul en serrant les lèvres.

—Je n'aimerais pas voir un autre Grand Maître sombrer dans l'aliénation mentale, déclara-t-elle.

—Écoutez, je sais ce qui est arrivé à votre Grand Maître précédent, soupira Raul. C'était affreux et…

—Non, vous ne savez rien, l'interrompit Alethea. Vous n'avez pas vu ce qui s'est passé. Vous en avez seulement entendu parler. Vous n'étiez pas là. C'était terrible, épouvantable. Il y a eu tellement de morts : des femmes, des hommes, des enfants, des démons, des humains, des animaux. Un démon aliéné tue tout sur son passage. Il se fiche de tout. Il ne cherche qu'à causer le plus de douleur, de misère et de destruction possible. Si vous voulez mon avis, il faut supprimer tous les démons au bord de l'aliénation.

Là, elle allait beaucoup trop loin, se dit Harper.

—Je veux simplement m'assurer que Dario va bien, termina Alethea après avoir pris une longue et profonde inspiration pour se calmer un peu.

—Je vais le contacter, dit Malden. Je suis à peu près persuadé cependant qu'il n'y a aucune raison de s'inquiéter. Tout comme je suis convaincu qu'il ne s'est pas constitué d'armée.

—Je n'aurais pas prêté foi à la rumeur si la météo n'avait pas été aussi imprévisible, intervint Alethea. Dario a le pouvoir de changer le temps. Et s'il est aliéné il ne contrôle plus son pouvoir.

—Raul dispose aussi d'un pouvoir sur les éléments, signala un autre des Grands Maîtres sur un ton accusateur et l'intéressé se raidit en l'entendant.

Ce Grand Maître avait les sourcils si épais que Harper aurait aimé les lui épiler.

—Pourquoi le ferais-je ? s'enquit Raul.

—À vous de nous le dire, rétorqua l'homme aux sourcils épais. Peut-être n'arrivez-vous plus à maîtriser votre colère.

—Quelle colère ? demanda Raul en reposant son verre.

— J'ai entendu dire que votre femme vous avait quitté.

— Nous nous sommes séparés par consentement mutuel et ça s'est très bien passé. Mon *alter ego* pourra vous le confirmer, ajouta Raul, et la démone qui l'accompagnait acquiesça d'un signe de tête.

— Ce n'est pas ce que j'ai entendu dire, ajouta l'homme aux sourcils épais en haussant les épaules.

— Ni moi non plus, lança Malden en esquissant un petit sourire.

— Personnellement, dit Raul à Malden, je trouve la rumeur que j'ai entendue sur vous beaucoup plus intéressante. On dit que vous avez été surpris trompant votre femme avec ses deux frères. C'est vrai ?

— Non, c'est faux, nia Malden en rougissant d'indignation.

— Mais je ne vous juge pas, ricana Raul en levant les deux mains. Chacun fait comme il veut.

— *Il y a beaucoup de rumeurs qui circulent en ce moment, apparemment*, dit Harper.

— *On dirait, en effet*, répondit Knox en posant son verre.

— Il paraît qu'un de vos démons a sombré dans l'aliénation, dit l'homme aux sourcils épais à Knox.

— *Comment s'appelle ce type ?* voulut savoir Harper. *Ça m'énerve de l'appeler « l'homme aux sourcils épais ».*

L'esprit de Knox, amusé, vint caresser le sien.

— *Thatcher*, lui répondit-il.

— Il n'est pas aliéné, rétorqua Knox. Il n'en est pas très loin cependant.

— On dit aussi qu'il aurait eu une drôle de vision, précisa Thatcher. C'est vrai ?

— Tout dépend de la version qu'on vous a donnée de cette vision, répondit Knox en tapotant son verre de cristal.

— Que vous et votre compagne donneriez naissance à un enfant dépourvu d'âme qui finirait par détruire tout l'univers, expliqua Thatcher, l'air défiant.

— C'est vraiment incroyable à quel point le téléphone arabe a transformé les faits, intervint Harper en levant les yeux au ciel.

— Crow prétend avoir eu une vision, déclara Knox, selon laquelle Harper et moi aurions un enfant suffisamment puissant pour nous détruire.

— Encore des visions apocalyptiques, ironisa un Grand Maître qui n'avait pas encore pris la parole. L'un de mes démons au bord de l'aliénation disait tout le temps que la fin du monde approchait mais il n'a pas parlé de vous.

— Il se peut que Crow ait vraiment eu une vision lui montrant que vous auriez un enfant capable de nous détruire, dit une Grande Maîtresse. Vous et votre compagne êtes très puissants tous les deux. Ce ne serait pas étonnant que vous ayez un enfant également doté de grands pouvoirs, et peut-être capable de nous détruire tous.

— Vos propos, Mila, sont aussi sensés que ceux de ces démons aliénés, déclara Jolene.

Raul et plusieurs autres Grands Maîtres semblèrent s'amuser au moins autant que la grand-mère de Harper de l'intervention de cette Mila.

— Autre chose ? demanda Jonas en ne tenant aucun compte des inquiétudes de cette démone. Bon, s'il n'y a rien d'autre, dit-il après que quelques détails eurent été soulevés et rapidement réglés, je propose que nous mettions fin à cette réunion.

Knox hocha la tête en signe d'assentiment. Il salua Jonas et Raul, puis posa la main sur le coude de Harper et la guida hors de la salle à manger, les elfes à leur suite. Alethea se hâta de les rejoindre.

— Harper, je m'excuse de vous avoir parlé aussi sèchement tout à l'heure, dit-elle, l'air sincèrement désolée. Je n'aurais pas dû.

Harper renâcla intérieurement. La garce n'était pas désolée du tout. Mais bon, Harper inclina légèrement la tête.

— J'espère que ces rumeurs concernant Dario sont infondées, dit-elle ensuite à Knox. Au pire, s'il a sombré dans l'aliénation, je compte sur ton soutien pour régler ce problème.

— Pourquoi ? voulut savoir Knox.

— Pardon ? dit Alethea en clignant des yeux.

— Oui, pourquoi ? répéta Harper. Jonas est très puissant, n'est-ce pas ? Et plusieurs autres Grands Maîtres se feraient un plaisir de voler à votre secours. Alors pourquoi insistez-vous pour que Knox vous vienne en aide ?

— Je n'ai pas insisté pour qu'il...

— C'est justement là le problème. Vous demandez à Knox de faire votre sale boulot, mais il n'est pas à votre service, vous savez. Ce n'est pas non plus un bouclier derrière lequel vous cacher.

— Comment ça, un bouclier ?

— Vous pensez qu'il n'y aura pas de représailles si c'est Knox qui intervient. Mais, moi, je vous conseille de vous en charger vous-mêmes si vous voulez chercher des noises à un autre clan.

— Vous parlez en son nom maintenant ? éructa Alethea en haussant un sourcil impérieux.

— Quand je vois qu'on essaie de se servir de lui ? Oh que oui, putain de merde ! Il ferait la même chose pour moi.

— Et d'ailleurs, intervient Knox, je vais profiter de cette occasion pour te parler de ta petite visite au studio de Harper. Je tiens à te préciser, Alethea, que tu n'as jamais compté pour moi. Je le sais, tu le sais mais, plus important encore, Harper le sait aussi. Tu te souviens de ce qui est arrivé à Isla, non ? Simplement parce qu'elle avait osé lever la main sur Harper. Tu aurais intérêt à y réfléchir à deux fois avant d'essayer de t'en prendre de nouveau à ma compagne.

— Les choses se passent exactement comme j'avais imaginé ! affirma Jolene, qui avait assisté à cet échange depuis l'escalier.

— Je n'aime pas du tout cette petite garce, déclara Martina en fouillant dans un portefeuille qui ne lui appartenait manifestement pas. Khloë m'a dit qu'elle était passée au studio. Oh ! quelles belles cartes de crédit ! s'exclama-t-elle. Une petite menthe ? leur demanda-t-elle avec un grand sourire en leur tendant une jolie boîte en argent.

— J'en veux bien une, répondit Beck.

— Je préfère ne pas savoir ce que tu as fait, intervint Harper en sentant une vague odeur de fumée.

— À bientôt, ma chérie, dit Jolene en embrassant Harper sur la joue quand le voiturier arriva avec sa Mustang.

— Ta famille trouve toujours le moyen de pimenter ces réunions politiques, dit Tanner, hilare, en regardant les elfes s'éloigner.

— Les elfes ne prennent pas la politique au sérieux, rétorqua Harper en soupirant.

Le voiturier approcha alors la Bentley et ils s'y installèrent avec les sentinelles.

— J'ai été étonné, dit Levi en passant le portail, de constater que tout le monde semblait accorder énormément d'importance à la vision de Crow, surtout Mila. Je ne pensais pas qu'elle était si paranoïaque.

— Plusieurs Grands Maîtres croient en cette vision, elle n'est pas la seule. Personne d'autre n'a eu le cran de le dire cependant, expliqua Knox.

— C'est vrai ? demanda Harper.

Knox avait le don de lire dans les pensées des gens quand leurs boucliers n'étaient pas très solides.

— Oui, confirma Knox en entrelaçant ses doigts avec ceux de sa compagne. Certains se demandaient même si tu étais enceinte. As-tu remarqué qu'une des Grandes Maîtresses t'a frôlé le bras en partant ?

— Ouais, répondit Harper.

— Elle a le pouvoir de détecter les grossesses, lança Knox. Elle a senti que tu n'étais pas enceinte et a esquissé un sourire de soulagement.

— Est-ce que Jonas et Alethea croient aussi en cette vision ? demanda Levi.

— Je l'ignore, dit Knox en massant la paume de la main de Harper avec son pouce. Ils ont de bons boucliers. Je vais charger Larkin et Keenan de fouiller un peu dans la vie de Dario. Ils ne devraient pas avoir trop de mal à découvrir pourquoi il s'isole comme cela et si la rumeur selon laquelle il se constitue une armée est fondée.

Puis Levi et Tanner se mirent à parler de leur travail de sentinelle, et Harper se retourna vers Knox pour lui demander combien de Grands Maîtres croyaient en cette foutue théorie comme quoi elle serait enceinte. Elle se rembrunit en détectant une expression étrange sur ses traits.

— Qu'est-ce qu'il y a ? voulut-elle savoir.

— Tu m'as défendu contre Alethea, dit-il.

— Et ça te fait rire ? demanda-t-elle, le voyant hilare.

— Je trouve cela émouvant surtout, précisa-t-il.

— Et amusant, insista-t-elle.

— Un petit peu, avoua-t-il dans un sourire.

— Ce n'est pas parce que tu es un mec vraiment très fort que les autres ne peuvent pas prendre ta défense, dit-elle. Tu ne crains toujours pas mon incommensurable colère, déplora-t-elle en soupirant.

— Ce n'est pas faute d'essayer pourtant, dit Knox en regardant sa compagne comme si elle était un joli lapinou inoffensif et pas tout à fait lucide.

— Un jour, je laisserai éclater mon incommensurable colère, tu seras terrorisé et tu voudras t'enfuir, crois-moi. Pourquoi ris-tu ? C'est vrai. Un sphinx hors de contrôle peut tout détruire sur son passage et inspirer l'effroi dans le cœur de tous ceux qui… Mais arrête de rire !

Chapitre 11

Un matin, quelques jours plus tard, Knox entra dans le dressing de Harper au moment où elle enfilait ses chaussures. Il avait fini de se préparer, mais il avait les cheveux encore humides de la douche qu'ils avaient prise ensemble et où il l'avait baisée en la maintenant solidement contre le mur. La jeune femme prit le temps de le regarder, d'admirer ses magnifiques yeux noirs, son torse puissant, ses épaules musclées et sa posture déterminée. Elle avait parfois du mal à croire qu'il était sien.

— J'ai des nouvelles pour toi, lui annonça-t-il en l'attrapant par les poignets et en l'embrassant.

— C'est au sujet de Carla, devina-t-elle.

— On a pu remonter la trace de Crow jusqu'à un motel. Il n'était pas dans la chambre mais Carla s'y trouvait.

— Elle est toujours en vie ? s'enquit-elle, l'angoisse lui nouant les muscles du ventre.

— Oui, mais elle est bien abîmée.

— Qu'est-ce qu'il lui a fait ?

Son compagnon allait lui annoncer quelque chose de très grave, Harper le pressentait.

— Il lui a enlevé tous ses organes reproducteurs, expliqua Knox, qui n'avait pas très envie de lui révéler ce qu'il avait appris mais qui comprenait qu'elle avait besoin de savoir.

Harper en fut abasourdie.

— Il lui a tout ôté : le col, les ovaires, les trompes et l'utérus, continua Knox d'une voix remplie de colère. (Il n'aimait pas particulièrement Carla mais elle faisait partie de son clan et elle devait avoir beaucoup souffert. Il avait donc du mal à garder son calme.) Crow est chirurgien alors il sait exactement comment faire. Il voulait la garder en vie. Elle est encore inconsciente à l'heure qu'il est mais elle se remettra.

Sans doute récupérerait-elle physiquement de cet acte de barbarie, mais serait-elle capable de s'en remettre mentalement ?

— Je ne m'y attendais pas du tout. Je pense…

— C'est normal d'en rester bouche bée, la rassura-t-il en lui caressant les bras ; lui-même avait été interloqué en l'apprenant. En revanche, on sait que Crow n'est pas complètement aliéné, ajouta-t-il en lui massant les épaules, puisqu'il lui a laissé la vie sauve.

En effet, un démon aliéné n'aurait pas hésité à la buter.

— Mais il est tellement instable qu'il est impossible de lui faire entendre raison, supposa Harper en se passant la main dans les cheveux. Et puis il n'a pas essayé de t'agresser de nouveau. Selon Delia, il veut te tuer parce qu'il croit que c'est le seul moyen de sauver le monde. Il a fait une nouvelle tentative, c'est ça ? demanda-t-elle, se raidissant en le voyant serrer les lèvres.

— Il a cherché une nouvelle fois à monter chez moi dans le même hôtel. Heureusement, les gardiens l'ont tout de suite reconnu. Ils l'ont maîtrisé mais il a fait apparaître une arme et s'est mis à tirer sur les passants. Il y avait beaucoup d'humains dans les parages, alors les vigiles n'ont pas pu utiliser leurs dons pour l'appréhender. Il nous a filé entre les mains.

— Quoi ! s'exclama Harper. Pourquoi ne m'en as-tu rien dit ?

— Je n'étais même pas à l'hôtel à ce moment-là, répondit-il en haussant les épaules. Je ne voyais pas à quoi cela aurait servi de t'en parler.

— Tu ne voyais pas à quoi cela aurait servi de m'en parler ? répéta-t-elle, incrédule.

— En comparaison avec certaines autres situations dangereuses que j'ai connues dans ma vie, ce n'était rien du tout.

Rien du tout ?

— Ce n'était pas rien. C'était une tentative d'assassinat. Tu aurais dû m'en parler. Tu m'avais pourtant assuré que tu me le dirais tout de suite s'il tentait quoi que ce soit contre toi.

— Je n'étais même pas à l'hôtel, ma chérie. Et même si j'y avais été il n'y aurait eu aucun danger. Il n'a même pas réussi à entrer. La bagarre a été contenue sur le perron. Il y a juste eu une petite altercation de rien du tout.

— Je m'en fous. Tu aurais quand même dû me le dire.

— Je n'ai pas l'habitude, tu vois, expliqua-t-il en soupirant et en se frottant la mâchoire.

— Pas l'habitude de quoi ?

— Qu'on se fasse du souci pour moi, répondit-il. Et de devoir m'expliquer. (Cela ne lui déplaisait pas, bien au contraire, mais il détestait ne pas tout contrôler.) Je m'excuse de ne pas t'en avoir parlé tout de suite, ajouta-t-il en posant les mains sur les épaules de Harper et en l'attirant contre lui. Je te préviendrai immédiatement si Crow essaie autre chose, je te le promets.

— Même si cela ne te semble pas important ?

— Oui.

— D'accord, finit-elle par dire en hochant la tête après un court moment de silence. Revenons maintenant à notre premier sujet de préoccupation : où est Carla ?

— Chez elle. Elle a été examinée par un médecin. Elle n'a apparemment pas d'infection et n'aurait pas perdu trop de sang. Elle se remet très rapidement. Elle ne s'est pas encore réveillée, c'est tout. Si tu veux la voir…

— Sa famille ne voudra pas.

Et Harper ne pourrait pas leur en tenir rigueur.

— Nous sommes leurs Grands Maîtres. Ils nous doivent obéissance.

— Ce ne serait pas très sympa de notre part de faire irruption chez eux, surtout quand sa famille s'inquiète pour elle. J'irai la voir quand elle se réveillera. Ou bien si elle me fait demander.

Elle préférait attendre que Carla l'invite. Harper ne voulait pas débouler chez sa mère comme si elle était en droit d'être là. Elle ne pensait pas non plus que Carla la réclamerait, mais bon.

— D'accord, dit Knox en l'embrassant sur le front.

— Penses-tu qu'elle me tiendra responsable de ce qui lui est arrivé ? demanda Harper, pas sûre de vouloir entendre sa réponse.

Elle n'aurait pas dû s'en inquiéter, mais c'était plus fort qu'elle.

— J'aimerais te répondre « non », dit Knox qui refusait de lui mentir mais ne désirait pas la blesser, mais je n'en ai aucune idée. Peu importe qu'on te le reproche ou qu'on t'en veuille, tu n'es pas responsable et rien ne changera cela.

— Je sais.

— Tu te sens tout de même coupable.

— Pas besoin d'être un génie pour comprendre pourquoi le type lui a enlevé ses organes reproducteurs. Il voulait la punir de m'avoir donné naissance, d'avoir démarré le processus.

— C'est parce qu'il est complètement à côté de ses pompes. Cela n'a rien à voir avec toi.

Elle le savait, intellectuellement parlant, mais elle ne pouvait pas s'empêcher de se sentir coupable. Surtout parce que…

— S'il avait su qu'elle avait voulu avorter quand elle était enceinte de moi, peut-être aurait-il eu pitié d'elle.

Le clan ne connaissait que la version que Harper avait entendue pendant toute son enfance : Carla avait abandonné sa fille sur le pas de la porte de Jolene quand elle était tout bébé. Harper était très discrète de nature et préférait ne pas raconter l'histoire de sa vie à tout le monde. Parmi les membres du clan, seul Levi connaissait la vérité parce qu'il avait fouillé dans son passé. Bray aussi savait mais uniquement parce que Carla avait fini par tout lui avouer.

Harper essaya de se dégager de l'étreinte de Knox mais il la maintint contre lui.

— Il faut que j'aille travailler, dit-elle.

Elle n'avait toujours pas fermé le studio, celui qu'elle qualifiait intérieurement d'« ancien », et elle avait encore quelques clients à voir.

— Tu devrais prendre une journée de congé.

— Je ne peux pas, déclara-t-elle en secouant la tête.

— Tu as subi un choc, ma chérie, un choc important qui plus est, insista-t-il en posant les mains sur son visage. Tu dois prendre le temps de le digérer. Prends un congé, répéta-t-il.

— Non, ça va aller. Vraiment.

— Prends un congé et je reste avec toi. Je peux travailler à la maison.

Son démon intérieur trouvait que c'était une bonne idée. Il n'avait pas envie de la voir s'éloigner de lui.

— Je préfère ne pas rester à la maison. Si je passe la journée ici, je n'arrêterai pas de ressasser tout ça et je n'en ai pas le droit, Knox. Ce n'est pas à moi que c'est arrivé, mais à elle. Je ne fais pas partie de sa famille.

— Tu as le droit d'avoir des sentiments.

— Sauf que je ne sais pas trop ce que je ressens.

— Très bien, répondit Knox, qui n'aimait pas voir Harper si peu sûre d'elle, elle d'habitude si fonceuse. Si tu as besoin de te changer les idées ou de faire une pause, alors vas-y, dit-il, toujours aussi attentionné. Je t'aime, ajouta-t-il avant de lui donner un baiser tendre, doux et profond.

Étonnée, la jeune femme esquissa un large sourire. Son compagnon ne lui faisait pas très souvent ce genre de déclaration. C'était même très difficile pour lui, mais il savait quand elle en avait besoin.

— Je t'aime aussi, dit-elle alors.

Puis elle l'embrassa une dernière fois avant d'attraper son sac, de sortir et de monter dans l'Audi. Tanner ouvrit la bouche pour dire quelque chose, avec sur le visage une expression émue qu'elle ne lui connaissait pas, mais Harper secoua la tête. Elle ne voulait pas parler de Carla. Elle estimait ne même pas avoir le droit de s'inquiéter. Ils ne firent cependant pas la route en silence mais discutèrent de choses et d'autres tout au long du trajet, comme tous les matins.

Au studio, Harper se concentra sur son travail. Elle sourit, bavarda et apprécia de se changer ainsi les idées. Elle se réjouit même de la visite de Belinda un peu plus tard.

Tout en nettoyant ses instruments, elle écouta la cambion lui parler de la teuf. Belinda avait fini par s'avouer vaincue et abandonner l'idée de séparer les Grands Maîtres et les VIP des autres démons. Elle avait également accepté la proposition de Harper de décorer l'aire de combat. Puis elle lui lut la liste des bouchées qu'elle proposait de servir dans le dôme. Elles ressemblaient à s'y méprendre aux amuse-bouches que Jonas leur avait offerts à la réunion des Grands Maîtres.

— Qu'en pensez-vous ? s'enquit Belinda, en levant la tête de son bloc.

— Que je n'ai jamais entendu une liste de plats aussi peu appétissants, répondit Harper. Est-ce qu'on ne pourrait pas proposer des choses plus normales ? Je parie que nos invités préféreraient cela et de loin.

— Les Grands Maîtres et les VIP ont l'habitude de canapés et de bouchées un peu plus sophistiquées, et ce sont eux surtout qu'on accueillera dans le dôme, affirma Belinda en lui adressant un sourire condescendant.

— Tant mieux. Mais cette teuf, c'est moi qui l'organise. Que pensez-vous de petites brochettes de steak et pomme de terre ? Ce serait très bon, il me semble.

— Bonne idée, intervint Devon en cessant brièvement de balayer le sol.

— Des brochettes de steak et pomme de terre ? s'écria Belinda horrifiée, en dévisageant Harper. Vous ne pouvez pas servir cela dans une soirée chic !

— Et pourquoi pas ?

C'était sa soirée après tout.

— Cela ne se fait pas, c'est tout ! bafouilla Belinda.

— Au moins, je ne mourrais pas de faim avec ça.

— Vous dramatisez, là ! soupira la cambion.

— Et vous manquez de professionnalisme en ne tenant pas compte des idées de vos clients. Votre travail consiste à réaliser mes désirs, non ?

— Ça ne plaira pas à Knox, rétorqua Belinda en redressant le menton.

— Ce qui ne lui plaît pas, c'est de me voir mourir de faim, renâcla Harper. Il a horreur que je saute des repas.

— Voici une autre liste de bouchées, lui dit alors la cambion en lui tendant une sorte de carte qu'elle déclipsa de son bloc.

Harper se sécha les mains et y jeta un rapide coup d'œil.

— Je ne sais même ce que sont la moitié de ces choses, dit-elle en pensant qu'elle ne mangerait jamais un aliment dont elle n'arrivait pas déchiffrer le nom. Ça ne va pas du tout.

— C'est Knox qui choisira, déclara Belinda en reprenant prestement la carte.

— C'est cela, allez-y, courez le voir, ironisa Harper en faisant bouger ses doigts. Harcelez-le. Mais vous verrez, après, il viendra se plaindre de vous à moi.

— J'essaie de vous aider. J'ai déjà organisé plusieurs événements pour Knox. Je le connais. Je sais ce qu'il aime et ce qu'il n'aime pas. Vous ne le fréquentez pas depuis assez longtemps pour connaître ses goûts. Vous le connaissez à peine.

La garce était loin de se douter qu'elle était à deux doigts de se faire sauter dessus. Harper sourit intérieurement en voyant le regard de Belinda se poser sur son cou, sur la dernière marque du démon de Knox. La cambion l'avait déjà regardée sans dire un mot.

— Ça vous plaît ? demanda Harper.

— L'artiste a la main très sûre, dit Belinda. C'est sympa de vous être fait tatouer le symbole de Knox.

Ouais, comme si Harper allait croire que la cambion ignorait qu'il ne s'agissait pas d'un simple tatouage.

— Vous vous discréditez vous-même en faisant mine de ne pas savoir ce que c'est, lança Harper.

— Cette marque disparaîtra quand il se lassera de vous, déclara Belinda en lui adressant un sourire hautain.

— Vraiment ? ironisa-t-elle en arquant un sourcil tandis que sa démone intérieure poussait un grognement sourd.

— Oui, et il finira certainement par se lasser de vous.

— À vous entendre, on croirait que vous me cherchez.

Harper s'empara alors délicatement d'une des épingles en métal ornées de pierres qui retenaient son chignon et fit jaillir des flammes des enfers à sa pointe. Elle venait de transformer un simple accessoire en une arme létale. Une lueur de peur apparut dans le regard de la cambion, qui recula d'un pas.

— Ne commencez jamais un combat que vous n'avez aucun espoir de gagner, Belinda. Allez, ouste, vous m'agacez sérieusement et j'ai plein de choses à faire.

Apparemment pressée de s'en aller, la cambion prit ses jambes à son cou.

— Est-ce que c'est vous qui déplacez tout le temps mon agrafeuse ? lui demanda Khloë en lui adressant un regard mauvais quand elle passa devant le comptoir de l'accueil.

L'air perplexe, Belinda s'enfuit sans piper mot.

— Dites-moi la vérité, qui la déplace tout le temps ? supplia Khloë en se tournant vers Harper, Devon et Raini, avant d'être interrompue par la sonnerie du téléphone auquel elle répondit en prenant sa voix de parfaite réceptionniste. Harper ! cria-t-elle en reposant le combiné. C'est mamy. Elle veut te parler.

Génial. Harper éteignit la flamme qui brûlait encore à la pointe de son épingle à chignon, la remit dans ses cheveux et se dirigea vers le comptoir.

— Je suppose que tu es au courant pour Carla, dit-elle en prenant le combiné que lui tendait sa cousine.

— Oui, répondit Jolene. Mais tu n'as pas à te sentir coupable. Tu n'as rien fait. Tu ne souhaiterais pas cela même à ta pire ennemie.

— Knox m'a ordonné de ne pas me sentir coupable. Alors tu peux arrêter de t'inquiéter.

— Je suis ta grand-mère. J'ai le droit de m'inquiéter, déclara-t-elle avant de raccrocher.

— Te sentir coupable de quoi ? s'enquit Khloë en croisant les bras. Qu'est-il arrivé à Carla ? Elle a été retrouvée ?

Debout de chaque côté de Khloë, Raini et Devon avaient l'air tout aussi soucieuses qu'elle.

Harper poussa un soupir. Elle en voulait presque à sa grand-mère. Jolene aurait pu lui parler par télépathie après tout. Mais non, elle souhaitait que ses amies l'entendent et lui posent des questions. C'était vraiment une grande manipulatrice !

— Harper, que se passe-t-il ? demanda Devon en avançant d'un pas.

Se doutant bien qu'elles ne lâcheraient pas l'affaire, Harper leur raconta tout.

Un long silence stupéfait accueillit ses explications.

— Eh ben dis donc, putain de merde ! éructa Khloë.

— Tu n'as rien à te reprocher, Harper, dit Devon.

— Ça va, t'inquiète, répondit Harper en retournant vers l'évier. Je n'ai pas vraiment envie d'en parler.

— Mais mamy semble vouloir que tu nous en parles, affirma Khloë en s'approchant de sa cousine.

— Allez, j'attends un client, soupira Harper.

— Non, plus maintenant, la corrigea Raini.

— Raini, geignit Harper en grinçant des dents.

— On a fermé pour la journée, officiellement, déclara le succube en levant une main. On devrait même fermer pour quelques jours.

Merde !

— Ce n'est pas nécessaire.

— Harper, la nouvelle de l'état de santé Carla va se répandre très vite parmi les démons, déclara Raini. Tous les démons qui passent cette porte vont t'examiner et décrire à leurs amis en long et en large ce qu'ils pensent que tu ressens. À moins bien entendu qu'ils n'abordent directement le sujet avec toi et insistent pour t'en parler. C'est comme cela que tu veux passer la journée ? Personnellement, cela ne me convient pas du tout.

Elle avait tout à fait raison, malheureusement.

— Je sais, mais…, commença Harper, pour s'interrompre aussitôt.

Il se passait quelque chose d'étrange, elle ne savait pas quoi au juste. Elle regarda la tasse de Khloë et vit trembler le café qu'elle contenait au moment même où elle commença à percevoir des vibrations sous ses pieds.

— Vous avez senti ça ?

Les copines échangèrent des regards inquiets en voyant les cadres sur les murs commencer à s'entrechoquer. Les objets sur le comptoir bougèrent aussi et quelques instruments tombèrent même sur le plancher dans les postes de travail. De véritables secousses suivirent ces premières vibrations. Le cœur de Harper se mit à battre la chamade et sa démone intérieure se raidit.

— Je vous ai déjà dit que je détestais les tremblements de terre ? grogna Raini.

Devon perdit l'équilibre et grimaça en se retenant contre un mur. Harper vacilla et se retint d'une main sur l'autre mur tandis que Raini et Khloë s'appuyaient sur le comptoir.

Dehors, les alarmes des voitures se déclenchèrent, leurs phares clignotèrent et des tuiles se détachèrent des toits et se fracassèrent sur les trottoirs. Des passants vinrent s'appuyer contre la vitrine du studio pour rester debout.

Harper cala sa respiration sur les secousses. La vitrine du présentoir explosa et les bijoux s'entrechoquèrent sur les étagères. Le café fut secoué dans les tasses et se renversa.

Puis les secousses s'estompèrent et disparurent peu à peu jusqu'à ce qu'elles s'arrêtent aussi soudainement qu'elles avaient commencé.

— Ça va ? leur lança Tanner, qui s'était précipité à l'intérieur, l'air inquiet.

— Ce tremblement de terre n'était pas d'origine naturelle, affirma Harper en acquiesçant de la tête.

— Allez, on sort d'ici, les filles, déclara Devon en frottant son épaule endolorie.

— Je ne veux pas juste rentrer et ne rien faire, déclara Harper.

— Qui te parle de rentrer ? dit Raini en enfilant sa veste.

— Je vais annuler nos deux derniers rendez-vous de la journée et on se barre, déclara Khloë en prenant le combiné.

— Pour aller où ? s'enquit Harper.

— Devine, lança Devon en attrapant son sac.

L'humain en face de lui était très doué pour le bluff, dut reconnaître Knox, mais pas assez. Knox ne souhaitait pas collaborer avec des menteurs ou des manipulateurs. Il voyait clair dans leur jeu et c'était la raison pour laquelle il préférait travailler avec des démons. Ils se comprenaient entre eux et ne perdaient pas de temps avec des conneries.

Sauf que, pour vivre avec les humains, ils devaient travailler avec eux et…

— *Knox*, l'appela Tanner. *Je suis désolé de t'interrompre mais je pensais qu'il valait mieux que je te dise que Harper et ses copines sont à l'*Xpress Bar *depuis quelques heures déjà et ta compagne est complètement soûle.*

Soûle ?

— *Je ne m'attendais pas à ce qu'elle fasse cela*, dit-il.

Peut-être aurait-il dû s'en douter.

— *Personne ne peut jamais prévoir le comportement de Harper. Je dois reconnaître cependant que je ne pensais pas qu'elle serait du genre à chercher à noyer son chagrin.*

— *Je les surveille depuis une autre table parce qu'elle et ses copines ne voulaient pas que je partage la leur. Veux-tu que je la ramène à la maison ?*

— *Non, je m'en charge*, déclara Knox en se levant.

Il mit rapidement fin à la réunion et tant pis si les autres le trouvaient impoli. Il ouvrit la porte de son bureau et fit signe à Levi de le suivre.

— Tanner vient de me contacter, expliqua-t-il. Il semble que Harper…, commença-t-il avant de s'interrompre en voyant la cambion s'approcher et s'arrêter devant lui.

— Oh Knox ! minauda-t-elle en souriant. J'espérais vous croiser.

Putain de merde !

— Que puis-je faire pour vous, mademoiselle Thacker ?

— C'est au sujet des amuse-bouches pour la soirée, répondit-elle, son sourire s'effaçant devant l'impatience manifestée par Knox.

— Je vous ai déjà dit que c'était à Harper de prendre ces décisions.

— Elle n'est pas d'accord avec ce que je lui propose, lança Belinda en serrant les lèvres.

— Vos suggestions ne lui plaisent pas, c'est tout.

Ce n'était pas bien compliqué.

— Knox…

— Mademoiselle Thacker, je ne vous ai jamais invitée à m'appeler par mon prénom. (La jeune femme rougit.) Je vous ai dit ce que je voulais quand je vous ai embauchée. C'est très simple. C'est à Harper de prendre les décisions concernant les détails de la soirée et vous le savez.

— Mais elle veut des brochettes de steak et pomme de terre ! s'écria Belinda. Je suis désolée, je n'aurais pas dû m'emporter.

— *Des brochettes de steak et pomme de terre ?* répéta Levi sur un ton amusé, même par télépathie. *Quelle bonne idée, ce doit être délicieux !*

— Vous souvenez-vous de ce que je vous ai dit explicitement avant de vous envoyer consulter Harper, mademoiselle Thacker ?

— Oui, répondit-elle en déglutissant bruyamment.

— Je vous ai dit quoi au juste ?

— Vous m'avez dit, déclara-t-elle en croisant son regard, de faire ce qu'elle me demandait.

— Alors faites-le. Vous m'excuserez maintenant, mais j'ai un rendez-vous.

— Je vous remercie d'avoir pris le temps de m'écouter, monsieur Thorne, lança-t-elle sèchement en tirant sur les revers de sa veste.

— On va où ? demanda Levi quand la cambion s'éloigna.

— À l'*Xpress Bar*. Je vais chercher ma compagne, qui risque d'être ivre morte à notre arrivée.

— Quelle soirée géniale ! La plus géniale de toutes nos soirées entre copines ! bafouilla Raini en cognant son verre contre celui de Harper.

— Ouais, la plus géniale de toute l'histoire de nos soirées géniales ! approuva Harper en hochant la tête en souriant.

Elle avait du mal à comprendre qu'elles ne soient pas encore soûles. Elles étaient au bar depuis plusieurs heures et elles s'enfilaient des martinis, des *mojos*, et des *shots* les uns à la suite des autres. Harper sentait la brûlure de la tequila dans sa gorge, mais peut-être était-ce aussi dû au karaoké, qui les avait fait bien rigoler, ou encore au fait qu'elles devaient crier pour se faire entendre dans ce bar bruyant avec tous les rires, les applaudissements et les volées de jurons.

— Et si on faisait la course ? proposa Khloë en attrapant Harper par le bras et en marquant le rythme avec sa tête.

— Je dois d'abord terminer celui-ci, déclara Harper en levant son martini bleu qui semblait briller dans la lumière. Est-ce que tu sais iodler ? lui demanda-t-elle.

— Bien sûr, répondit Khloë en se lançant dans une improvisation.

— Tu n'as pas iodlé, là, tu as juste poussé des youyous, dit Raini.

— Ah ? Bon, d'accord. Alors je ne sais pas iodler, déclara Khloë en fronçant les sourcils. On pourrait apprendre.

Y a-t-il une école pour cela ? On pourrait prendre des cours. Ou encore mieux, des cours de *beatbox*. Ça vous dirait ?

— Oh ouais ! s'exclama Harper, les yeux écarquillés. Ce serait trop cool. Je viens aussi.

— Moi aussi, intervint Raini en ajustant son décolleté. J'ai toujours eu envie d'apprendre le *beatbox*. Et le tir à l'arbalète.

— Il n'est même pas mignon, marmonna Devon en jouant avec son sous-verre. Et puis il me tire les cheveux, dit-elle en détachant toutes les syllabes.

— Qui ça ? s'enquit Harper avant d'avaler une lampée de son cocktail, qui lui rafraîchit la gorge au passage.

— Je devrais l'appeler, non ? demanda Devon en levant les yeux et en se redressant les épaules. Qu'est-ce que vous en pensez ?

— Tu parles du chien des enfers, là, c'est ça ? s'enquit Raini en se remettant du rouge à lèvres d'une main tremblante.

— Il a une copine, déclara Devon en secouant la tête. Mais je m'en fous. Pourquoi est-ce que je m'en ferais ? Elle n'a qu'à lui envoyer sa baballe et lui gratter le ventre.

— Qu'est-ce qui te fait croire qu'il a une copine ? demanda Khloë en soupirant longuement et en s'éventant.

— J'ai entendu des gens en discuter. Mais je m'en fous. Vraiment. Ça ne me fait rien du tout. Arrêtons de parler de moi. Parlons plutôt de toi, dit-elle en se tournant vers Harper.

— Nan, répondit celle-ci en serrant les lèvres.

— Tu peux arrêter d'essayer de nous faire gober que cette histoire ne t'énerve pas, dit Devon en lui prenant la main. On est tes amies, on te connaît. On sait quand tu souffres. Et on souffre avec toi quand tu as mal.

La chatte des enfers se pencha vers l'avant et Harper sentit le parfum de sa laque.

—Laisse-nous t'aider, poursuivit-elle. C'est important qu'on reste unies dans ce genre de situation. Comme les sœurs dans la série *Charmed*. Comment disent-elles déjà ? Ah oui ! « le pouvoir des trois nous libérera ». Voilà !

—Mais on est quatre, intervint Harper.

—Ne t'inquiète pas, ma chérie, dit Devon, une petite erreur de calcul n'a jamais fait de mal à personne.

—Je n'ai pas besoin d'aide, dit Harper. Je ne souffre pas, moi. Et puis ce n'est pas comme si Carla et moi étions proches.

—Ce n'est pas ta faute, insista Devon, mais rien ne t'empêche d'avoir pitié d'elle.

—Tu es très sage, dit Khloë en pointant Devon du doigt.

—Je me demande où va tout ce qu'on supprime dans un ordinateur, lança Raini en penchant la tête.

—Quoi ? demanda Harper.

—Au début, ça va dans la corbeille, répondit Raini. Mais après, quand on vide la corbeille, ça va où ?

—Peut-être que le FBI conserve tout ça dans une base de données secrète.

—Ou peut-être que ça se transforme en particules qui flottent dans les airs.

—On s'en fout, affirma Khloë en posant violemment son verre vide sur la table. J'ai besoin d'un autre Lever de soleil.

— Je ne sais pas comment tu fais pour boire ça, grimaça Raini.

— Ne sois pas si négative, dit Khloë. C'est fait avec de jus d'ananas, c'est plein de bonnes vitamines.

— Ouais, permets-moi d'en douter, intervint une voix d'homme hilare.

Keenan venait de les rejoindre.

Harper leva alors les yeux et vit Knox entouré de ses sentinelles. Elle sourit à son compagnon.

— Tu es là ! Comment ça se fait ?

Knox glissa une main sur la nuque de sa compagne sous ses cheveux et fut surpris de la trouver fraîche quand elle avait les joues si rouges.

— Je suis venu te chercher, dit-il en plongeant les yeux dans le regard langoureux de sa compagne.

— Tu devrais peut-être le suivre, lui conseilla Raini. La pièce commence à tourner. Ce n'est pas une bonne nouvelle.

— Allons-y, minette, dit Tanner en attrapant Devon par le bras.

— Bas les pattes, chien-chien, fit la chatte des enfers en lui éloignant violemment la main et en se relevant prestement, chancelante. C'est vrai quoi. Je n'ai pas peur de me battre ici et tout de suite.

Les épaules de Khloë se mirent à tressauter.

— Ne me faites pas rire, ma vessie est hyper pleine.

— Tu as mis tes chaussures sur les mauvais pieds, observa Keenan en fronçant les sourcils quand il vit l'elfe debout devant lui. Tu l'as fait exprès ?

— Ce n'est pas très important pour moi, c'est tout, expliqua Khloë.

— Merde ! geignit Raini en heurtant la table. Qui a placé cette table en travers de ma route ?

— La prochaine fois, je vous accompagne, les filles, rit Larkin.

— Oh oui, tu devrais ! s'exclama Raini en adressant un regard mauvais à Levi, qui essayait de l'éloigner de la table et de lui attraper la main.

— Allez, ma chérie, dit Knox en serrant un peu la nuque de Harper. Debout, on y va.

— Tu es adorable, dit la jeune femme en se levant et en lui adressant un grand sourire.

Personne n'avait jamais dit de lui qu'il était adorable et il doutait que cela se produise de nouveau un jour.

— Et toi, tu es soûle, dit-il, l'air amusé.

— Soûle ? répéta-t-elle.

— Oui, complètement, insista Knox.

— Ce n'est pas vrai, lui objecta-t-elle, vexée.

— Oui, ma chérie, tu es soûle, répéta-t-il en souriant.

— Si j'étais soûle, je serais incapable d'enfiler ma veste.

— Allez, donne-la-moi, lui dit Knox après l'avoir regardée essayer de la mettre, mais en vain ; c'était même assez pénible à voir en fait.

— D'accord, dit-elle en s'appuyant contre lui tandis qu'il l'entourait d'un bras et la guidait hors du bar. Tu m'as manqué, bafouilla-t-elle. Et toi, est-ce que tu es capable de te soûler ?

— Oui, mais ce n'est pas une bonne idée, répondit-il.

Parce qu'il avait besoin de toujours tout contrôler, comprit-elle.

— Ah oui ! je vois. Les pirates sont juste trop cool, ajouta-t-elle tandis qu'ils se rendaient à l'ascenseur. Ils boivent du rhum. Est-ce qu'on en a à la maison ?

— Non.

— Pas de rhum ? Mais tu as un grand cellier.

— Oui, pour le vin.

— Tu pourrais varier un peu les plaisirs.

— Penses-tu vraiment que c'était une bonne idée de te soûler ?

— Cela vaut mieux que de baiser un dauphin.

Knox ferma les yeux et résista à la tentation de répondre.

— Tu as envie de me critiquer, là, non ? demanda-t-elle en levant les yeux vers lui. Je le vois dans tes yeux. Tu me trouves moche et pathétique. Mais ne t'inquiète pas. Je serai une compagne formidable. Promis.

— Tu l'es déjà, répondit-il en riant.

— Je t'aime, tu sais. Vraiment. Sérieusement. Totalement. Tu le sais, non ?

— Oui, répondit-il en appuyant sur le bouton de l'ascenseur.

— Je suis complètement soûle, non ? demanda-t-elle en inspirant longuement.

— Oui, mais tu es toujours aussi mignonne.

— C'est tout ce qui compte.

Chapitre 12

Harper fut réveillée par un doux baiser dans le dos. Elle déglutit mais elle avait un mauvais goût dans la bouche et la gorge sèche, irritée.

— Bonjour, ma chérie, murmura Knox, la bouche contre son omoplate. Tu sens le bar.

Il l'avait pourtant lavée sous la douche la veille avant de la coucher, mais l'odeur de l'alcool lui ressortait par les pores.

— Je me sens comme si j'avais été heurtée par une voiture, marmonna-t-elle, la tête enfouie dans son oreiller, la voix rauque.

Dans les mêmes conditions, un humain aurait eu une violente migraine et l'estomac barbouillé. Les démons pour leur part souffraient beaucoup moins de la gueule de bois et se remettaient plus vite. Harper se sentait encore très fatiguée mais elle ne souffrait d'aucun autre symptôme.

— On m'a tout raconté, même ta performance au karaoké sur *Respect* d'Aretha Franklin, dit Knox en lui caressant le dos du bout des doigts.

Tanner s'était fait un plaisir de tout lui relater.

— C'est pas vrai ! s'exclama-t-elle en fronçant les sourcils devant son air amusé.

— Tu as très bien chanté, paraît-il. Jusqu'à ce que tu doives t'interrompre pour empêcher Khloë de tomber de la sono où elle avait grimpé pour danser comme une stripteaseuse hawaïenne.

Ah oui ! elle s'en rappelait. Même qu'elles avaient trouvé cela hilarant.

— Tu veux que je te raconte tes autres exploits ?

— Pas vraiment.

— Tu as écrit « Alethea est une vraie salope » avec ton rouge à lèvres rouge sur la glace des toilettes.

C'était la stricte vérité selon elle, il était grand temps de la faire éclater au grand jour et sa démone était d'accord avec elle.

— Tu as failli vomir dans la Bentley.

Oh merde !

— Arrête, réclama-t-elle en fermant les yeux.

— On a dû se ranger sur le bas-côté pour te laisser dégobiller dans les buissons.

— Nooon !

— Puis tu as remonté dans la voiture en disant : « On va au *McDonald's* ? »

— Arrête, je n'en peux plus !

— Mais je ne t'ai pas encore dit ce que tu as fait en rentrant à la maison, protesta Knox en riant.

— Je préfère ne pas le savoir, dit-elle en s'enfonçant encore plus dans les oreillers.

— Tu m'as dit que tu m'aimais, que tu m'aimerais toujours et que tu aimais même mon démon. Cela aurait pu être très touchant, sauf que tu m'as fait ces grandes déclarations la tête penchée au-dessus des toilettes, occupée à te tartiner les cheveux de vomissures.

— Je n'ai pas envie d'en savoir plus, gémit-elle. Laisse-moi dormir.

Knox l'en empêcha en la faisant doucement rouler sur le dos. Il était habillé et s'approchait d'elle à quatre pattes sur le lit.

— Tu as dormi sept heures déjà.

C'était beaucoup pour un démon. Knox craignait que la cuite de la veille l'ait rendue malade, mais elle avait juste l'air un peu fatiguée avec ses joues rouges.

— Je t'embrasserais si je n'avais pas peur que tu aies un goût de frites.

Elle s'était lavé les dents avant d'aller au lit, manquant de se ficher la brosse à dents dans l'œil, mais bon…

— Tu as peut-être raison.

— Et je t'aurais laissée dormir un peu plus longtemps sauf que j'ai reçu des nouvelles qui vont t'intéresser. Carla s'est réveillée.

Elle fut encore plus soulagée de l'entendre qu'elle l'aurait imaginé.

— Il faut que tu ailles la voir, dit-elle, comprenant bien les enjeux de la situation.

Carla était membre du clan de Knox et il était responsable d'elle. En tant que Grand Maître, il se devait de lui rendre une visite de courtoisie, préférablement avec Harper en sa qualité de Grande Maîtresse associée. *Merde !*

— Oui, mais tu n'es pas obligée de venir si tu n'en as pas envie. Bien honnêtement, je préférerais que tu ne m'accompagnes pas.

Cette femme avait fait beaucoup de mal à sa compagne. Il se pouvait que, comme Roan, son fils, elle tienne Harper responsable de ses souffrances. Si c'était le cas et qu'elle se mettait à accuser Harper de tous ses maux, elle lui ferait encore plus de chagrin.

— Je devrais y aller avec toi, je sais. J'en ai envie mais cela ne me semble pas très indiqué. Je ne suis pas la bienvenue chez elle.

Elle hésitait à pénétrer dans la maison de Carla, son sanctuaire, son refuge. Carla ne l'aimait pas beaucoup et risquait de la considérer comme une intruse.

— Ça, tu ne le sais pas.

— J'irai la voir si elle me réclame.

Elle doutait cependant que Carla le fasse.

— Très bien, ma chérie, dit Knox en frottant son nez contre celui de sa compagne.

— Tu es soulagé que je ne t'accompagne pas, devina-t-elle.

— Oui, c'est vrai.

Ce ne fut qu'à ce moment-là qu'elle remarqua qu'il portait la même chemise et le même pantalon que la veille.

— Tu as travaillé toute la nuit ?

— Oui, j'avais beaucoup de boulot. Au fait… pourquoi as-tu fermé le studio plus tôt hier ?

— Raini m'a dit que les démons seraient très curieux de connaître ma réaction à ce qui était arrivé à Carla, répondit-elle en passant les mains sur sa chemise bleue. Les gens m'abordent rarement, mais un client installé dans mon fauteuil n'hésiterait pas à me poser des questions sous prétexte de faire la conversation. Alors on a décidé de fermer quelques jours. Cela ne me plaît pas trop, mais Raini a raison, je pense.

— Tu vas aller travailler au nouveau studio aujourd'hui ? demanda-t-il, rassuré par la décision de sa compagne de suivre le conseil de sa collègue.

— Oui, dit-elle, je n'ai rien d'autre au programme de toute manière. Mais, tout d'abord, j'ai besoin de mon petit déjeuner, d'un peu de café et d'une douche… et pas nécessairement dans cet ordre.

Deux heures plus tard, ils étaient prêts à partir. Knox enroula le bras autour de la taille de Harper et l'accompagna jusque dans le hall d'entrée.

— Je suis content que tu ailles à ton nouveau studio aujourd'hui. Crow aura plus de mal à t'y atteindre.

— Ce n'est pas après moi qu'il en a. Il a sans doute un peu paniqué après avoir été presque appréhendé. Il cherchera peut-être à t'attaquer, toi. C'est ce que tu voudrais, je m'en doute. De cette façon, tu pourrais lui mettre la main dessus. Sois très prudent, d'accord ?

— Je le serai à condition que tu me promettes de l'être aussi, dit-il en l'aidant à enfiler sa veste.

— Alors ça va bien se passer pour nous deux, je pense, déclara-t-elle en s'agrippant aux revers de sa veste et en l'embrassant.

Ils se séparèrent alors, Harper se dirigeant vers l'Audi et Knox, la Bentley.

— On va où ? s'enquit Levi en démarrant.

— Chez Carla, dit Knox en tirant sur ses poignets de chemise.

Ils arrivèrent peu de temps après dans une petite impasse. Des enfants jouaient dans la rue mais ils montèrent rapidement sur le trottoir pour les laisser passer. Ceux qui faisaient partie du clan de Knox se turent en apercevant la Bentley, que Levi gara devant la petite maison de ville où s'étaient installés Carla et Bray quand leurs fils étaient encore tout petits.

— Je ne resterai pas plus de dix minutes, dit Knox à Levi. Attends-moi ici.

Puis il sortit de la voiture et salua d'un signe de tête les membres de ses forces de défense chargés de la protection de Carla, qui étaient garés derrière eux. Il emprunta la petite allée qui menait à la maison et aperçut Delia qui les surveillait par une fente entre les lames d'un store vénitien depuis la fenêtre de la maison voisine. La porte s'ouvrit avant même que Knox ait eu le temps de sonner.

— Knox, dit Bray en le saluant succinctement. Vous êtes venu voir Carla, je présume. Entrez. Je peux vous offrir quelque chose à boire ? lui proposa-t-il en le devançant dans la maison et en le guidant jusqu'à la cuisine.

— Non, merci.

Bray prépara une boisson pour Carla puis guida Knox vers les portes du patio. Les planches de la terrasse grincèrent sous leurs pas lorsqu'ils se dirigèrent vers la table située au milieu du jardin. Carla était recroquevillée dans un fauteuil en fer forgé, les pieds remontés sous elle ; le visage offert aux rayons du soleil, elle semblait goûter leur chaleur. Elle avait l'air fatiguée mais sereine. Knox avait du mal à comprendre comment elle pouvait demeurer aussi calme avec les tintements incessants d'un carillon à vent et la musique pop de la sono des voisins.

— Je t'ai apporté du thé glacé, lui dit Bray en lui tendant le verre avant de déplacer l'ombrelle reliée à la table pour la protéger un peu plus du soleil.

— Laisse, Bray, gémit-elle. J'ai l'impression d'avoir été privée de soleil pendant des mois.

— Il fait chaud. Tu vas attraper un coup de soleil, insista-t-il en ne tenant pas compte du désir de sa compagne.

Carla esquissa un pâle sourire et se tourna vers Knox. Harper ne ressemblait pas du tout à sa mère, à part sa chevelure sombre et son menton un peu pointu.

— Bray n'arrête pas de me tourner autour depuis que je me suis réveillée. Si je le laissais faire, il m'obligerait à garder le lit. Mais j'ai besoin d'air. Et puis j'ai du mal à rester en place.

— Vous avez meilleure mine que j'imaginais, vu les circonstances, observa Knox.

Elle était pâle et fatiguée, mais avait l'air assez en forme autrement. Knox s'installa sur une chaise devant elle. Avec ses rosiers taillés, sa pelouse fraîchement tondue et sa piscine impeccable, le jardin était bien entretenu, à part une petite cabane en piteux état dans un arbre. Les lanternes de la terrasse ressemblaient à celles de Jolene. Knox se demanda comment réagiraient les deux femmes si elles apprenaient qu'elles avaient des goûts communs en matière de… quoi que ce soit !

— Comment vous sentez-vous ? demanda-t-il.

— Je me réjouis d'être en vie, soupira-t-elle. Crow ne va pas bien du tout.

— Je suis étonné qu'il ne t'ait pas tuée, déclara Bray, resté debout à son côté comme pour la protéger.

— Il a dit que cela ne faisait pas partie de sa mission, affirma Carla en se tournant vers Knox. Il ne veut tuer personne d'autre que vous. Il est complètement parano, irrationnel. Il est persuadé que vous aurez un enfant très puissant, l'incarnation du mal. « Le fils des flammes », répétait-il constamment. Il aurait vu cela dans une vision.

— Il a dit à peu près la même chose à Delia, remarqua Knox.

— Je n'ai pas réussi, malgré tous mes efforts, à le convaincre que cela se passait uniquement dans sa tête, expliqua-t-elle en sirotant son thé. J'aimerais pouvoir vous aider à le retrouver, mais je ne sais pas où il se cache.

— Comment vous a-t-il empêché d'employer la télépathie pour appeler à l'aide ? s'enquit Knox.

— Il a une sorte de don très étrange. Il a aspiré mon énergie psychique en un seul grand coup plutôt que par petites lampées. Ma vision s'est voilée, j'ai ressenti comme une forte migraine et je me suis évanouie. Quand je me suis réveillée, j'avais encore très mal à la tête. La douleur s'intensifiait chaque fois que j'essayais d'appeler au secours. Il ne m'a laissé que très peu d'énergie psychique, pas assez pour me permettre de récupérer. Le pire, c'était que j'entendais parfaitement Bray et mes fils qui m'appelaient. Ils s'inquiétaient, je le savais, mais j'étais incapable de leur répondre.

— Tout va bien maintenant, la rassura son compagnon en lui mettant une main sur l'épaule. Tu es à la maison, en sécurité.

— Je sais, dit-elle en inspirant longuement pour retrouver son calme tout en lui tapotant la main. Comment va Harper ? demanda-t-elle alors à Knox en se tournant vers lui.

— Elle va bien, répondit-il. Elle voulait m'accompagner, mais elle craint de ne pas être la bienvenue ici.

— Je ne lui en veux pas pour ce qui s'est passé, affirma Carla en plissant le front. Au contraire de Roan. On m'a dit ce qu'il a fait. Il était sans doute très en colère et il cherchait un bouc émissaire. Je sais, cela n'excuse pas son comportement.

Il avait d'ailleurs été puni.

— Exactement, affirma Knox. Vous avez remarqué votre garde rapprochée, je suppose ?

— Vous pensez qu'il tentera de s'en prendre de nouveau à moi ? demanda Carla d'une voix chevrotante en se léchant les lèvres.

— Non, répondit Knox. J'ai pris ces mesures de sécurité essentiellement pour vous rassurer.

— Je vous en suis très reconnaissante, dit-elle en déglutissant.

— Vous allez mettre la main sur Crow, n'est-ce pas ? lança Bray.

— Bien sûr, dit Knox en hochant la tête.

— Et vous allez le punir ? insista Bray.

— Cela dépendra de plusieurs facteurs, déclara Knox, qui préférait ne pas entrer dans les détails. Je vais vous laisser vous reposer, dit-il en se levant. Prenez bien soin de vous, Carla.

Puis il repartit vers la maison et se dirigeait vers la porte d'entrée quand il entendit des bruits de pas traînants. Il se retourna et aperçut Kellen dans les escaliers.

— Comment va Harper ? s'enquit l'adolescent.

— Pourquoi ne viens-tu pas le lui demander toi-même ? répondit Knox en arquant un sourcil.

— Elle ne voudra pas me parler, dit-il en baissant les yeux.

— Pourquoi penses-tu cela ?

Kellen ne répondit pas, se contentant de secouer la tête et de disparaître dans l'escalier. Un bien étrange comportement.

Une fois à l'extérieur, Knox se dirigeait vers la Bentley quand il vit Delia, l'air très nerveuse, qui l'attendait en compagnie de Levi.

— J'ai vu votre voiture, dit-elle en adressant un petit sourire forcé à Knox. Je voulais savoir si vous aviez retrouvé Lawrence.

— C'est juste une question de temps avant que nous mettions la main sur lui, Delia, répondit Knox. Il ne pourra pas toujours nous échapper.

— Il ne cherche pas à s'échapper, dit-elle. Il chasse, lui rappela-t-elle.

— Peut-être mais, moi, je ne suis la proie de personne.

— J'aimerais vous demander, dit-elle en se frottant nerveusement la cuisse, de ne pas lui faire de mal quand vous l'appréhenderez, d'accord ? Beaucoup de gens pensent qu'il mérite la mort pour ce qu'il a fait à Carla. Je comprends leur colère et je la partage. Mais Lawrence ne va pas bien. Il a besoin d'aide et je suis sûre qu'il peut être soigné.

— On ne saura pas comment le soigner tant qu'on ne l'aura pas attrapé.

— Espérons que ce sera bientôt, conclut-elle en faisant demi-tour pour retourner chez elle.

— À quelle heure est ta réunion ? demanda Levi en faisant démarrer la voiture.

— Il ne faut pas trop tarder, dit Knox. Le clan a-t-il donné du fil à retordre à Delia ? s'enquit-il peu après qu'ils furent sortis de l'impasse.

— Oui, répondit Levi. Elle n'a pas hésité à dire à qui voulait l'entendre qu'elle estimait que Crow méritait de l'aide autant que n'importe quel autre démon au bord de l'aliénation. Mais peu de gens partagent son avis.

— Elle est vraiment admirable de ne pas le laisser tomber, déclara Knox.

Pour sa part, jamais il n'abandonnerait Harper, quoi qu'il arrive. Son démon partageait son avis. D'ailleurs, il boudait, peu enclin à se rendre à cette réunion. Il n'aimait pas les rendez-vous d'affaires, qu'il trouvait ennuyeux et inintéressants. Il continuerait sans doute à bouder tout le temps de la réunion. Le démon souhaitait la présence de Harper. Il désirait la voir, la toucher, humer son parfum. Cela ne lui suffisait pas de penser qu'ils dîneraient ensemble.

— On nous suit, dit Levi quelques minutes plus tard.

— C'est Crow ? demanda Knox en se raidissant.

— Ce n'est pas sa Toyota Corolla. Plutôt un SUV. Il a sans doute volé un autre véhicule.

Knox se retourna dans son siège pour regarder par la lunette arrière teintée, sachant que Crow ne pourrait pas le voir. Le SUV gris argenté demeurait à deux voitures d'eux.

Le chauffeur portait des lunettes de soleil et une casquette à longue visière, difficile donc de distinguer ses traits.

— Laisse-le s'approcher un peu plus.

Knox n'avait pas peur que Crow leur tire dessus. Les vitres de la Bentley étaient blindées.

— Que vas-tu faire ? demanda Levi.

Il ne savait pas trop encore. Ses possibilités d'intervention étaient assez limitées en raison de la proximité d'un grand nombre d'humains. Il risquait de causer un accident s'il tentait d'appréhender Crow en plein milieu d'une rue bondée où il ne pourrait utiliser que bien peu de ses dons. Il ne pourrait certes pas avoir recours au feu des enfers.

— Le mieux serait de l'entraîner loin de la circulation, proposa Levi.

— Il y a peu de chances qu'il nous suive. Jusque-là, il ne nous a attaqués que devant des humains, sachant que nos démons ne pourraient pas employer leurs dons pour l'appréhender.

— S'il se sent plus en sécurité en public, il risque de faire très vite apparaître un pistolet.

— Oui, convint Knox.

Crow n'avait utilisé que des armes à feu jusque-là et il n'avait jamais eu recours aux flammes des enfers. Quand il faisait apparaître un pistolet, les humains pensaient qu'il le portait sur lui, sans doute glissé dans sa ceinture.

— Un pistolet ne lui servira à rien contre nos vitres blindées. Si on essaie de l'entraîner vers un quartier moins peuplé, il ne nous suivra peut-être pas. On a plus de chances de l'appréhender dans un lieu public.

— À quoi penses-tu ?

— À l'hôtel où il a déjà tenté deux fois de m'agresser.

Puis Knox contacta Keenan et Larkin par télépathie pour leur demander de les attendre devant l'hôtel et d'être prêt à appréhender Crow.

— Il nous suit toujours, dit-il après s'être retourné pour vérifier si le SUV était encore là.

Chaque fois que Levi prenait un virage, Knox vérifiait que Crow était toujours derrière eux. Le démon psi ne ralentit pas et n'hésita pas une fois en les suivant le long de la grande avenue.

— Il en profitera sûrement lorsque je m'arrêterai devant l'hôtel et que tu sortiras de la voiture pour faire apparaître un pistolet, baisser sa vitre latérale et te tirer dessus, supposa Levi.

— Je sais, répondit Knox. Keenan a posté des tireurs d'élite sur le toit, et Larkin et plusieurs membres des forces de défense sont en faction dans les parages. Ils vont l'appréhender.

— Oui, mais avant qu'il se soit mis à tirer ou après ?

— On le saura bien assez vite.

— Harper ne sera pas contente si tu te fais tirer dessus, le prévint Levi en empruntant l'allée sinueuse qui menait à l'entrée de l'hôtel.

Il n'avait pas tort.

— En revanche, elle sera ravie quand ce sera fini.

La Bentley ralentit en arrivant devant l'entrée.

Ses occupants entendirent alors un horrible crissement de pneus.

Knox se retourna sur son siège et vit Crow faire brusquement demi-tour et s'éloigner à toute vitesse.

—Merde! grommela-t-il. Il doit avoir vu les autres ou aperçu un des tireurs d'élite, dit Levi.

—*Keenan, Larkin, suivez-le*, ordonna-t-il par télépathie en sortant de la voiture.

—Merde! on y était presque, râla-t-il en serrant les mâchoires.

—C'est chaque fois pareil, renchérit Levi. Je commence à en avoir marre.

Knox aussi d'ailleurs.

Les sentinelles et une grande partie des forces passèrent la journée à essayer de retrouver la trace de Crow, mais il réussit encore une fois à déjouer ses poursuivants. Il semblait anticiper chacune de leurs décisions. Knox était très énervé, vraiment exaspéré, d'autant plus qu'il n'avait pas pu sortir dîner avec sa compagne.

Il se sentit mieux quand il put rentrer chez lui la retrouver un peu plus tard. Elle n'était pas seule cependant. En arrivant dans le séjour, il trouva Jolene et Ciaran installés sur un canapé en face de Harper. Assise en tailleur, elle était occupée à personnaliser des jeans. Elle avait posé à côté d'elle une boîte remplie de colifichets: des pierres, des cristaux, des sequins, des perles, de la dentelle, des rubans et des petits ornements en tissu qu'elle aimait bien coudre sur ses vêtements.

Elle avait expliqué à Knox qu'elle avait commencé à faire cela à l'époque où elle vivait avec Lucian parce qu'ils n'avaient pas toujours les moyens d'acheter des vêtements neufs. Puis elle avait continué parce qu'elle y avait pris goût.

Cette activité semblait aussi la détendre, avait remarqué Knox.

— Tu rentres plus tôt que prévu, dit-elle en lui adressant un sourire.

Ouais, mais bon, il n'avait pas été capable de se concentrer sur son travail tant cette histoire avec Crow tournait en boucle dans sa tête.

— Ça va ? demanda-t-elle en fronçant les sourcils.

— Oui, ça va mieux maintenant, répondit-il en l'attrapant par la queue-de-cheval avant de se pencher pour l'embrasser.

— *Il a réussi à s'enfuir encore une fois ?* demanda-t-elle.

— *Oui.*

Knox lui avait décrit l'incident un peu plus tôt, respectant sa promesse de la mettre au courant tout de suite si Crow tentait de l'attaquer une nouvelle fois.

— Jolene, Ciaran, dit-il en se relevant et en saluant les deux elfes, invités de Harper, d'un signe de tête.

Le frère de Khloë le salua brièvement à son tour avant de retourner son attention sur le match qu'il regardait.

— Knox, quel plaisir sans cesse renouvelé ! s'exclama Jolene. J'ai appris que Carla s'était réveillée ?

— *Ce n'est pas moi qui le lui ai dit*, lui expliqua Harper.

— C'est vrai, confirma Knox en se servant un gin tonic au petit bar dans le fond de la pièce. Où avez-vous appris la nouvelle ?

Jolene lui adressa un sourire énigmatique sans rien ajouter. Ce n'était pas la peine d'insister. C'était inutile et même très frustrant d'essayer d'avoir des échanges francs et ouverts avec une elfe.

— Avez-vous réussi à retrouver la trace de Crow ? demanda-t-il à Jolene en prenant place à côté de Harper. Je n'ai jamais pensé, poursuivit-il en remarquant l'étonnement de la grand-mère de sa compagne, que vous arrêteriez de le chercher. D'autant plus qu'il présente un danger certain pour Harper.

Jolene n'essaya même pas de nier et Knox ne l'en respecta que davantage.

— Il est vraiment insaisissable. Je l'admirerais si je n'étais pas si déterminée à mettre la main sur lui.

— Il est à moi, Jolene, déclara Knox d'une voix ferme. Si vous le retrouvez, je vous remercie de me le remettre.

— Knox, personne ne peut l'aider au point où il en est. Même si vous réussissiez à le ramener à la réalité, tous les membres de votre clan vont lui en vouloir pour ce qu'il a fait et la famille de Carla va réclamer vengeance. Je ne pense pas que vous prenez plaisir à tuer, contrairement à ce que prétend la rumeur publique. Laissez-nous régler ce problème.

— Vous avez raison à plusieurs égards, sauf que Crow fait partie de mon clan et que je suis responsable de lui.

— Et vous osez dire que ma petite-fille est têtue, renâcla-t-elle.

— C'est un fait.

— Je sais, rétorqua Jolene en souriant. J'en suis même très fière. *Elle va vous dire qu'elle va bien, mais ce n'est pas vrai. Elle est très malheureuse pour Carla.*

— *Je sais.*

Il n'y pouvait rien et cela l'agaçait au plus haut point.

— Elle va aussi vous faire croire qu'elle ne souffre pas que Kellen ne lui parle plus, mais c'est faux.

— Je le sais aussi.

— Oui, j'imagine. Elle va se disputer avec vous sur ce point, mais je vous demande de la soutenir. Et de ne pas laisser Roan s'en prendre à elle plus qu'il ne l'a déjà fait.

— Vous savez très bien que vous n'avez pas besoin de me le demander.

Knox connaissait Harper après tout.

— Laisse-moi deviner, soupira Harper en se tournant vers sa grand-mère. Tu lui as dit de me soutenir et de ne pas laisser Roan s'approcher de moi.

Knox eut du mal à s'empêcher de rire. Sa compagne était encore plus perspicace que sa grand-mère.

— Pas vraiment, non, dit Jolene en regardant Harper droit dans les yeux. Je lui ai dressé la liste des tortures étranges et exotiques que je réserve à Carla si elle te tient responsable de ce qui lui est arrivé.

— Je ne connais pas pire menteuse que toi, lança Harper en souriant.

— Merci, dit Jolene en se levant. Je dois partir maintenant. N'oubliez pas que vous venez dîner chez moi dimanche prochain.

Knox hocha la tête. Les repas de famille chez Jolene Wallis étaient une véritable expérience. Il y avait toujours beaucoup de monde autour de la table, assis sur des tabourets et des chaises dépareillés. Le désordre régnait mais Knox ne s'en formalisait pas parce qu'il n'y avait rien de prétentieux dans ces réunions où se retrouvaient en toute simplicité des gens heureux d'échanger, de blaguer et de rire ensemble.

Ciaran eut l'air de regretter de devoir partir avant la fin du match mais il salua néanmoins Harper et Knox avant de se téléporter hors de la maison avec Jolene.

— As-tu une idée de ce qui a fait fuir Crow comme ça ?

— Je l'ignore. Peut-être a-t-il vu un des membres de nos forces de défense. Ou bien il était parano et il a senti que quelque chose ne tournait pas rond. On l'a presque eu, Harper, dit-il en sirotant son gin tonic. Presque. Encore une fois, ajouta-t-il, incapable de masquer son agitation.

— Comment va Carla ? demanda Harper pour changer de sujet, espérant que cela l'aiderait à se calmer un peu.

— Mieux que je le pensais, répondit-il en lui narrant sa conversation avec elle.

— Je suis contente d'apprendre qu'elle ne me tient pas responsable de cette boucherie, déclara Harper. Il a parlé du « fils des flammes », Knox, au sujet de notre bébé.

— Cela ne signifie pas nécessairement quoi que ce soit.

— Comment peux-tu dire cela ? demanda-t-elle en fronçant les sourcils.

— Beaucoup de démons pensent, dit Knox en posant une main sur le menton de Harper, que je peux faire apparaître les flammes des enfers. Peut-être voulait-il simplement parler d'un enfant qui aurait le même pouvoir. Ne va pas faire l'erreur de croire que Crow tient des propos rationnels. Ce n'est pas le cas. Il vit dans un monde imaginaire.

— Je continue à croire que c'est étrange, rétorqua Harper.

— J'ai aussi parlé brièvement à Kellen, dit Knox en résumant leur échange. Pourquoi pense-t-il que tu ne voudras pas lui parler ?

— Je n'en ai aucune idée, dit-elle en haussant les épaules. Mais je me demande ce qu'il a fait pour sortir un truc pareil ?

Chapitre 13

Quelques jours plus tard, Harper poussa la porte de son désormais ancien studio, même si l'ouverture des nouveaux locaux n'aurait lieu que le surlendemain. L'endroit était presque vide, ses amies ayant déjà déménagé la plus grosse part de ce qu'elles avaient décidé d'emporter. Pour ce qui était du reste…

— Harper ! Harper !

Reconnaissant la voix de son ex, la jeune femme leva les yeux au ciel.

— Qu'est-ce que tu fais, Harper, merde ? demanda Royce.

— Peux-tu être un peu plus précis ? rétorqua-t-elle, perplexe, en balayant la pièce du regard.

— J'ai entendu dire que tu fermais le studio. Mais pourquoi ? Vos affaires vont bien, il me semble. Et puis tu adores ton métier.

— Tu sais, maintenant que j'ai chopé un milliardaire, je n'ai plus besoin de bosser.

— Je ne te crois pas, renâcla-t-il. Je te connais. Tu es trop indépendante pour ça. C'était d'ailleurs un problème quand on sortait ensemble. Tu n'es pas capable de vivre aux crochets d'un mec. Je ne te crois pas.

Il avait raison, bien entendu.

— Rentre chez toi, Royce.

— Tu as trouvé un acheteur ? Tu avais des problèmes de liquidité ?

— Je vis avec un milliardaire, merde ! s'écria-t-elle, interloquée par les piètres capacités de raisonnement de son ex.

— Je doute que tu le laisses souvent payer pour toi ou que tu acceptes facilement qu'il te fasse des cadeaux de luxe.

Il avait encore une fois raison.

— Tu voulais me parler de quelque chose de particulier ? Autrement, je ne vois pas l'utilité de poursuivre cette conversation. Mes affaires ne te regardent pas.

— Harper, est-ce que tu m'en voudrais beaucoup si je lui flanquais quelques claques ? demanda Tanner en sortant de la voiture, l'air grave.

— Non.

Harper s'écarta et referma la porte au nez de Royce en le saluant gaiement du bout des doigts, confiante que Tanner allait l'éloigner sans mal. Elle s'empara de la pile de courrier qui l'attendait sur le plancher et jeta un bref coup d'œil aux enveloppes en se dirigeant vers son bureau. Il n'y avait que des factures. Encore des factures. Et des publicités. Elle les posa sur le bureau et ouvrit les tiroirs. Elle allait prendre quelques dossiers…

Son souffle fut expulsé de ses poumons quand un corps lourd s'abattit sur son dos et des bras l'enserrèrent violemment. Avant qu'elle puisse réagir, son assaillant lui avait ligoté les mains ensemble avec une longue bande de tissu, les recouvrant entièrement.

— Je vous conseille d'y réfléchir à deux fois avant d'essayer de m'hypnotiser pour me manipuler, lui dit son agresseur d'une voix rauque. Je n'aimerais pas être obligé de faire apparaître un pistolet pour vous réduire le cerveau en bouillie.

Crow. Eh ben dis donc. Merde! La démone intérieure de Harper paniqua et la jeune femme sentit son pouvoir protecteur refluer vers ses mains et lui picoter les doigts. Elle ne pouvait malheureusement pas l'utiliser tout de suite.

Elle voulut appeler Knox à la rescousse par télépathie mais elle s'arrêta net, inquiète que Crow y ait déjà pensé, ce pouvoir étant très courant chez les démons. Pourtant, il ne l'avait pas avertie de ne pas tenter de le faire.

Bon, d'accord, le type n'était pas très fute-fute et avait peut-être tout simplement oublié de la prévenir. Mais peut-être souhaitait-il justement qu'elle contacte Knox par télépathie? Et s'il voulait se servir d'elle pour l'atteindre? Toutes ses précédentes tentatives s'étaient avérées vaines. Il avait peut-être décidé de le faire venir à lui.

Harper n'avait aucune intention d'aider Crow à piéger Knox mais elle aurait eu bien besoin d'un petit coup de main là tout de suite. Elle pouvait toujours contacter Tanner, mais il préviendrait Knox sans tenir compte de ses désirs. La meilleure solution serait de distraire Crow le temps de décider de la suite à donner aux événements.

— On m'a parlé de votre vision.

— C'est vrai?

— On dit aussi que vous êtes au bord de l'aliénation.

— Vous pensez que j'hallucine? lui demanda-t-il comme si cette idée l'amusait.

— Honnêtement, vous devez reconnaître que c'est une possibilité.

— Je sais ce que j'ai vu, dit-il sèchement. Cela ne servirait à rien de vous tuer. Knox pourrait toujours faire un enfant avec une autre compagne. Je dois le tuer, c'est la seule manière de préserver l'avenir. (Or ni Harper ni sa démone intérieure ne désiraient envisager l'avenir sans Knox.) Je dois empêcher cet enfant de naître. J'ai une mission à exécuter. J'ai été choisi pour une raison bien précise.

Harper fronça les sourcils en entendant le mot « choisi ».

— Quelqu'un vous a demandé de faire cela ?

— Ils m'ont cru. Comme moi, ils ont vu l'avenir et cet enfant né des flammes.

Harper sentit un frisson la parcourir à cette évocation.

— Personne ne peut lutter contre le mal et l'absence de conscience. Même Knox avec tous ses pouvoirs serait incapable de contrôler cela. Il faut à tout prix empêcher la naissance de cet enfant.

Sentant qu'elle devait agir dans l'urgence, Harper balaya la pièce du regard à la recherche d'inspiration. Mais il n'y avait rien. *Merde !*

— Contactez Knox.

Elle avait raison : c'était bien un piège.

— Je ne peux pas utiliser le téléphone avec les mains liées.

— Ne me prenez pas pour un imbécile, dit-il en éclatant d'un horrible rire qui mit les nerfs de Harper à dure épreuve. Contactez-le. Il arrivera très vite avec sa Bentley. On va l'attendre ici.

Il n'en était pas question.

— Pourquoi avez-vous blessé Delia ? Elle voulait juste vous aider.

— Arrêtez d'essayer de me distraire, l'admonesta-t-il en resserrant les liens autour de ses poignets, et faites ce que je vous dis. Surtout, n'allez pas croire que vous pouvez me mentir. Je le saurai si vous ne le contactez pas vraiment. Voulez-vous savoir comment ? Parce que, dès l'instant où Knox comprendra que vous êtes en danger, il vous enverra Tanner. Mais je m'en fous, je suis prêt à affronter le chien des enfers. J'ai tout un arsenal d'armes constamment à ma disposition.

Cela devait signifier qu'il était capable d'en faire apparaître une pour buter la sentinelle. Pas question.

— Si j'appelle Knox, il va vous tuer.

— Non, il échangera sa vie contre la vôtre.

— Vous vous trompez. Knox est votre Grand Maître ; il est impitoyable et vous le savez.

— Oui, c'est vrai. Mais vous êtes sa compagne. Il tient à vous. Allez, appelez…

Harper fit alors apparaître ses ailes et, interloqué, Crow recula. Elle réussit à se débarrasser des bandes de toile qui liaient ses mains et se retourna mais n'eut pas le temps de le toucher qu'il l'avait déjà de nouveau menottée. Elle sentit une sorte de tiraillement dans sa poitrine et fut prise de vertige.

Oh, le salaud !

— Appelez-le !

— Allez vous faire foutre.

Crow resserra les liens sur ses poignets, tellement fort que cela risquait de lui briser un os. Puis il la secoua violemment.

—Appelez-le !

—Lâchez-moi ! éructa sa démone intérieure en prenant le contrôle.

Crow aspira un peu de son énergie psychique et obligea sa démone à se retirer.

—Faites-le !

—Allez vous faire foutre ! réitéra-t-elle en détachant clairement chaque syllabe.

Harper sentit sa voix défaillir autant que ses jambes. Elle se sentait léthargique, et s'affaiblissait rapidement. Cependant, elle refusa de se laisser aller. Elle donna un coup sec du poignet et réussit à se libérer une main.

—Non…

Elle plaqua sa main sur le front de Crow et tomba à genoux en sentant son pouvoir s'infiltrer en son agresseur. L'obscurité commençait à envahir son champ de vision mais elle s'obligea à garder les yeux ouverts et vit Crow trembler et hurler de douleur.

—*Tanner !*

Ce cri télépathique lui exigea de tels efforts qu'elle retomba sur le ventre. L'obscurité gagnait du terrain mais elle continua à lutter vaillamment.

La sentinelle entra dans la pièce au moment même où Crow faisait apparaître un pistolet. Puis il tira. Le premier coup rata sa cible mais pas le second. Tanner poussa un grognement sourd et recula en vacillant.

Harper rampa vers lui mais elle n'avait plus de force et sentit qu'elle allait bientôt s'évanouir. Elle utilisa le peu d'énergie psychique qu'il lui restait pour appeler son compagnon.

— *Knox…*, dit-elle, *mon vieux studio.*

Puis elle sombra dans l'inconscience.

La douleur la réveilla. Une douleur épuisante, insoutenable, lancinante, comme si on lui ouvrait le crâne avec une épée. Nauséeuse, elle serra les lèvres pour ne pas vomir.

Harper n'était pas seule, elle le savait. Elle reconnaissait l'odeur de Knox. Sentait son regard posé sur elle. Percevait des relents de colère qui venaient se frotter à son esprit. Cette colère vibrait également dans l'air ambiant et lui comprimait la poitrine. Sa démone ne put s'empêcher de se raidir, en état d'alerte.

Harper se força à ouvrir les paupières mais la lumière lui piqua les yeux et elle grimaça. De nouveaux éclairs de douleur lui transpercèrent le crâne. Elle grinça des dents pour se retenir de crier. Cette douleur était la dernière de ses inquiétudes. Elle vit Knox, son mètre quatre-vingt-cinq de force sauvage penché au-dessus de son lit, les mains nonchalamment enfouies dans les poches. Il exsudait une fureur destructrice qui la fit frissonner.

Ses traits ne révélaient rien mais des éclairs de rage brillaient comme des diamants dans ses prunelles noires. Harper sentit un frisson de peur lui parcourir l'échine. Elle ne pouvait s'empêcher d'être troublée chaque fois qu'elle le voyait si anormalement calme. Il avait beau être son compagnon, elle n'oubliait pas que Knox était un archidémon, le plus grand prédateur de tous, un être créé pour semer le chaos et la destruction.

Elle se racla la gorge, se redressa dans son lit et constata au passage que ses ailes avaient repris leur place.

— Est-ce que Tanner va bien ? demanda-t-elle.

— Il récupère, répondit Knox au bout d'un moment sur un ton neutre, mais non pas calme pour autant, détecta Harper.

— Et Crow ?

— Il a été appréhendé, déclara Knox en plissant les yeux. C'est la deuxième fois que tu ne me préviens pas que tu es en danger, ajouta-t-il, ses paroles plus létales qu'une lame.

— J'ai fini par le faire.

— Oui, mais Tanner m'avait déjà contacté.

— Écoute…, commença-t-elle en relevant le menton, refusant de reculer devant sa colère et sa puissance.

— Tu m'as promis de m'appeler si tu avais besoin de mon aide.

— C'est vrai, je te l'ai promis.

— Mais tu ne l'as pas fait.

Il avait raison, mais elle ne le regrettait pas.

— Crow ne me voulait pas de mal. C'est après toi qu'il en a. C'était un piège.

— Tu penses que je ne le savais pas ? demanda-t-il, les narines dilatées.

— Si tu le savais, pourquoi m'en veux-tu ? demanda-t-elle, perplexe.

— Il aurait pu te tuer, éructa-t-il en détachant chaque syllabe.

Harper frissonna presque en percevant la menace que contenaient ces paroles prononcées d'une voix très basse.

— Ce n'est pas moi qu'il veut tuer, c'est toi.

— Il aurait pu te tuer sans aucun état d'âme.

— Pas tant que je n'avais pas fait ce qu'il me demandait : t'appeler. En ne lui obéissant pas, je nous ai protégés tous les deux.

Les yeux de Knox virèrent alors au noir et l'air se rafraîchit subitement. Harper put constater que le démon de Knox était vraiment très fâché.

— Il a aspiré tellement de ton énergie que tu t'es évanouie, dit le démon d'un ton toujours aussi froid et détaché mais qui ne cachait pas sa colère. Comment peux-tu oser prétendre que tu t'en es sortie ? la mit-il au défi de lui expliquer.

— Oui, il a aspiré mes énergies, mais je ne suis pas morte, lui fit-elle remarquer.

— Vidée de ton énergie ou morte… cela n'est pas acceptable pour moi.

Puis le démon se retira et Knox reprit le contrôle.

— Ça ne l'est pas plus pour moi, déclara-t-il en lui lançant un regard noir.

— Ouais, mais ta mort ne l'est pas pour moi non plus. Ce n'est pas moi qu'il voulait tuer, c'est toi.

Il n'était pas le seul à se sentir protecteur dans leur couple.

— Pourtant il a tiré sur Tanner. Tiré pour tuer. Ou l'avais-tu oublié ?

— Dis-moi, si j'avais fait comme tu m'as demandé, que se serait-il passé ? Hein ? Penses-tu que tu aurais été capable de le neutraliser vite fait et qu'on se serait barrés en sifflotant ? Il m'avait ligotée, souviens-toi. Tu aurais hésité à agir et il l'avait prévu, il comptait là-dessus. Cette hésitation t'aurait coûté la vie.

— Les choses ne se seraient peut-être pas passées comme cela.

— Je n'allais pas prendre ce risque.

— Tu as failli mourir.

Harper se passa la main dans les cheveux. Elle avait l'impression que Knox ne l'écoutait pas.

— Que veux-tu que je te dise ? Que je suis désolée ? Que je ne le referai pas ?

— Pourquoi est-ce que je te demanderais quelque chose que tu ne feras pas de toute façon, et je le sais très bien ? se moqua-t-il. D'autant plus que tu ne tiens pas parole.

— Espèce d'enfoiré de connard, éructa-t-elle en se relevant tellement soudainement qu'elle vacilla.

— Assieds-toi avant de tomber.

— Tu penses vraiment ces conneries ? l'interrogea-t-elle en le fusillant du regard.

Il doutait de son intégrité ?

— Tu m'as fait une promesse que tu n'as pas tenue.

— Oh oui, quelle terrible compagne je suis ! Comment puis-je oser vouloir te protéger ? ironisa-t-elle.

— Je n'ai pas besoin que tu me protèges, affirma-t-il en avançant d'un pas. Je ne veux pas que tu le fasses. Je veux que tu vives.

— Est-ce que j'ai l'air d'un fantôme, merde ? Je suis en vie, espèce d'enfoiré ! Tu ne veux peut-être pas que je te protège, mais demande-moi mon avis au moins ! Je suis ta compagne après tout ! C'est ma responsabilité. Moi, je protège ceux que j'aime. C'est comme cela que je suis.

— Ton besoin de protéger ceux que tu aimes te pousse à prendre trop de risques, rétorqua-t-il sèchement.

— C'est toi qui dis cela ? Toi qui as fait apparaître les flammes des enfers pour détruire la maison des adeptes de magie noire qui m'avaient kidnappée, pour me sauver ! Ouais, Thorne, je ne te donne pas le droit de me juger sur ce coup.

— J'ai le droit d'être en colère parce que tu m'as fait une promesse que tu n'as pas tenue.

— Tu es en colère parce que je ne fais pas les choses exactement comme tu veux. Je suis comme je suis et je n'ai jamais fait semblant d'être autrement que ce que je suis. Les filles comme Belinda sont peut-être capables de se transformer pour plaire aux autres, mais pas moi. J'en suis incapable. Je t'ai protégé ce soir et je le referai au besoin. Si tu n'es pas capable de l'accepter, c'est que tu ne m'acceptes pas telle que je suis. Et si c'est comme ça, alors dis-le tout de suite et nous mettrons fin à notre relation avant de nous rendre mutuellement barjots.

Knox ferma les yeux et émit un long soupir de frustration.

— Alors ? C'est oui ou c'est non ?

Harper ne voulait pas être obligée de revenir là-dessus chaque fois qu'elle ferait quelque chose pour protéger son compagnon. Il devait accepter qu'elle ne changerait pas et en prendre son parti.

Il réfléchit quelques instants puis ouvrit les yeux.

— Il faut que je parle aux sentinelles.

Harper sentit les muscles de son ventre se nouer. Knox n'avait pas répondu à sa question, ce qui était une réponse en soi. Elle savait donc à quoi s'en tenir.

— Tu devrais te reposer et…

— Va-t'en, grogna-t-elle.

— Pardon ? demanda-t-il en arquant un sourcil.

— Barre-toi, insista-t-elle.

Mais l'enfoiré n'obtempéra pas. Il s'approcha d'elle insolemment.

— Non, éructa la démone intérieure de Harper, qui avait émergé. (Knox jugea préférable de s'immobiliser.) Ni Harper ni moi ne nous excuserons pour ce que nous avons fait, pour ce que nous sommes. Et si cela ne te convient pas, ajouta Harper qui avait repris le contrôle, tu n'as qu'à aller te faire voir ailleurs.

Ayant dit ce qu'elle avait à dire, elle alla se réfugier dans la salle de bains d'un pas déterminé et claqua violemment la porte, contre laquelle elle s'appuya, haletante. Elle entendit des bruits de pas qui s'approchaient… puis s'éloignèrent. Knox avait quitté la chambre.

— *Mamy, il faut que je parte d'ici.*

De fort mauvaise humeur, Knox sortit de la chambre. Il ne se souvenait pas de la dernière fois où il avait été aussi en colère. Le message alarmant de Tanner lui était parvenu alors qu'il était en réunion avec Levi, Keenan et Larkin. La gorge serrée par l'angoisse, il s'était pyrotransporté avec ses sentinelles jusqu'à l'accueil du studio. Il n'avait pas eu besoin d'entendre l'appel au secours de Harper. En effet, des bruits de bagarre lui étaient parvenus, il était entré en trombe et avait vu sa compagne allongée au sol, les yeux fermés, immobile…

Morte.

Ce mot avait rebondi dans son cerveau jusqu'à ce qu'il se penche pour sentir son pouls. Une vague d'intense soulagement l'avait alors assailli mais cela n'avait pas suffi pour lui faire oublier la peur et la colère qu'il sentait circuler en lui et qui perturbaient son démon jusqu'à le rendre fou. Il en ressentait d'ailleurs encore le contrecoup. Après toutes ces émotions, il avait senti les muscles de son ventre se contracter, se tordre et se nouer. Son démon en était profondément perturbé.

Tout ce qu'il souhaitait, c'était que Harper soit en sécurité. C'était même essentiel pour lui. Il lui avait fait confiance, il croyait qu'elle l'appellerait si elle avait besoin de lui. Il s'était aussi fier au fait qu'elle faisait suffisamment attention à sa propre sécurité pour ne pas se mettre trop en danger.

Il avait eu tort, se dit-il. Et, oui, il souffrait de penser qu'elle avait manqué à sa promesse et cela exacerbait sa colère.

Il se rendit dans le séjour où il retrouva Levi, Keenan, et Larkin installés sur les canapés, l'air incroyablement mal à l'aise. Ils avaient manifestement entendu sa dispute avec Harper.

— Tanner continue à bien récupérer ? s'enquit Knox.

— Il sera bientôt guéri, affirma Levi.

— Bien, dit Knox en croisant les bras. Crow a parlé ?

Il avait lui-même l'intention de l'interroger quand il serait sûr que son démon intérieur n'émergerait pas pour le détruire ainsi que tout ce qui se trouvait sur son chemin.

Non qu'il le regretterait s'il le butait. Loin de là. Le fait d'assouvir son besoin de vengeance l'aiderait même beaucoup à se sentir mieux. Mais Knox avait refusé quand Bray et les autres avaient réclamé la peine de mort pour Crow en représailles des tortures qu'il avait infligées à Carla. Il avait argué que Crow méritait les mêmes soins que n'importe quel autre démon au bord de l'aliénation. Les membres de son clan ne le respecteraient plus s'il se comportait différemment pour venger sa compagne.

— Oui, répondit Keenan. Il était même très heureux de nous expliquer pourquoi il estime nécessaire de te supprimer. Il ne s'est tu que lorsque le médecin lui a injecté une bonne dose de son médicament. Il s'est recroquevillé au fond de sa cellule et il se balance en marmonnant depuis.

— Il refuse de prendre ses comprimés, ajouta Levi. Il dit qu'on veut l'empoisonner. Il est persuadé que le médecin complote avec nous pour se débarrasser de lui.

— Il n'a pas peur, intervint Larkin. Il prétend avoir été sélectionné pour cette mission et que la personne qui l'a choisi va s'occuper de le faire libérer. Il hallucine, c'est clair, soupira-t-elle. Je ne suis pas persuadée qu'on puisse le soigner. Il me semble beaucoup trop atteint.

— Bray et Roan souhaitent le voir, expliqua Levi, mais je ne le leur ai pas permis tant que tu n'auras pas donné ton autorisation. Roan est une vraie petite teigne et aurait sans doute insisté s'il ne souffrait pas encore de la dernière punition que tu lui as infligée.

— Au moins, Roan pourra se défouler sur le vrai responsable des malheurs de sa mère plutôt que sur Harper, intervint Keenan.

— En parlant d'autre chose, demanda Knox, qu'avez-vous appris sur Dario ?

— Exactement ce que, toi, tu avais entendu, répondit Larkin. Il s'est isolé dans son château, qu'il ne quitte plus depuis des mois. On a parlé à plusieurs membres de son clan. La plupart croient qu'il pleure la perte d'un être cher mais sans trop savoir de qui il s'agit.

— Rien ne permet de supposer qu'il se constitue une armée, ajouta Keenan. Ce ne serait que des conjectures. Personne ne sait cependant comment a démarré la rumeur selon laquelle il serait au bord de l'aliénation.

— La plupart des membres de son clan ne prêtent pas foi à ces rumeurs, ajouta Larkin.

Et, sans preuve, Knox n'y croirait pas non plus.

— À moins qu'il y ait autre chose, dit Levi en se levant, on va y aller.

— On se reparle demain, déclara Knox.

Keenan et Larkin sortirent de la pièce, mais Levi resta un peu à la traîne.

— J'ai entendu bien malgré moi ta dispute avec Harper à l'étage tout à l'heure, dit-il à Knox. Vas-y mollo avec elle.

— Mollo ? répéta Knox, estomaqué.

— Harper est d'accord pour faire beaucoup de compromis, observa la sentinelle, mais elle n'acceptera jamais de lutter contre son instinct, qui est de protéger ceux qu'elle aime, même si c'est toi qui le lui demandes.

— Tu es entré dans son bureau avec moi, Levi, répondit Knox, les mâchoires serrées. Tu l'as vue allongée sur le plancher.

Elle était très pâle et elle ne bougeait pas. Son démon en avait perdu la boule, putain !

— Oui, et, comme toi, j'ai paniqué et je lui en ai voulu, reconnut Levi. Beaucoup, même. Puis je me suis rappelé qu'il s'agissait de Harper. Tu la connais mieux que personne. Tu sais que sous cette apparence dure bat un petit cœur très sensible.

Knox le savait, il ne l'en aimait d'ailleurs que plus.

— Elle a cet instinct de protection profondément ancré en elle. Tu ne peux pas t'attendre à ce qu'elle mette l'homme de sa vie en danger.

— Je peux m'attendre par contre à ce qu'elle accorde un peu plus de valeur à sa propre vie.

— C'est le cas, Knox, mais ta vie compte aussi beaucoup pour elle et elle semble même lui accorder plus d'importance qu'à la sienne. C'est très spécial.

D'accord, mais cela ne changeait en rien son point de vue.

— Sa sécurité compte plus que la mienne.

— De ton point de vue à toi, mais pas du sien. Ce soir, elle n'a fait que ce que toi tu aurais fait à sa place.

Putain, il avait raison !

— Harper est ce qui t'est arrivé de mieux, Knox. Ne va pas tout foutre en l'air, lui lança Levi en partant.

Knox se passa la main dans les cheveux et soupira. Il avait semé la pagaille. Affreusement. Il devait maintenant faire amende honorable. Il se dirigea alors vers la chambre. Harper n'était pas encore sortie de la salle de bains.

— Ouvre, ma chérie, dit-il en frappant à la porte. Il faut qu'on parle, insista-t-il en voyant qu'elle ne répondait pas. Je vais compter jusqu'à cinq, menaça-t-il, conscient qu'elle n'aimerait pas qu'il entre sans son autorisation, et j'ouvre, ma chérie. Un. Deux. Trois. Quatre. Cinq.

Harper ne sortit pas. *Elle était tellement têtue.* Il fallait être un type étrange pour apprécier cela chez une femme. Il tourna la poignée de porte et entra, mais s'immobilisa en constatant que la pièce était vide.

— Eh merde !

Jolene posa deux tasses fumantes sur des sous-verre carrés sur la table basse.

— Allez, bois ton thé, mon cœur, ça te fera du bien. Est-ce que tu te sens un peu plus calme ? s'enquit-elle en s'asseyant à côté de Martina sur le canapé et en croisant les jambes.

Harper se cala encore davantage dans les coussins et en prit un qu'elle serra contre sa poitrine.

— Pas vraiment, répondit-elle.

Elle avait recouvert ses jambes d'un plaid moelleux comme elle l'avait fait si souvent quand elle était enfant. Au fil des ans, elle avait pris l'habitude de s'installer dans ce fauteuil quand elle rendait visite à sa grand-mère. Elle s'y lovait pour lire, prendre son goûter ou regarder un film avec ses cousins.

Elle adorait la maison de sa grand-mère. Elle la trouvait si chaleureuse. Elle s'y sentait bien. Elle appréciait son odeur réconfortante de cookies, de café et de lavande. Ce soir-là, une fenêtre entrouverte laissait également entrer un léger parfum de pluie fine qui se mêlait aux autres.

C'était rarement calme chez Jolene. La maison était régulièrement envahie par des membres de la famille qui arrivaient à l'improviste pour une raison ou une autre. Les enfants surtout, dans l'espoir de se voir offrir ses célèbres cookies. Par contre, même avec toute cette animation, on s'y sentait détendus. Peut-être parce qu'elle était particulièrement douillette avec ses coussins décoratifs, ses couvertures et ses tons naturels. Il y avait des photos, et des petits objets éparpillés çà et là. Tout comme Harper, Jolene était très attachée à ses souvenirs.

— Tu sais pourquoi il est fâché, déclara Jolene.

— Oui, mais je refuse de m'excuser pour ce que j'ai fait. Et encore moins pour ce qu'elle était.

— Je ne te demande pas de le faire, reprit la grand-mère. Mais mets-toi à sa place, suggéra-t-elle en prenant sa tasse. Imagine que tu reçoives un très faible appel au secours télépathique de Knox. Et, quand tu arrives à son bureau, tu le trouves allongé au sol, immobile. Tu vois que Tanner a pris une balle et que Crow tient un pistolet à la main. Comment réagirais-tu ?

Mal, bien entendu.

— Knox a eu peur, ma chérie, affirma Jolene en soufflant sur son café. Il savait que tu étais en vie parce qu'il sentait encore votre lien d'*alter ego*. Mais il n'a pas eu le temps de penser à tout cela quand il t'a vue dans cet état. La peur et la panique ont pris le dessus.

Harper était capable de comprendre cela, de l'accepter. Cela n'effaçait pas cependant les paroles blessantes de Knox. Sa démone désirait le faire atrocement souffrir pour se venger.

— Cela ne les autorise tout de même pas, lui et son démon, à se comporter comme des enfoirés.

— C'est vrai, convint Jolene. C'est la raison pour laquelle j'ai envoyé Ciaran te téléporter jusqu'ici. Ce n'était vraiment pas sympa de sa part de t'accuser d'être une fille qui ne tient pas sa parole.

— Les gens disent souvent des choses qui dépassent leur pensée quand ils sont en colère, déclara Martina, occupée à mettre du vernis rouge sur ses longs ongles en acrylique, mais cela n'excuse rien.

— C'est nul qu'il t'ait dit cela, dit Ciaran, affalé dans un fauteuil de relaxation, la zappette à la main et le regard rivé sur la télé. Je ne pense pas qu'il le pense vraiment.

— Moi non plus, dit Jolene.

— Peut-être que oui, mais peut-être aussi que non, lança Harper en étreignant davantage le coussin. S'il n'est pas capable d'accepter que je ferai toujours au mieux pour le protéger, cela signifie qu'il ne m'accepte pas comme je suis et tant pis pour les conséquences.

— Ce n'est pas qu'il ne t'accepte pas, Harper, déclara Jolene en sirotant son café. C'est juste qu'il ne sait pas que faire de toi. Il a l'habitude de tout contrôler, les choses et les gens.

Harper le savait, bien sûr.

— Je l'ai prévenu je ne sais combien de fois qu'il ne me contrôlerait jamais.

— Peut-être qu'il ne te croyait pas, au fond, suggéra Ciaran.

— Ah ! les hommes, soupira Martina. Tu te fais attaquer, et comment réagit-il ? Il te serre dans ses bras ? Il t'embrasse ? Te rassure en te disant que tout va bien ? Non, il se comporte comme un idiot.

— Tout cela, ce n'est pas parce que Knox est un mec, déclara Ciaran en détachant ses yeux de l'écran mural, prêt à prendre la défense des hommes. C'est plutôt parce qu'il ne sait pas affronter ses peurs.

Mouais. Harper poussa un soupir.

— Parlons d'autre chose, voulez-vous.

— D'accord, dit Jolene en tapotant la main de sa petite-fille.

Harper posa la tête sur le coussin derrière elle. Elle percevait les éclats de rire des enfants, qui sautaient à pieds joints dans les flaques d'eau devant la maison. Chaque fois qu'elle entendait un bruit de moteur, elle paniquait, se demandant si c'était Knox qui venait la chercher. Puis son cœur reprenait un rythme normal dès que la voiture s'éloignait.

— Je suis contente qu'ils aient enfin appréhendé Crow, déclara Jolene.

— Il a dit quelque chose qui m'a perturbée, réagit Harper.

— Knox ou Crow ? voulut savoir Martina.

— Crow, répondit Harper.

Martina souffla sur ses longs doigts pour sécher son vernis.

— Tu veux parler de cette histoire de bébé démon ? demanda-t-elle, ne semblant pas du tout inquiète.

— Non. Il a dit qu'il avait été chargé d'une mission, que quelqu'un lui avait dit de faire ça.

— Il hallucine, ma chérie, lança Jolene.

— Je sais, dit Harper en buvant un peu de thé. C'était juste sa façon de le dire. Et s'il n'avait pas vraiment eu de vision ? Il aurait pu être manipulé. Quelqu'un aurait pu lui faire croire qu'il avait eu cette vision, non ?

— Crow n'avait aucune chance contre Knox, déclara Ciaran en fronçant les sourcils. C'est invraisemblable que quelqu'un charge un démon mentalement instable et trop faible pour présenter une réelle menace de tuer Knox.

— Ce n'est pas un très bon plan en effet, convint Martina.

— C'est un si mauvais plan que ce n'est même pas la peine d'essayer, ajouta Jolene. Le fait de se croire chargé d'une mission fait sûrement partie de son hallucination.

C'était tout à fait plausible, mais Harper n'en était pas convaincue.

Elle se tendit en entendant approcher une voiture qui finit par s'arrêter.

S'il vous plaît, faites que ce ne soit pas lui !

C'était peut-être un voisin, pensa-t-elle en entendant le moteur s'arrêter. Ou alors quelqu'un qui rendait visite à un des voisins. Il n'y avait aucune raison de paniquer… même si elle entendit le bruit sec d'une portière claquée violemment, suivie d'un crissement de pas dans l'allée de graviers. Ce pouvait être Beck. Ou un de ses cousins. Ou…

Puis ils entendirent la sonnette.

— C'est sans doute Knox, dit Jolene. Tu n'as pas envie de le voir, je suppose.

— Je suis trop fatiguée, mamy, répondit-elle en secouant la tête.

Il valait mieux être en pleine forme pour traiter avec un homme de la trempe de Knox Thorne. Et, là, elle se sentait trop émotionnellement vidée et furieuse pour discuter avec lui.

— Ça ne sera pas facile de se débarrasser de lui, intervint Ciaran.

— Non, déclara Jolene en se levant du canapé, les traits empreints d'une grande détermination. Mais je le ferai, ajouta-t-elle, ses talons aiguilles claquant sur le parquet de bois dur comme elle allait ouvrir la porte. Bonsoir, Knox, le salua-t-elle.

— Jolene, dit-il, je suis venu chercher Harper.

La jeune femme l'entendit clairement depuis le séjour.

— Oui, répondit Jolene, je m'en doute.

— Si vous ne m'invitez pas à entrer chez vous, puis-je au moins vous demander de lui dire de venir me parler ? s'enquit-il dans un soupir.

— Elle m'a dit qu'elle allait me suivre, mais elle ne l'a pas fait. Cela ne devrait pas nous étonner de la part d'une femme qui ne tient pas ses promesses.

Harper ne put retenir un petit sourire même si elle n'était pas vraiment dans son assiette.

— Je vous conseille de la laisser un peu souffler, ajouta Jolene.

C'était plus un ordre qu'une suggestion et Knox se hérissa probablement en l'entendant.

— Je ne partirai pas sans elle, Jolene.

— Et moi je vous dis que vous ne partirez pas avec elle, déclara Jolene d'une voix tranchante. Vous m'aviez promis qu'elle serait en sécurité avec vous, que vous ne lui feriez aucun mal.

— Je ne lui ferai jamais de mal, rétorqua immédiatement Knox. *Harper, viens là.*

Harper renâcla. Pour qui se prenait-il ?

— La souffrance prend diverses formes, Knox, affirma Jolene. Vous ne l'avez pas blessée physiquement, et c'est pour cela que vous êtes encore en vie. Mais vous l'avez blessée dans son cœur. Et vous auriez dû la protéger avec tout votre être.

— Jolene, cela ne regarde que Harper et moi, dit-il après une courte pause.

— C'est faux, parce qu'elle ne veut pas vous voir.

— *Harper, viens à la porte à moins que tu veuilles me voir me battre avec ta grand-mère.*

Harper sortit du séjour en marmonnant une volée de jurons et emprunta le couloir qui menait à l'entrée.

— Il semble qu'elle ait tenu parole, en fin de compte, ironisa Jolene.

Harper s'arrêta derrière Jolene et Knox braqua fièrement son regard sur elle. Elle sentit sa poitrine se serrer en le voyant. Il était si beau qu'elle en avait mal. Il était la séduction incarnée. Et un enfoiré. Mécontente, sa démone le dévisagea en retroussant la lèvre supérieure.

— Allez, viens, insista-t-il en lui tendant la main.

— Rentre chez toi, lui lança-t-elle en secouant la tête.

Elle recommençait à s'énerver juste à le regarder.

— *Harper.*

— *Va-t'en.*

Knox jura intérieurement. Sa compagne avait beaucoup de qualités et quelques défauts mais elle n'était jamais ni froide ni distante. Et là elle était les deux. La petite distance qui les séparait aurait pu aussi bien être un océan. Il ne pouvait pas l'approcher. Et il ne savait pas comment la rejoindre.

Ce serait tellement plus facile si sa famille ne s'en mêlait pas. S'il avait pu lui parler sans témoins. Jolene se tenait là comme un vigile et refusait de bouger et, debout derrière Harper, Martina et Ciaran lui adressaient des regards mauvais. Et d'autres démons s'étaient également attroupés dans le jardin et le dévisageaient d'un œil averti.

C'était un gros problème avec les elfes. On en prenait un et on les avait tous sur le dos.

Knox n'était pas inquiet. Il aurait pu tous les tuer sans beaucoup de difficulté. Il ne le ferait pas, bien entendu. Ils faisaient partie de la famille de Harper après tout. Il pourrait leur faire une petite démonstration de ses pouvoirs en guise d'avertissement pour les faire reculer. Il en aurait été tenté si deux petites filles ne s'étaient pas précipitées dans la maison pour s'enrouler autour des jambes de Harper. Sans doute exprès. Les elfes étaient très rusés, à tout âge.

Son démon intérieur poussa un grognement. Il voulait retrouver sa compagne, surmonter cet obstacle entre eux. Il voulait l'attraper et la ramener à la maison de force. Knox savait cependant que ce n'était pas le moment, qu'il valait mieux pour lui ne rien tenter. Il avait assez fait de conneries pour une journée de toute manière.

— Je vais revenir demain matin, dit-il en soupirant. Sois prête.

Harper ne bougea pas le temps qu'il retourne à la Bentley où l'attendait Levi, qui lui adressa un regard, l'air de lui demander d'avoir un peu pitié de lui. Elle fit comme si elle n'avait rien vu.

— Je ne m'attendais vraiment pas à ce qu'il s'en aille, dit Martina en regardant la voiture s'éloigner.

— Il respecte ses désirs, affirma Jolene. Il y a encore de l'espoir pour lui.

Chapitre 14

Une sensation de douce chaleur brûlante contre sa peau fit tressaillir Harper et elle se réveilla.

— Chut, tout va bien, ma chérie.

Sa démone intérieure grimaça au son de cette voix qui raviva pour la jeune femme le souvenir de son âpre discussion avec son compagnon. Elle ouvrit les yeux et adressa un regard mauvais à l'enfoiré de salaud qui la retenait de manière très possessive dans leur… ou plutôt, dans *son* lit.

— C'est pas vrai !

Il avait osé ! ou alors, il avait perdu tout instinct d'autoconservation.

— Tu ne croyais tout de même pas que j'allais accepter de passer la nuit seul, loin de toi ?

Knox avait attendu qu'elle se soit endormie pour aller la chercher dans la chambre d'amis de Jolene.

— Si j'avais voulu venir ici, je serais rentrée avec toi, grogna-t-elle en se débattant contre lui.

Elle voulait partir, retourner chez Jolene…

— J'ai fait une connerie, reconnut Knox en la retournant sur le dos et en lui menottant les poignets au-dessus de la tête avec ses mains psychiques. Je le reconnais, poursuivit-il quand elle se fut suffisamment calmée pour l'écouter. Mais tu ne m'as pas appelé, ma chérie. Tu ne me faisais pas confiance d'être capable de nous protéger tous les deux.

— Tu aurais dû t'arrêter à : « J'ai fait une connerie. »

La suite contrebalançait en effet son aveu et donnait envie à Harper de lui flanquer un coup de poing en pleine mâchoire. Malheureusement, elle n'en était pas capable puisqu'il lui retenait les mains. Et puis merde ! qui était assez idiot pour immobiliser la personne qu'il avait justement irritée au plus haut point ?

— J'ai fait une connerie, réitéra-t-il.

— Ouais, c'est vrai, déclara-t-elle sèchement.

Il ne fallait surtout pas qu'il croie que cette confession suffirait à l'inciter à lui pardonner.

— Merde ! Harper, tu ne bougeais plus. Tu n'avais même plus l'air de respirer. Je t'ai cru morte pendant quelques instants. Mon démon a pété un câble. Si je n'avais pas senti ton pouls sous mes doigts, toutes les personnes présentes y passaient en quelques secondes.

En d'autres termes, Knox aurait perdu le contrôle.

Sa voix trahissait sa souffrance et la colère de Harper s'estompa un peu. En revanche, sa démone intérieure n'éprouvait aucune pitié pour lui.

— Même quand j'ai vu que tu étais en vie, j'étais encore tellement hors de moi que j'aurais été capable de tuer Crow sans plus réfléchir, si ma priorité n'avait pas été d'abord et avant tout de te mettre à l'abri, loin de lui, dit-il en lui passant une main dans les cheveux. Je me fichais complètement de Crow et de l'occasion ou non de le buter ou même de risquer de saper mon autorité face à mon clan en te vengeant, ce que je n'aurais jamais fait pour personne d'autre. Au point où j'en étais, je n'arrivais pas à penser à autre chose que le fait que tu aurais pu mourir.

— Je comprends que tu aies eu peur. Vraiment. Mais si tu penses que cela t'autorise à mal te comporter et à remettre mon intégrité en cause, tu te trompes.

Il eut du mal à retenir un éclat de rire en la voyant ainsi relever son petit menton. Elle était si mignonne quand elle était en colère.

— La première fois où tu m'as demandé de te le dire tout de suite si Crow faisait une nouvelle tentative contre moi, je me suis engagé à le faire. Or je ne l'ai pas fait, je le reconnais. Je ne t'en ai parlé qu'un peu plus tard. Je voulais te protéger. Je ne voulais pas te gâcher ta journée en t'annonçant une mauvaise nouvelle dès le midi. Mes intentions étaient bonnes et tu l'as compris même si tu m'en as voulu de ne pas avoir tenu parole. Tu te rappelles ?

Harper commençait à deviner où il voulait en venir. Il comprenait qu'elle avait estimé faire pour le mieux en ne l'appelant pas mais il ne pouvait s'empêcher de lui en vouloir de ne pas avoir tenu parole.

— Bon, d'accord, je n'ai pas tenu ma promesse. Je regrette de m'être retrouvée dans une situation où j'ai estimé devoir agir ainsi, mais je ne regrette pas ma décision.

Elle n'allait pas se laisser attirer dans un piège.

— Tout comme je n'ai pas regretté d'avoir tardé à t'annoncer une mauvaise nouvelle. On n'a pas mal agi, tu sais, ni l'un ni l'autre. Nos intentions étaient bonnes quand on a pris ces décisions, mais on a quand même blessé l'autre.

Ouais, bon d'accord, il avait peut-être raison.

— Tu n'as pas répondu à ma question.

Knox comprit qu'elle faisait allusion à la question qu'elle lui avait posée juste avant son départ.

— Bien sûr que je t'accepte telle que tu es. Je ne te veux pas autrement qu'égale à toi-même. Tu sembles croire que j'accepte difficilement de ne pas te contrôler, mais c'est tout le contraire. J'aime que tu sois très indépendante et que tu exiges que je respecte cela en toi. Et c'est le cas. Par contre, cela ne signifie pas, ma chérie, que je serai toujours d'accord avec tes choix. Et je suis persuadé que c'est pareil pour toi.

Harper poussa un soupir. Il avait raison encore une fois et c'était bien dommage parce qu'il démolissait d'un seul coup son argument comme quoi il était un enfoiré.

— On a tous les deux une personnalité très forte, poursuivit Knox. Toi et moi, on n'est pas du genre à se plier en quatre pour faire plaisir aux autres. Cela signifie qu'on se disputera forcément, que je te blesserai involontairement et vice versa. On doit apprendre à surmonter notre colère, Harper.

— Je ne sais pas comment tourner la page sur ce qui vient de se passer. Je ne changerai pas, Knox.

— Je le sais bien. Et je ne te demande pas de changer, tu ne sembles pas le comprendre, ajouta-t-il en lui caressant la clavicule du bout des doigts. Je devrai apprendre à accepter qu'il se peut que tu te mettes en danger pour me protéger. Et toi, que je m'énerverai et risquerai de très mal réagir quand tu le feras.

— Mal réagir mal au point de dire des…

— J'ai eu tort, dit-il en l'interrompant. Je m'en suis excusé.

— Pas vraiment, en fait !

Knox dut bien reconnaître qu'effectivement il ne l'avait pas fait.

— J'ai dit des choses que je ne pensais pas vraiment, déclara-t-il en posant la main sur son menton, et tu m'en vois sincèrement désolé. Mais je ne m'excuse pas par contre de m'être fâché parce que tu as affronté Crow seule, sans moi.

Il n'allait pas le nier juste pour la calmer car cela risquait de jeter de l'huile sur le feu.

— Et je ne peux pas regretter de ne pas t'avoir attiré dans un piège.

— Tu es tellement têtue, remarqua-t-il en tordant les lèvres.

— Et j'en suis terriblement fière.

— Je m'en voulais plus que je ne t'en voulais à toi, dit-il en passant le pouce sur sa lèvre inférieure.

— Pourquoi ? s'enquit-elle, perplexe.

— Je suis ton compagnon, ton *alter ego*. Je suis censé te protéger, affirma-t-il en appuyant son front contre celui de la jeune femme. Et là, j'étais en réunion avec mes sentinelles. C'était horrible. Je ne savais même pas où tu étais, ni que tu souffrais, que tu avais été agressée, poursuivit-il en mettant la main sur le cœur de Harper et en laissant ses battements l'apaiser. Tu sous-estimes ton importance pour moi. Tu l'as toujours fait. J'ai besoin de te savoir en sécurité. En bonne santé. Avec moi.

Bon, d'accord, il lui disait des choses sympas. Mais cela ne suffisait pas.

— Pour le cas où je me ferais attaquer de nouveau, je voudrais que tu saches que je me sentirais plus réconfortée si tu me prenais dans tes bras que si tu m'engueulais. Et puis ça me ferait du bien aussi si tu me demandais comment je me sens.

— Comment te sens-tu ? s'enquit-il alors en l'étreignant.

— Je t'en veux un peu moins.

— Et ta démone ? voulut-il savoir, sachant pertinemment qu'il n'était pas encore sorti de l'auberge.

— Elle a envie de te filer une baffe, une bonne baffe !

Il l'avait deviné.

— Moi, mon démon a envie de te faire un câlin et de sentir que tu vas mieux.

Bon, d'accord, cela amadouait un peu sa démone.

— C'est notre première dispute, dit-il en l'embrassant dans le creux du cou. C'est normal que ça nous arrive. Il faut tourner la page maintenant, c'est tout. Agir de la façon dont on veut la poursuivre. Si je fais des conneries, je suis d'accord pour le reconnaître et m'excuser. Si tu as besoin de temps pour décolérer, soit. Ce ne sera pas facile pour moi de l'accepter, mais je le ferai. En échange, je te demande de ne pas t'enfuir quand tu es fâchée. Et, surtout, de ne jamais dormir ailleurs qu'à mon côté, à la place qui te revient.

— Je ne suis pas sûre de te reconnaître le droit d'exiger quoi que ce soit de moi.

— Comment aurais-tu réagi, dit-il en ne pouvant retenir un sourire devant son ton hautain, si je m'étais enfui ? Si tu étais venue essayer de régler un problème avec moi mais que tu avais découvert que j'étais parti ?

Mal, très mal, pensa-t-elle. Elle soupira longuement avant de lui avouer qu'il avait entièrement raison.

— Je ne fuirai pas la prochaine fois. Je ne dis pas que je ne sortirai pas pour me calmer, mais je ne m'en irai pas.

— Super, merci, déclara-t-il en hochant la tête, satisfait.

— Peux-tu me libérer les mains maintenant ? Quoi ? ajouta-t-elle en se raidissant lorsqu'elle remarqua son petit sourire tordu.

— C'est un de tes vieux tee-shirts ? demanda Knox en palpant des doigts le tissu blanc pelucheux empreint de son odeur.

— Oui, reconnut Harper. Jolene l'avait gardé pour moi. Mais attends, Thorne ! rouspéta-t-elle quand il commença à le lui retirer tout en fredonnant dans son cou.

— Je vais te l'enlever. J'ai besoin de sentir ta peau, de te toucher et de te goûter.

— Je t'en veux encore.

Mais juste un tout petit peu.

— Je sais, dit-il en frottant le nez contre le sien. Mais c'est juste parce que tu t'accroches à ta colère, tu refuses de t'en libérer.

Et il avait entièrement raison.

— Oublie tout ça, murmura-t-il dans le creux sous son oreille. Je sais que je t'ai fait mal, que j'ai fait une connerie. Mais je saurai me faire pardonner.

— Ah oui ? dit-elle tandis qu'il lui retirait son tee-shirt.

Il lui relâcha les mains le temps de le lui enlever et les lui menotta de nouveau immédiatement après.

— Non, râla-t-elle, mais elle s'interrompit en le voyant se lever et retirer sa chemise, exposant ses larges épaules et son torse musclé qu'elle avait envie de lécher. Elle adorait particulièrement ses tablettes de chocolat. Aimait les caresser des doigts et de la langue. Mais bon, elle ne pourrait pas le faire tant qu'il lui retenait les mains.

Il se déshabilla entièrement et elle serra les cuisses en voyant son sexe, dur, prêt à s'enfouir en elle. Son corps vibrait de force sauvage et agissait tel un puissant aphrodisiaque sur sa démone qui avait oublié sa colère, apaisée par ses regrets. Harper suivit donc son exemple. Knox avait fait une erreur mais il s'en était excusé. Il était sincère aussi, elle le sentait. Et puis, bon, il était tellement canon.

Nu, Knox la surplomba, les mains placées de chaque côté de sa tête. Il lui lécha la lèvre inférieure.

— Quand je t'ai rencontrée, je me suis tout de suite demandé si ta bouche était réellement de cette couleur ou si tu portais un rouge à lèvres cerise.

Or cette couleur était aussi naturelle que ses cils noirs comme le charbon. Elle approcha sa bouche de celle de Knox, les lèvres entrouvertes. Il avait envie d'y plonger, de la goûter, de la prendre. Et il le ferait. Mais pas tout de suite.

Du bout de la langue, il suivit le contour de sa bouche. Il en adorait la forme, aimait ses lèvres pulpeuses et douces, et, surtout, il aimait les sentir enserrer fermement son sexe.

— Tu es mienne, grogna-t-il en l'embrassant sur la bouche, lui suçant la lèvre supérieure.

Puis il mordilla cette lèvre si pulpeuse juste assez pour y laisser la trace de ses dents. Elle lécha sa morsure pour soulager la douleur. Il sortit le bout de sa langue juste assez pour venir caresser la sienne.

— Je vais commencer à m'énerver, Thorne, grogna-t-elle.

— Ah ! je reconnais bien là mon petit chaton, rit-il.

Elle s'apprêtait à lui demander ce qu'il entendait par là quand il plaqua sa bouche sur la sienne. Sa langue se fraya un chemin entre ses lèvres et vint danser avec la sienne. Il ne l'embrassa pas, il la dévora, la lécha, la mordit, la suça… il prit possession de sa bouche. Il passa une main dans ses cheveux et lui agrippa la tête. Oh mon Dieu ! elle n'aurait pas dû se laisser aller à aimer autant cela ! Elle se sentit littéralement fondre dans le matelas.

— Tes cheveux sont plus doux que de la soie.

Harper frissonna en entendant sa voix grave, profonde, presque rauque. Elle tenta de se libérer les bras, mais les mains psychiques resserrèrent leur étreinte. Son intimité se referma sur lui. Elle ne détestait pas être retenue, mais elle voulait le toucher, le caresser.

— Libère mes mains.

Il se contenta de secouer la tête en guise de réponse et un pouce glacial vint lui encercler le poignet.

— Je pense que je vais les laisser où elles sont pour l'heure, déclara Knox en suçant le petit creux sous son oreille, là où il avait mis sa marque qui indiquait qu'elle avait trouvé son *alter ego*.

Cette marque servait également à informer le monde entier qu'il y avait un démon qui était prêt à tout, même à tuer pour la protéger. Knox portait aussi la marque de Harper. Il y était très attaché et elle le savait.

— Ne va surtout pas croire que je ne t'accepte pas telle que tu es.

Son haleine chaude lui chatouilla l'oreille et les petits poils sur sa nuque se hérissèrent.

— Knox…, dit-elle.

— Je te voudrai toujours telle que tu es, affirma-t-il en lui massant l'intérieur de la cuisse.

Les replis de son intimité réagirent et Knox s'emplit les poumons des effluves du désir de sa compagne. Il poussa un grognement et son sexe durcit douloureusement. Il avait besoin de s'enfouir en elle mais pas avant de lui avoir fait comprendre quelque chose de très important.

— Exactement telle que tu es, insista-t-il.

Harper prit une longue inspiration tandis qu'il lui écartait les jambes et elle sentit l'air frais caresser son intimité. Il s'allongea sur elle de tout son poids, son sexe contre son entrejambe pendant qu'il aspirait un de ses tétons. Elle se cambra pour mieux s'offrir à sa bouche et frotta sa zone sensible contre son membre pour satisfaire son désir. Elle était mouillée, excitée et avait besoin de soulagement, mais Knox ne semblait pas s'en soucier le moindre du monde.

— Combien de fois m'est-il arrivé au beau milieu d'une réunion d'affaires ou d'une téléconférence de ne plus avoir qu'une envie, celle de rentrer à la maison et de te prendre contre le mur, avoua-t-il en lui mordant le côté du sein pour raviver une marque qui s'était estompée.

— On pourrait le faire là, tout de suite.

— Je veux d'abord explorer ton corps.

Harper ne voulait pas attendre, elle était beaucoup trop impatiente mais elle savait que ce n'était pas la peine d'essayer de discuter avec lui. Il était assez sadique en effet pour ne pas l'autoriser à jouir si elle ne le laissait pas faire à sa guise. Ses mains étaient fermes mais ses doigts lui effleuraient la peau avec une grande légèreté, titillant ses terminaisons nerveuses et libérant les hormones du plaisir qu'elle sentait circuler dans tout son corps. Quand il la caressait, c'était comme s'il tentait de mémoriser chaque petit centimètre de sa peau.

Elle ne pouvait s'empêcher de haleter et de gémir pendant qu'il la cajolait, la câlinait, la léchait et l'embrassait. Il lui faisait aussi des suçons qu'il léchait ensuite pour soulager la douleur. Puis il plaqua sa bouche contre son intimité et elle en eut le souffle coupé. Il ne la taquina pas cependant mais la fit jouir brutalement, violemment. Elle en trembla de tout son corps et ressentit comme une brûlure en elle.

Il lui libéra les mains et la retourna sur le ventre. Il lécha la marque de ses ailes, sachant qu'elle était particulièrement sensible à cet endroit. Elle se tortilla et se cambra, gémit et lui réclama encore plus de caresses.

— Je veux veiller sur toi, te protéger, te posséder entièrement. Mais je ne veux pas te changer, merde ! affirma-t-il en la mettant sur les genoux.

Puis il la pénétra. Son intimité était encore gonflée mais il donna un grand coup de reins pour s'enfouir profondément en elle. Il gémit tant elle était mouillée et brûlante comme l'enfer.

— C'est mon endroit préféré.

Harper se releva, reposant de tout son poids sur ses deux mains.

— Baise-moi, grogna-t-elle.

Elle craignit qu'il ne l'oblige à le supplier mais ce ne fut pas le cas. Il enroula ses cheveux autour de son poignet et lui releva la tête tout en lui assenant de grands coups de boutoir possessifs, atteignant chaque fois sa zone sensible. Elle s'agrippa aux draps et s'arqua pour mieux venir à sa rencontre.

— Tu es tout pour moi, merde ! Ne va jamais croire le contraire, déclara-t-il quand il sentit son intimité se resserrer sur son membre.

Ses paroles la firent exploser. Elle s'arqua et sentit de grandes vagues de plaisir lui parcourir tout le corps, liquéfiant toutes ses cellules, ses muscles, et ses os. Son intimité se referma sur Knox, qui se raidit et grogna son nom. Elle sentit son sexe répandre toute sa semence en elle. Puis, vidée de toute énergie, elle se laissa retomber sur le matelas.

— Me pardonnes-tu ? demanda-t-il en l'embrassant dans le dos.

— En fait, si j'ai bien compris, tu m'as fait jouir pour m'amadouer et pour que je te pardonne plus facilement, c'est ça, non ? renâcla-t-elle. Je me demande parfois si tu as vraiment la conscience tranquille.

— Mais tu m'aimes comme je suis, déclara-t-il en souriant, la bouche plaquée sur sa peau.

— Ouais, c'est vrai, affirma-t-elle en expirant longuement.

Le maton appuya sur un bouton, une sonnerie se déclencha et les lourdes portes métalliques s'ouvrirent. Knox fut agressé par des odeurs de transpiration, de moisissure, et d'eau de Javel. À première vue, la cellule avait l'air inoccupée. Le fin matelas ne semblait pas avoir servi et la chaise était repoussée sous la table en acier. Le silence régnait ; ils n'entendaient rien à part l'écho du bruit des pas des geôliers dans les couloirs. Knox remarqua cependant le bout de chaussures sans lacets près du casier cabossé. Levi les vit aussi et leva les yeux au ciel.

Knox pénétra dans la cellule et aperçut Crow recroquevillé contre le mur, menottes aux mains, le regard apeuré. Il n'avait montré aucune peur devant les sentinelles la veille, mais ce n'était plus le cas maintenant. L'odeur de sa frayeur ravit le démon de Knox, qui esquissa un large sourire carnassier. Le démon s'était un peu calmé après avoir passé du temps avec sa compagne mais sa colère affleurait encore, prête à remonter à la surface.

Knox ne dit rien. Il laissa le silence s'installer jusqu'à ce que Crow commence à s'agiter nerveusement. Si Knox avait été quelqu'un de bien, il aurait peut-être éprouvé une certaine tristesse de voir cet homme réduit à cela. En effet, Crow lui avait toujours semblé équilibré et honnête, et ne lui avait jamais créé de problèmes. Il était loyal envers Delia et le clan. L'homme qu'il avait été aurait même été horrifié par ses agissements récents. Knox était sans pitié cependant. Après tout ce que Crow avait fait subir à Harper, il rêvait de lui peler la peau comme un oignon, de le recouvrir de poivre et de l'entortiller dans des barbelés.

— Je savais que vous viendriez me voir, fanfaronna le prisonnier.

— C'était évident. Pas besoin d'une vision pour le deviner.

— Êtes-vous venu me supprimer ? demanda Crow en déglutissant.

— Pourquoi pensez-vous que je suis venu vous voir ?

— Vous pouvez toujours essayer de me tuer mais vous ne réussirez pas.

— Pourquoi donc ?

— Parce que c'est mon destin de vous tuer pour sauver le monde, affirma-t-il en se relevant, ses chaussures crissant sur le sol de béton. Tant que vous vivrez, je serai protégé pour mener ma mission à bien.

— Je vois, dit Knox en se frottant la mâchoire d'une main. Cette mission semble tout à fait honorable.

— Elle l'est, confirma Crow en relevant fièrement le menton.

— Mais, dites-moi, est-ce que vous avez également été chargé d'agresser Harper ? et de tirer sur Tanner ? D'aspirer les énergies de Delia, de charcuter Carla et de blesser un chauffeur de taxi ? Rien de tout cela ne me semble très honorable.

— Ce sont des dommages collatéraux, affirma Crow, une petite pointe de regret au fond du regard.

— Harper n'est pas qu'un dommage collatéral, assena Knox d'une voix cinglante. Elle est ma compagne et votre Grande Maîtresse. Tanner est ma sentinelle, il vous a toujours protégé, vous et les autres membres du clan. Et vous lui avez tiré dessus. C'est comme ça que vous le remerciez pour son dévouement au clan ? Il n'y a rien d'honorable à cela.

— Vous ne pouvez pas comprendre, vous n'avez pas eu ma vision.

— Je ne crois pas que vous ayez réellement eu une vision. Tout cela s'est passé uniquement dans votre tête.

— J'ai vu l'avenir, insista-t-il, sûr de lui. Et je ne suis pas le seul.

— Qui d'autre que vous croit en cette vision ? s'enquit Knox en arquant lentement un sourcil, pas tout à fait convaincu par l'argument de Crow.

— Je n'ai pas l'intention de le révéler.

— Et pourquoi donc ? Celui qui vous a confié une mission aussi dangereuse sans aucune aide ni protection mérite-t-il vraiment votre loyauté ?

— Ils croient en mes capacités d'exécuter la mission, déclara Crow, dont la confiance sembla s'ébranler quelques instants.

Il se reprit vite cependant et redressa le menton.

— D'accord, éructa Knox sèchement en échangeant un regard avec Levi.

— Vous ne pouvez plus me cacher la vérité, lança Crow. Je sais ce que vous êtes.

Knox ne put contenir un sourire. Il avait entendu ce genre de propos un nombre incalculable de fois au fil des ans. Mais personne n'avait jamais deviné à quelle espèce de démon il appartenait.

— Et je suis quoi alors ? Vous ne savez rien de moi, Crow, ajouta-t-il quand ce dernier ne répondit pas, ce qui ne l'étonna pas du tout. Vous n'avez pas eu de vision. Vous avez agressé des gens qui ne le méritaient pas dans le cadre de votre prétendue mission. Je n'hésiterais pas un instant à vous éliminer si vous étiez en pleine possession de vos moyens.

Crow déglutit bruyamment et alla s'appuyer dos au mur.

— Voulez-vous savoir ce que je vais faire à la place ? Je vais vous soigner, vous ramener à la réalité. Et vous passerez le restant de vos jours à regretter ce que vous avez fait, si tant est que vous pourrez continuer à vivre en sachant le tort que vous avez causé à tous ces gens, y compris à votre propre compagne. Personnellement, je ne serais pas capable de me le pardonner si j'avais fait du mal à la mienne, conclut Knox en faisant demi-tour et en sortant de la cellule, Levi sur les talons.

Le maton appuya sur le bouton de verrouillage de la porte, qui se referma dans un grand bruit métallique.

— Vous pensez vraiment qu'il peut guérir ?

— J'ai l'intention d'essayer de le soigner, en tout cas, répondit Knox. Si je le punis maintenant, cela n'aura aucun effet sur lui. Au contraire, il me considérerait encore plus comme le grand méchant loup.

— Il deviendrait un martyr pour les siens, convint le gardien, qui avait compris le problème.

— Exactement, dit Knox en continuant à avancer dans le couloir.

— J'ai envie de te dire…, déclara Levi gravement, que je suis admiratif de la manière dont tu as géré cette rencontre. Je ne te croyais pas capable d'être assez lucide pour t'empêcher de le tuer là tout de suite. Harper y est pour quelque chose, c'est clair. Elle te stabilise beaucoup et de bien des manières.

— C'est vrai, reconnut Knox.

Et c'était une bonne chose pour le monde entier.

— Il était catégorique, il a affirmé qu'il a bien été chargé de cette mission par quelqu'un d'autre, dit Levi une fois dans la Bentley. Penses-tu vraiment qu'il ait un complice ?

— D'après Keenan, ajouta Knox en passant une main sur sa cravate, il était également persuadé que le médecin voulait l'empoisonner.

— Oui, c'est vrai, dit Levi en penchant la tête. On ne saura vraiment de quoi il retourne que lorsqu'il ira mieux et qu'il redeviendra lucide. S'il a des complices, il nous donnera certainement leurs noms à ce moment-là.

Ils pourraient alors s'occuper d'eux, d'une manière ou d'une autre.

Les elfes étaient des êtres fonceurs et extravertis. Ils n'adoptaient par conséquent jamais de comportements passifs-agressifs. Quand ils avaient un problème, ils n'hésitaient pas à le dire clairement. Ce n'est pas qu'ils y prenaient particulièrement plaisir, simplement qu'ils préféraient dire tout ce qu'ils avaient sur le cœur plutôt que de ressasser les choses dans leur tête. C'était la raison pour laquelle Harper écoutait Khloë râler. Très en colère, elle se faisait aussi beaucoup de souci pour sa cousine.

Harper n'était pas du tout étonnée. Elle connaissait bien sa famille et s'y était attendue. Elle avait deviné que Khloë n'hésiterait pas à lui faire part de sa réaction à son altercation avec Crow. Elle réagit face à sa cousine comme elle l'avait toujours fait quand un membre de sa famille ressentait le besoin de vider son sac : elle continua à vaquer à ses occupations et ne l'interrompit pas. Accroupie devant le comptoir du nouveau studio qui comprenait une vitrine où elles exposaient des bijoux, elle rangeait quelques bricoles sur une étagère de verre tout en écoutant Khloë rouspéter au-dessus d'elle.

— Arrête un peu, Khloë, grogna Raini en posant brusquement sur le comptoir une pile de bons pour des tatouages à moitié prix.

— Je vais arrêter quand Harper s'excusera de ne pas m'avoir dit hier soir que Crow s'en était pris à elle, déclara la petite elfe en croisant les bras. Ce n'est pas normal, j'ai dû attendre que Ciaran me raconte ce qui s'était passé.

— Ma chérie, intervint Devon en soupirant et en passant un bras autour des épaules de Khloë, plus vite tu accepteras que ta cousine n'est pas du genre à appeler ses amies pour partager sa colère et sa douleur, mieux tu t'en porteras.

— Harper n'est pas du genre à se confier, c'est sûr, convint Raini en hochant la tête et en se penchant au-dessus du comptoir.

— Elle aurait pu nous dire qu'elle avait été blessée, tout de même, déclara Khloë, qui ne semblait pas encore calmée. C'est tout ce que je voulais dire.

— Tu exagères un peu, là ! dit Harper en se levant.

— Ouais, mais bon, je suis une elfe ! renâcla Khloë.

— Et si tu t'asseyais un peu pour te reposer, lança Harper en tapotant le dos de sa cousine de manière un peu condescendante. Tu as eu une grosse journée, ironisa-t-elle.

La petite elfe avait passé tout son temps à râler pendant que les autres préparaient le studio pour l'inauguration officielle, prévue le lendemain.

— As-tu pardonné à Knox ? s'enquit Khloë en plissant les yeux.

L'atmosphère dans la pièce changea subitement du tout au tout.

— Qu'est-ce qu'il avait à se faire pardonner ? demanda Devon en se raidissant les épaules. Qu'a-t-il fait ?

— Il t'a fait du mal ? voulut savoir Raini, prenant brièvement ses yeux de démone. Il t'a blessée ? Devon, où as-tu rangé la batte ?

Harper lança un regard noir à sa cousine, qui savait sans l'ombre d'un doute qu'elle ne souhaitait pas mettre leurs amies au courant de son conflit avec Knox parce qu'elles étaient hyper protectrices et qu'elles risquaient de faire quelque chose d'idiot.

— Tu es une vraie chipie !

— Parce que tu ne le savais pas ? demanda Khloë en haussant un seul sourcil.

— Que s'est-il passé ? s'enquit Devon en détachant chaque syllabe après avoir repoussé l'elfe et s'être plantée devant Harper. Qu'est ce que cet enfoiré de milliardaire t'a fait ?

— Et si on se calmait un peu ? lança Harper en levant les deux mains. L'heure n'est pas aux gestes irréfléchis.

— Ne prends pas ta voix de psy, rouspéta Devon en plaquant les mains sur ses oreilles. Je déteste cela.

— Pour la dernière fois : que t'a-t-il fait ? insista Raini, qui s'était un peu calmée.

— Il ne m'a rien fait, répondit Harper. On s'est disputés, c'est tout. C'était juste une engueulade. Ça arrive à tous les couples. On s'est expliqués et c'est réglé.

— Et pourquoi vous êtes-vous engueulés ? s'enquit Raini en pianotant de ses ongles sur la vitre.

— Il était furieux parce que je ne l'ai pas appelé tout de suite quand Crow m'a attaquée. Et il a mal géré sa colère.

Elle n'avait pas très envie de leur raconter tous les détails de leur conflit. C'était entre elle et Knox, après tout.

— Il l'a accusée d'être une fille qui ne tenait pas ses promesses, révéla Khloë.

— Je vais te tuer, protesta Harper en lançant un autre regard mauvais à sa cousine. Je te le jure. Et je n'ai même pas peur d'aller en prison.

— Il a vraiment dit cela ? s'exclama Devon, choquée.

— Il s'est excusé, m'a assuré qu'il ne le pensait pas vraiment, expliqua Harper. Il me croyait morte. Il a été choqué et il a eu peur. En toute honnêteté, je dois avouer que je lui avais promis de l'appeler si j'étais en danger. Mais je ne l'ai pas fait. Pour le protéger. Non que cela l'excuse. Mais bon, on dit toutes des conneries sous le coup de la colère.

Le silence se fit et les filles échangèrent des regards.

— Bon, si tu lui as pardonné, on va le faire aussi, dit enfin Devon.

— Je vais tout de même l'avoir à l'œil, affirma Raini.

— Moi aussi, convint Devon. Je ne vais pas oublier cela de sitôt.

— Et si on parlait de ta vilaine petite habitude de trahir les confidences des autres ? déclara Harper en se tournant vers sa cousine. Je peux faire la même chose que toi, tu sais. Je pourrais raconter ce qui s'est passé quand Keenan t'a raccompagnée à la maison la fois où tu étais complètement ivre.

— Il te l'a dit ? demanda Khloë en écarquillant les yeux.

— Il en a un peu parlé à Knox, répondit Harper, qui me l'a répété. Je me demandais si je devais en rire ou en pleurer.

— T'as fait quoi ? voulut savoir Devon, toujours aussi curieuse, en s'approchant rapidement de Khloë.

— Allez, dis-leur, insista Harper en ricanant. Ça fait du bien de tout déballer !

— Je blaguais, c'est tout, soupira Khloë.

— Oh non ! gémit Raini, parce que Khloë commençait souvent ainsi ses histoires.

— J'ai pris une photo de lui avec mon téléphone pendant qu'il me portait jusqu'à ma porte. Je ne me souviens plus pourquoi, avoua-t-elle en se grattant la main. Enfin, Keenan a pété un plomb. Parce que l'incube a horreur qu'on le prenne en photo, semble-t-il. Vraiment. C'est une véritable phobie pour lui, apparemment. Alors j'ai commencé à faire des selfies de nous deux.

— Bien sûr, je vois, commenta Raini en se frottant le front.

— Et puis…

— Allez, raconte ! insista Devon.

— Il m'a arraché mon téléphone, poursuivit Khloë en se mettant les mains sur les hanches, il m'a laissée tomber sur le pas de ma porte et a supprimé toutes mes photos. Je n'étais pas du tout contente mais j'étais incapable de me relever, mes jambes n'étaient pas assez solides. Alors j'ai tiré sur son jean pour le faire chuter à côté de moi. Puis j'ai entendu un grand « crac » et…

— Oh non ! marmonna Devon.

— … et son jean est retombé sur ses chevilles…

— Merde, Khloë ! s'exclama Raini.

— Et je me suis retrouvée avec son énorme sexe sous le nez.

Et comme Khloë disait toujours ce qu'elle pensait, Harper devina la suite.

— Tu lui as dit qu'il avait un énorme sexe, c'est ça ?

— J'ai pensé que c'était important qu'il le sache, dit Khloë en serrant les lèvres. Il a semblé s'en amuser et m'a rendu mon téléphone. Mais il a vite déchanté quand je l'ai pris en photo.

— Parce que tu pensais que c'était une bonne idée ? demanda Raini, abasourdie.

— Ouais mais, tu sais, je trouvais également que c'était une bonne idée d'appeler mon ex, expliqua Khloë. J'étais soûle, que veux-tu ?

— Et Keenan a supprimé cette photo-là aussi ? demanda Devon d'un air un peu trop décontracté en entortillant une mèche de cheveux autour de son doigt.

— Obsédée ! déclara Harper en secouant la tête tout en regardant sa copine.

— Je suis curieuse, c'est tout, se défendit la chatte des enfers.

— Allez, est-ce qu'il l'a supprimée ? demanda à son tour Raini en se penchant vers Khloë.

— Oui, répondit l'elfe en baissant les épaules. Il craignait sans doute que je la publie sur les réseaux sociaux.

— Il a eu raison, déclara Harper.

— Ouais, reconnut l'elfe en soupirant encore une fois.

— Qui a eu raison de quoi ?

Harper fit volte-face et adressa un grand sourire à Tanner, complètement rétabli, qui venait de les rejoindre.

— Ça fait plaisir de te voir aussi en forme.

— Vous avez bien bossé, les filles. C'est superbe, déclara le chien des enfers en balayant la pièce du regard.

Il avait raison. Comme elles avaient décidé de garder le nom *Urban Ink*, elles avaient conservé le même thème pour leur déco : rock'n roll et Harley-Davidson. Des tatouages éphémères sur le plafond et du *metal art* sur les murs. Les meubles étaient tous arrivés, y compris les nouvelles tables de traçage lumineuses que leur avait offertes Jolene. Les postes de travail étaient séparés par des cloisons à carreaux de verre, une idée géniale de Raini. En outre, et ça, c'était Devon qui y avait pensé, elles avaient installé une télé à écran plat sur le mur de la salle d'attente, près du distributeur qu'avait réclamé Khloë.

— Votre inauguration officielle, c'est bien demain ? s'enquit Tanner.

— Ouais, répondit Harper en hochant la tête.

— On est super contentes, ajouta Raini, les yeux pétillants de bonheur.

— Je suppose que tu vas donner congé aux démons temporairement chargés de notre sécurité ? s'enquit Harper.

Knox avait missionné deux membres des forces de défense pour surveiller le studio. Ils passaient toute la journée en faction devant leur porte.

— Quelle chance ! grogna Devon en voyant le chien des enfers hocher la tête.

— Avoue, minette, demanda Tanner en lui adressant un grand sourire, que tu te faisais du souci pour moi.

Devon lui lança un regard qui semblait signifier qu'il se faisait des illusions, mais Harper savait que la chatte des enfers s'était réellement inquiétée pour la santé de Tanner.

— Alors, il se passe quoi demain ? s'enquit la sentinelle.

— Écoute bien, je vais t'expliquer, dit Harper.

Chapitre 15

Knox ouvrit un tiroir dans son dressing et en sortit une cravate bleu marine à fines rayures. Il la déplia et s'apprêtait à se la nouer autour du cou quand il s'arrêta net en poussant un soupir. Non, elle n'avait pas osé! Il avait du mal à y croire. Pourtant, il n'avait pas la berlue. C'était bien vrai.

Eh oui, pas d'erreur possible.

Ne partageant absolument pas la réaction amusée de son démon, il se dirigea vers la chambre d'un pas déterminé. Assise au bord du lit, sa compagne enfilait des talons aiguilles turquoise assortis à son top de dentelle porté sur un pantalon noir ajusté qui ne manquait jamais d'attirer les regards sur son petit cul affriolant.

Constatant qu'elle portait les longues boucles d'oreilles en argent qu'il lui avait offertes, il en éprouva une satisfaction toute masculine. Il aimait la voir parée de ses cadeaux. Il ne pouvait s'empêcher de considérer cela comme une marque d'appartenance. Cela ne suffit pas cependant pour l'amadouer.

— Je pensais que tu m'avais pardonné, dit-il après s'être raclé la gorge en brandissant sa cravate.

Ce ne devait pas être le cas puisqu'elle l'avait recouverte de sequins roses.

— Bien sûr que je t'ai pardonné, affirma Harper en souriant et en haussant les épaules. Je finis toujours par pardonner. Mais je n'oublie jamais un affront, ajouta-t-elle d'un petit air sournois.

Knox poussa un nouveau soupir. Pourtant, il n'aurait pas dû s'étonner. Les démons trouvaient toujours le moyen de se venger d'une manière ou d'une autre.

— Mais j'aimais beaucoup cette cravate !

Surtout parce que c'était elle qui la lui avait offerte.

— Ces sequins lui ajoutent une jolie petite touche de couleur, je trouve, déclara Harper.

— Tu n'es pas sérieuse, là.

Évidemment, elle le faisait un peu marcher. Mais elle lui adressa un sourire charmeur.

— Je suppose que tu vas me dire qu'il n'y a pas moyen de retirer ces sequins sans l'esquinter ? s'enquit-il en se frottant la tempe.

Mais non, ce ne serait vraiment pas un souci.

— Exactement, répondit-elle cependant, en réprimant à grand-peine un fou rire en voyant un petit tic nerveux apparaître sur la joue de Knox.

— Si par hasard tu éprouvais de nouveau l'envie de faire ce genre de chose, puis-je te demander de ne pas choisir un vêtement que tu m'as offert ? S'il te plaît, Harper, ajouta-t-il en plissant les yeux en l'entendant émettre une sorte de grognement évasif.

— Du calme. Ne t'énerve pas ! Je vais réparer ta putain de cravate ! s'exclama Harper en se levant et en redressant les épaules. Je suis prête. Mais pas toi, manifestement. Allez, dépêche-toi, on va assister à une grande inauguration.

— Pourquoi est-ce que j'ai l'impression, demanda-t-il en inclinant la tête sur le côté, que tu es pressée d'y aller parce que tu as surtout hâte d'en repartir ?

— Euh… sans doute parce que c'est le cas !

— Tout va bien se passer, la rassura Knox en lui entourant tendrement la taille d'un bras. Ça va aller. Tu n'as pas besoin de t'inquiéter.

— Je ne suis pas inquiète, dit-elle. D'accord, je suis juste un peu nerveuse, ajouta-t-elle en voyant son air sceptique. Mais pas trop.

— Alors pourquoi as-tu si hâte que ça soit terminé ?

N'était-ce pas évident ?

— Parce que je vais devoir parler à un tas de gens. Vraiment leur parler, je veux dire. Je vais devoir faire notre publicité, à moi et à mes collègues. Cela me semble bizarre, hypocrite même, parce que je n'ai pas l'habitude de chercher à impressionner les gens. Je suis incapable de faire du charme et ça complique tout. J'ai horreur de bavarder avec un tas d'inconnus.

Cela l'énervait vraiment.

— Tu séduis tout le monde mais tu ne t'en rends même pas compte. (De nombreuses personnes trouvaient son ingénuité et sa franchise désarmantes.) Mon démon est conquis en tout cas, dit-il en l'embrassant et en mettant les mains sur ses hanches. Tu n'as absolument pas besoin de te stresser pour ça.

Elle n'en était pas si sûre.

— Je vais irriter plein de gens, je le sens.

— Ne t'inquiète pas, je viendrai à ta rescousse si je vois que c'est le cas, lui promit-il. Je doute cependant que cela s'avère nécessaire.

Il dut pourtant intervenir et plus d'une fois. Il y avait beaucoup de bavards parmi les invités, ce qui agaçait énormément la démone intérieure de Harper. Heureusement, Knox percevait sa gêne et, toujours aussi charmeur, venait l'extraire de ces situations délicates. Il était très utile à avoir sous la main dans ce genre de circonstances.

Harper ne s'était pas attendue à voir une telle foule à l'inauguration de son nouveau studio de tatouage en dépit de toutes les bannières publicitaires, ainsi que des tracts et des ballons que ses amies avaient distribués dans la Cité souterraine pour l'annoncer. L'odeur de la viande, du maïs, et des piments cuisant sur le gril avait sans doute attiré beaucoup de badauds. Mais les passants ne semblaient pas être venus uniquement pour profiter de cette belle occasion de manger à l'œil. En effet, ils s'attardaient, visitaient le studio, et prenaient tous en repartant un bon de réduction pour un tatouage à moitié prix. C'était très encourageant.

Il y avait beaucoup à manger sur les grandes tables installées devant le studio et les commerces voisins le long de l'avenue. Le traiteur, le café, la boulangerie, le glacier et le bistrot avaient tous accepté de participer à l'inauguration du studio de tatouage. De nombreux curieux circulaient, bavardaient, mangeaient et buvaient en écoutant l'orchestre qui se produisait sur une estrade en face du studio. Des enfants, dont plusieurs étaient des cousins de Harper, riaient et s'éclataient sur les structures gonflables.

—C'était une bonne idée de fêter votre inauguration dans la rue, observa Levi. On n'est pas tous entassés dans le studio et vous ne serez pas obligées de débarrasser des centaines d'assiettes et de verres.

Cela permettait également à Harper de rester dehors et d'éviter de se sentir claustrophobe.

—Vous seriez étonnés du nombre de gens qui ont pris notre carte sur le comptoir, dit Khloë en indiquant du menton les gens qui entraient et sortaient du studio. Je pense que la majorité des visiteurs étaient simplement curieux au départ.

—S'ils sont assez intéressés pour repartir avec votre carte de visite, c'est bon signe, déclara Keenan, qui dévisageait Khloë en fronçant les sourcils depuis un bon moment.

Harper pensait qu'il s'attendait à ce que sa cousine se sente un peu gênée après ce qui s'était passé entre eux le soir où elle avait trop bu. Si c'était le cas, il se trompait. Khloë n'était jamais mal à l'aise.

—Il y a beaucoup plus de monde qu'à notre première inauguration. Ce n'est pas trop étonnant, on a acquis une bonne réputation et puis tu es devenue Grande Maîtresse, dit Devon, qui mangeait quelque chose sur une assiette en carton très fin.

Tanner lui chipa une aile de poulet et elle grogna mais le chien des enfers n'y fit pas attention.

—Roan est passé un peu plus tôt, annonça Khloë en ouvrant une canette de soda. Je m'attendais un peu à ce qu'il vienne t'asticoter de nouveau, dit-elle à Harper. Il s'est ravisé quand il a vu cette montagne de muscles et de sex-appeal à ton côté.

— Une montagne de muscles et de sex-appeal ? répéta Knox en clignant des yeux, se demandant si cette description ne devrait pas le vexer.

— Ce n'est pas vrai ? demanda Khloë en levant une épaule.

— Mais si, répondit Harper en gloussant et en hochant la tête.

La démone de Harper était tout à fait d'accord, trouvant son compagnon canon mais aussi très effrayant.

— As-tu remarqué comme beaucoup de gens te regardent, l'air perplexe ? demanda Devon à Harper.

Elle balaya les environs des yeux et ne put que constater que Devon avait raison.

— Étrange, dit-elle.

Mais bon.

Knox ne ratait rien et comprenait la curiosité des gens.

C'était intéressant de voir comment ils réagissaient à Harper. Elle ne parlait ni ne se comportait en Grande Maîtresse typique exigeant le respect, la reconnaissance et la soumission. Elle ne se glorifiait pas de son titre, n'était jamais hautaine et n'agissait pas comme si ses interlocuteurs lui devaient quoi que ce soit. Elle souriait, riait, mangeait n'importe quoi et il voyait bien que la plupart des gens ne savaient pas que penser d'elle.

Elle ne s'était pas contentée d'ouvrir son studio et d'attendre que les clients se présentent, se fiant à son statut pour attirer les curieux. Le succès aurait été au rendez-vous, il en était persuadé. Mais non, elle avait agi en vraie professionnelle et montré qu'elle était fière de son entreprise. Les gens ne l'en admiraient et respectaient que plus.

— Comment vas-tu ? lui demanda Knox en posant sa main grande ouverte sur le bas de son dos.

— En d'autres mots, dit Harper en réprimant un sourire, est-ce que j'ai atteint ma limite de contacts avec les autres ? Je n'en suis pas très loin, pour tout dire.

La journée avait été longue et très chargée, et elle était contente de penser qu'elle se terminerait bientôt.

— *Merci de m'avoir accompagnée. Je sais que tu as énormément de trucs à faire.*

Il l'embrassa tendrement.

— *Tu comptes plus que tout le reste. C'est une journée importante pour toi. C'est normal que je sois là pour toi.*

— *Même si j'ai cousu des sequins roses sur ta cravate ?*

Pour toute réponse, Knox lui adressa son petit sourire tordu et Harper sentit les muscles de son ventre se nouer.

— *Bon, est-ce que je risque de trouver d'autres vêtements décorés par tes soins ?* demanda-t-il.

— *Juste si tu m'irrites.*

— Regarde qui est là, intervint Levi d'une voix traînante en indiquant quelqu'un derrière Harper.

Curieuse, la jeune femme se retourna et poussa un grognement.

Devon, elle, esquissa son grand sourire de démone.

— Belinda, c'est toujours un tel plaisir de vous voir, susurra la chatte des enfers en lui tendant la main. Une frite ?

Belinda recula prestement, le nez plissé de dégoût, comme si on lui proposait une tranche de rat rôti.

— Non, merci, dit-elle. Vous êtes un peu hors de votre élément ici, n'est-ce pas ? dit-elle à Knox en se raclant la gorge avant de lui adresser un sourire gracieux.

— Vous pensiez sans doute lui adresser un compliment en disant cela, éructa Harper, énervée, mais votre remarque était méchante et particulièrement condescendante.

— Je voulais simplement dire, répondit Belinda en se tapotant le chignon, qu'il n'a pas l'habitude de ce genre d'événement. Mais enfin, Harper, aucun Grand Maître n'aurait jamais organisé ce genre de fête !

— Ce n'est pas une fête, déclara Harper, c'est une inauguration. Vous aviez quelque chose à nous dire ?

— Eh bien…, bredouilla-t-elle en ouvrant son porte-documents.

— Non, non, non, l'interrompit Devon en lançant son assiette vide dans une poubelle que Raini avait repeinte de façon très artistique. Aujourd'hui, on ne s'occupe que du studio, pas de la teuf.

— Ce n'est pas une teuf, soupira Knox.

— Je voulais juste vous demander de signer quelques documents, dit-elle à Harper.

— Cela peut attendre demain, mademoiselle Thacker, j'imagine, dit Knox d'une voix tranchante.

— Bien sûr, dit Belinda avec un petit sourire nerveux. Je pense que la nourriture a attiré beaucoup de badauds, ajouta-t-elle en lançant un regard circulaire et en remarquant la densité de la foule.

Knox se raidit en percevant que la jeune femme insinuait que les gens étaient venus à l'inauguration uniquement pour manger.

— Faites attention à ce que vous dites, mademoiselle Thacker.

— Je voulais simplement dire que c'est une excellente idée, déclara Belinda en déglutissant bruyamment. Je complimentais Harper.

Ce n'était pas vrai. Knox allait en faire la remarque quand Harper lui donna un coup de coude dans les côtes.

— Je vous remercie pour le compliment, rétorqua-t-elle.

— Bon, je vais y aller, dit Belinda en lissant son chemisier.

— Tu penses vraiment que c'était une bonne recrue ? demanda Khloë à Knox quand la cambion eut disparu en faisant claquer ses hauts talons sur le pavé.

— Elle fait très bien son travail et ne m'a jamais posé de problèmes auparavant, dit-il. Elle a toujours été polie et serviable.

— Ça, c'était parce que tu étais célibataire. Je vais me chercher un hamburger, annonça Khloë en écrasant sa canette de soda vide.

— Je t'accompagne, lança Keenan. Juste pour m'assurer que tu n'auras pas d'ennuis en route.

— Personne ne pourra jamais m'empêcher d'avoir des ennuis, grogna la jeune elfe.

C'était tout à fait vrai.

— Est-ce que je ne viens pas d'apercevoir Belinda ? s'enquit Raini en sortant du studio après le départ de Keenan et de Khloë.

— Ouais, répondit Devon. Elle avait son air hautain, le même que tous les jours d'ailleurs. Même si Knox veut nous faire croire qu'elle était toujours sympa et serviable par le passé.

— Ah oui ? s'exclama Raini. Elle cherchait sans doute à l'impressionner. Elle devait penser qu'elle avait une chance qu'il s'intéresse à elle. Elle essaie maintenant de stresser Harper et de lui faire croire qu'elle n'est pas faite pour Knox et son style de vie.

— Qu'est-ce qu'elle t'a dit ? demanda Knox à Harper en fronçant les sourcils.

Il savait que Belinda irritait sa compagne mais il ignorait qu'elle lui avait fait des remarques personnelles très sournoises.

— Tu ne lui as rien raconté ? s'étonna Raini.

Non. Harper était très différente de Belinda. Elle n'allait jamais se plaindre aux autres dans l'espoir qu'ils règlent ses problèmes à sa place. Elle n'aurait rien révélé de ce qui s'était passé entre elles si elle ne savait pas que Knox insisterait tant qu'elle ne lui aurait pas tout relaté.

— Je t'en parlerai plus tard, lui dit-elle. Mais tu dois me promettre de ne pas intervenir.

— Harper, je l'ai embauchée pour t'aider. Elle est censée te faciliter la vie, pas le contraire. Tu ne peux pas me demander de ne rien faire.

— Tu dis toujours que je suis ta Grande Maîtresse associée mais est-ce que tu le penses vraiment ?

— Tu sais bien que oui, grogna-t-il.

Comment pouvait-elle même lui poser cette question ?

— Alors tu ne dois pas essayer de livrer mes batailles à ma place. Cela ne ferait que saper mon autorité. Et puis c'est rigolo de lui faire faire tout un tas de trucs qui la font frémir d'horreur.

— Ça, c'est vrai, réagit Raini en hochant la tête avec un petit sourire narquois.

— Comme les brochettes de steak ? lança Levi, en réprimant une envie de rire.

— Je ne suis pas du tout étonnée qu'elle soit vite allée s'en plaindre à qui voulait l'entendre, ajouta Harper.

— En fait, cela t'amuse, dit Knox en inclinant la tête pour la regarder, que je doive ensuite gérer ses plaintes ?

— Je ne suis pas assez égoïste, jura Harper en mettant la main sur son cœur, pour ne pas partager avec toi l'extraordinaire Mlle Thacker.

— Elle a raison, gloussa Tanner. Les couples devraient toujours tout partager.

Par contre, Harper cessa de ricaner en voyant s'approcher Carla au bras de Bray. Génial… Sa démone intérieure se hérissa et montra les dents.

— Qu'est-ce qu'elle est venue faire ici ? lança Devon.

— On va bientôt le savoir, déclara Harper.

Tanner s'approcha d'elle comme pour la protéger. Avec Knox de l'autre côté, elle était bien entourée.

Carla et Bray s'arrêtèrent devant eux quelques instants plus tard. Les agents de sécurité qui les suivaient saluèrent Knox et Harper d'un signe de tête respectueux. Bray s'inclina brièvement et Carla… Eh bien, Harper et sa mère se dévisagèrent en silence pendant un long moment qui s'éternisa au point d'en devenir gênant.

— Carla, Bray, les salua enfin Harper.

— Il est super, ton nouveau studio, la félicita Carla en jetant un œil à la vitrine. (Cela devait vouloir dire qu'elle avait vu l'ancien mais allez savoir.) Je vous prédis beaucoup de succès. Je voulais juste que tu saches que je ne t'en veux pas pour tout ce que Crow m'a fait subir, ajouta-t-elle en se tournant vers Harper. Il est responsable de ses actions. Mais bon, dit-elle dans un ricanement dénué d'humour, comme il n'est pas exactement sain d'esprit, il ne peut pas vraiment être tenu responsable. Enfin, je voulais te dire que je ne te reproche rien.

Si Carla n'avait pas parlé comme une mère attentionnée et bienveillante méritant l'admiration de tous, la démone intérieure de Harper n'aurait pas éprouvé l'envie féroce de lui flanquer une baffe.

— Ce n'est pas la faute de Harper, c'est évident, affirma Raini, son visage revêtant une expression dure. Je doute que qui que ce soit lui en attribue jamais la responsabilité.

— J'ai entendu dire que vous soignez Crow avec des médicaments, dit Bray à Knox, l'air très en colère.

— Vous souhaitez sa mort, je suppose, répondit Knox. C'est parfaitement compréhensible.

— Ce n'est pas votre cas ? s'enquit Bray. Après ce qu'il a fait subir à votre compagne, il mérite un châtiment exemplaire.

— Tout à fait, convint Knox. Sauf que si je le punis maintenant, à un moment où il me voit comme l'incarnation du mal, cela ne fera qu'exacerber son fantasme et il se considérera comme un martyr. Ce ne serait donc pas une bonne punition.

— Vous avez probablement raison, reconnut Bray en déglutissant bruyamment.

Des mouvements sur leur droite attirèrent leur attention. Le regard de Bray se durcit et Harper se retourna. Elle aperçut Delia, pâle et l'air très préoccupée, au milieu d'un petit groupe de femmes.

— Elle pense que Crow peut être soigné, éructa sèchement Bray.

— Elle ne veut pas l'abandonner, c'est normal, dit Harper. Personne ne peut le lui reprocher.

— Moi, oui, déclara Bray. Elle était censée être l'amie de Carla.

— Peut-être, mais elle est également la compagne de Crow, lui rappela Harper. Si quelque chose comme cela arrivait à Knox, je ne perdrais pas espoir ; ni vous non plus, j'imagine dans le cas de Carla. Alors comment peut-on lui reprocher de soutenir son compagnon ?

— Vous n'avez pas fait preuve de la même compréhension avec Roan, lança Bray en étrécissant les yeux.

— Faites très attention à ce que vous dites, Bray, intervint Knox en se raidissant.

Harper frissonna presque en percevant le ton menaçant de ces propos énoncés d'une voix pourtant très calme. Sa démone regarda Bray et grogna, en soutien à Knox.

— Roan a dit des choses qu'il ne pensait pas, déclara Carla. Il était en colère et avait peur pour moi. Il a toujours été très sensible. Je vous prie d'en tenir compte si par hasard il disait ou faisait encore quelque chose de désobligeant.

— S'il fait encore des bêtises, affirma Knox, je n'hésiterai pas à le punir. Il ne mérite aucun traitement de faveur, Carla. Je vous conseille d'y réfléchir à deux fois avant de parler aussi durement à ma compagne, ajouta-t-il en se tournant vers Bray.

La pomme d'Adam de Bray tressaillit et il baissa les yeux en signe de soumission.

— Il y a encore beaucoup de choses à manger, dit Devon. Allez vous servir.

C'était une invitation subtile à s'en aller et ils obtempérèrent. Ils hochèrent la tête et se dirigèrent vers les grils avec leurs agents de sécurité.

— J'ai beau compatir avec elle pour ce qui lui est arrivé, cela ne m'ôte pas l'envie de lui balancer une baffe, dit Raini. Je ne peux pas croire qu'elle t'ait dit qu'elle ne t'en veut pas pour ce que Crow lui a fait comme si elle était quelqu'un de bien, de compatissant. Elle avait même l'air de s'attendre à tes remerciements.

— Cela devrait aller de soi, ajouta Devon, qu'elle ne te tienne pas responsable des actions de Crow. Ce ne devrait surtout pas être une faveur qu'elle te fait. Cette femme n'est pas sympa, elle ne l'a jamais été. Elle est…

— Carla, c'est tout, l'interrompit Harper en terminant sa phrase pour elle, consciente depuis très longtemps que sa mère biologique n'était pas normale. Elle ne tient aucune place dans ma vie. Allez, on fête l'inauguration du nouveau studio et rien ni personne ne doit nous gâcher cette belle journée.

— Tu as raison, déclara Raini avec un petit hochement de tête. Cette journée a été très profitable. J'ai donné beaucoup de rendez-vous. Certains de nos nouveaux clients m'ont demandé de corriger des vilains tatouages qu'on leur a faits ailleurs. Ah ! oui, j'ai failli oublier de te dire qu'un de nos concurrents a essayé de me débaucher.

— C'est une blague ! lança Harper, abasourdie.

— Putain de merde ! s'exclama Devon. Qui a fait ça ?

— Un grand avec des dreadlocks et plein de piercings, répondit Raini en souriant. Apparemment, il est propriétaire du *Sleepy Hollow Parlor* et il m'a demandé d'aller bosser pour lui. Incroyable, non ?

— Qu'est-ce que tu lui as répondu ? s'enquit Levi.

— D'aller se faire enculer avec un chalumeau, tiens, rétorqua Raini.

— Bonne idée ! s'exclama Levi.

— J'ai envie d'étriper le connard qui a osé faire ça ! déclara Harper en balayant les environs des yeux. Il devrait…

Elle s'interrompit et fronça les yeux en voyant Keenan, les joues toutes rouges, qui tentait de se débarrasser de Khloë à cheval sur son dos mais la petite elfe tenait bon et prenait tout un tas de selfies d'eux deux.

— Ouais, soupira Devon, quand je vois à quel point Khloë est organisée, méticuleuse et fonceuse, je ne peux pas m'empêcher de l'admirer et de me dire qu'elle ferait un excellent général des armées. Sauf qu'elle finirait par se faire fusiller par ses propres troupes.

C'était surtout triste parce que parfaitement vraisemblable.

— C'est quoi son problème avec les photos ? demanda Raini à Levi en parlant de Keenan.

— Il déteste se faire prendre en photo, c'est tout, répondit l'Ankou en haussant les épaules.

— Bon, il vaudrait peut-être mieux qu'on intervienne, soupira Devon.

Harper s'apprêtait à suivre ses copines mais s'immobilisa en sentant de fortes vibrations de colère émaner de l'archidémon à son côté. Ses yeux avaient brièvement viré au noir.

— Qu'est-ce qu'il y a ? demanda Harper en lui agrippant le bras. Un problème ?

— *Je viens de recevoir un message de Larkin*, expliqua-t-il, les narines dilatées.

— *Et ?*

— *Crow a disparu.*

— *Disparu ?*

Que s'était-il passé, bordel de merde ?

Harper regarda Knox faire les cent pas comme un tigre en cage devant la cheminée, les muscles bandés sous son costume. Ç'aurait été un euphémisme de dire qu'il était sérieusement agacé. Ils l'étaient tous, en réalité. Personne ne comprenait comment Crow avait pu se faire la malle.

La prison était étroitement surveillée et protégée par plusieurs systèmes de sécurité complexes. En outre, un nombre incalculable de sortilèges empêchait toute forme de télétransportation. Chacune des cellules avait été individuellement traitée avec un sort de protection impossible à lever.

Au départ, ils avaient soupçonné des adeptes de magie noire d'avoir trouvé le moyen de contourner ces mesures mais un incantateur s'était rendu sur place et leur avait confirmé après vérification qu'aucune tentative n'avait été faite pour les neutraliser.

Et pourtant Crow s'était bel et bien volatilisé.

En outre, aucune des caméras de surveillance ne le montrait quittant le bâtiment. Il avait simplement disparu de sa cellule, on ne savait trop comment. Assise sur le canapé les jambes repliées sous elle, Harper se demandait comment il avait réussi son coup. Elle envisageait une autre possibilité et avait élaboré une théorie qui n'allait pas du tout plaire à Knox.

— Bon, je pense qu'on peut dire sans se tromper, déclara Keenan en se calant contre le dossier du canapé et en croisant les chevilles, que Crow disait vrai quand il prétendait ne pas être seul pour exécuter sa mission. Il a de l'aide depuis le début, c'est clair. C'est sans doute la raison pour laquelle on a eu tellement de mal à le traquer. Il a vraisemblablement des acolytes qui lui ont fourni de l'argent et une planque.

— Mais pourquoi ? demanda Larkin, l'air interrogateur, en jouant avec sa longue natte. Peut-être que les commanditaires de cette action croient en la vision de Crow et veulent l'aider à exécuter sa mission ?

— Crow m'a dit qu'il avait été spécialement sélectionné pour cette mission, expliqua Harper. Mais moi je pense que le ou les commanditaires ne l'aident pas vraiment mais se servent plutôt de lui, en fait. Ils auraient très bien pu lui mettre cette idée en tête, le manipuler.

Elle avait d'ailleurs déjà envisagé cette possibilité la première fois où il l'avait attaquée mais elle l'avait rejetée tout de suite comme étant insensée. Elle aurait peut-être dû se fier un peu plus à ses instincts.

—Mais c'est idiot de vouloir transformer un démon au bord de l'aliénation en chien d'attaque! s'exclama Larkin.

—Au contraire, affirma Harper après mûre réflexion. C'est complètement sans risque et c'est même très futé. Crow est capable de faire apparaître des pistolets, des couteaux et toutes sortes d'armes diverses et variées. Il constitue à lui seul une armurerie prête à l'emploi, une arme chargée totalement et fanatiquement concentrée sur sa mission. Rien ne peut l'en faire dévier, ce qui le rend extrêmement dangereux. Et on peut ajouter à cela le fait que, même s'il prétend ne pas être seul pour remplir cette mission, personne ne le croira, préférant penser qu'il s'agit là des hallucinations d'un démon au bord de l'aliénation. (Exactement ce qu'ils avaient cru, tous les six.) Crow est donc un chien d'attaque très efficace.

—Ouais, d'accord. La décision de recruter Crow pour cette mission était peut-être très rusée, reconnut Larkin, mais seulement jusqu'à un certain point. Il est loin d'être aussi fort que Knox.

—Peut-être, mais il est aussi fort que moi.

—Quoi? s'exclama Knox, surpris par les propos de sa compagne.

—J'ai bien réfléchi à cette histoire, expliqua Harper, prête à leur révéler sa théorie, qui, elle en était persuadée, déplairait intensément à Knox. Il m'a dit que ma mort n'empêcherait pas la naissance de cet enfant des flammes parce que tu pourrais toujours en avoir un avec une autre compagne. C'est pourquoi il pense devoir te tuer pour mettre fin à cette malédiction.

— Mais toi, tu penses que c'est toi que vise le commanditaire de cette prétendue mission ? devina Levi.

— Je pense qu'il souhaite avant tout me mettre en danger, répondit-elle. Crow est assez fort par rapport à moi parce qu'il est capable d'atteindre ses cibles très rapidement, tel un Taser. Mais bon, je suis bien protégée et je suis aussi passablement forte. Je doute vraiment qu'on lui ait demandé de m'éliminer.

— Où veux-tu en venir, Harper ? s'enquit Knox.

Il lui avait posé la question seulement pour la forme car il avait deviné la suite de son raisonnement.

— Je pense que le plan du marionnettiste était assez simple. Il a envoyé Crow s'en prendre à moi. Tu n'as qu'à regarder comment il t'a poursuivi. Il semblait très déterminé et rien ne l'arrêtait. Selon moi, ses commanditaires espéraient qu'il se comporterait ainsi sauf que c'était moi qui devais être sa cible. Le problème, c'est qu'un démon aussi près de sombrer dans l'aliénation n'est pas contrôlable. Leur plan a échoué et Crow s'en est pris à toi.

» Si par contre leur plan avait fonctionné, poursuivit-elle en allongeant les jambes, s'il m'avait ciblée comme il l'a fait avec toi, à plusieurs reprises et en parvenant à s'échapper chaque fois, tu aurais fini par te sentir frustré, perturbé, et peut-être même un peu effrayé. Tu te serais senti impuissant et tu t'en serais beaucoup voulu parce que tu t'estimes responsable de ma protection. Que se passe-t-il quand un démon est stressé, furieux, et que sa colère s'amplifie comme dans une cocotte-minute ?

— Il devient difficile à contrôler, répondit Keenan. Et le démon finit par émerger de plus en plus.

— Exactement. Le démon prend le contrôle, affirma Harper. Je pense que le marionnettiste attend justement que tu ne sois plus capable de maîtriser ton démon, Knox. Il cherche à savoir à quelle espèce tu appartiens et croit que cette information lui permettra de trouver le moyen de te tuer.

Le silence se fit le temps que le petit groupe assimile la théorie de Harper. Puis ils échangèrent des regards sombres.

— Je déteste le reconnaître, Knox, mais je pense que Harper a raison, dit enfin Levi en brisant le silence. C'était insensé de penser qu'ils avaient envoyé Crow pour te descendre. En revanche, je peux tout à fait concevoir un marionnettiste qui ait cru Crow suffisamment fort pour atteindre Harper. Peut-être pas assez pour la tuer mais suffisamment cependant pour constituer une menace réelle qui, comme elle l'a si bien expliqué, aurait réussi à saper ton contrôle sur ton démon.

Knox passa une main sur sa mâchoire. Il sentait la colère monter en lui. Il aurait aimé pouvoir contester la théorie de Harper, sauf qu'il devait reconnaître qu'elle était très sensée. Cela voudrait dire que sa compagne était la cible du marionnettiste depuis le début. Pas sa cible principale, non, puisque sa mort n'aurait pas mis fin à la malédiction, mais bien un moyen de lui faire perdre le contrôle. Cela voulait dire que quelqu'un avait eu pleinement l'intention de lui faire du mal et Crow avait uniquement servi de moyen pour l'atteindre. Des flammèches apparurent sur le bout de ses doigts et tout le monde sursauta, à l'exception de Harper.

Son esprit alla effleurer celui de Knox pour l'apaiser. Son intervention lui permit de calmer suffisamment sa colère pour que les flammes s'éteignent en ne laissant derrière elles qu'un petit nuage de fumée. Il fit rouler ses épaules et se détendit le cou. Tous ses muscles étaient raidis par la tension et la colère.

— Maintenant qu'on a deviné le vrai but du marionnettiste, il ne nous reste plus qu'à l'identifier, lança Knox.

— C'est peut-être le clan d'Isla qui veut la venger, suggéra Keenan.

— Ou peut-être que ça vient d'Alethea, dit Keenan. Elle pourrait s'en prendre à Harper parce qu'elle sait très bien que ça va t'énerver.

— Il faudrait que tu parles à Dario, Knox, intervint Tanner en se tordant les lèvres. J'étais assez sceptique concernant les rumeurs qui circulent à son sujet mais peut-être qu'il se constitue vraiment une armée après tout. Peut-être projette-t-il de t'attaquer dès qu'il aura découvert le moyen de te tuer.

— Cela ne vient pas nécessairement d'un Grand Maître, affirma Knox. Le marionnettiste n'a pas besoin d'être très puissant. Il a réussi à se cacher derrière son exécutant depuis le début.

— Il est tout de même parvenu à sortir Crow de prison, leur rappela Keenan.

— D'accord, mais il a pu payer quelqu'un pour le faire aussi, affirma Knox. Ce qui signifie que le marionnettiste est rusé, ingénieux mais pas nécessairement puissant pour autant.

Keenan inclina la tête sur le côté pour montrer qu'il reconnaissait la validité de cet argument.

— Moi je pense, commença Levi, qu'il se peut que Crow ne soit pas sorti de sa cellule. Qu'il est peut-être en fait déjà mort. Le marionnettiste aurait pu lui implanter une sorte de détonateur dans le corps ou dans la tête pour le tuer à distance. Ce n'est pas facile à faire, mais pas impossible non plus. Il pourrait très bien s'être vaporisé à sa mort sans laisser aucune trace.

— Tu as peut-être raison, reconnut Knox. Mais je refuse de me laisser aller à le croire et de baisser la garde.

Il n'avait pas pris le problème posé par Crow assez au sérieux jusque-là et ils en avaient tous souffert. Il ne referait pas deux fois la même erreur.

— J'ai bien réfléchi, déclara Larkin en se tournant vers Harper, et je dois reconnaître que Crow constituait en effet un bon plan sans risque pour le marionnettiste. De son point de vue, si ça fonctionnait et que tu mourrais, Knox aurait pété un câble et c'était parfait. Et si le plan échouait et que Crow mourrait, il ne lui restait plus qu'à essayer autre chose.

Aucun de ces scénarios ne plaisait à Harper.

— Dario a-t-il un *alter ego* ? demanda Harper à Knox en croisant les bras.

— Pourquoi veux-tu le savoir ? s'enquit-il.

— Parce qu'il me semble assez évident que la personne qui a conçu ce plan n'a pas trouvé le sien.

— Qu'est-ce qui te fait dire cela ? voulut savoir Knox, curieux.

— L'idée que je sois blessée, perturbée ou en danger te stresse énormément, non ?

— Tout à fait. Mais comme tu es mon *alter ego*, tu m'équilibres assez pour m'aider à garder mon calme.

— Exactement. Mais le marionnettiste n'y a pas songé, ce qui signifie qu'il n'a pas trouvé son *alter ego*. Sinon, il aurait su que l'*alter ego* stabilise son compagnon et que le simple fait de me mettre en danger ne suffirait pas à te faire perdre le contrôle.

— Dario a-t-il trouvé son *alter ego* ?

— Il est toujours venu seul aux réunions, répondit Knox. Alors soit il ne l'a pas trouvé, soit il ne s'est jamais montré avec en public. Beaucoup de Grands Maîtres agissent ainsi parce que leur *alter ego* ne souhaite pas être sous les feux de la rampe. Je vais me renseigner.

Harper n'avait certes pas souhaité partager la vedette avec Knox mais ce dernier avait beaucoup insisté pour la présenter, estimant qu'elle serait plus en sécurité si tout le monde savait qu'elle était son *alter ego*. Même si le fait de partager sa vie ajoutait une certaine dose de danger à la sienne, elle était moins vulnérable qu'avant au sein de son petit clan. Jolene était très puissante, effrayante même, mais cela n'avait jamais empêché les autres démons de s'en prendre à elle car les petits clans étaient considérés comme des cibles faciles.

— Fouillez un peu cette rumeur sur Dario et essayez d'en découvrir l'origine, demanda Knox à Larkin et Keenan avant de se tourner vers ses deux autres sentinelles. Annoncez aux membres du clan, leur ordonna-t-il, qu'ils doivent rester sur le qui-vive par rapport à Crow. S'il est encore en vie, il sera plus déterminé que jamais à mener sa mission à bien, termina-t-il avant de les congédier après leur avoir donné ses ordres. J'aurais dû le deviner, reprit-il en se tournant alors vers Harper et en posant les mains sur ses joues. C'était toi leur cible.

— Personne ne pouvait le deviner, répondit-elle en secouant la tête. Cette situation était insensée, mais personne ne s'attendait à un comportement rationnel de la part d'un homme dans son état.

— Tu devras faire très attention, Harper. Crow n'est pas notre seul ennemi. Il y a quelqu'un d'autre qui tire les ficelles. Peut-être tout un groupe de personnes mal intentionnées. Elles risquent de vouloir prendre l'affaire en main, même si j'en doute parce qu'elles me semblent plutôt du genre à se cacher derrière les autres. Mais bon, sois extrêmement prudente. Je ne supporterais pas qu'il t'arrive quoi que ce soit.

— Fais attention à toi aussi, dit-elle en jouant avec son col. Tu es super puissant, mais tout être vivant peut mourir. On va trouver qui manipule Crow.

— Il le faut, répondit-il en posant son front contre celui de sa compagne.

Knox les détruirait tous, peu importaient leur nombre ou leur puissance.

Chapitre 16

Le lendemain matin, Harper hésita à la porte du bureau de Knox, se demandant si elle devait frapper ou si elle pouvait entrer sans aucune autre formalité. Il n'était pas rare que son compagnon reste une partie de la nuit dans son bureau à la maison pour travailler et téléphoner. En revanche, ce n'était pas dans ses habitudes de ne pas d'abord passer un peu de temps avec elle. Or, la veille au soir, il s'était enfermé dans son bureau à peine dix minutes après le départ de ses sentinelles et il n'en était pas encore sorti.

Elle savait que cette histoire avec Crow le perturbait beaucoup. Elle n'avait donc pas insisté. Après tout, elle aimait bien aussi s'isoler un peu pour réfléchir. Elle le comprenait. Il aurait été malvenu qu'elle ne le laisse pas seul quand il en avait besoin puisqu'il le faisait pour elle.

Elle ne l'avait pas dérangé de toute la nuit. Le matin, elle avait fait sa toilette, s'était habillée et avait pris son petit déjeuner seule. Il n'avait pas bougé de son bureau. Elle avait prévu d'aller faire du shopping avec ses amies, le studio n'ouvrant qu'à 19 heures. En revanche, il était hors de question qu'elle s'en aille avant d'avoir vérifié si Knox allait bien.

Il serait probablement plus poli de frapper. Or la politesse n'était pas exactement le point fort de Harper. Elle tourna la poignée de la porte et ne fut pas étonnée de voir son compagnon au téléphone. Elle n'entra pas cependant. Il était libre de l'inviter à le faire… ou non.

Knox plongea son regard sombre et indéchiffrable dans le sien. Sa démone se sentit tout de suite mieux. Il lui avait manqué et elle avait beaucoup insisté pour que Harper aille le retrouver. Knox la dévisagea longuement. Harper commençait à envisager de partir quand il lui fit signe d'entrer.

— Je désire simplement savoir s'il a un *alter ego*, l'entendit-elle dire à son interlocuteur.

Il parlait apparemment de Dario. Harper resta debout devant lui et admira sur les murs gris trois tableaux d'art abstrait représentant quelque chose qui ressemblait à des mécanismes d'horlogerie. Elle aimait bien ce bureau. Il était beaucoup plus classe que le sien, avec sa grande table de P.-D.G. en U et son majestueux fauteuil de cuir. Il avait aussi un ordinateur très futuriste à plusieurs écrans qu'elle n'aurait même pas su utiliser.

— Ce n'est pas une question compliquée, il me semble, disait Knox. Je veux juste savoir. Vraiment ? Très bien. Merci. Je le ferai, dit-il en soupirant fortement en raccrochant.

— Cela concernait Dario, je suppose ? demanda Harper en se tournant vers lui.

— Oui, répondit Knox en s'approchant lentement d'elle. D'après Raul, Dario n'a pas trouvé son *alter ego*.

— Je vois, dit-elle en se mordant la lèvre inférieure.

— Cela ne signifie pas pour autant qu'il est le marionnettiste de Crow, affirma-t-il en posant les mains sur les hanches de sa compagne. (Cela augurait mal pour Dario cependant. Knox embrassa Harper tendrement, ne semblant pas trop étonné qu'elle ne montre pas autant d'enthousiasme que d'habitude.) Je t'ai un peu négligée, dit-il.

Il le regrettait amèrement.

— Tu broyais du noir, lança-t-elle comme si elle le mettait au défi de le nier.

— J'avais plusieurs coups de fil à donner.

Vraiment?

— Tu broyais du noir.

— J'essayais de découvrir s'il existait un sortilège capable de téléporter quelqu'un depuis un endroit enclos et sécurisé.

— Tu broyais du noir.

— Personne n'a pu me le dire.

— Donc tu as continué à broyer du noir.

Les lèvres de Knox s'étirèrent alors en un sourire bien involontaire. Il posa les mains sur les joues de sa compagne et l'embrassa. Passionnément. Longuement. Il goûtait et prenait ce qui lui appartenait à lui seul, laissant la présence de sa compagne, son odeur, calmer le chaos qui avait envahi son esprit.

Il glissa une main sous son tee-shirt et la posa sur son sein dans un geste de possessivité.

— Tu m'as manqué, déclara-t-il.

Son démon aussi s'était langui d'elle. Il avait même fait la gueule toute la nuit tellement il désirait la voir.

Harper recula d'un pas et sortit le bras de Knox de sous son tee-shirt.

— Non, non, dit-elle. Je m'en vais.

— Mais le studio n'ouvre que beaucoup plus tard ce soir, protesta-t-il en la suivant.

— C'est vrai mais j'ai dit aux filles que je les rejoindrais pour aller faire du shopping. Je peux difficilement annuler cette sortie uniquement parce que mon compagnon vient de décider qu'il regrettait d'avoir br…

— Je ne broyais pas du noir.

— Mouais, ironisa Harper.

— J'aimerais bien que tu me répètes ce que Belinda t'a dit et qui t'a agacée.

— Tu devras d'abord me promettre de ne pas intervenir.

Knox grinça des dents et hocha la tête.

— Tu dois me le promettre, Knox. J'attends.

Elle le connaissait trop bien.

Le démon de Knox s'esclaffa.

— Je te promets de te laisser régler cette affaire toi-même, dit-il.

Cela l'irritait beaucoup de la laisser faire. C'était contre sa nature de ne pas la protéger envers et contre tout et tous.

— Belinda cherche par tous les moyens à me faire me sentir inférieure à tes anciennes copines. Peut-être finira-t-elle par comprendre que je me fiche éperdument de ne pas leur ressembler. Ou peut-être pas. Je l'ignore, affirma Harper en haussant les épaules. Elle prend plaisir à me répéter inlassablement que je suis très différente des autres Grandes Maîtresses et qu'elle est persuadée que notre relation ne peut être qu'éphémère. C'est agaçant, mais cela ne me touche pas du tout.

Knox secoua la tête, sentant une colère violente monter rapidement en lui. Son démon souhaitait faire avaler une boule de feu à la garce.

— Tu aurais dû me le dire, Harper. Je l'aurais tout de suite licenciée.

Tant pis pour sa promesse, il le ferait à la première occasion. Sa compagne ne méritait pas cela.

— C'est une des raisons pour lesquelles je ne te l'avais pas dit. Je ne veux pas que tu la licencies. Promets-moi de ne pas le faire.

Ne voulant pas mentir à sa compagne, Knox garda le silence.

— Je suis sérieuse, Knox. Tu m'as promis de me laisser gérer cela à ma manière.

— Je ne peux pas rester là les bras croisés à ne rien faire, affirma-t-il sèchement. Personne n'a le droit de te blesser comme elle le fait.

— Arrête de me surprotéger, cela m'excite et tu le sais, dit-elle en enroulant les bras autour de son cou. Elle m'irrite, c'est vrai, mais son avis compte pour du beurre pour moi et elle semble commencer à s'en rendre compte. Ça la rend dingue et c'est super.

— C'est moi qui l'ai embauchée, ma chérie. J'ai manifestement commis une erreur et je dois la réparer.

— Tu n'as pas besoin de faire quoi que ce soit. Je gère. Cela m'amuse beaucoup de l'obliger à organiser une soirée tellement différente de ses propres idées que ça la fait flipper. Tous les prétentieux qui viendront pour espionner le résultat de ses efforts ne verront que les brochettes de steak et seront horrifiés. Sa réputation va drôlement en souffrir.

Knox oubliait parfois que Harper était également impitoyable, à sa manière.

— Tu rejettes la moitié de ses suggestions par principe, c'est cela ?

— Bien sûr. Si elle était sympa, je ferais beaucoup plus d'efforts pour accepter ses idées, expliqua-t-elle en lui donnant un rapide baiser. À plus tard. Passe une bonne journée.

Knox l'attrapa par le poignet avant qu'elle puisse s'en aller. Il regrettait amèrement de ne pas avoir passé plus de temps avec sa compagne. C'était vraiment dommage. Elle avait raison, il avait broyé du noir au lieu d'essayer de la réconforter après que sa grande fête d'inauguration eut été perturbée par cette histoire.

— C'est toi ma priorité, tu le sais ?

Et elle le serait toujours, même s'il passait beaucoup de temps dans son bureau ou en déplacement.

— Je ne te reproche pas d'avoir eu besoin d'un peu de solitude, affirma sincèrement Harper. Cela arrive à tout le monde à l'occasion. Et puis tu te sens un peu désarmé avec Crow qui se balade de nouveau dans la nature sans qu'on ait découvert qui tire ses ficelles. Tu détestes ne pas tout contrôler. Tu as besoin de prendre la situation en main, d'agir. Je comprends tout à fait et c'est pourquoi je ne t'en veux pas. Je voulais juste m'assurer que tu allais bien avant de partir.

Knox déglutit bruyamment. Harper le comprenait vraiment, mieux que quiconque, et l'acceptait tel qu'il était sans le juger.

— Que ferais-je sans toi ?

— Tu tuerais plein de gens, non ? lança-t-elle malicieusement.

Knox gloussa et l'embrassa une nouvelle fois. Le hic, c'était qu'elle avait raison. S'il la perdait, il sèmerait la destruction autour de lui et il y aurait de nombreux morts. Le téléphone du bureau sonna et Knox recula.

— Je te verrai ce soir, dit-il.

— D'accord, convint-elle.

Elle s'apprêtait à sortir mais elle s'arrêta brusquement en entendant Knox répondre au téléphone.

— Bonjour, Dario, dit-il.

Elle haussa les sourcils et fit demi-tour tandis que Knox appuyait sur un bouton pour mettre le téléphone sur haut-parleur.

— Ah ! Knox, j'ai entendu dire que vos sentinelles se renseignaient sur moi et les rumeurs qui circulent à mon sujet, dit-il sur un ton amusé et langoureux.

— Devrais-je m'inquiéter ? demanda Knox en posant les mains sur le bureau.

— À propos de quelle rumeur au juste ? Celle qui prétend que je suis au bord de l'aliénation ? ou celle qui voudrait que je sois en train de me constituer une armée ? répondit-il sur un ton semblant indiquer qu'il les trouvait toutes deux ridicules.

— Les deux, lança Knox en gardant le regard posé sur Harper qui s'approchait de lui.

— Les deux sont fausses. Je souhaite simplement qu'on respecte ma solitude pendant que je fais mon deuil, expliqua Dario sur un ton ému, las.

— Étrange comme quelque chose d'aussi normal ait pu être aussi mal interprété, déclara Knox, qui n'était pas persuadé qu'il n'y avait que cela.

— Exactement. C'est pourquoi j'ai demandé à mes sentinelles d'essayer de découvrir l'origine des rumeurs.

— Et ? s'enquit Knox, désireux d'en savoir plus.

— Ils n'ont rien trouvé. Mais, au moins, je sais maintenant comment elles ont démarré.

— Ah oui ? Comment ça ? demanda Knox à Dario en regardant Harper poser une moitié de son petit cul affriolant sur son bureau.

— De la même manière que celle qui circule à votre sujet.

— En quoi consiste-t-elle ? s'informa Knox en se raidissant.

— Que vous auriez accusé un démon psi d'être au bord de l'aliénation uniquement pour jeter le discrédit sur sa vision selon laquelle vous auriez un enfant capable de nous anéantir tous.

— Putain de merde ! articula silencieusement Harper.

C'était une chose pour des Grands Maîtres d'échanger des spéculations en réunion mais une toute autre de propager des ragots susceptibles de semer la panique parmi les démons.

— Qui prétend cela ? voulut savoir Knox en se forçant à desserrer les mâchoires.

— Ne vous inquiétez pas, le rassura Dario. Personne ne prend cette rumeur au sérieux, d'autant plus que ce démon psi a charcuté un membre de votre clan et attaqué votre compagne. Sa santé mentale laisse clairement à désirer.

— Qui a lancé cette rumeur ? insista Knox, pas du tout calmé.

— Venez à la maison aujourd'hui. Avec votre compagne, puisqu'elle est votre Grande Maîtresse associée. Il faudrait qu'on se parle.

— Vous vous attendez réellement à ce que nous allions vous rendre visite quand la rumeur veut que vous vous constituiez une armée ? s'étonna Knox.

— Je n'ai aucune attente, rectifia Dario. Je vous invite, c'est tout. Libre à vous d'accepter ou non, conclut-il en raccrochant.

— Il avait l'air… normal, observa Harper en regardant le téléphone. Je doute qu'il soit au bord de l'aliénation. Qu'en penses-tu ?

— Il était un peu trop calme, répondit Knox en secouant la tête. (Il ne parlait pas en phrases courtes et hachées, ne semblait pas agité.) Je ne suis pas en mesure de confirmer ou d'infirmer qu'il se constitue une armée, mais je doute qu'il soit au bord de l'aliénation, enfin, si j'en crois mon instinct. Et si cette rumeur est fausse il y a de bonnes chances que l'autre le soit également.

— Peut-être. Après tout, la rumeur te concernant n'est pas vraie non plus. Je t'accompagne, déclara Harper en se laissant glisser du bureau.

Knox serra les mâchoires. Il ne souhaitait pas voir sa compagne s'approcher de Dario tant qu'il ne se serait pas assuré qu'il ne présentait aucun danger.

— Harper…, commença-t-il.

— C'est une affaire de Grand Maître et je suis ta Grande Maîtresse associée, déclara-t-elle en relevant le menton.

— Un poste qui ne te plaît pas, si je puis me permettre. Tu ne peux pas sortir cet argument uniquement quand ça t'arrange.

— Bien sûr que si, déclara-t-elle en lui adressant un grand sourire désarmant.

— Tu avais prévu une sortie shopping, il me semble, non ?

— Cette invitation est beaucoup plus importante. Écoute, je comprends que tu n'aimes pas me voir près de Dario. Mais sache que cela m'inquiète également de te savoir en sa compagnie. On est d'accord qu'il y a peu de chances qu'il soit au bord de l'aliénation et tu ne crois pas plus que moi d'ailleurs qu'il se constitue une armée.

Elle avait raison à ce sujet.

— Tu me demandes d'accepter que tu t'exposes à un danger.

— Et toi tu me proposes de rester tranquillement à la maison pendant que tu te mets toi-même en danger, déclara-t-elle en secouant la tête, refusant catégoriquement son invitation. Si c'est trop dangereux pour moi, ça l'est pour toi aussi.

Knox se passa la main dans les cheveux. Il appréciait qu'elle veuille le protéger mais cela le dérangeait aussi quelque part.

— Tu resteras à mon côté tout le temps qu'on sera chez lui. Mon instinct a beau me dire que Dario est loin d'être aliéné, cela ne signifie pas pour autant que j'ai confiance et que tu ne coures aucun danger chez lui.

— Quand part-on ? demanda-t-elle en esquissant un salut militaire.

— Allons-y, dit-il, il est préférable de battre le fer pendant qu'il est chaud !

Quelques heures plus tard à peine, le jet privé de Knox se posa sur une piste d'atterrissage non loin de chez Dario. Il habitait dans un joli château au milieu d'une île privée. De petite taille, le bâtiment n'en restait pas moins majestueux, imposant. Il avait beaucoup de caractère et plut à Harper.

Suivis de près par Levi et Tanner, Knox et sa compagne empruntèrent un petit pont de bois à l'extrémité duquel les attendait un démon barbu revêtu d'un long manteau de cuir. Il avait une vraie tête de loubard.

— Reece, le salua Knox.

Harper ne le connaissait pas mais le salua d'un geste de la tête.

— Suivez-moi, leur dit-il en s'inclinant, apparemment peu loquace de nature.

Il ne les mena pas vers le château mais leur fit traverser une cour et les guida vers une dépendance toute en verre. *Une serre*, constata rapidement Harper.

Reece s'arrêta près de la porte et leur fit signe d'entrer.

— Les rumeurs selon lesquelles Dario serait au bord de l'aliénation sont fausses, dit-il.

Mouais, Harper le croirait quand elle aurait vu Dario en personne. Tenant la main de Knox, elle le suivit dans la serre. Une chaleur moite y régnait et ils furent assaillis par des odeurs de terreau humide, de sol chauffé par le soleil, de fleurs fraîches et de fines herbes. Puis ils perçurent un bourdonnement d'insectes, des bruits de jets d'eau et le « clac-clac » de ciseaux.

Ils se dirigèrent vers le cliquetis de ciseaux, passèrent devant des étagères de plantes en pots, des paniers suspendus, des sacs de compost et des truelles. Harper garda les bras près du corps mais elle fut tout de même effleurée par quelques feuilles au passage. Ils trouvèrent assez rapidement Dario, qui élaguait une plante et en retirait les feuilles mortes. Les rayons du soleil pénétrant par le toit de verre éclairaient ses traits qui revêtaient une expression de parfaite sérénité.

—Je me demandais si vous viendriez, dit-il, sans quitter sa plante des yeux. Les rumeurs me concernant sont assez graves.

—J'avais envie d'entendre votre point de vue, déclara Knox en s'arrêtant à bonne distance et en gardant Harper derrière lui.

—Et si je fais le moindre faux mouvement, dit Dario en souriant, vous me neutraliserez.

Il se retourna alors pour les regarder en face. Ses yeux bleus, assez rapprochés, étaient rouges. Les traits tirés, il avait l'air fatigué. Harper ne l'avait jamais vu autrement qu'en costume mais, ce jour-là, il portait un vieux jean et un tee-shirt à col en V.

—Comment trouvez-vous la vie de Grande Maîtresse, Harper ?

—Il y a pas mal de défis, répondit-elle de manière vague.

—C'est vrai, convint-il. Je me suis souvent demandé si cela n'était pas un trop grand prix à payer pour le pouvoir. Êtes-vous convaincu maintenant, Knox, que je suis loin d'être aliéné ?

— Oui, répondit Knox.

Un démon aliéné n'aurait pas eu l'air aussi calme, sûr de lui. Il était réellement paisible. Il ne faisait pas de mouvements désordonnés, n'avait pas le regard perturbé et n'émettait aucune mauvaise vibration.

— Votre décision de vous isoler a troublé vos amis et connaissances. C'est ce qui a alimenté les rumeurs.

— Je sais, répondit Dario en fronçant les sourcils, son expression reflétant une intense douleur. Ma concubine est morte dernièrement après cinquante années de vie commune.

Merde !

— Toutes mes condoléances, dit Harper en se mordant la lèvre inférieure.

— J'ai perdu le contrôle, expliqua Dario en lui adressant un sourire triste. Je ne me faisais pas confiance pour m'empêcher d'agir de manière irrationnelle tant mon chagrin était profond. Je me suis isolé pour me protéger moi-même ainsi que les autres. Je vais mieux maintenant, je parviens à sortir un peu, mais je préfère la solitude, qui devrait m'aider à trouver la paix sans laquelle je risque de perdre de nouveau le contrôle.

— Je comprends, déclara Knox.

C'était même tout à fait raisonnable. Un démon au bord de l'aliénation était incapable de prendre des décisions sensées.

— J'ai l'impression que vous ne me faites pas entièrement confiance, ajouta Dario en reposant ses ciseaux. Mais bon, j'avais une autre raison pour vous inviter ici. Venez au jardin rencontrer quelqu'un que vous devriez voir.

— Quelqu'un ? demanda Knox en haussant lentement un sourcil.

— Quelqu'un qui espère vous parler, à vous et à votre compagne, mais vous êtes libres d'accepter ou de refuser. C'est comme vous voulez.

Marchant côte à côte, Knox et Harper suivirent Dario hors de la serre jusqu'à une longue allée de pierres de gué au bout de laquelle se trouvait une jolie arche de fleurs agrémentée de lierre. Ils passèrent dessous et pénétrèrent dans un labyrinthe composé de buissons taillés avec minutie. Ils tournèrent plusieurs fois avant de parvenir à une petite clairière.

Impressionnée, Harper arqua les sourcils. Elle aperçut ce qui ressemblait à une petite oasis avec des carrés d'herbes parsemés de fleurs colorées et odorantes, et une jolie fontaine en son milieu. Les gazouillis et les bruits d'eau des oiseaux s'ébrouant dans des abreuvoirs contribuaient à l'impression de sérénité qui s'en dégageait. Une légère brise faisait bruisser les feuilles des arbres recouverts de fleurs où butinaient des abeilles et voletaient des papillons. L'attention de Harper fut alors attirée par une petite vieille dame assise sur un banc en bois qui tricotait ce qui ressemblait à une écharpe, quelque chose d'étrange en tout cas, compte tenu de la chaleur ambiante.

— Je vous présente Nora, ma grand-mère, dit Dario.

Les mains de Nora s'immobilisèrent le temps de les scruter.

— Vous n'êtes pas aussi grande que je vous imaginais, dit-elle en s'adressant à Harper. Les gens sous-estiment souvent les petites personnes. J'aime bien les surprendre en leur montrant qu'ils devraient se méfier un peu plus.

Harper ne put s'empêcher de sourire. Elle s'identifiait tout à fait à cela.

— Votre lien émotionnel est très fort, poursuivit-elle en regardant Knox et Harper tour à tour. C'est bien. Vous aurez besoin l'un de l'autre pour faire face à ce qui vous attend.

— Nora a des prémonitions, leur expliqua Dario. Elle voit l'avenir. Elle n'a pas exactement des visions, mais elle sait, elle sent des choses qui vont se passer.

— Je savais par exemple que Dario n'allait pas gagner cette élection, mais il n'a pas voulu m'écouter, dit-elle en secouant la tête. Il le fait rarement, marmonna-t-elle.

Dario eut l'air d'avoir envie de lever les yeux au ciel.

— Pourrais-tu en venir au but ?

— Je le pourrais, répondit Nora, s'esclaffant d'un rire grinçant en voyant l'air exaspéré de son petit-fils.

— *Elle me rappelle Jolene*, dit Harper à Knox.

Elle plut immédiatement à la jeune femme.

— Vous avez sans doute entendu les rumeurs concernant Dario, poursuivit-elle en se remettant à tricoter, tout comme nous avons entendu des rumeurs sur vous et les autres Grands Maîtres. Tant de rumeurs. C'est étrange, ne trouvez-vous pas ? Quelqu'un les a lancées, manifestement, mais pourquoi ? C'est tellement mesquin. À moins que ce soit pour semer la discorde parmi les Grands Maîtres.

Ce n'était pas une nouvelle théorie pour Knox, qui l'avait déjà envisagée. Elle se défendait, mais…

— Qui s'amuserait à ce jeu selon vous ?

— Je n'ai pas distingué leurs traits, je ne connais pas leur nom, à part qu'ils se sont surnommés les Quatre Cavaliers.

— Comme les Quatre Cavaliers de l'Apocalypse ? s'enquit Harper en fronçant les sourcils.

Nora reposa son tricot sur le banc et lissa les plis de sa longue robe de gitane.

— C'est tout à fait cela. Sauf qu'ils ne cherchent pas à détruire le monde. Ils veulent simplement faire tomber les Grands Maîtres des États-Unis et prendre le contrôle du pays tout entier. Ils ont recours à des moyens détournés parce qu'ils sont incapables de se débarrasser eux-mêmes de tous les Grands Maîtres.

— Alors ils essaient de faire en sorte qu'ils se détruisent entre eux, supposa Levi.

— Ils pensent, poursuivit Nora en hochant la tête, que s'ils réussissent à déclencher une grave crise politique cela mènera automatiquement à la guerre. Ils essaient de semer la zizanie parmi les Grands Maîtres, de les inciter à se méfier les uns des autres, dans l'espoir qu'ils se retournent les uns contre les autres.

Harper se remémora la tension et la méfiance qu'elle avait ressenties à la rencontre annuelle des Grands Maîtres. Les rumeurs avaient eu un impact, même parmi ceux qui n'y prêtaient pas vraiment foi.

— Je ne pense pas que Crow soit un des Cavaliers, dit-elle.

— Non, il n'est qu'un instrument des Cavaliers, confirma Nora. Et son marionnettiste a du mal à le contrôler. Bien honnêtement, ils auraient dû le prévoir.

— Il devait s'en prendre à Harper, pas à moi, intervint Knox.

— Très bien ! s'exclama Nora en souriant. Je n'étais pas sûre que vous le devineriez. C'est le marionnettiste qui lui a soufflé cette idée d'une vision. Ne vous en faites pas, c'est du bidon. Par contre, vous aurez bien un enfant un jour et d'autres malandrins chercheront à vous l'enlever. Vous devrez être prêts à les affronter.

Harper déglutit bruyamment, angoissée à l'idée non seulement d'être mère un jour – elle n'y connaissait rien après tout –, mais aussi à la perspective qu'on veuille lui enlever son enfant.

— Et ce temps imprévisible ? s'enquit Knox.

— C'est ma faute et j'en assume l'entière responsabilité mais vous comprenez bien que je le nierai en public, déclara Dario en se raclant la gorge. Des gens mal intentionnés pourraient se servir de cela pour étayer la thèse de mon aliénation. La vérité, c'est que j'étais très malheureux et que je n'ai pas toujours bien contrôlé mes dons.

Knox pouvait le comprendre vu qu'il avait lui-même presque disjoncté quand il avait eu peur de perdre Harper.

— Pourquoi avez-vous décidé de nous faire confiance avec ces informations ? Pourquoi ne pas en avoir parlé aux autres Grands Maîtres ?

— J'ai pensé que, étant en couple, vous seriez mieux en mesure de comprendre la souffrance profonde que l'on éprouve quand on perd son conjoint, répondit Dario. Et aussi parce que Nora voulait vous parler de ses prémonitions.

— Vous avez déjà tué un des Cavaliers, leur révéla Nora.

— Isla ? demanda Knox en se raidissant, choqué.

Il ne voulait pas le croire, mais ne voyait pas à qui d'autre elle aurait pu faire allusion.

Nora hocha lentement la tête.

— Eh ben merde ! grommela Levi.

Tanner marmonna une volée de jurons.

— Pourquoi souhaitait-elle la destruction de tous les Grands Maîtres des États-Unis ? Elle en faisait partie.

— Elle voulait plus de pouvoir. Elle y était accro, expliqua Nora. Il reste trois Cavaliers. Comme je vous l'ai dit tout à l'heure, je ne connais pas leurs noms et je n'ai pas vu leurs visages. Mais je sais, ou plutôt je sens, que celui qui manipule Crow n'est pas un Grand Maître. Ces Cavaliers ont le cœur froid et avide. Ils veulent qu'on les envie comme ils envient les autres. Ils ne le savent pas mais rien ne les rendra jamais heureux ni satisfaits. Ils ont un vide à l'intérieur que rien ne peut combler.

— *Un vrai trio de Bisounours, non ?* lança Harper à Knox.

— Soyez prévenue, déclara Nora en pointant Harper du doigt. Vous et votre démone ferez face à une dure épreuve. Vous n'aimez pas demander de l'aide mais vous aurez besoin de votre compagnon pour surmonter cet obstacle sur votre route. Il vous faudra l'accepter parce qu'il sera le seul capable de vous secourir dans l'adversité.

Harper frissonna, les membres frappés par une vague de froid, impressionnée plus par la manière dont la vieille dame lui livrait ses prémonitions que par leur contenu. Son ton de voix sinistre était en effet effrayant.

Waouh ! cette femme est du genre terrifiant.

— Y a-t-il autre chose que vous puissiez nous dire au sujet des Cavaliers ? demanda Knox à Nora, qui fit « non » de la tête.

— Allez-vous parler des prémonitions de Nora et de ces Cavaliers aux autres Grands Maîtres ? lança Harper en se tournant vers Dario.

— Comment réagiraient-ils à votre avis si je leur disais que quatre démons complotaient pour les annihiler ? répondit Dario.

— Ils vous accuseraient d'être parano, à côté de vos pompes, et cela ne ferait que confirmer les rumeurs à votre sujet, intervint Harper.

Ouais, bon, c'était effectivement ce qui risquait de se produire.

— J'espère que vous ne le répéterez pas aux autres Grands Maîtres, lança Dario.

— Il serait bon qu'ils ne prennent pas toutes les rumeurs au sérieux, dit Knox après avoir réfléchi un moment. Ils ont le droit de savoir d'où viennent ces ragots et qu'ils se font manipuler. Mais vous avez raison. On vous accuserait de paranoïa. On ne répétera pas ce que vous nous avez dit.

Pas pour le moment, du moins.

— Je vous remercie, répondit Dario en baissant un peu les épaules.

— Nous allons vous laisser maintenant, dit Knox en inclinant légèrement la tête.

Ils saluèrent Nora puis suivirent Dario hors du jardin et à travers la cour jusqu'au pont.

— Merci d'avoir accepté mon invitation, dit Dario. J'ai été content de vous revoir, ajouta-t-il gracieusement. Faites bien attention à vous.

Knox lui adressa un petit signe de tête et se mit en route avec Harper, Levi et Tanner leur emboîtant le pas. Personne ne dit mot avant d'avoir franchi le pont.

— Je m'attendais à tout, sauf à cela, dit Tanner.

Il n'était pas le seul à être choqué. Harper n'avait pas encore tout intégré.

— Je suis triste pour Dario. Ce doit être épouvantable de perdre sa compagne après cinquante ans de vie commune.

Elle n'était pas sûre d'être capable de survivre émotionnellement à une telle perte.

— Il a eu raison de s'isoler tant qu'il ne contrôlait pas entièrement ses dons, déclara Knox en passant un bras autour des épaules de sa compagne. C'était le meilleur moyen d'assurer sa protection et celle de son clan. Et il a le droit de prendre le temps de se remettre de son immense chagrin.

Ou de se rétablir autant que possible dans ces circonstances.

— Maintenant qu'on est au courant pour les Cavaliers, je comprends mieux l'ambition d'Isla de devenir Monarque des Grands Maîtres des États-Unis, dit Levi en s'approchant de Knox. Si elle avait été élue, elle aurait été bien placée pour détruire tous les Grands Maîtres et donner aux Cavaliers le pouvoir qu'ils voulaient. C'était leur plan A, j'imagine. Quand il a échoué, ils ont été obligés de passer au plan B : faire en sorte que les Grands Maîtres s'entre-tuent.

— Quelqu'un a une idée de l'identité des autres Cavaliers ? demanda Tanner en marchant à côté de Harper.

— N'oublions pas que Malden s'est aussi présenté au poste de Monarque des États-Unis, leur rappela Knox en pensant qu'il avait peut-être les mêmes motivations qu'Isla. Sans oublier Dario lui-même.

— Peut-on être sûrs que Dario n'est pas un des Cavaliers ? lança Levi.

— S'il en était, il ne nous aurait pas donné toutes ces informations, répondit Tanner.

— Il y a aussi la possibilité que rien de tout cela n'est vrai et qu'il nous mène en bateau, supputa Knox.

Il était tout à fait possible que Dario joue à un jeu très compliqué, dangereux, mais l'instinct de Knox lui disait que ce n'était pas le cas.

— Le fait qu'Isla ait été une Grande Maîtresse ne signifie pas que les autres Cavaliers le sont aussi, dit Harper. Nora nous a dit que celui qui a chargé Crow de sa mission n'était pas un Grand Maître. On peut supposer que les autres n'en sont pas non plus.

— Ce pourrait être n'importe qui, convint Knox. Et puisque Crow a échoué dans sa mission contre toi il va de soi qu'ils vont essayer de s'en prendre à toi d'une autre manière.

— Alethea, Belinda et Roan semblent déterminés à m'énerver, affirma Harper en tordant les lèvres. Et aucun d'eux n'est un Grand Maître.

— Crow a accusé Delia de chercher à l'empoisonner, dit Tanner. Peut-on être absolument certains qu'elle ne faisait pas partie du complot ? Qu'elle ne le manipulait pas aussi ?

— On ne peut être certains de rien, répondit Knox. Des témoins ont dit qu'ils avaient entendu Delia et Crow se chamailler. Si Delia fait partie de la conspiration, elle n'aurait eu aucune raison d'organiser une telle dispute. Et si nous partons du principe que cette personne cherche à énerver Harper, cela n'explique pas pourquoi ils auraient demandé à Crow de kidnapper Carla. Tout le monde sait qu'il n'y a aucun lien entre elles.

D'accord avec le raisonnement de Knox, Tanner inclina la tête sur le côté.

— Alors les premiers sur notre liste de suspects sont Alethea, Belinda et Roan, dit-il.

— On va les faire surveiller par nos forces de défense, assura Levi. On n'a plus grand monde de disponible par contre, avec Crow toujours en liberté.

Harper penchait pour Alethea. C'était elle qu'il faudrait surveiller en priorité. Belinda était certes énervante, mais elle ne semblait pas assez ambitieuse pour désirer prendre le contrôle des États-Unis. Quant à Roan, il était un vrai petit connard, mais, d'abord et avant tout, il était le fils à sa maman. Il voulait sans doute tuer Crow pour venger sa mère.

Le petit groupe parvint rapidement à l'avion de Knox. Comme d'habitude, Levi et Tanner s'installèrent dans la cabine avant, laissant Knox et Harper seuls dans la cabine arrière. L'hôtesse leur servit à boire avant de s'éclipser à son tour.

— Tu sais, je n'avais jamais songé à avoir des enfants avant que Delia nous narre la vision de Crow, dit Harper après avoir bouclé sa ceinture. La plupart des femmes y pensent à un moment donné, j'imagine. Les petites filles surtout, je suppose. Mais ce n'est pas mon cas.

C'était sans doute étrange, mais, comme elle était elle-même bizarre, elle n'aurait pas dû s'en étonner.

Assis en face d'elle, enserrant les jambes de sa compagne entre les siennes, Knox avait posé une main sur l'accoudoir et, de l'autre, tenait son verre en équilibre sur sa cuisse.

— Tu ne veux pas d'enfant, ma chérie ?

— Cela n'a rien à voir avec le désir d'enfant, expliqua-t-elle, ne s'étant jamais auparavant posé la question. J'ai surtout peur de ne pas être une bonne mère, en fait.

— Bien sûr que tu le seras, rétorqua-t-il en fronçant les sourcils tant cette idée lui semblait ridicule.

Harper cligna des yeux, étonnée par la véhémence de sa réponse.

— Mais, Knox, je ne sais pas ce que c'est que d'être un bon papa ou une bonne maman. Lucian a eu plusieurs autres enfants et Carla a eu Roan et Kellen, mais je n'ai pas grandi avec eux. Je n'ai jamais assumé la responsabilité d'une autre personne.

— Je ne suis pas d'accord, répondit Knox après avoir bu une gorgée de son gin tonic. Tu t'es occupée de Lucian. Il ne t'a pas élevée, Harper. Il était même très dépendant de toi. Il est incapable de pourvoir à ses propres besoins et tu l'as souvent dit pour le défendre. Il m'a suffi d'une seule conversation avec lui pour comprendre que c'est un être immature, un enfant gâté et un grand égoïste. De vous deux, c'était toi l'adulte responsable. Et tu t'en es très bien sortie.

Elle ne pouvait pas faire autrement que reconnaître que Lucian avait été… bon, d'accord, mais il était son père cependant. C'était vrai, elle s'était occupée de lui à bien des égards. Mais Knox n'avait peut-être pas tout compris.

— C'est très différent du fait de s'occuper d'un enfant, de l'élever, de lui enseigner la différence entre le bien et le mal, tout ça quoi.

Knox s'agrippa plus fermement à l'accoudoir en sentant l'avion décoller.

— Tu feras une excellente mère, j'en suis persuadé.

— Pourquoi ? voulut-elle savoir.

— Tu es très protectrice, responsable, attentionnée. Tu as les bonnes priorités et tu réussis très bien tout ce que tu entreprends. Ne t'inquiète pas, ma chérie, lui dit-il en resserrant l'étreinte de ses jambes. Je n'ai pas non plus eu de frères et de sœurs. Je serai aussi perdu que toi. Mais bon, on est tous les deux des gens intelligents et je suis sûr qu'on va bien s'en sortir.

Harper ne put retenir un sourire. Ce devait être formidable d'avoir une telle confiance en soi. Elle lui enviait beaucoup cela.

— Est-ce qu'il t'arrive de douter de toi-même ? demanda-t-elle, curieuse.

— Cela ne ferait que m'empêcher d'agir, alors je ne vois pas l'utilité de douter. La confiance en soi est un outil formidable.

Il avait raison, pensa Harper.

— Nora nous a prédit un enfant, mais je n'ai pas eu l'impression que c'était pour bientôt, reprit Knox. On verra cela en temps et en heure.

Harper sirota son Coca.

— Ce qui m'a le plus inquiétée, c'est que Nora a dit que des gens tenteraient de kidnapper notre bébé.

Harper s'immobilisa un instant en voyant les yeux de Knox virer au noir. Cette idée fâchait manifestement son démon.

— Si on a un enfant un jour, déclara-t-il d'un ton menaçant que transmettait clairement chacune des syllabes qu'il articulait, et que des gens tentent de l'enlever, je ferai tellement souffrir les kidnappeurs qu'ils me supplieront de mettre fin à leurs jours.

Et il n'obtempérerait que lorsqu'il serait prêt à le faire et ce jour ne viendrait sans doute jamais. Ses parents ne l'avaient pas protégé quand il en aurait eu besoin. Plutôt mourir que de ne pas être là pour son enfant, ce que lui-même avait vécu.

— Tu me laisseras te regarder les torturer, dis ?

— Qu'est-ce que tu peux être sadique ! s'exclama-t-il en souriant.

— Tu le savais déjà, non ?

— Effectivement, poursuivit-il, son sourire s'élargissant. Et cela me plaît bien. (Harper était une bonne personne, mais elle était loin d'être naïve. Si elle l'avait été, elle aurait été incapable de l'accepter tel qu'il était.) Arrête de t'inquiéter pour des situations hypothétiques et viens m'embrasser.

— Qu'est-ce que tu peux être autoritaire ! lança-t-elle en détachant tout de même sa ceinture de sécurité.

— Tu le savais déjà, je pense.

— Ouais, ouais, t'inquiète, rit-elle en s'installant sur lui à califourchon.

Chapitre 17

Harper leva les yeux de son carnet à dessin en entendant Raini pousser la porte et entrer avec à la main un sachet de nourriture de chez le traiteur. Les effluves de pain frais, de mayonnaise, de viande fumée et de piments qui parvinrent à ses narines lui aiguisèrent l'appétit.

— C'est l'heure du déjeuner, annonça le succube.

— Génial, lança Harper en se levant et en s'étirant langoureusement. Je meurs de faim.

— C'est superbe, observa Raini en se penchant pour mieux regarder les dessins de hibou qu'avait esquissés sa collègue.

— Ouais, mais ma cliente n'aime pas.

— Ah bon ? s'exclama le succube en fronçant les sourcils. Et pourquoi pas ?

— Elle a plein d'idées de tatouages plus grandioses les unes que les autres, mais elle ne sait pas précisément ce qu'elle veut. On en a discuté longuement et j'ai fait quelques croquis dans des styles différents. Elle aime bien ce modèle mais, chaque fois qu'elle vient voir le dessin définitif, elle me demande de changer certains petits détails insignifiants qui ne lui plaisent pas trop. Ce croquis, c'est le premier que j'ai fait. Et voici la septième version, dit-elle en lui montrant une autre feuille. J'espère que ce dessin lui conviendra.

Harper comprenait la nécessité d'être absolument sûr de sa décision. Un tatouage était quelque chose de définitif en plus d'être très souvent investi d'une valeur sentimentale. Le client devait être absolument satisfait. C'était une chose cependant d'être prudent et une tout autre de chercher la petite bête. Et cette cliente faisait partie de la seconde catégorie. Elle n'était pas déplaisante mais il fallait lui consacrer énormément de temps et cela irritait Harper, très impatiente de nature.

— Tu as un autre client après le déjeuner et n'oublie pas qu'on ferme tôt aujourd'hui pour aller à la fête, lui rappela Raini.

Une des familles du clan de Jolene avait organisé un barbecue d'anniversaire.

— Je sais. J'ai dit à ma cliente de revenir une autre fois ou de passer un jour sans rendez-vous. J'espère simplement que le prochain client ne sera pas aussi bavard que les derniers, ajouta-t-elle en faisant le tour du bureau.

Ils lui avaient posé tout un tas de questions : « Est-ce qu'elle avait hâte d'aller au gala ? » « Est-ce qu'elle avait trouvé une jolie robe ? » « Le gala serait-il reporté jusqu'à ce que Crow soit appréhendé ? »

Certains avaient même eu le culot de lui demander ce qu'elle pensait de la vision de Crow et elle avait senti la peur que recélait cette question, une peur tout à fait compréhensible vu les circonstances.

Elle avait renâclé et dit la même chose à tous ses clients : « Pourquoi est-ce que les démons aliénés annoncent toujours la fin du monde ? Pourquoi ne prédisent-ils jamais quelque chose de sympa ? »

C'était enfin vendredi, Dieu merci ! La petite équipe avait bien besoin du week-end pour se remettre de cette semaine particulièrement mouvementée.

Knox, les sentinelles et les membres des forces de défense s'étaient beaucoup investis dans la recherche de Crow. Ils y avaient consacré énormément de temps et d'énergie depuis une semaine. Tellement que Knox avait passé toutes ses nuits dans son bureau à téléphoner et à visionner des vidéos de surveillance pour essayer de retrouver la trace du démon psi. Il avait passablement de retard à rattraper dans son travail et il avait aussi broyé du noir, il devait le reconnaître.

Il n'avait donc pas beaucoup vu Harper. Elle en comprenait la raison et ne lui en tenait pas rigueur. Knox se sentait très frustré de ne trouver aucune trace de Crow. Le fugitif était particulièrement doué. Il n'avait plus cherché à approcher Knox, ne s'était pointé à aucun de ses hôtels et il n'y avait aucune trace de lui sur les vidéos de surveillance. Soit il se terrait quelque part, soit Levi avait raison et il était mort. Le pire, c'était de ne pas savoir. Cette situation les ennuyait tous beaucoup.

Harper était d'accord avec Knox ; tous deux estimaient que ce serait une erreur de le présumer mort et de baisser la garde, d'autant plus que c'était peut-être ce que souhaitait Crow. Knox était devenu encore plus protecteur que d'habitude. La démone intérieure de Harper se sentait étouffée, et elle était exaspérée. Harper comprenait un peu mieux la situation, mais elle devait reconnaître que cela commençait aussi à l'irriter.

Ils n'avaient aucun moyen de découvrir l'identité des Cavaliers. Harper en devenait même un peu parano.

Après tout, ce pouvait être n'importe qui, même une de ses connaissances, voire un proche qu'elle aimait bien.

— Est-ce que tes nouvelles chaussures pour la teuf sont arrivées ? demanda Raini en interrompant le fil des pensées de son amie.

— Oui, et elles me vont bien.

Surtout, elles étaient parfaitement assorties à sa robe.

— Je l'ai dit et je le maintiens, on aurait dû faire les boutiques ensemble pour te trouver des chaussures.

— J'étais sûre que tu allais dire ça, lança Harper, qui préférait faire ses achats sur Internet loin de la foule. Hello ! dit-elle en répondant à son téléphone qui venait de vibrer dans sa poche.

Elle n'avait pas reconnu le numéro affiché sur son écran et se demandait bien qui l'appelait.

— Hé ! ma petite fille chérie, la salua une voix grave et très familière.

— Salut, Lucian ! répondit-elle.

Raini serra les lèvres en un rictus sévère.

Lucian dit quelque chose mais Harper ne distingua pas ses paroles tant la musique était forte en arrière-plan.

— Je ne t'entends pas. Où es-tu exactement ?

— En Thaïlande, cria-t-il dans le téléphone, si fort que Raini l'entendit aussi et adressa un regard interrogateur à Harper. J'ai trouvé un petit bar sympa où noyer mon chagrin, ajouta-t-il, l'air malheureux.

— Ton chagrin ? Qu'est-ce qui se passe ?

— Il est mort, annonça-t-il, la voix rauque.

— Quoi ? Qui est mort ? demanda Harper, encore plus perplexe en entendant un bruit laissant deviner que son père venait de s'envoyer une grande lampée de son verre.

— Elvis.

— Euh… Lucian, lança Harper en se grattant la tête, Elvis Presley est mort il y a bien longtemps.

— Mais non, pas lui, mon Elvis, éructa-t-il sur un ton impatient. Mon émeu.

Raini loucha mais Harper ne fit pas attention à elle.

— Je suis désolée, dit-elle à son père. Que lui est-il arrivé ?

— Je ne suis pas capable d'en parler, ma chère petite fille, répondit-il en reniflant. Je suis trop triste.

— Bien sûr, je comprends, répondit Harper.

Elle envisagea un instant de lui raconter leurs déboires avec Crow mais préféra ne pas le faire pour la même raison d'ailleurs qu'elle omit de lui parler de la teuf. Lucian risquait en effet de s'y pointer et ce n'était pas une bonne idée de mettre Knox et Lucian dans la même pièce. Surtout quand Knox était en mode « irrité » comme ces derniers temps.

— Alors, as-tu enfin quitté cet enfoiré de psychopathe ? s'enquit Lucian.

— Knox n'est pas un psychopathe, rétorqua-t-elle en mettant la main sur la hanche.

— C'est ce que tu crois. Mais ils savent très bien cacher leur jeu, tu sais. Ils montrent aux autres ce qu'ils veulent voir et leur disent ce qu'ils veulent entendre avant de les découper en petits morceaux et de les enterrer sous leur terrasse.

— Lucian, je refuse de parler de cela, dit-elle en fermant les yeux. Je n'en suis pas capable.

— Très bien, lança-t-il sur un ton acerbe. Mais ne viens pas te plaindre à moi quand il t'aura assassinée dans ton sommeil, ajouta-t-il avant de raccrocher.

— Il me laisse bouche bée, déclara Raini en secouant la tête.

— Ouais, il a cet effet sur la plupart des gens, convint Harper en remettant son téléphone dans sa poche.

Puis elle ouvrit la porte et sortit avec Raini. Elle fit signe à Khloë et Devon de les rejoindre dans la salle réservée aux employés.

— J'arrive, leur dit Devon, qui finissait de balayer le sol.

— Votre tatouage ne s'estompera pas sous la douche, je puis vous l'assurer, disait Khloë au téléphone en levant un index en direction de Harper. C'est juste le surplus d'encre qui se dissout au contact de l'eau. C'est normal pendant le processus de guérison. Évitez le plus possible d'arracher les croûtes. Quand vous serez bien guérie, s'il reste des trous dans les lignes, n'hésitez pas à revenir et nous ferons le nécessaire.

La sonnerie d'ouverture de la porte se déclencha alors et Harper se raidit en voyant entrer Kellen. Le dos rond, l'air méfiant, l'adolescent balaya le studio du regard jusqu'à ce qu'il aperçoive sa demi-sœur. Il lui adressa un petit sourire penaud qui lui serra la poitrine.

Tanner l'avait suivi à l'intérieur et se tourna vers Harper, l'air interrogateur.

— *Il dit qu'il souhaite te voir. Je peux le jeter dehors si tu veux.*

— *Non, j'ai envie de lui parler.*

Elle désirait savoir ce qu'il avait à lui dire. Tanner hocha la tête mais ne bougea pas, les yeux rivés sur le dos de Kellen.

Harper s'approcha lentement de lui, pas du tout étonnée que Raini et Devon la suivent. Elle attendit que sa cousine raccroche le téléphone avant de saluer son demi-frère.

— Bonjour, dit-elle.

— Harper…, commença-t-il en se frottant la nuque, une expression de regret sur le visage.

— Ça va, ne t'inquiète pas, répondit-elle, prenant l'adolescent en pitié.

— Non, ça ne va pas du tout, insista-t-il, l'air malheureux. Je ne savais pas quoi faire.

— À quel sujet ? demanda-t-elle en inclinant la tête. Pensais-tu que je refuserais de te voir ?

— Roan…, commença-t-il en se léchant les lèvres. C'est ma faute s'il t'a engueulée.

Cette réponse laissa Harper perplexe. Elle cligna des yeux.

— Il a découvert qu'on se voyait de temps à autre, je ne sais pas trop comment, il n'a pas voulu me le dire. Il était très énervé, putain…, dit-il avant de s'interrompre en rougissant.

— C'est bon, tu peux dire des gros mots devant moi, le rassura-t-elle en souriant. Donc il t'en voulait ?

— Il m'a dit que je trahissais notre mère en te fréquentant. Il a ajouté que, si je ne lui promettais pas d'arrêter de te voir, il me le ferait payer. J'ai répondu que cette décision m'appartenait, que c'était ma vie après tout. Et puis… Je suis vraiment désolé. Je ne pensais pas qu'il balancerait toutes ces choses contre toi au clan et qu'il irait t'engueuler. Je pensais qu'il se contenterait de me sermonner. Bray m'en a beaucoup voulu quand Knox l'a puni. Il a dit que je n'aurais pas dû me mêler de ça.

— Pourquoi Bray t'en voudrait-il pour quelque chose que Roan a fait ? demanda Devon en croisant les bras. C'est nul.

— Roan fait parfois des grosses crises de colère, expliqua Kellen. Et on me reproche de les déclencher. Je me demandais si tu m'en voudrais aussi, ajouta-t-il en se tournant vers Harper.

— Roan a agi comme il l'a fait parce que c'est un connard, pas à cause de ce que tu as fait ou n'as pas fait. Je ne t'en veux pas. Tu comprends ?

— Ouais, dit-il en déglutissant et en inclinant brièvement la tête. Bray et Roan n'apprécieront pas que je sois venu te voir mais j'ai entendu dire que maman t'avait parlé. J'ai pensé que si elle estimait pouvoir le faire ce ne devrait être un problème pour moi, tu vois ? dit-il en relevant le menton.

— Très bien, répondit Harper. Alors viens me raconter ce que tu as fait ces derniers temps.

Tanner ressortit du studio, Khloë verrouilla la porte derrière lui et afficha le panonceau « Fermé pour le déjeuner ».

Harper invita Kellen à la suivre dans la salle réservée aux employés, où ils piochèrent tous allégrement dans les sandwichs que Raini était allée chercher chez le traiteur. Kellen et Harper échangèrent sur tout ce qui s'était passé depuis leur dernière rencontre. La jeune femme se rendait compte que son demi-frère lui avait manqué quand il avait cessé de répondre à ses appels. Au cours des années, elle avait souvent aperçu Roan et Kellen de loin et s'était demandé comment ils étaient. Elle avait fini par découvrir que Roan était un vrai connard, mais que Kellen était un adolescent sympa. Pas du genre à frimer, il ne cherchait pas à imiter les autres. Il avait la force d'être lui-même et Harper appréciait beaucoup cela.

Ils venaient à peine de terminer leur déjeuner qu'on frappa à la porte.

— J'y vais, cria Devon en sortant et en revenant quelques instants plus tard suivie de Knox, toujours aussi canon et séduisant.

— Bonjour, toi, dit Harper en lui adressant un sourire tandis que sa démone se frottait presque les mains de bonheur.

Knox caressa les cheveux de sa compagne puis il salua Kellen d'un signe de tête.

— J'espère que tu n'éviteras plus Harper comme tu l'as fait, lança-t-il.

Il l'avait dit avec une telle insistance que ce pouvait presque être perçu comme une menace.

— Non, répondit Kellen en déglutissant bruyamment.

— Bien.

Knox soupçonnait le jeune homme d'ignorer à quel point Harper avait souffert quand il avait coupé les ponts avec elle. Mais lui il le savait, et il n'avait aucune intention de laisser cela se reproduire.

— Dans combien de temps aurez-vous fini ? demanda-t-il ensuite en se tournant vers Harper.

— On ferme à 14 heures aujourd'hui, répondit-elle en se levant et en commençant à débarrasser la table. On va au barbecue, tu sais. Tu es invité aussi.

— Ah oui ! dit-il, ayant oublié cette petite fête avec tout ce qui s'était passé. Je suis désolé, mais tu ne vas pas pouvoir y aller.

— Ah bon ? réagit-elle, interloquée.

— Non, parce que j'ai besoin que tu m'accompagnes quelque part.

— Vraiment ? Où ? s'enquit-elle, à la fois intriguée et méfiante.

Mais Knox, pour toute réponse, lui adressa seulement son petit sourire tordu énigmatique.

— Ne t'inquiète, pas. Ça te plaira.

— C'est une surprise pour Harper, alors ? demanda Raini à Knox, l'air de se réjouir d'avance pour son amie.

— Oui, répondit Knox, amusé par le regard suspicieux que lui adressait Harper, se demandant si elle finirait un jour par apprécier les surprises bien qu'il en doute. Viens me retrouver au bureau quand tu auras terminé ici.

— Mais enfin, dis-moi où on va ? Où m'emmènes-tu ? dit-elle, ayant beaucoup de mal à cacher son impatience.

La jeune femme n'avait effectivement jamais aimé les surprises. « Un tiens vaut toujours mieux que deux tu l'auras », estimait-elle. Et l'enfoiré le savait parfaitement.

— Tu verras, dit-il en souriant.

Chapitre 18

Après un rapide vol dans l'avion privé de Knox, Harper se retrouva sur un ponton où étaient amarrés des bateaux qui se balançaient lentement sur l'eau pendant que leurs propriétaires les nettoyaient, les astiquaient ou faisaient le plein de vivres. Les rayons du soleil faisaient briller les ponts, comme si la lumière venait de l'intérieur. Harper sentait chauffer ses joues et son nez tandis que les mouettes poussaient leur cri aigu et discordant au-dessus de leur tête.

Cependant, rien de tout cela ne retenait l'attention de la jeune femme.

Elle était trop occupée en effet à admirer le luxueux yacht blanc à quatre ponts juste devant elle. Entièrement fait de fibre de verre et de bois, il était magnifique.

—Il est très impressionnant, ce bateau.

—Merci, répondit le démon à son côté.

—Il t'appartient ? s'enquit-elle en clignant des yeux. Bien sûr qu'il est à toi, ma question était idiote.

Elle aurait dû commencer à s'habituer au luxe dans lequel vivait son compagnon.

—Il nous appartient à tous les deux, la corrigea-t-il.

Tout ce qu'il avait appartenait aussi à Harper, estimait-il.

—On va passer le week-end dessus ?

Le seul indice qu'il lui avait donné sur leur destination était qu'elle devait prévoir des Bikini.

— Je voulais passer du temps avec toi sans qu'on soit sans cesse dérangés. Ça va nous faire du bien.

Ils s'étaient trop peu vus ces derniers temps. Il trouvait qu'il ne s'était pas assez occupé de sa compagne et il avait horreur de cela. Et même si Tanner et Levi les accompagnaient ils sauraient se faire discrets.

— J'ai accepté tes excuses pour tout le temps que tu as passé à broyer du noir. Je ne t'en veux vraiment pas, tu sais.

Il n'avait pas besoin de chercher à se faire pardonner.

— Je sais et je l'apprécie énormément. Je suis loin d'être aussi compréhensif que toi. (Si les rôles avaient été inversés, Knox se serait impatienté et aurait exigé qu'elle s'occupe de lui car il était vraiment extrêmement égoïste.) Allez, viens, dit-il en posant une main dans le dos de la jeune femme pour la guider le long du ponton et sur la passerelle jusqu'au pont principal. Je vais te présenter à l'équipage.

Les membres d'équipage, des démons absolument charmants, portaient tous l'uniforme. Une fois les présentations faites, Harper entrelaça ses doigts avec ceux de Knox et il lui fit visiter le yacht. Aussi impressionnant que l'extérieur, l'intérieur s'avéra spacieux et très clair. Le pont inférieur comportait une salle de cinéma, un gymnase, des cabines d'invités, les quartiers de l'équipage, la salle des machines et une plate-forme extérieure avec des douches et toutes sortes d'engins de mer comme des kayaks et des vedettes à moteur.

La terrasse du pont principal donnait sur un salon couvert pour s'abriter du soleil, meublé de canapés manifestement très confortables, d'un grand écran plat, et équipé d'un bar. La salle à manger était vaste et la cuisine aurait fait fantasmer n'importe quel chef cuisinier. Et partout de grandes baies vitrées qui laissaient entrer un maximum de lumière.

Le pont supérieur comprenait un espace réservé aux dîners en plein air. On y trouvait également la suite ou plutôt la grande cabine de luxe absolument décadente de Knox et Harper. Le pont solarium était vraiment très classe avec son Jacuzzi, son bar avec évier et son confortable coin salon.

La visite terminée, Harper revêtit un Bikini rose fluo et s'installa sur une chaise longue en rotin sur le pont principal. Elle se tartina d'écran solaire et jeta un regard à Knox allongé à son côté. En maillot de bain, il sirotait un verre de vin. Elle le vit épier les mouvements de ses mains et elle ne put retenir un sourire.

Il avait l'air plus détendu qu'elle ne l'avait vu depuis longtemps. Mais bon, il aurait été difficile de faire autrement que de se reposer dans ces conditions. La chaleur du soleil, les embruns frais de la mer, la lumière, l'air iodé, tout contribuait à créer une délicieuse atmosphère de vacances. Les seuls bruits étaient ceux du moteur, de la coque fendant l'eau et des rires de Levi et de Tanner qui leur parvenaient depuis le pont supérieur. Ils respectaient parfaitement leur intimité, et Knox et Harper leur en étaient très reconnaissants.

— Je n'ai pas encore décidé si cela me gênait ou non, dit Knox.

— Quoi ? demanda-t-elle, perplexe, ne voyant pas trop de quoi il parlait.

— La marque sur ton sein. Elle est visible à travers le fin tissu de ton Bikini. J'aime bien la voir, dit-il, trouvant cela très sexy même. Mais je n'aime pas qu'elle attire les regards sur ta poitrine.

Elle lui était entièrement réservée.

— Tu n'as qu'à en parler à ton démon, gloussa-t-elle.

— Ma chérie, tu peux dire ce que tu voudras mais tu ne peux pas me berner. Je sais que tu aimes cette marque.

Ouais, c'était vrai. Celle-là et toutes les autres aussi.

— Comme tu veux, dit-elle avant de reposer son flacon d'écran solaire et de s'allonger sur la chaise longue.

— Est-ce que Kellen t'a dit pourquoi il craignait que tu n'aies plus envie de le voir ?

— Oui, répondit Harper avant de lui narrer la conversation qu'elle avait eue avec son demi-frère. Je suis étonnée que Bray n'ait pas soutenu Kellen dans sa décision de me contacter. Il est très famille et il ne semblait pas comprendre que Carla m'ait abandonnée.

— Bray a été secoué par l'enlèvement de Carla, répondit Knox. Il voulait sans doute à tout prix calmer Roan pour qu'il ne s'attire pas de nouvelle punition de ma part.

Cela ne signifiait pas pour autant que Knox voudrait ou pourrait excuser le comportement de Bray.

— Eh bien, son plan a échoué.

— Je n'ai pas trop envie de parler de lui ou de quoi que ce soit d'autre qui risque de gâcher la perfection de ce moment, affirma-t-il en reposant son verre vide sur la petite table entre eux deux.

— Est-ce que cela veut dire qu'il vaudrait mieux que je ne te dise pas que Lucian m'a appelée un peu plus tôt ? demanda Harper en souriant.

— Que voulait-il ? s'enquit Knox tandis que son démon retroussait la lèvre supérieure en un rictus hargneux.

— Son émeu est mort. Il était très malheureux.

Son émeu ? Le démon de Knox leva les yeux au ciel.

— A-t-il l'intention de revenir à Las Vegas dans un avenir proche ?

— Non, pas avant quelques mois à tout le moins. Et puis il fait encore la gueule parce que j'ai refusé de quitter cet « enfoiré de psychopathe », et je cite.

— Ce type est un moins que rien, Harper, un mauvais père.

Si Knox ne lui avait pas donné une bonne raclée, c'était uniquement parce qu'il était très attaché à Harper, à sa manière. Sa fille était même la seule personne qui comptait pour lui.

— Tu exagères.

— Tu méritais mieux comme père. Il ne sera jamais à la hauteur.

— Et toi ? Tu as aimé tes parents jusqu'à la fin même s'ils ne t'ont pas protégé comme ils auraient dû, non ?

— Mouais.

L'homme et la femme qui l'avaient élevé, ceux qu'ils considéraient comme ses parents, n'étaient pas en fait ses géniteurs puisque les démons de son espèce naissaient des flammes des enfers. Mais ils l'avaient aimé et élevé. Malheureusement, manipulés par une sorte de gourou, ils avaient cru à ses mensonges et n'avaient pas protégé Knox contre ce monstre.

Quand enfin ils s'étaient rebellés, le gourou les avait égorgés pour les punir. Knox avait alors perdu le contrôle de son démon pour la première fois de sa vie. Et celui-ci avait vengé ses parents de manière destructrice et définitive.

— Comment étaient tes parents ? Mais peut-être n'as-tu pas envie d'en parler ? demanda Harper.

— Pas de souci. Cela ne me gêne pas du tout que tu me poses la question. Mes parents étaient des idéalistes, ils n'avaient pas trop les pieds sur terre. Ils n'aimaient pas ce qu'ils étaient. Ce n'est pas qu'ils avaient honte d'être des archidémons, non. C'était plutôt qu'ils n'aimaient pas être obligés de cacher leur vraie nature à leurs amis. Ma mère aimait beaucoup faire la cuisine mais elle n'était pas très douée. Mon père aimait construire des choses. Il débordait d'idées, mais il ne terminait jamais aucun de ses projets à moins que le gourou ne l'y oblige.

Knox n'avait pas grand-chose en commun avec eux, pensa Harper. Il finissait toujours ce qu'il avait commencé.

— Ils n'ont sans doute pas manqué à leurs devoirs envers toi, Knox. Je doute qu'ils t'aient fait volontairement du tort.

— Ils étaient pleins de bonnes intentions au début. Ils ont contribué à la création du groupe, tu sais expliqua-t-il.

Il pouvait leur pardonner leurs erreurs. Mais Lucian ? Il avait toujours agi par égoïsme et Knox lui en tiendrait éternellement rigueur.

— Tu vas peut-être trouver ma question vraiment bête, dit Harper, mais est-ce que tu te souviens de ta naissance dans les flammes des enfers ?

— Non. Mes plus vieux souvenirs remontent à ma petite enfance.

— Parle-moi un peu de l'orphelinat où tu es allé ensuite.

Il ne le lui en avait donné qu'une très vague description et elle ne savait pas grand-chose d'autre à part le fait qu'il y avait fait la connaissance des sentinelles.

— Ce n'était ni bon, ni mauvais. (Il y avait été en sécurité, c'était déjà ça.) Il y faisait froid. On s'embêtait. C'était terne. Tout y était fade, même la nourriture. Les employés étaient sévères mais ils n'avaient pas le choix pour contrôler tous ces petits démons orphelins. J'aimais bien la bibliothèque. J'y ai passé beaucoup de temps à absorber tout un tas de connaissances.

— Est-ce que cet endroit existe encore ?

— C'est devenu un hôtel.

— Tu l'as acheté, c'est ça ? devina-t-elle.

— Je n'avais pas le choix si je voulais le sauver de la démolition.

Comme lui avait été sauvé, pensa Harper en buvant une gorgée de son soda, ce qui fit tinter les glaçons dans son verre.

— Comment es-tu devenu ami avec les sentinelles ?

— On était tous en colère, je pense, dit-il après avoir réfléchi pendant un instant.

— En colère ?

— Oui, nous partageons cette colère, tous les cinq. Isla aussi avait cela en elle.

— Ça vaut ce que ça vaut, mais je voulais te dire que je suis malheureuse qu'elle t'ait forcé la main, qu'elle t'ait obligé à la tuer en quelque sorte. Vous étiez très proches à une époque et cela n'a pas dû être évident pour toi.

Knox se tourna vers sa compagne, sidéré qu'elle puisse ressentir cela quand la personne dont ils parlaient avait tout fait pour causer sa mort. Elle lui avait temporairement ôté ses pouvoirs, ce qui l'avait rendue très vulnérable aux attaques des adeptes de magie noire qui l'avaient kidnappée par la suite. Cette nuit entre leurs mains avait été très éprouvante pour elle mais elle était capable de parler d'Isla sans exprimer de colère.

—Viens là, lui dit-il.

Harper glissa hors de sa chaise longue et s'installa à califourchon sur son compagnon.

—Quoi ?

—C'est une excellente chose que j'ai été le premier démon à te prendre, dit-il après lui avoir caressé le dos, s'emplissant des effluves de noix de coco de son écran solaire. Pas seulement parce que j'aurais été tenté de traquer et de supprimer tous ceux qui t'auraient possédée avant moi, mais aussi parce que, si tu étais sortie avec un autre démon, il ne t'aurait jamais quittée. J'aurais été obligé de le tuer pour te prendre à lui.

—Tu n'aurais pas fait ça, renâcla Harper.

—Je te l'ai déjà dit : je commençais à m'enliser dans une sorte de torpeur avant de te rencontrer. Mais toi tu me surprends toujours. Tu me défies, tu me frustres, tu m'amuses et tu me taquines. Enfin, tu me donnes l'impression de me réveiller après un long sommeil pas du tout réparateur. Alors, oui, j'aurais tout fait pour te séduire.

— J'étais déjà ton *alter ego*, ça n'allait pas changer, lui rappela-t-elle.

— Cela ne m'aurait pas suffi. (Il fit glisser une des bretelles de son Bikini et lui embrassa l'épaule, goûtant sa peau soyeuse, gorgée de soleil.) J'étais persuadé que je n'aurais jamais besoin d'*alter ego*. Ce n'est que lorsque nous avons noué le lien psychique que j'ai compris qu'en dépit de tous mes pouvoirs tu étais la seule capable de m'empêcher de sombrer dans l'aliénation.

— Je pense parfois qu'avec ma personnalité je suis aussi la seule capable de te faire disjoncter.

— C'est vrai que tu me fais réagir comme personne d'autre, dit-il en reculant un peu et en souriant.

— C'est ce qui se passe quand on est amoureux. L'être aimé a le pouvoir de faire souffrir l'autre plus que n'importe qui, mais aussi de le rendre plus heureux que quiconque le pourrait.

— Et c'est exactement pour cela que je ne te laisserai jamais partir.

Knox et Harper passèrent les deux jours suivants à prendre des bains de soleil, à nager, à faire de la plongée sous-marine et à pratiquer tous les autres sports nautiques qu'il réussit à convaincre sa compagne d'essayer. Harper aima particulièrement la plongée. Elle en avait déjà fait un peu et savait manier l'équipement. Elle trouva cela tout de même étrange de respirer avec un détendeur et il lui fallut un moment pour ne plus faire attention aux bulles et aux chuintements de l'air qu'elle respirait sous l'eau. Elle fut quelque peu gênée aussi par la perte de vision périphérique due au masque. Harper n'avait jamais aimé les zones d'ombre. Mais bon, ce sport procurait des sensations extraordinaires.

Elle adora le paradis sous-marin avec ses poissons de toutes les couleurs, ses coraux sublimes et ses drôles de formations rocheuses. Elle aimait particulièrement se sentir si légère dans l'eau. Elle avait l'impression de voler dans toutes les directions. C'était épuisant aussi en même temps.

Le soir, ils mangeaient un délicieux repas puis allaient se détendre dans le Jacuzzi, voir un film ou boire un verre avec les sentinelles au bar. Leur dernier soir sur le bateau, Harper prit une douche et, épuisée par toutes ces activités nautiques, elle s'écrasa à plat ventre sur le lit, revêtue uniquement d'une serviette. Puis elle sentit l'haleine chaude de Knox dans son dos.

— Réveille-toi, s'il te plaît, lui murmura-t-il.

— Dans une minute, marmonna-t-elle, à moitié endormie, le visage enfoui dans son oreiller.

— Allez, réveille-toi.

— J'ai juste besoin d'une minute. Ou d'une heure.

— C'est important, dit-il en l'embrassant et en lui léchant l'épaule.

— Quoi ?

— J'ai quelque chose pour toi.

Harper gémit. Pas encore un cadeau. Il lui en faisait souvent, tous plus somptueux les uns que les autres, et elle avait encore du mal à les accepter.

— Tu es tellement reconnaissante, c'est formidable ! gloussa Knox.

Il ne s'était pas attendu à autre chose de sa part. Il trouvait particulièrement attachant qu'elle se sente toujours aussi gauche quand il lui offrait un cadeau.

— C'est quoi ? demanda-t-elle en se mettant sur le dos.

Elle l'aperçut alors, assis sur le bord du lit, une serviette nouée à la taille et, à la main, une petite boîte de velours noir.

— Oh non ! gémit-elle en lui adressant un sourire joueur. Pas encore un bijou !

Sa démone intérieure était très excitée par contre ; elle adorait ça.

— Allez, dit-il en gloussant de nouveau et en lui tendant la boîte. Ouvre.

— Je suis obligée ?

— Non, mais cela me fera plaisir.

— D'accord, dit-elle en se relevant.

Elle défit le petit paquet et déglutit bruyamment en voyant ce qu'il contenait : pas une, mais deux bagues. La première était noir et or, et sertie de petits diamants. La seconde était en or noir poli, faite de deux cercles emmêlés qui se croisaient sous un diamant noir.

Harper se racla la gorge. Elle avait la bouche sèche tout d'un coup. Un démon n'offrait un diamant noir qu'à sa compagne. Il représentait leur union, c'en était le symbole ultime. Les couples attendaient parfois des années, voire des siècles avant de s'en offrir un, les démons ne prenant pas ce genre d'engagement à la légère.

— Tu es si sûr de moi ? demanda-t-elle, éberluée. Je pensais qu'il te faudrait beaucoup, beaucoup plus de temps avant d'en arriver là.

Il avait l'habitude de vivre seul, elle en avait pleinement conscience.

— Je veux que tu portes ces bagues, que tu puisses les regarder et qu'elles te rappellent à quel point tu comptes pour moi.

Knox souffrait beaucoup de savoir que Harper s'attendait toujours à ce qu'on la quitte. Qui le lui reprocherait ? Ses parents l'avaient abandonnée quand elle était petite. Plus tard, elle était partie vivre avec son père, un homme irresponsable avec qui elle avait mené une existence nomade durant laquelle elle était sans cesse arrachée aux lieux et aux gens auxquels elle s'était attachée.

Knox avait besoin qu'elle sache qu'il ne la quitterait jamais, pas uniquement parce qu'elle était son *alter ego,* mais bien parce qu'il l'adorait.

— Je veux que tu portes toujours ces bagues pour que tu n'oublies pas que tu appartiens à quelqu'un, à moi. Je veux que les autres les voient et comprennent que tu n'es pas libre.

Même les humains comprendraient que ces bagues signifiaient qu'elle était prise.

Harper fut tellement touchée qu'elle ne dit pas un mot. Elle garda les yeux rivés sur les bagues, émue, bouleversée par leur symbolique. Elle voulait… Elle ne s'était pas attendue… Waouh ! c'était tout simplement irréel. Elle en demeura bouche bée.

— J'avais décidé de te les offrir le soir du gala. J'ai pensé cependant qu'il y avait une chance que tu ne te sentes pas prête à les porter tout de suite. J'aurais compris, mais tu te serais sentie mal à l'aise. Je ne voulais pas risquer de mal démarrer une soirée aussi importante pour nous. Alors j'ai décidé de te les offrir avec un peu d'avance pour te donner le temps de t'y habituer.

Knox désirait croire qu'elle se sentait prête à les porter mais il était incapable de prédire les réactions de sa compagne. Il aurait parié qu'elle ne savait jamais elle-même d'avance comment elle allait réagir.

Knox scruta son visage pour essayer de deviner ce qui lui passait par la tête mais il n'en avait aucune idée.

— Si tu n'es pas prête, pas de souci. Je ne veux pas te mettre la pression.

En revanche, si elle continuait à garder le silence, il allait craquer. Harper ne disait toujours rien. Juste au moment où Knox s'apprêtait à ouvrir la bouche pour lui demander à quoi elle pensait, elle sortit les deux bagues de leur boîte et les glissa sur l'annulaire de sa main gauche. Knox et son démon se sentirent immensément soulagés. Jusqu'à ce qu'un large sourire éclaire le visage de la jeune femme.

— Qu'est-ce qu'il y a ? demanda-t-il.

Elle réussit à parler malgré la boule qui s'était formée dans sa gorge.

— Je suis juste étonnée que tu n'aies pas fait graver « Propriété de Knox Thorne » à l'intérieur des bagues.

— J'y avais songé.

Abasourdie, Harper regarda longtemps le diamant. Sa démone souriait d'un air suffisant, ravie que son compagnon se soit ainsi engagé.

— Elles me vont parfaitement. Comment as-tu deviné ma taille ?

— Ma chérie, je connais parfaitement ton corps, déclara Knox en l'embrassant.

Chaque petit centimètre de sa peau était enregistré dans sa mémoire.

D'un doigt, Harper caressa le diamant noir.

— Y en a-t-il une pour toi ?

En règle générale, ces bagues venaient par trois : la bague à diamant, l'anneau de la femme et l'anneau de l'homme.

— Oui, mais je ne suis pas obligé de porter une bague uniquement parce que, toi, tu en portes une.

— Mais je veux que tu portes la tienne, déclara-t-elle en fronçant les sourcils. Pas parce que tu m'as offert celles-ci mais parce que je t'aime. Et pour avertir toutes les nanas qui voudraient te draguer que tu es pris.

— Alors je le ferai, dit-il en lui caressant le cou et en l'embrassant, passionnément, longuement, profondément.

— Où est la troisième bague ? insista-t-elle quand il recula et lui mordilla la lèvre supérieure.

— Dans une boîte, dans ma valise.

— Va la chercher.

— Tu es sûre ?

— Te l'aurais-je demandé si je ne l'étais pas ?

Non, elle ne l'aurait pas fait. Il eut du mal à contenir un sourire en s'exécutant. Sa bague à lui était une version un peu plus volumineuse de l'anneau noir et or serti de petits diamants argentés avec un diamant noir au centre. Knox la passa à son annulaire gauche et serra le poing.

— Je n'avais jamais imaginé que j'en porterais une un jour, dit-il. Ni que je serais fier de le faire.

Ou que son démon en serait heureux.

Revenant au lit, Knox les débarrassa tous deux de leurs serviettes et s'allongea sur Harper.

— Pas de mains psychiques ce soir, ma chérie. Que toi et moi.

Il entrelaça ses doigts avec ceux de sa compagne et sentit leurs bagues. Puis il leva leurs mains jointes au-dessus de leurs têtes et la baisa doucement, lentement et profondément, jusqu'à ce qu'elle crie dans sa bouche et jouisse violemment. Puis, de deux coups de reins, il la suivit dans son explosion.

Chapitre 19

— *C'est pas vrai ! Je vais te tuer !*

Les hurlements de Harper firent sortir Knox précipitamment de son bureau. Il se hâta dans l'escalier et entra dans la salle à manger… où il trouva sa compagne qui se querellait avec le diable en personne.

— Lulu, qu'est-ce que tu fais là ? demanda Knox, exaspéré, en se pinçant l'arête du nez.

Lucifer fit demi-tour pour lui faire face. En tenue décontractée, il portait un jean, des chaussures de sport, une casquette de base-ball et un tee-shirt à l'effigie de Bob Marley avec ce message : « Pourquoi choisir entre boire et conduire alors qu'on peut fumer et s'envoler ? »

— J'étais juste venu demander à ta compagne de coudre des têtes de mort sur ma veste neuve, déclara-t-il, l'air parfaitement innocent. Puis elle s'est mise à gueuler comme ça sans raison, je ne sais pas pourquoi.

— Mais regarde-moi, je suis trempée, le morigéna Harper, les lèvres pincées, une large tache de café se répandant sur son tee-shirt blanc. Tu l'as fait exprès de me surprendre, poursuivit-elle.

— Inutile de pleurer sur du café renversé, déclara Lucifer, vexé.

Harper recommença à se disputer avec le diable et Knox poussa un soupir. Lucifer venait assez souvent les voir. S'il ne l'avait pas aussi bien connu, il aurait été tenté de croire qu'il aimait bien Harper. Sauf que le diable était un être psychotique, agressif, sarcastique, lunatique donc très agaçant, en plus d'être misanthrope.

Au contraire de ce que prétendaient plusieurs religions humaines, Lucifer n'était pas le maître des enfers. À la suite d'un gros différend avec Dieu, il était effectivement descendu aux enfers et y avait rétabli l'ordre. Il avait édicté quelques lois brèves et simples : les démons ne devaient pas révéler leur existence aux humains, ne jamais être pris en flagrant délit de violation des lois des humains et ne jamais blesser d'enfant d'aucune espèce.

— Je vais t'envoyer une chaîne de lettres, le menaça Harper. Je te préviens, j'en suis tout à fait capable.

C'était une menace toujours très efficace en ce qui le concernait car le diable souffrait de TOC.

— Tu es cruelle, rétorqua-t-il, abasourdi. Pire que cruelle même. Tu es…

— Je m'en fous, lui renvoya Harper.

— Qu'est-ce que tu es venu faire ici ? s'enquit Knox.

— Je te l'ai déjà dit, répondit Lulu en se tournant vers lui. Je suis venu demander à Harper de personnaliser ma veste neuve, dit-il en posant le vêtement en jean sur la table avant de se laisser retomber dans un fauteuil avec un soupir de contentement. Eh ben dis donc ! s'exclama-t-il alors en remarquant les bagues que Harper et Knox avaient enfilées la veille au soir. Des diamants noirs, hein ! Qui aurait cru que tu te serais à ce point attaché à une nana, Knox ? Bien honnêtement, ça me fout la gerbe.

— N'importe quoi, rétorqua Harper en éloignant son tee-shirt de sa peau, encore sous le choc du café brûlant.

— Hé ! j'ai entendu parler de ce qui était arrivé à Carla. Ce Crow est un tordu. J'ai aussi appris qu'il prétend, ajouta-t-il en se tournant vers Knox avec un grand sourire, avoir eu une vision fascinante selon laquelle Harper aurait un enfant de la même espèce que toi.

— Je dirais plus une hallucination qu'une vision, le corrigea la jeune femme. Quelqu'un d'autre la lui a soufflée.

— Cela n'en demeure pas moins fascinant, insista Lulu, une lueur d'excitation au fond des yeux. Je le vois d'ici : un joli petit bout de chou doté d'un pouvoir cosmique, capable de semer la mort et la destruction. Imaginez un peu le chaos qui s'ensuivrait.

— Tout à fait. C'est exactement ce dont je rêve pour mon enfant, déclara Harper, pince-sans-rire.

— Moi aussi ! s'enthousiasma Lucifer. Je veux bien venir faire du baby-sitting. Vous pourriez lui donner mon nom !

Il ne plaisantait pas, Knox le sentit et poussa un long soupir pour s'armer de patience.

— Si Harper et moi avons un jour un enfant, ce sera un sphinx et tu le sais parfaitement.

— Cela ne veut pas dire qu'il ne sera pas l'incarnation du mal, animé du désir profondément ancré en lui de tout détruire sur son passage.

— Mon enfant, si j'en ai un, ne sera pas l'incarnation du mal, affirma Harper en serrant ses petits poings.

— Tu dis cela maintenant, poursuivit Lucifer en mettant les mains sur sa nuque, mais tu réagiras autrement quand tu le surprendras à égorger des poulets pour rigoler.

Harper poussa un grognement rauque. Ce type était incroyable.

— Es-tu sûre que tu n'es pas déjà enceinte ? s'enquit Lucifer en la scrutant. Cela expliquerait tes joues rouges et ta drôle d'humeur.

— Je suis énervée parce que mon tee-shirt est trempé de café.

— Il serait peut-être temps d'oublier ça, tu ne trouves pas ?

— Je vais aller me changer, annonça Harper en levant la main. Mais d'abord peux-tu nous dire qui manipule Crow ?

— Comment le saurais-je ? répondit Lucifer en haussant les épaules, manifestement étonné par la question.

— Tu es le diable, tu sais tout ce que font les démons, non ?

— Je suis très pris, tu sais, rétorqua-t-il, vexé. Il y a tout le temps quelque chose à faire en enfer. Puis je ne trouve pas les gens très intéressants. Ils ne font rien d'autre que manger, dormir et chier. Mais un bébé qui aurait le pouvoir de détruire l'univers tout entier… ce serait tout à fait fascinant. Et vous devriez vraiment l'appeler Lucifer, conclut-il en posant une main sur son torse. C'est un bon nom, un nom fort.

— Il est sérieux, là, je pense, non ? lança Harper en se tournant vers Knox.

— Ouais, on dirait, confirma Knox, trouvant cela assez irréel.

— Les enfants maléfiques sont parfois très attachants, déclara Lulu. Vous n'avez pas vu le film *Simetierre* d'après le roman de Stephen King ? Quand le petit garçon court après sa mère avec un scalpel... C'est juste trop mignon. On a envie de le prendre dans les bras. Je me demande pourquoi l'auteur a choisi de mal orthographier le titre ? Je vais chercher l'explication sur Google tout à l'heure.

Exaspérée, Harper secoua la tête. Ce type était fou.

— Si on parlait d'autre chose ? Tu dois être au courant pour ces démons qui se sont surnommés les Quatre Cavaliers de l'Apocalypse ? Il n'y en a plus que trois maintenant, depuis la mort d'Isla. Connais-tu leur identité ?

— Il y a vraiment des démons qui ont choisi ce surnom ? demanda Lucifer en fronçant les sourcils. Quel manque d'imagination ! Et pourquoi souhaitent-ils une nouvelle Apocalypse ?

— Ce n'est pas ça qu'ils cherchent, répondit Harper. Ils veulent détruire les Grands Maîtres américains.

— Ils manquent singulièrement d'ambition, je trouve.

— Tu ne sais pas qui ils sont ?

— Non, dit Lulu, qui ne semblait pas trop s'en inquiéter.

— Et Crow ? Sais-tu où il est ? demanda Harper en baissant un peu les épaules.

— Je n'ai pas que ça à faire, je te l'ai déjà dit. Je ne suis pas comme le grand D, ajouta-t-il en pointant vers le haut. Je n'ai pas vraiment envie de savoir ce que tout le monde fait.

— Tu préfères les surprendre dans leur séjour et les voir renverser leur café sur leurs vêtements, éructa sèchement Harper.

— Tu n'as pas encore tourné cette page ?

— Absolument pas.

— J'ai une question pour toi, Lulu, intervint Knox en s'approchant de lui et en croisant les bras. Comment un intrus aurait-il pu pénétrer dans ma prison et enlever Crow ?

— C'est quasiment impossible, répondit le diable. Sauf en ayant recours à la magie sanguinaire. C'est le seul moyen. Mais c'est très compliqué.

— Alors le responsable, conclut Knox, est soit un incantateur, soit un adepte de magie noire.

Il fallait en effet un magicien très puissant pour utiliser ce genre de magie fort complexe.

— En fait, ce qu'on voudrait savoir, c'est : est-ce que ce magicien aurait été embauché par un Cavalier ou s'agirait-il d'un des Cavaliers ?

La réponse… eh bien, Knox ne la connaissait pas.

— Il faut vraiment que j'aille me changer, dit Harper en pinçant son tee-shirt d'un air dégoûté.

— Je vais y aller, dit Lucifer en se levant prestement, avant que tu recommences à me houspiller à ce sujet. J'ai plein de choses à faire, d'âmes à tourmenter. Harper, n'oublie pas de personnaliser ma veste. Je vous verrai tous les deux au gala.

— Qui t'a invité ? demanda Knox en fronçant les sourcils.

— Je me suis invité moi-même, répondit Lucifer. Sois prudente, dit-il à Harper. Il ne faut surtout pas empêcher la conception de bébé Lucifer.

— Si tu ne le tues pas, c'est moi qui le ferai, dit Harper à Knox.

Mais Lucifer était déjà parti. Il ne restait plus dans le séjour que l'écho de son rire.

— Je me demande parfois s'il ne s'est pas attaché à toi, dit Knox en se rapprochant de Harper et en passant la main dans ses cheveux. Je parie que tu vas coudre des sequins roses sur sa veste, non ? demanda-t-il en se penchant pour embrasser la jolie petite moue de sa compagne.

— Oui, répondit-elle en posant les mains sur son torse. Mais bon, ce type est tellement cinglé que cela ne m'étonnerait pas que ça lui plaise.

— Ouais, je suis d'accord avec toi, dit Knox en tordant les lèvres.

Obligée de prendre le temps de changer de tee-shirt, Harper arriva un peu en retard au café. Elle poussa la porte, une clochette tinta et ses amies l'entendirent, elle ne sut trop comment, en dépit du bruit des machines, des conversations des clients, des assiettes qui s'entrechoquaient et des serveurs qui criaient les commandes. Elles avaient pris l'habitude de se retrouver là avant d'ouvrir le nouveau studio. Harper aimait bien cela.

Tanner sur les talons, elle alla rejoindre ses copines attablées près de la vitrine.

— On t'a pris ton traditionnel *latte* au caramel, expliqua Devon en lui désignant du doigt une tasse fumante. J'ai même ajouté un peu de sirop au chocolat sur la mousse, juste pour toi.

— C'est pour cela que je t'aime ! s'exclama Harper, qui avait horreur de faire la queue, toujours tellement longue dans ce café.

— Et mon cappuccino ? se plaignit Tanner en fronçant les sourcils.

— Ben quoi ? lui renvoya Devon, l'air de ne pas comprendre.

— Il est juste là, regarde, le rassura Raini en lui indiquant une tasse près de la place restée libre entre elle et Harper. Et avant que tu poses la question, non, je ne vais pas changer de place pour que tu puisses t'asseoir près de Devon et la torturer.

— On ne peut jamais rigoler avec toi, gémit Tanner.

Harper se laissa retomber sur son siège recouvert d'un coussin moelleux et poussa un soupir de contentement. Elle aimait beaucoup ce genre d'endroit. Elle adorait l'odeur du café frais, du caramel chaud et des pâtisseries exposées dans la vitrine sous la caisse.

— Bon, aujourd'hui, on…, commença Devon avant de s'interrompre brutalement. Quoi ! Tu as un diamant noir ! s'exclama-t-elle, les yeux écarquillés, en attrapant la main de son amie. Knox t'a offert un diamant noir ?

Harper sourit, admirant encore une fois ses bagues. Sa démone aimait les voir, si rutilantes, si brillantes, mais elle aimait encore plus ce qu'elles représentaient.

— Ouais, répondit-elle succinctement.

— Eh ben dis donc, reprit Devon en détachant chaque syllabe. Je suis abasourdie, poursuivit-elle en souriant largement. Même si je n'ai jamais douté que Knox t'est entièrement dévoué.

— Elles sont magnifiques, déclara Raini en se penchant pour mieux regarder les bagues de son amie. Est-ce qu'il en porte une aussi ?

— Ouais, répondit Harper en posant les deux mains sur sa tasse de porcelaine chaude. Il a attendu que je lui demande de la mettre. Il ne voulait pas la porter juste pour faire comme moi.

— Il a un goût exquis en tout cas, dit Khloë en touillant son smoothie. Je parie que son démon fait le fier. L'as-tu dit à mamy ?

— Ouais, je le lui ai dit ce matin, répondit Harper en sirotant son *latte* et en ronronnant presque de bonheur. Elle a dit qu'elle était heureuse si moi je l'étais.

La nouvelle ne l'avait pas beaucoup étonnée.

— Comment Knox t'a-t-il offert les bagues ? s'enquit Raini.

— Il m'a réveillée, m'a donné la boîte, puis il m'a dit qu'il voulait que je les porte pour que je n'oublie jamais que je comptais énormément pour lui.

— C'est difficile de ne pas l'apprécier, l'enfoiré ! affirma Devon en mettant la main sur son cœur.

Tanner s'esclaffa avant de s'emparer d'un journal qui traînait sur la table d'à côté.

— Je suis si heureuse pour toi, Harper, dit Raini avec un sourire excité.

— Moi aussi, intervint Khloë en avalant bruyamment une gorgée de son smoothie. Et je prédis qu'on va bien rigoler de la réaction de certaines personnes quand elles remarqueront tes bagues.

— Jusque-là, cela a été très amusant en tout cas.

Certains avaient eu l'air choqués, d'autres s'étaient montrés agréablement surpris et plusieurs filles avaient semblé déçues, ce qui avait réjoui la démone intérieure de Harper.

— Cela peut paraître puéril de ma part, mais j'ai surtout hâte de voir la réaction de Belinda quand elle les verra, dit Raini en touillant son thé.

— Ton vœu devrait se réaliser dans peu de temps, répondit Harper en buvant une gorgée de son *latte*. Elle a demandé à me voir alors je lui ai donné rendez-vous ici.

— Génial ! s'écria Raini en applaudissant. J'ai toujours aimé les esclandres. Où étiez-vous, Knox et toi, ces derniers jours ?

— Sur son yacht, révéla Harper.

— Oui, bien sûr, il a un yacht, rétorqua Devon sèchement.

La clochette de la porte tinta de nouveau, et Larkin et Keenan vinrent rejoindre le petit groupe d'amies.

— Salut ! Qu'est-ce que vous faites là ? demanda Harper en leur adressant un grand sourire.

— Levi m'a parlé de tes bagues et je mourais d'envie de les voir, répondit Larkin en regardant la main que lui tendait Harper. Je ne suis pas une gamine, ni du genre à m'extasier devant ce genre de truc, mais je veux que tu saches que je pousse intérieurement des petits gloussements excités.

— Il y en a qui vont en chier une pendule, déclara Keenan, et surtout Alethea.

— Il faut fêter ça, déclara Devon.

— On pourrait aller à l'*Xpress Bar* ce soir, proposa Khloë en acquiesçant avec un grand sourire.

— Tu as vraiment envie de te soûler encore une fois ? demanda Keenan à la petite elfe.

— Et pourquoi pas ? s'enquit Khloë, perplexe.

— Ne compte pas sur moi pour te ramener à la maison, déclara Keenan en croisant les bras.

— Pourquoi ? Parce que j'ai dit que tu avais un sexe énorme ? dit Khloë en inclinant la tête à cause de son ton un peu sévère.

Raini faillit recracher son thé sur la table. Secouée par des éclats de rire silencieux, Larkin tapota le succube dans le dos. Les autres clients avaient interrompu leurs conversations et s'étaient retournés en entendant le mot « sexe ». C'était normal, après tout, non ?

— Non, répondit Keenan en détachant toutes les syllabes. C'est à cause de la photo que tu as prise ce soir-là.

Khloë poussa un soupir et leva les yeux au ciel.

— Je ne comprends pas pourquoi cela t'a tellement énervé. Elle était loupée, cette photo, en plus. Je n'arrivais pas à capturer ton sexe en entier. De façon un peu plus sérieuse, poursuivit-elle en ayant remarqué que ses propos en avaient étonné plus d'un, est-ce que je peux te demander si tu es juste gâté par la nature ou si c'est le résultat d'une intervention chirurgicale ?

Elle paraissait sincèrement intéressée.

Devon poussa un gémissement et se cacha le visage dans les mains.

Keenan regarda Harper, les joues rouges de honte.

— Dis-lui d'arrêter, la supplia-t-il.

— Tu m'en veux parce que ton charme d'incube n'a aucun effet sur moi.

— C'est vrai ? s'étonna Larkin en clignant des yeux.

— C'est très rare que des gens soient insensibles au charme irrésistible des incubes, mais cela arrive, confirma Keenan.

La clochette de la porte retentit encore une fois, Harper tourna la tête et vit entrer sa cambion préférée. Elle sentit sa démone intérieure se réjouir à l'avance de leur rencontre. Elle avait très envie de balancer un grand coup de poing dans la figure de Belinda, assez fort pour y laisser la trace de ses bagues et qu'elle n'oublie jamais que Knox était pris.

— Tiens, salut, Belinda.

— Cela fait trois jours que j'essaie de vous joindre, dit la cambion en resserrant son étreinte sur la bandoulière de son sac. Pourquoi ne prenez-vous pas mes appels ?

— Ce n'est pas que je refuse de prendre vos appels. (C'était précisément le cas, mais bon…) Knox m'a enlevée pour le week-end alors j'étais occupée.

— Vous ne pouviez même pas prendre deux minutes pour répondre à l'un d'eux ? insista Belinda en serrant les lèvres.

— Laissez-moi réfléchir un peu, commença-t-elle en levant une main, paume vers le haut. Passer un bon moment avec Knox, dit-elle avant de lever son autre main et d'ajouter : répondre à vos appels, poursuivit-elle en levant et baissant les mains comme si elle évaluait l'importance de chacune de ces activités. (La cambion avait l'air d'avoir du mal à s'empêcher de taper Harper avec son bloc. C'était tout simplement génial.) Alors vous voulez quoi exactement ?

— Je me suis permis de rédiger un discours pour vous. Je désirais savoir si vous souhaitiez le modifier ou…

— Attendez un instant ! Un discours ? Qui a dit que j'allais faire un discours ?

— C'est évident, il me semble.

— Je ne comprends pas la nécessité de prononcer un discours, déclara Harper en fronçant les sourcils.

— Pour remercier les invités d'être venus et exprimer votre gratitude envers les organisateurs du gala, déclara Belinda, l'air de dire que c'était évident. Et puis terminer sur quelques paroles romantiques pour Knox.

— Je ne fais jamais de discours. Je n'aime pas ça. Knox est très doué, lui, en revanche. S'il faut dire quelque chose, c'est lui qui s'en chargera.

Harper ne ferait que bégayer ou bien elle rougirait comme une pivoine.

— Vous ne pouvez pas lui demander de tout faire.

— Vous avez entièrement raison et je ne le fais pas. Pour les discours, par contre, il est plus doué que moi. Je n'ai pas du tout envie de lire quelque chose qu'on aurait écrit pour moi. (S'étant toujours enorgueillie de son intégrité, elle se sentirait trop hypocrite.) Et puis, qui veut écouter une Wallis ? ironisa-t-elle.

— Très bien. J'ai encore quelques questions à vous poser, dit Belinda en dilatant les narines.

Harper termina son *latte* pendant que la cambion lui lisait sa liste mais elle releva la tête quand Belinda se tut soudainement. Elle avait les yeux braqués sur les bagues de la jeune femme.

— Elles vous plaisent ? lui lança Harper en remuant les doigts.

— C'est un diamant noir, dit Belinda en déglutissant bruyamment.

— Je sais, oui. Il est si joli, si brillant.

— Il vous a offert un diamant noir ?

— Vous êtes folle de joie pour moi, sourit Harper. Ça se voit.

— Cela ne vous inquiète pas, demanda-t-elle à Tanner en se tournant vers lui, que votre Grand Maître ne se comporte pas normalement ?

— Cela m'inquiéterait si ce que vous dites était vrai, déclara la sentinelle en levant sa tasse.

— Mais il a donné un diamant noir, dit Belinda en grinçant des dents, à une fille qu'il connaît à peine.

— Ouais, j'avais remarqué, répondit le chien des enfers.

— Mais il la connaît à peine, au risque de me répéter.

— Manifestement, il estime la connaître suffisamment, dit Tanner avant de retourner à son journal.

— Est-ce que vous vous engageriez comme ça envers une personne que vous ne connaissez que depuis quelques mois ? demanda-t-elle à Keenan, les lèvres serrées.

— C'est une question d'humain, ça, intervint Harper.

— Pardon ? dit Belinda en clignant des yeux.

— Vous êtes à moitié humaine, alors je comprends que vous vous posiez cette question, répondit Harper. Les humains ont besoin de beaucoup d'informations avant de prendre une décision. Mais tout n'est pas visible, audible, sensible ou explicable. Il y a aussi des choses qui existent et se passent d'explication, c'est tout.

— Knox est…, commença Belinda, les joues rouges.

— Absolument indifférent à vos charmes, alors cessez de fantasmer sur lui.

— Ouais, il est grand temps que vous arrêtiez de rêver de sortir avec lui, lança Khloë. Intéressez-vous plutôt à un célibataire. Il y en a des tas, vous savez. Prenez Keenan, par exemple. Il a un sexe énorme.

— Khloë! s'écria Keenan, les joues rouges comme un camion de pompiers.

— Parce que ce n'est pas la vérité? insista l'elfe en relevant une épaule.

— Est-ce que vous avez fini? demanda Harper à Belinda en essayant de garder son sérieux.

— Oui, j'ai fini, répondit-elle, les lèvres serrées. Merci de m'avoir accordé un peu de votre temps, ajouta-t-elle avant de faire demi-tour sur ses talons aiguilles et de disparaître.

Harper sentit l'esprit de Knox, familier et rassurant, venir se frotter au sien.

— *Es-tu vraiment sûre que tu ne veux pas que je la licencie, ma chérie?* lui demanda-t-il. *Je ne demande pas mieux, tu sais.*

— *Mais cela me gâcherait tout mon plaisir*, répondit-elle, devinant qu'une des sentinelles l'avait mis au courant de la crise de Belinda.

— *D'accord*, dit-il, mais elle comprit à sa voix, même par télépathie, qu'il était déçu. *N'oublie pas ta leçon de vol tout à l'heure.*

— *Ça ne risque pas*, affirma-t-elle, ayant hâte d'y être.

— Prêtes à aller au boulot? demanda Devon.

— Ouais. J'aurai un petit service à te demander tout à l'heure, avant la fermeture.

— Pas de souci, dit la chatte des enfers en souriant. C'est quoi ?

CHAPITRE 20

— J'ai mal au dos, se plaignit Harper, debout au bord d'un ravin sinueux pour une nouvelle leçon de vol.

— Je sais, mais tu dois absolument maîtriser cette technique. Il faut qu'elle devienne comme une seconde nature pour toi, déclara Knox en s'immobilisant.

Il eut beaucoup de mal à résister à la tentation de se précipiter auprès de sa compagne pour la réconforter. Il était si fier de la voir progresser ainsi sans presque jamais se plaindre. Il lui mettait énormément de pression et lui accordait rarement des pauses.

— Allez, élève-toi dans les airs et fais du surplace tant que je ne t'aurai pas dit de redescendre.

Harper obéit, comme elle l'avait fait au moins quatre-vingts fois déjà au cours de la dernière demi-heure. Elle avait mal partout, elle transpirait, et elle était très fatiguée. La brise aurait été agréable si elle n'avait pas été tellement brûlante qu'elle avait l'impression d'avoir un sèche-cheveux réglé au plus chaud dirigé sur elle. Et comme si cela ne suffisait pas le vent charriait de la poussière qui lui collait à la peau, une sensation qu'elle détestait.

— Redescends maintenant… Très bien, dit-il en hochant la tête d'un air satisfait en la voyant exécuter parfaitement la manœuvre. Encore une fois.

Harper recommença, encore et encore, en se mordant les lèvres pour ne pas lui balancer une volée de jurons. Putain !

— C'est mieux, de mieux en mieux. Fais-le encore une fois mais élève-toi davantage et maintiens-toi en vol stationnaire un peu plus longtemps. Veux-tu essayer de voler ? lui demanda-t-il, l'air inquisiteur, en la voyant s'affaisser. On peut commencer aujourd'hui, si tu veux, mais seulement à condition que tu aies parfaitement maîtrisé cet exercice.

— Je vais le faire, éructa-t-elle en roulant les épaules. Qu'est-ce qui t'amuse ? demanda-t-elle, éprouvant une très forte envie de lui balancer un coup de poing en le voyant esquisser un sourire.

— Je n'ai pas ri.

— Non, mais tu as souri.

— C'est juste que je te trouve mignonne quand tu t'excites.

Elle avait cet air de chaton en colère, crachant et sifflant, qui amusait toujours autant Knox et son démon.

— Allez, on recommence.

— Très bien. Élève-toi, dit-il, heureux de la voir faire du surplace sans effort.

Elle avait beaucoup progressé depuis leur première leçon. Il lui demanda de tenir toute une minute avant de la laisser redescendre.

— Très bien, la félicita-t-il. Prête à essayer de voler maintenant ?

— Trop ! s'exclama-t-elle.

— D'accord, allons-y.

— Tes ailes sont tellement plus belles que les miennes, affirma Harper, ébahie, en voyant Knox déployer ses magnifiques ailes faites d'énergie magmatique mais pas seulement… puisque ses plumes dégageaient également des flammes.

— Est-ce qu'on t'a fait des remarques sur tes bagues ? lui demanda-t-il en lui prenant la main pour les admirer, les trouvant belles et tout à fait à leur place sur la main de sa compagne.

— Oui, presque tous les gens qui sont venus au studio m'en ont parlé. Ils semblaient surpris pour la plupart, mais les démons de notre clan avaient l'air heureux. Et toi ? On t'a fait des remarques ?

— J'ai passé une grosse part de la journée au bureau et je n'ai vu presque personne. À mon avis, tout le monde sera probablement aussi surpris que l'équipage du yacht.

Harper ne put s'empêcher de sourire en se rappelant le steward, tellement choqué qu'il en avait laissé tomber leurs verres.

— J'imagine, dit-elle.

Puis Knox l'embrassa et l'attira au bord du ravin. Harper se pencha et aperçut le lit desséché de la rivière en contrebas.

— On est très hauts, là.

— C'est vrai, mais c'est l'endroit idéal pour apprendre à voler. Dans le ciel, le vent et la vue risquent de te perturber, tandis qu'ici tu seras bien à l'abri et le paysage ne risque pas de te déconcentrer. En outre, comme c'est très dégagé, tu pourras bien sentir ton altitude et tu percevras d'autant mieux la nécessité d'être prudente. La peur est parfois la meilleure des motivations. Il faut juste te rappeler que…

— Je sais très bien faire du surplace, dit-elle en terminant sa phrase pour lui.

— C'est vrai, convint Knox en esquissant un sourire. Génial.

— Alors quoi maintenant ?

— Il ne te reste plus qu'à prouver qu'on a tous les deux raison.

Sur ce, il la poussa.

Harper hurla et sentit son estomac faire une sorte de saut périlleux tandis qu'elle chutait vers le sol à toute vitesse. Le vent faisait voler ses cheveux et lui coupait le souffle, étouffant ses cris. Elle battit des ailes comme une folle mais rien n'y faisait, elle continuait à tomber.

Se souvenant de ses leçons, elle jeta son poids vers l'arrière pour se mettre à la verticale, dirigea ses talons vers le bas en battant des ailes de plus en plus fort, et réussit elle ne sut trop comment à s'arrêter à quelques centimètres à peine au-dessus du lit de la rivière.

Là, elle aperçut son compagnon appuyé contre la paroi rocheuse, l'air impressionné. Il s'était sans doute pyrotransporté mais elle s'en fichait éperdument tant elle était déterminée à le tabasser.

— Espèce d'enfoiré de barjot, hurla-t-elle en se laissant redescendre jusqu'au sol. J'aurais pu me tuer !

Mais, avant qu'elle ait pu l'atteindre, il s'était éloigné dans une grande éruption de flammes.

— Mais tu n'es pas morte ! lança-t-il derrière elle sur un ton amusé.

— C'est la chance qui m'a sauvée ! hurla-t-elle en faisant volte-face.

— C'est ta technique et la mémoire de tes muscles qui l'ont fait, la corrigea-t-il. Tu as parfaitement réussi ton atterrissage. Bravo, ma chérie !

Elle s'en était même mieux sortie qu'il ne l'espérait.

— Tu m'as fait une de ces frousses !

— C'est vrai, mais as-tu encore peur de tomber ?

Harper ouvrit la bouche mais aucun son n'en sortit. En effet, elle n'avait plus peur.

— C'est malin, tiens ! dit-elle en étrécissant les yeux.

— Peut-être, mais efficace, tu avoueras.

Harper ne pouvait pas le nier et Knox lui adressa un sourire satisfait montrant qu'il l'avait bien compris.

— Tu ne vas pas bouder, j'espère.

— Tu es censé m'apprendre à voler ou l'as-tu oublié ?

— Je t'aurais rattrapée au besoin, tu le sais, dit-il en s'approchant d'elle et en mettant une main sur sa nuque.

Elle ne courait aucun risque avec lui.

— Là n'est pas la question.

Knox tendit la main et Harper finit par entrelacer ses doigts avec ceux de son compagnon bien qu'avec une certaine réticence.

— Je vais garder ta main dans la mienne jusqu'à ce que tu te sentes à l'aise dans les airs. Tu maîtrises bien le décollage mais le vol, c'est autre chose. Comme tout le monde, tu te sens en équilibre en position verticale avec les deux pieds posés au sol. Tu n'as pas encore l'habitude de te déplacer horizontalement ou de te servir de tes ailes pour avancer. Essaie de ne pas donner de coups de pied.

— Et pourquoi est-ce que je ferais cela ?

— Parce que tu as toujours compté sur tes jambes pour aller où tu veux. Même à la nage, tu te sers de tes jambes. C'est instinctif. En revanche, si tu les bouges en vol, ton équilibre sera compromis, expliqua-t-il en lui serrant la main. Prête ?

— Ouais, répondit-elle après avoir pris une longue inspiration.

— C'est parti.

Ils s'élevèrent tous les deux gracieusement dans les airs jusqu'au quart environ de la hauteur de la paroi du ravin.

— Très bien, dit ensuite Knox. Penche-toi un peu vers l'avant en battant des ailes en même temps. Oublie tes jambes, ce ne sont pas elles qui te feront avancer. C'est le boulot de tes ailes. Très bien, la félicita-t-il quand elle eut trouvé la bonne position après une brève hésitation.

Harper suivit les indications de Knox à la lettre et se concentra sur ses ailes tandis qu'ils volaient en cercles approximatifs en prenant de plus en plus d'altitude.

Elle commençait à bien s'amuser jusqu'à ce qu'elle jette un rapide coup d'œil vers le bas. Elle ne put retenir un juron. Elle ne s'était pas rendu compte en effet qu'ils étaient montés aussi haut.

— Ça va aller.

— D'accord, mais ne me lâche pas.

— Ramène tes jambes vers ton ventre.

— Pourquoi ? s'enquit-elle en fronçant les sourcils.

— Fais-le.

Elle obtempéra et poussa des petits cris effrayés car Knox lui fit faire des roulés-boulés. Elle n'était pas fâchée cependant. Elle riait même. Sa démone s'éclatait, avec toute l'adrénaline qui circulait dans les veines de Harper.

— Regarde, ma chérie.

— Quoi ? demanda-t-elle avant de remarquer qu'il lui avait lâché la main.

Bien entendu, elle se mit à tomber en chute libre dès qu'elle s'en aperçut. Elle jura et s'arrêta dans les airs. Knox décrivait des cercles autour d'elle et elle le fusilla du regard.

— J'aurais dû deviner que tu me lâcherais !

— Tu n'apprendras jamais à voler si tu me tiens tout le temps la main. Tu es fatiguée, dit-il en passant un bras autour de sa taille et en l'attirant à lui. Allez, viens, on va rentrer.

Une fois qu'ils eurent regagné le haut de la falaise, Knox se pyrotransporta avec sa compagne jusqu'à leur salle de bains.

— On va d'abord prendre une douche, on en a bien besoin, avant de passer en revue les mesures de sécurité pour le gala de samedi.

— Tu penses que Crow va faire une apparition à la teuf ?

— Il y aura foule dans la Cité souterraine. Ce serait le meilleur moment pour lui d'agir.

— Les vigiles seront en état d'alerte.

— Oui, mais, en y mettant le prix, il pourrait tout à fait se faire téléporter jusque dans la Cité souterraine. Si un des Cavaliers possède ce don, il pourra le faire entrer subrepticement. (Tout comme Harper, Knox soupçonnait Alethea d'être la marionnettiste de Crow.) Il faut envisager toutes les possibilités.

C'était comme cela qu'avaient procédé les adeptes de magie noire qui avaient kidnappé Harper. Knox n'écartait pas la possibilité que ce subterfuge serve de nouveau.

—On sait qu'il a une prédilection pour les flingues. Il est donc tout à fait probable qu'il se mette à tirer sur tout le monde, dit Harper en aidant Knox à lui baisser son jean et sa culotte, et en les lançant au loin avec ses chaussures.

—C'est la raison pour laquelle on sera entourés des sentinelles et des membres de nos forces de défense. Mais, avec ou sans protection, tu ne devras pas me quitter d'une semelle, affirma Knox en lui retirant son tee-shirt et son soutien-gorge. Merde! s'exclama-t-il alors en se raidissant.

—C'est Devon qui me l'a fait, expliqua-t-elle, souriant timidement en le voyant fixer les yeux sur son nouveau piercing au téton. Tu aimes?

Knox manipula délicatement le bijou sur son sein non marqué et Harper poussa un petit gémissement qui le fit instantanément bander.

—J'ai horreur des questions rhétoriques et tu le sais, éructa-t-il avant de triturer son piercing une nouvelle fois. C'est douloureux? s'enquit-il en la scrutant.

—Plus depuis quelques heures, répondit-elle.

Les démons avaient la chance de guérir très vite.

—Tant mieux.

Vraiment très excité, Knox se pencha et passa la langue autour du nouveau piercing. Harper lui tira les cheveux, sa manière bien à elle de lui réclamer plus de caresses. Il tira un peu sur le bijou avec les dents, et Harper se cambra et se plaqua contre lui en poussant de petits gémissements.

Knox retira rapidement ses vêtements et tapota les fesses de la jeune femme.

—À la douche, dit-il.

La jeune femme y entra la première et Knox fit couler l'eau. Les LED bleu océan s'allumèrent et le grand pommeau de douche à jet de pluie les arrosa. Puis Knox plaqua sa bouche contre celle de Harper dans un baiser avide, possessif, dévorant. Il l'embrassa tellement goulûment qu'elle en éprouva une sorte de vertige. Son goût se mêlait à ceux du vin et de l'eau qui les aspergeait. Puis il lui caressa et lui étreignit les fesses pendant qu'il lui dévastait les sens de la langue et des dents.

La jeune femme sentit ses seins se gonfler et son intimité se resserrer sous l'assaut. Elle avait besoin de lui, de s'emplir de lui. Un simple baiser n'aurait pas dû avoir un tel effet sur elle, mais elle n'y pouvait rien. C'était sa faute à lui. Ses doigts sûrs et confiants la caressaient, suivant les contours de son corps. Elle frissonna, et eut la chair de poule.

—Viens ici, dit Knox en rompant le baiser et en s'asseyant sur le banc. Tu es mienne, déclara-t-il tandis qu'elle se mettait debout entre ses jambes, qu'il lui étreignait les seins et les portaient à sa bouche.

Il lui dévora les tétons. Harper ne trouva pas de meilleure manière de décrire ce qu'il lui fit. Il les lui racla des dents et la mordilla. Il la taquina de la langue. Des éclairs de plaisir l'assaillirent chaque fois qu'il tirait délicatement sur son piercing. Quand il aspira son téton sans bijou dans sa bouche et le suça fortement, elle… Cela lui mérita quelques points en plus. Elle ne put que s'agripper à ses épaules musclées.

Il releva enfin la tête et reprit le contrôle de sa bouche avec la sienne, étouffant chacun de ses gémissements et de ses couinements.

— J'ai besoin de te sentir en moi, le supplia-t-elle.

Elle détestait éprouver un désir aussi exacerbé, mais elle avait éperdument besoin de lui en elle. Tellement qu'elle en tremblait.

— D'abord, j'ai besoin de tes lèvres pulpeuses, dit-il en les lui tapotant, sur mon sexe.

Les yeux couleur saphir de Harper furent traversés d'un éclair de défi. Et Knox arqua lentement un sourcil.

— Ta bouche m'appartient, dit-il. Je peux la baiser quand je veux. (Harper serra les mâchoires mais s'agenouilla lentement.) C'est bien !

Bien ? pensa-t-elle.

Elle se demanda si le mot était adapté, d'autant plus qu'elle avait très envie de lui flanquer une gifle. Elle avait besoin de le sentir en elle, merde ! Elle avait mal aux tétons et son intimité la brûlait de désir inassouvi. Elle se sentait vide.

— Harper, dit-il.

C'était un avertissement, vibrant de pouvoir et d'autorité. Harper étreignit la base du sexe massif qu'elle avait sous les yeux et le porta à sa bouche. Elle le suça et le lécha énergiquement, sachant exactement ce qui le rendait fou. Il la maintenait d'une main sur la tête et contrôlait son rythme, lui chuchotant en même temps des petits compliments d'une voix chaude et possessive. Il lui dit qu'elle était parfaite, faite pour lui et n'appartiendrait jamais à personne d'autre qu'à lui.

Harper tressaillit quand un doigt psychique glacial caressa sa zone sensible et fit réagir son intimité. Elle éprouva alors une sensation de brûlure devenue presque trop familière qui lui titilla les terminaisons nerveuses. *Bordel de merde !* Le doigt psychique caressa, tritura et taquina son intimité. Les lèvres autour du sexe de Knox, elle ne put retenir un gémissement et se cambra à la rencontre de ses caresses. Puis deux autres doigts s'insérèrent profondément en elle. Le choc mais aussi une intense sensation de plaisir la firent tressaillir.

— Chut, dit-il, attends.

Knox fit entrer et sortir ses doigts psychiques, exacerbant l'intense désir qu'elle éprouvait dans son intimité. Ses lèvres sur son sexe étaient paradisiaques et il les goûtait intensément. Il lui avait appris ce qu'il aimait et elle le faisait toujours pour lui, mais des picotements caractéristiques à la base de son dos l'obligèrent à arrêter.

— C'est assez, ma chérie.

Harper en aurait pleuré quand les doigts psychiques disparurent, laissant derrière eux un violent manque. S'il ne la pénétrait pas rapidement, elle aurait du mal à s'empêcher de le gifler.

— Lève-toi, lui ordonna-t-il, la vue de ses lèvres rouges et gonflées faisant durcir son sexe encore davantage. Tu veux mon sexe en toi ?

Harper déglutit, refrénant une envie de lui dire de la baiser là tout de suite ou de s'en passer. Mais elle savait ce qu'elle devait faire pour obtenir ce qu'elle voulait.

— S'il te plaît, dit-elle.

Knox se releva prestement, la souleva et la plaqua contre le mur carrelé. Elle enroula les jambes autour de sa taille et il la pénétra d'un grand coup de reins. Son intimité, chaude et soyeuse, agrippa son sexe et le retint fermement. Knox perdit le peu de contrôle qu'il lui restait.

Harper planta les ongles dans son dos tandis qu'il s'enfouissait complètement en elle. Il plongea son regard sombre traversé d'une lueur de violent désir dans celui de sa compagne. D'une main, il séparait en même temps les doux replis de son intimité et caressait sa zone sensible à chaque coup de boutoir. *Enfoiré!* Elle était excitée à en crever.

— Je vais jouir.

— Retiens-toi, grogna Knox.

Les yeux de Harper virèrent alors au noir et Knox sentit la peau de son dos chauffer et picoter sous ses mains, la douleur se transformant vite en plaisir. La démone de Harper le marquait, comprit-il rapidement. Merde! Merde! Merde! Les doigts plantés dans les cuisses de sa compagne, il accéléra le rythme. Plus vite. Plus fort. Les yeux noirs disparurent rapidement, remplacés par des prunelles saphir.

— Fais-moi jouir, Harper, grogna-t-il contre sa bouche.

Ces mots servirent de déclencheur. Harper explosa dans un grand cri et resserra les jambes autour de Knox tandis que son intimité se refermait sur lui. Elle le sentit gonfler en elle et il se cabra en se déversant. Harper se laissa retomber contre lui, secouée de petits tremblements.

— Vite, un miroir. Je suis curieux de voir la marque de ta démone.

Ce fut qu'à ce moment-là que Harper se souvint que sa démone avait effectivement à nouveau marqué Knox.

— Je suis très curieuse aussi, dit-elle.

Leurs démons étaient tous deux effrontés et très possessifs, aussi elle doutait que la marque soit discrète.

Knox reposa Harper délicatement et coupa l'eau. Il l'enveloppa dans une serviette avant d'en prendre une pour lui. Puis il se mit dos au miroir pour examiner sa nouvelle marque, une sorte de prolongement de celle de son cou. Très virile, un peu comme un tatouage tribal avec ses lignes noires pleines et ses courbes à pointes, elle allait maintenant de sa nuque à ses épaules.

— Cette marque te donne l'air encore plus mauvais garçon, déclara Harper en se séchant les cheveux avec une petite serviette. Elle te plaît ? s'enquit-elle, la trouvant elle-même plutôt bien.

— Devine, lança-t-il en l'attirant à lui, la sentant nerveuse quant à sa réaction.

— Elle te plaît bien, je pense, dit-elle. (À en juger d'après son sexe durci contre son ventre.) Ou bien tu es simplement content que ma démone t'ait marqué.

— Un peu des deux, répondit-il en l'embrassant délicatement sur la bouche. Et j'aime beaucoup ton nouveau piercing, ajouta-t-il en le titillant sous la serviette. Je vais avoir envie de jouer très souvent avec.

— Tant que tes mains psychiques ne se mettent pas à le titiller en public, dit-elle en étrécissant les yeux tandis qu'il esquissait son petit sourire tordu.

Elle comprit alors qu'elle venait de lui souffler bêtement l'idée. Elle méritait une gifle. Vraiment.

Chapitre 21

Ce spa était parfait, se dit Harper. Avec son atmosphère procurant une sensation immédiate d'harmonie et d'apaisement, il était délicieusement propice à la détente. Et pas uniquement en raison de sa décoration chaleureuse et invitante. En effet, un tas d'autres choses contribuaient aussi au bien-être des clients : des brûleurs d'encens, une musique d'ambiance relaxante, des parfums d'huiles essentielles, des lumières tamisées et des peignoirs somptueux. Sauf que, là tout de suite, Harper ne se sentait pas du tout détendue. Pas avec Belinda à son côté, qui lui lisait le programme de la journée du lendemain. Elle n'avait même qu'une envie, lui courir après pour lui assener des grands coups de son propre bloc sur la tête.

Harper s'était rendue au spa pour une raison qui aurait dû être évidente pour la cambion : se détendre et rien d'autre.

Elle avait beaucoup de mal à y parvenir, d'autant plus qu'elle n'arrivait pas à oublier la teuf du lendemain soir. Elle avait pourtant réussi à se relaxer un peu. Ses muscles s'étaient un peu relâchés sous les mains de la masseuse qui la frictionnait et lui pétrissait la peau de ses doigts enduits d'une huile douce. Elle s'était sentie fondre comme de la cire chaude sur la table bien matelassée.

Mais là elle devait s'agripper aux montants pour s'empêcher de gifler Belinda, qui avait fait irruption dans la pièce avec son indispensable bloc pour lui dresser une longue liste de pense-bêtes, comme si elle ne voyait pas les quatre filles à moitié à poil occupées à se faire masser.

Harper était déterminée à ne pas laisser la cambion l'énerver. Vraiment. Elle inspira longuement et s'emplit les poumons d'un air au doux parfum d'agrumes. Elle se concentra sur les mains qui exerçaient leur magie sur ses muscles et sur la chaleur des pierres posées le long de son échine. Elle ressentait encore quelques courbatures, des suites de sa dernière leçon de vol. Quelle merveille que ce spa et…

—Est-ce que vous m'écoutez ? demanda Belinda.

—Franchement ? Non, soupira Harper.

—Le gala a lieu demain soir, déclara la cambion en mettant une main sur la hanche. Il reste encore plein de détails à régler.

—On est venues ici, intervint Devon en grognant d'impatience, pour aider Harper à se changer un peu les idées. C'est clair, il me semble, non ?

—Mon travail est beaucoup plus important qu'un massage, affirma Belinda en adressant un regard hautain à Devon. Il faut absolument régler ces quelques trucs pour que le gala se déroule sans anicroches. Une esthéticienne et une coiffeuse passeront vous voir dans l'après-midi, reprit-elle, les yeux penchés sur son bloc, pour faire votre maquillage, votre coiffure et tout ça.

—Je n'en aurai pas besoin. Je m'en chargerai moi-même.

— Impossible, décréta Belinda, visiblement choquée. Mais enfin, vous ne pouvez pas faire cela.

— Et pourquoi pas ? s'enquit Khloë en levant les yeux de son magazine.

— Ne voulez-vous pas vous mettre en valeur pour Knox ? demanda la cambion à Harper en ne tenant aucun compte de l'intervention de l'elfe. Vous ne vous maquillez presque jamais, vous ne savez pas…

— Knox n'aimerait pas que je me tartine de maquillage ou que je me fasse des coiffures compliquées, dit Harper. Il ne veut pas d'une version trafiquée de moi.

— Je vais lui en parler, déclara Belinda en serrant les lèvres.

— Méfiez-vous ! « Tel est pris qui croyait prendre », lui lança Khloë.

— Mon travail…, commença Belinda en fusillant l'elfe du regard.

— Ne consiste pas, l'interrompit Khloë, à vous accrocher à Knox comme une moule à un rocher. Vous ne le lâchez jamais d'une semelle, profitant de chaque occasion pour l'appeler ou frapper à la porte de son bureau, poursuivit l'elfe en tournant rageusement les pages de son magazine. Je préfère vous le dire : il vous trouve minable. Votre manège nous fait rire, vous savez. Beaucoup, même.

— Je vais annuler l'esthéticienne, dit Belinda, rougissante, en se tournant vers Harper.

— Voilà, dit Harper. Ce n'était pas trop difficile, n'est-ce pas ?

— J'essaie de vous aider ! s'exclama Belinda en faisant des moulinets au risque de balayer le plateau de flacons d'huiles et de crèmes. Si vous vous présentez au gala sans vous apprêter plus que d'habitude, vous ferez honte à Knox devant ses invités. C'est cela que vous voulez ?

— Pouvez-vous m'expliquer, éructa Harper en arquant un sourcil, comment au juste je lui ferai honte ?

— Allez, dites, réclama Devon en étrécissant dangereusement les yeux. On aimerait bien le savoir aussi.

— Je voulais juste dire que c'est important, expliqua Belinda en lissant sa jupe, que vous ayez l'air d'avoir fait des efforts.

— Bravo, vous êtes bien retombée sur vos pieds ! s'exclama Khloë en souriant.

— Je trouve aussi, dit Raini sur un ton endormi, la tête posée sur les bras.

— Les autres invités, reprit Belinda, une lueur d'exaspération dans le regard, seront tous sur leur trente et un.

— Pas tous.

— Vous ferez tache, déclara la cambion. Comment réagirez-vous si les gens se mettent à ricaner sur votre passage ?

Était-ce une question piège ? Harper soupira et décida d'y répondre honnêtement.

— Cela me laissera parfaitement indifférente.

Belinda sembla en prendre ombrage.

— Vous ne connaissez pas la famille Wallis, n'est-ce pas ? demanda la masseuse de Devon en gloussant.

— Les Wallis ne cherchent jamais à plaire aux autres, expliqua Raini.

— Harper, je me dois d'insister pour que vous reveniez sur votre décision de..., déclara Belinda en serrant les lèvres.

— Vous devez être le genre de nana prête à se transformer pour plaire à un type. Je me trompe ? demanda Harper. Je parie que vous essayez toujours de montrer aux hommes ce qu'ils ont envie de voir. Moi, je ne suis pas comme cela. Je suis moi-même. Soit je plais, soit je ne plais pas mais c'est comme ça, je ne vais pas me transformer pour séduire qui que ce soit. Je ne vais pas assister à ce gala autrement que comme je suis. Je ne vais pas me comporter différemment de ce que je suis, ni faire semblant d'être douce et polie. Je n'attends pas votre approbation. Vous n'êtes pas payée pour cela. Vous pouvez disposer, et n'oubliez pas votre bloc.

— J'ai un travail à faire et je..., affirma la cambion en relevant le menton.

— Vous voulez vraiment vous en prendre à moi, Belinda ? Rien ne me ferait plus plaisir, putain ! Je suis très tendue en ce moment et ça me ferait un bien énorme de vous tabasser un peu. Cela me soulagerait terriblement, termina-t-elle.

Et elle ne plaisantait pas.

— Je vais vous laisser, dit alors Belinda en reculant tout en serrant son bloc contre sa poitrine. Profitez bien de vos massages.

Puis elle sortit en faisant claquer les talons de ses escarpins. Malheureusement, l'épaisse moquette de la pièce en absorba tout l'effet.

— Elle mériterait une paire de claques, marmonna Devon quand la porte se referma derrière la cambion.

C'était tout à fait le cas. Dans ces moments-là, Harper se demandait si elle se trompait, si Belinda n'était pas justement un des Cavaliers de l'Apocalypse. Mais la garce était terriblement coincée et elle semblait avoir un tel béguin pour Knox que Harper doutait qu'elle souhaite exposer publiquement à quelle espèce il appartenait. Et puis Belinda était beaucoup trop sainte-nitouche pour ce genre d'esclandre.

— Hé ! vous avez encore fait les magazines, toi et Knox. Un journaliste a pris une photo de vous sortant de la Bentley, et ils ont publié un gros plan de vos bagues, ajouta Khloë en montrant le journal à Harper. Des sources sûres auraient révélé que vous vous êtes mariés dans une chapelle de Las Vegas.

Harper avait deviné que les journalistes humains arriveraient à cette conclusion. D'ailleurs, ils ne s'intéressaient à leur couple que depuis qu'elle était avec Knox parce qu'avant elle il changeait tout le temps de copine.

— Je parie que Knox sera content de savoir que les humains te croient mariée et donc plus disponible, supposa Devon.

Harper hocha la tête. Il avait d'ailleurs dit exactement cela quand il lui avait offert les bagues.

— Vous allez sans doute me trouver cruelle, dit Khloë, mais j'adore voir à quel point Belinda en souffre.

Les masseuses ne purent contenir un ricanement.

— Hé ! les filles, on est venues se détendre, intervint Raini en relevant la tête. Et Belinda est un sujet de conversation beaucoup trop stressant. Alors parlons d'autre chose.

Harper fit son possible pour se libérer l'esprit et bien profiter du massage. Puis les copines passèrent par la manucure et la pédicure avant de quitter le spa. Keenan les attendait à la porte pour escorter Harper hors de la Cité souterraine jusqu'à la voiture. Ses amies ayant prévu de faire du shopping, Harper les salua et elles se séparèrent. Manifestement sur un pied d'alerte, la sentinelle, prête à intervenir au moindre signe de Crow, irradiait la menace.

Heureusement, tout semblait calme à l'horizon.

Ils sortirent par la boîte de nuit qui servait d'accès à la Cité souterraine et Keenan accompagna Harper jusqu'à la voiture, dont il ouvrit la porte arrière.

— À plus, sphinx, lança-t-il.

— Ouais, lui répondit-elle, occupée à lire un message de Martina sur son téléphone. Salut, Tanner, dit-elle en se glissant sur le siège arrière de la voiture tandis que Keenan refermait la portière.

— Sauf que ce n'est pas Tanner, entendit-elle dès qu'il eut démarré.

Harper redressa vivement la tête de son téléphone et croisa dans le rétroviseur les yeux bleus de Crow et son regard fou. *Merde !* Abasourdie, elle s'immobilisa un instant. Puis elle paniqua et décida d'attaquer. Mais Crow glissa une main vers l'arrière et l'agrippa par la jambe. Elle ne sentit pas sa poitrine se serrer cette fois. C'était plutôt comme un grand coup sec qui lui coupa le souffle. Le démon psi lui aspira une telle quantité d'énergie psychique qu'elle en éprouva un fort mal de crâne. Elle eut beaucoup de difficulté à ne pas se laisser tomber dans l'inconscience et se sentit perdre la bataille.

Dans tous ses états, elle tenta de contacter Knox par télépathie mais ne ressentit qu'une vive douleur à la tête. Elle hurla mais eut l'impression que son cri ne résonnait que dans son crâne. Elle se sentit décliner rapidement tandis que sa vision s'obscurcissait peu à peu.

— Ça fait mal, je sais, mais c'est nécessaire, déclara Crow. Dormez un peu, tout ira bien, vous verrez, dit-il.

Elle l'entendit comme s'il était très loin d'elle et l'obscurité se fit.

Knox sortit son téléphone quand la sonnerie le prévint d'un appel entrant. Il soupira en voyant le nom qui s'affichait à l'écran. Il regrettait amèrement d'avoir promis à Harper de ne pas intervenir dans son problème avec Belinda, qu'il aurait voulu licencier tout de suite. Il s'était réuni avec Levi et Larkin dans son bureau à la maison pour discuter des mesures de sécurité du gala. Il n'avait pas le temps de gérer les soucis de Belinda.

— Oui, dit-il sèchement en prenant l'appel, serrant son stylo dans sa main.

— Euh… monsieur Thorne, bredouilla la cambion. Désolée si le moment est mal choisi.

Ce n'était jamais le bon moment pour elle.

— Vous vouliez quelque chose ?

— J'estimais important de vous informer que Harper refuse l'intervention d'une esthéticienne.

Si Belinda était étonnée, c'était bien la preuve qu'elle ne connaissait pas du tout Harper.

— Vraiment ?

— Oui. Je lui ai expliqué que c'était le seul moyen pour elle de se démarquer par rapport aux autres et…

— Harper se démarquera toujours, mademoiselle Thacker. Et pour le mieux, ajouta-t-il parce que c'était la vérité. S'il n'y a rien d'autre… je suis un homme très occupé, dit-il.

— Bien sûr, répondit-elle sur un ton très sérieux. Je m'excuse de vous avoir dérangé.

Knox raccrocha et se tourna vers ses sentinelles en soupirant.

— Encore Belinda avec ses histoires ? lui demanda Levi en semblant essayer de réprimer un sourire.

— Oui, avoua Knox en reposant le téléphone sur son bureau.

— Après tout ce qu'elle a dit et fait, je suis étonné que vous ne l'ayez pas encore licenciée, déclara Larkin.

— J'ai juré à Harper de la laisser gérer cette situation elle-même. Je ne vous mentirai pas, j'ai plusieurs fois failli manquer à ma promesse. Si j'interviens, elle ne me confiera jamais plus ce genre de problème parce qu'elle craindra toujours que je m'ingère dans ses affaires. (Elle était tout à fait capable de coudre des sequins roses sur ses vêtements pour le punir.) Revenons à nos…

— *Knox*, l'appela Tanner avec une telle douleur dans la voix qu'il s'interrompit et se raidit.

— *Qu'est-ce qu'il y a ?* demanda-t-il.

— *C'est Crow. Il m'a bien eu. Il a pris la voiture. J'ai essayé de contacter Harper mais elle ne répond pas.*

Knox cassa sans le faire exprès le stylo qu'il tenait à la main et il sentit son rythme cardiaque s'accélérer. Il rompit la communication avec la sentinelle et chercha à joindre sa compagne.

— *Harper ? Harper ?*

Il n'obtint pas de réponse. Rien du tout, pas même un frôlement de son esprit contre le sien.

— *Harper, ma chérie, réponds-moi s'il te plaît. Rassure-moi, dis-moi que tu vas bien.*

Toujours rien. Knox sentit la panique le gagner et ce fut la même chose pour son démon. Son pouls s'accéléra encore et sa respiration se fit de plus en plus saccadée.

— *As-tu accompagné Harper jusqu'à la voiture ?* demanda-t-il à Keenan.

— *Bien sûr*, répondit l'incube. *Je l'ai même regardée monter.*

Merde !

— *Il y a combien de temps ?*

— *Une demi-heure environ. Pourquoi ?*

Elle était donc entre les mains de Crow depuis une demi-heure. Une demi-heure, merde !

— *Harper, réponds-moi.*

Mais rien, toujours rien.

Knox sentit un voile rouge lui obscurcir la vision. Il eut chaud et perçut un étrange rugissement. Il secoua la tête, serra les mâchoires. Non, pas encore une fois. Non. Cela ne pouvait pas se reproduire. Mais c'était le cas. Harper avait bien été enlevée.

Il se sentit envahi par une vague de panique, d'effroi, de peur, en plus d'une grande colère noire. Ces sentiments lui explosèrent tous dans le ventre, lui coupèrent le souffle et l'assaillirent des pieds à la tête. Son démon émergea dans un grognement animal, trépignant, désirant tout détruire sur son passage.

— Il l'a enlevée, éructa-t-il en détachant toutes les syllabes.

— Crow ? demanda Levi en se raidissant.

Au prix de terribles efforts, Knox réussit à reprendre le contrôle. Ses sentinelles le scrutaient avec circonspection et il comprit qu'il était tellement tendu qu'il avait l'air prêt à exploser. Il prit une longue inspiration pour retrouver son calme et se donner le temps de réfléchir. Il avait besoin de planifier la suite mais c'était difficile quand tout en lui rugissait, fulminait et souffrait.

— Crow a kidnappé Harper, leur annonça-t-il, la voix rauque.

Levi lâcha un juron et se redressa prestement.

— On va la retrouver, déclara Larkin en se levant à son tour, le regard traversé par une lueur d'angoisse vite remplacée par une détermination féroce.

Absolument. Il était hors de question en effet pour Knox d'accepter de la perdre.

— C'est arrivé il y a une demi-heure environ.

Knox n'avait pas envie de penser à tout ce que Crow avait pu lui faire pendant ce temps.

— Votre lien psychique est toujours intact ? demanda Larkin.

— Oui. Elle est encore en vie, dit Knox en se rattachant à cela pour ne pas perdre les pédales. Il a commis une grave erreur en prenant l'Audi. À moins qu'il sache que cette voiture est équipée de plusieurs traceurs GPS et qu'il les ait tous trouvés et enlevés, on pourra facilement les traquer. Cherchez l'Audi.

C'était le meilleur moyen pour Knox de retrouver Harper et son kidnappeur, et de le faire payer pour avoir osé s'en prendre à sa compagne.

— Je vais venir te chercher, ma chérie. Tiens bon. J'arrive.

Harper ne sut pas trop ce qui l'avait réveillée : son horrible mal de tête, la nausée ou une voix qui essayait de la contacter par télépathie. Elle avait froid, elle était toute courbaturée et, pire encore, elle avait du mal à respirer tant sa poitrine était comprimée… ainsi que ses tibias d'ailleurs.

Elle avait les paupières si lourdes qu'elle ne put les ouvrir qu'au prix de terribles efforts. La lumière d'une ampoule au-dessus de sa tête la fit grimacer. Elle entendit des marmonnements et aperçut Crow debout devant le comptoir noir d'une kitchenette, occupé à faire quelque chose mais elle ne voyait pas quoi. Sa barbe était hirsute et sale, comme ses vêtements d'ailleurs.

Elle balaya les lieux du regard et découvrit qu'elle se trouvait dans une caravane qui avait l'air de servir de bureau. Des effluves de graisse et d'huile lui parvinrent et elle remarqua des boîtes à outils, des autoradios et des pièces de voiture posés ici et là.

Elle constata également qu'elle était ligotée sur un bureau. Ce n'était pas la première fois que cela lui arrivait. Sauf que, là, elle avait les bras attachés le long du corps et non pas au-dessus de la tête comme cela avait été le cas quand elle avait été retenue captive par les adeptes de magie noire. Elle n'était pas capable de se tortiller suffisamment les mains pour faire venir les flammes des enfers et brûler les cordes épaisses et solides qui la retenaient.

Crow lui avait retiré son jean, ses chaussettes et ses bottes. Il ne lui avait laissé que son soutien-gorge, son tee-shirt et son shorty.

— *Réponds-moi, Harper. S'il te plaît, ma chérie.*

Harper sentit la panique monter en elle. Elle se rappela les prémonitions de Nora : « *Vous et votre démone ferez face à une dure épreuve. Vous n'aimez pas demander de l'aide mais vous aurez besoin de votre compagnon pour la surmonter. Il vous faudra l'accepter parce qu'il sera le seul capable de vous aider dans l'adversité.* »

La vieille dame ne plaisantait pas, bordel de merde ! Harper rechignait à appeler Knox au secours mais elle avait bien besoin de son aide. Personne d'autre ne saurait la retrouver aussi rapidement que lui, aussi n'avait-elle pas d'autre choix que de lui faire confiance pour les protéger tous les deux, ce qu'elle n'avait pas fait la dernière fois que Crow s'en était pris à elle.

— *Harper ? Harper ? Réponds-moi.*

Elle tenta de lui répondre mais…

Prise d'une intense douleur à la tête, elle ne put retenir un long gémissement.

— Vous aurez du mal à utiliser la télépathie pendant un petit moment encore, déclara froidement Crow.

Puis il se retourna et Harper remarqua une lueur totalement irrationnelle traverser son regard. Il portait un tablier et était en train de placer un masque sur le bas de son visage.

À côté de lui sur le comptoir se trouvait un plateau d'instruments chirurgicaux et elle devina son intention.

— Non, dit-elle envahie par la peur.

— Je n'ai pas le choix, lança Crow en ouvrant un sachet dont il sortit une seringue hypodermique. Même si vous pouviez appeler Knox, vous ne le feriez pas. Je suis incapable de l'atteindre, expliqua-t-il en se passant le dos de la main sur le front comme s'il était très énervé, survolté. Je vais vous faire une hystérectomie. C'est le seul moyen pour moi de m'assurer qu'il n'aura pas d'enfant avec vous.

Elle n'allait pas laisser ce connard d'enfoiré l'opérer. C'était hors de question.

— Vous allez me libérer, c'est cela que vous avez envie de faire, dit-elle, mais ses pouvoirs hypnotiques de sphinx étaient affaiblis par le manque d'énergie psychique. Vous ne voulez pas me faire du mal, ajouta-t-elle, décidant tout de même de faire une nouvelle tentative.

— Cela doit se passer…, commença Crow en secouant la tête.

Il n'avait aucun mal à résister aux tentatives de manipulation de Harper.

Une sonnerie de portable retentit. Crow reposa la seringue sur le plateau et traversa la caravane. Il fouilla dans le manteau qu'il avait laissé sur un classeur et sortit son téléphone.

— Quoi ? jeta-t-il d'une voix impatiente après avoir arraché son masque. Ouais, mais bon, je suis très occupé, ajouta-t-il au bout d'un moment.

Harper en déduisit qu'il devait s'agir du marionnettiste mais elle décida de tenter quelque chose quand même et se mit à crier.

— J'ai été kidnappée. Dites à Knox Thorne que…

Crow se tourna vers elle et lui lança un regard mauvais. Alors elle se tut. *Merde!*

— Ouais, je l'ai enlevée, dit Crow sèchement. J'ai dû faire vite. Il y aura tellement de sécurité au gala que personne ne pourra les approcher. Non, non, insista-t-il en se raidissant visiblement. Je ne la tuerai pas, cela ne fait pas partie de ma mission, affirma-t-il en secouant si fort la tête que Harper se demanda si cela ne lui donnerait pas le vertige.

Harper tendit l'oreille pour entendre l'interlocuteur de Crow mais elle ne distingua même pas sa voix. Elle se tourna vers la porte rouillée. Elle devait à tout prix sortir de là.

Elle se tortilla dans tous les sens, ne prêtant pas attention à la brûlure que lui occasionnaient ses liens en frottant sur la peau nue de ses jambes frigorifiées. Malgré l'adrénaline qu'elle sentait couler dans ses veines et qui lui donnait un peu plus de force, rien n'y fit. La peur lui noua la gorge et elle sentit comme un poids dans son ventre.

Crow commença à se frapper la tempe de son poing fermé.

— Non, dit-il. Si je la tue, il n'aura qu'à se trouver une nouvelle compagne et à lui faire un enfant. Il ne trompera jamais Harper par contre et…, commença-t-il avant de s'interrompre pour pousser un grognement. Si je laisse tomber cette histoire de bébé, je faillis à mon devoir! Je refuse! cria-t-il avant de raccrocher.

—Qui essaie de vous tirer les ficelles comme si vous étiez sa marionnette? demanda Harper quand il se tourna vers elle.

—Je ne suis la marionnette de personne.

—Mais, eux, ils le croient. Ils essaient de se servir de vous, de vous détourner de votre véritable mission, ajouta-t-elle, se demandant si elle gagnerait un peu de temps en faisant semblant d'entrer dans son jeu. Qui est-ce?

Knox devait maintenant savoir qu'elle avait disparu. Il la retrouverait. D'une manière ou d'une autre. Pas vrai?

—C'est sans importance, répondit-il, mais un petit muscle situé sous ses yeux se mit à tressauter.

—Dites-moi pourquoi vous m'avez ligotée à cette table. J'ai besoin de comprendre.

Pas autant qu'elle avait besoin de sa lame, qui devait se trouver avec ses bottes et son jean quelque part, merde! Elle lança un regard circulaire autour du bureau à la recherche d'un objet quelconque qu'elle pourrait utiliser…

Un flingue, mais à l'autre bout du comptoir. Si seulement elle réussissait à l'atteindre… mais c'était impossible, elle pouvait à peine bouger.

—Je vous ai parlé de ma vision. Je vous ai même demandé de contacter votre compagnon pour que je puisse le neutraliser. Vous auriez dû m'écouter, m'aider, mais vous avez refusé.

Son ton de voix semblait insinuer qu'elle était la seule responsable de ce qu'il s'apprêtait à faire.

— Mais tout le monde m'avait dit de ne pas vous écouter, que vous étiez presque aliéné et que vous n'étiez pas lucide.

— Ah ! mais je sais ce que je fais et ce que je dis, et, plus important encore, ce qui doit être fait.

— Pouvez-vous me l'expliquer ?

— Et vous allez faire mine de me croire, c'est ça ? ironisa-t-il. On sait bien tous les deux que vous ne me croyez pas. Ceci devrait atténuer un peu la douleur, expliqua-t-il en secouant un petit flacon d'un liquide transparent.

Harper secoua la tête et essaya une nouvelle fois d'appeler Knox. Un éclair de douleur lui transperça le crâne. Son pouls battait la chamade.

— Ne faites pas cela.

— Je n'ai pas le choix.

— C'est faux.

— Cette hystérectomie n'empêchera pas la naissance de l'enfant de ma vision. Knox le fera avec une autre compagne, c'est tout. Mais pas tant que vous serez vivante. Cette intervention me permettra de gagner un peu de temps.

— Mais c'est de la boucherie !

— Je vous ai donné la possibilité d'empêcher la naissance de cet enfant, dit-il en remettant son masque. Vous n'en avez pas profité. Vous ne me laissez pas d'autre choix.

— On a toujours le choix. Mais vous ne décidez pas pour vous-même depuis un certain temps. Vous vous faites manipuler.

— Vous auriez dû choisir un compagnon plus sûr. Vous ne pouvez pas coucher avec le diable sans en payer le prix.

— Vous croyez que Knox est Lucifer ? demanda-t-elle, curieuse.

— C'était une métaphore, répondit-il, impatient. Taisez-vous maintenant pendant que je prépare mes affaires.

Harper se tut mais ne resta pas immobile. Elle avait été élevée par des elfes et personne ne pouvait la retenir prisonnière contre son gré. Elle dut cependant reconnaître, après avoir gigoté dans tous les sens, que l'enfoiré avait fait du bon boulot. Elle l'entendit marmonner pendant tout ce temps. Il avait le rouge aux joues et paraissait surexcité, le corps secoué de mouvements incontrôlés.

Ce n'était pas la première fois que Harper se retrouvait dans une situation où sa vie était menacée. En revanche, elle ne s'était jamais sentie aussi désarmée, impuissante. Elle avait l'habitude des corps-à-corps. Elle était prête à affronter ses ennemis et à se battre jusqu'à la mort. Sauf que, là, il n'y avait pas de combat. Elle était incapable de se défendre. Elle était prise au piège, vulnérable, sans aucun moyen de se défendre. Elle détestait cela, plus encore que l'espèce de goût métallique qu'elle percevait dans sa bouche.

Merde ! pourquoi n'avait-elle pas vérifié que c'était bien Tanner au volant en montant dans la voiture ? D'accord, elle ne l'aurait pas vu à travers les vitres teintées mais elle aurait pu vérifier avant de se glisser à l'intérieur…

Elle s'immobilisa en voyant Crow s'approcher.

— Vous ne voulez pas vraiment faire cela, dit-elle en tentant de l'amadouer avec ses dons de sphinx.

Mais, encore une fois, cela fut sans effet sur lui.

— Je ne peux pas vous anesthésier pour l'intervention. Je n'ai pas ce qu'il me faut en termes de médicaments ou d'équipement, dit-il comme s'il s'excusait. Mais ceci devrait vous aider à supporter la douleur, ajouta-t-il en lui montrant la seringue. Vous vous sentirez un peu léthargique mais c'est normal.

Elle se recroquevilla pour essayer de l'éviter mais elle était bien ligotée et cela ne donna pas grand-chose.

— Je vous conseille de ne pas trop bouger durant l'opération parce que l'incision risque de ne pas être droite et la cicatrice sera très vilaine.

Il pensait qu'elle allait se faire du souci pour une putain de cicatrice ? Quand il se fut suffisamment approché d'elle, elle releva le buste autant qu'elle put et lui donna un grand coup de tête en plein nez. Elle entendit un craquement répugnant et le sang gicla, imbibant le masque de Crow.

Il hurla et laissa tomber la seringue. Il appuya sur son nez de ses deux mains et lui lança un regard si malveillant qu'elle en frissonna. Il lui cracha des insultes qu'elle ne comprit pas bien à cause de son nez cassé. Il retira prestement son masque et l'utilisa pour éponger le sang puis il replaça ses os brisés.

— Espèce de garce ! éructa-t-il.

Il la gifla violemment et Harper ressentit la douleur dans ses pommettes. Une sorte de bourdonnement résonna dans ses oreilles.

— Je vais vous tuer ! affirma la démone intérieure de Harper en émergeant.

Pour toute réponse, Crow lui adressa un sourire méprisant, saisit un scalpel sur le plateau d'instruments et l'approcha de son ventre.

Harper lutta avec sa démone pour reprendre le contrôle de son corps. Elle fut envahie par une vague de pure terreur quand Crow lui baissa un peu son shorty.

— Ne faites pas cela, putain, Crow! cria-t-elle.

Il ne l'écouta pas. Le scalpel pénétra dans ses chairs comme dans du beurre et elle se mordit la lèvre inférieure. Elle n'allait pas lui donner la satisfaction de l'entendre hurler de douleur. Il fallait l'arrêter, elle avait besoin de faire quelque chose, mais il n'y avait rien…

Ils s'immobilisèrent tous les deux en entendant des bruits de pas à l'extérieur. Harper sentit l'espoir renaître en elle si brusquement qu'elle en eut le souffle coupé. Crow poussa un juron et Harper se mit à hurler aussi fort que possible. La porte s'ouvrit et Delia apparut sur le seuil. Elle écarquilla les yeux en apercevant son compagnon et Harper.

— Delia…, commença-t-il, la main serrée sur le manche du scalpel.

— Lawrence, que fais-tu ? demanda-t-elle, la voix tremblante.

Non, pensa Harper en secouant la tête. Delia n'avait rien à voir là-dedans. Ce n'était pas possible. Vraiment.

— Je fais ce qu'il faut, expliqua Crow à sa compagne.

— Delia, détachez-moi, l'implora Harper.

Elle ne le fit pas cependant et s'approcha d'eux.

— Tu penses qu'elle est enceinte ?

— Pas encore.

— Tu vas l'opérer comme Carla ? demanda-t-elle en regardant l'incision sur le ventre de la jeune femme. Tu ne devrais pas, Lawrence…, dit-elle en secouant la tête.

— Je n'ai pas le choix, rétorqua-t-il. Je peux retarder la naissance de cet enfant, mais c'est tout. Il naîtra.

— Écoute-moi un instant.

— Non, cet enfant ne doit pas voir le jour. Et il naîtra, à moins que je l'empêche. Je fais ce qu'il faut.

— Ta mission…

— Va-t'en, Delia.

— Non, il faut que tu m'écoutes, insista-t-elle, mais il lui indiqua la porte.

— Vous n'êtes pas un des Cavaliers, ce n'est pas possible ! déclara Harper.

— Tu as raison, fit une autre voix qu'avaient précédée des bruits de pas.

Une voix que reconnaissait Harper. Une silhouette haute et dégingandée pénétra alors dans la caravane.

— Elle n'est pas un des Cavaliers, c'est vrai. Mais moi, je le suis.

Harper fusilla Roan du regard.

Et Delia écarquilla les yeux en regardant Crow et Roan tour à tour.

— Comment es-tu arrivé jusqu'ici ? voulut savoir Crow, le regard mauvais. Tu n'étais pas censé me trouver.

— J'ai suivi Delia, à son insu. Tu lui as parlé de notre association ? demanda-t-il en arquant un sourcil.

— Je n'ai rien dit à cette garce, nia Crow en secouant la tête. Elle a essayé de m'empoisonner. Je ne sais pas comment elle a fait pour me trouver.

— Est-ce qu'il dit la vérité ? demanda Roan en se tournant vers Delia. Ou est-ce que je dois le punir ?

— C'est vrai, répondit Delia. Je le cherchais et je me suis rappelé qu'il venait ici souvent avec son père quand il était petit.

— Je suis content que vous vous en soyez souvenue, dit alors Roan. Je comptais sur vous pour le retrouver pour moi. Vous m'avez emmené au bon endroit. Je vous en remercie.

— Je vais m'en aller, dit-elle en reculant à mesure que Roan s'approchait d'elle. Je ne dirai à personne ce que j'ai vu, je le jure.

— Effectivement, convint Roan en attrapant le flingue qui était resté sur le comptoir et en lui tirant une balle entre les deux yeux.

Harper ne put s'empêcher de tressauter même si le pistolet était équipé d'un silencieux. Il avait… Le salaud, venait de… Eh ben dis donc, putain de merde ! Et Crow qui restait figé là, ses traits dénués d'expression.

— Il vient de tuer Delia et cela ne vous fait rien ?

— Elle m'empoisonnait avec ces saletés de comprimés, grogna-t-il. Je ne l'aurais jamais su si Roan ne me l'avait pas dit.

— C'est tout le contraire ! Il vous a dit d'arrêter de prendre vos médicaments parce qu'il ne voulait pas que vous vous soigniez ! Pour mieux vous manipuler !

— Je t'avais dit de la tuer, éructa Roan en désignant Harper du doigt tandis que Delia s'affaissait sur le plancher.

— Et moi, je t'ai dit que cela ne faisait pas partie de ma mission, rétorqua Crow sèchement. Mon rôle est d'empêcher cet enfant de naître. Knox est fidèle à Harper. Il ne la trompera pas. Si elle meurt, il pourra se mettre en couple avec une autre compagne. Il est donc préférable de ne pas tuer Harper.

— Oublie ta putain de mission un instant, grogna Roan. Prends un peu de recul, merde ! Sa mort affaiblira Knox. Il sera très malheureux et cela le rendra vulnérable. Il sera trop en colère pour être rationnel et contrôler son démon. Il prendra le pouvoir et on découvrira enfin de quelle espèce il est et comment faire pour se débarrasser de lui ! Tu pourras plus facilement exécuter ta mission en la tuant.

— Non, je refuse, déclara Crow en secouant la tête.

— Pas besoin, je vais m'en charger, dit Roan en pointant le flingue sur elle.

— Non, hurla Crow en s'interposant. Tu vas tout gâcher !

— Tu n'es pas le seul à avoir une mission à remplir.

— Qu'est-ce que tu entends par là ? s'enquit Crow en se raidissant.

— Tu crois vraiment qu'on est seuls dans cette histoire ? s'exclama Roan en levant les yeux au ciel. Comment as-tu fait pour sortir de ta cellule, à ton avis ?

— C'était mon destin.

— Plutôt de la magie sanguinaire, oui !

— Tu collabores avec des adeptes de magie noire ? demanda Crow, horrifié.

Ce type était malade, pensa Harper et plutôt mal placé par conséquent pour juger les autres.

— Non, mais un bon ami à moi sait l'utiliser, répondit Roan. Allez, écarte-toi. Je t'ai aidé pour ta mission. Tu dois donc me laisser mener la mienne à bien maintenant.

Crow attrapa le pistolet que tenait Roan et… le fit disparaître.

— Eh ben dis donc ! s'étonna Roan. Tu peux faire disparaître les armes que tu as fait apparaître ? C'est très intéressant, dit-il en repoussant si violemment Crow qu'il vacilla. Dégage.

— Si tu veux savoir de quelle espèce de démon est Knox, tu n'as qu'à le demander à Harper !

— Tu ne me le diras pas, n'est-ce pas ? lança Roan à sa demi-sœur. Je lis de la défiance dans ton regard, même là, avec la mort qui te rôde autour.

Elle le regarda la toiser avec une lueur malveillante dans le fond des yeux et ne put empêcher de sentir son cœur se serrer à la pensée que Roan était son demi-frère après tout, merde ! Sa démone s'en fichait par contre. Elle lui vouait une haine absolue et souhaitait sa mort.

— Pourquoi veux-tu tellement tuer Knox ?

— Il est le seul obstacle sur notre route, expliqua Roan. Même si on réussit à faire en sorte que tous les Grands Maîtres lui tournent le dos, il y a peu de chances pour qu'ils s'unissent pour le buter. Surtout sans savoir comment, dit-il en ricanant. Il se croit rusé et puissant. Mais regardez comment il vit. Il ne profite absolument pas des avantages que pourraient lui procurer son pouvoir ou sa réussite. Il n'a pas cherché à dominer le monde. Il aurait pu avoir n'importe quelle femme mais c'est toi qu'il a choisie.

— Tu prétends me détester parce que je ne me suis pas assez inquiétée pour Carla, mais qu'en est-il de Crow ? Pourquoi ne l'as-tu pas tué après tout ce qu'il lui a fait subir ?

— Parce qu'elle le méritait, répondit-il, une lueur dure dans le regard. C'est une mauvaise mère. Elle est tordue, c'est une vraie malade, ajouta-t-il en se frottant le lobe de l'oreille. Regarde, c'est elle qui me l'a coupée et je ne me souviens même plus pourquoi.

Carla était peut-être foldingue, mais bon…

— Tu es aussi malade qu'elle.

— Oh oui ! Toi et moi, on a tous les deux du sang contaminé en nous. Je ne te déteste pas. Je ne ressens rien du tout pour toi. Que du dégoût en fait. Tu es une Wallis, après tout. Où as-tu entendu parler des Cavaliers ?

Harper ne répondit pas. Elle se contenta de le dévisager avec défiance.

— Je parie que tu ne savais même pas qu'Isla m'avait recruté. Au départ, expliqua-t-il en souriant de voir qu'il avait réussi à la surprendre, il n'y avait que trois démons qui travaillaient à l'extermination des Grands Maîtres. Puis j'ai été enrôlé. Ils avaient besoin de quelqu'un qui fasse partie du clan de Knox pour le surveiller. Quelqu'un de rusé et de manipulateur. Cela a semblé plaire à Isla qu'on soit liés par le sang, toi et moi. Elle te détestait vraiment, mais je suppose que tu l'avais deviné. Bon, Harper, dit-il en prenant des ciseaux de chirurgien et en s'approchant d'elle, je doute fort que tu me dises où trouver Knox. Je vais tout de même te laisser une dernière chance de le faire. En échange de ce renseignement, je m'engage à ne pas te faire souffrir. Mais si tu gardes le silence on va s'amuser un peu tous les deux avant que je te bute.

Harper renâcla. Il allait lui faire mal, quoi qu'elle fasse, dise ou taise, et il allait y prendre plaisir, ils le savaient tous deux.

— Ce sera trop chouette quand tu mourras, petite sœur. Il va le sentir, percevoir le moment exact de ta mort. Votre lien psychique va se rompre et cela lui fera perdre le contrôle.

— Peut-être, répondit Harper ne montrant les dents. Mais tu mourras aussi.

Un éclair d'angoisse traversa le regard de Roan.

— Il ne sait pas que je suis mêlé à cette histoire et, comme il n'a aucune idée de l'endroit où tu te trouves, il ne le saura jamais. Et il va enfin révéler son démon dans toute sa gloire, qu'il le veuille ou non.

Enfoiré!

— Si tu me tues, on va tous mourir.

Cela aurait peut-être dû réconforter Harper de savoir que ces connards allaient payer pour ce qu'ils feraient, mais ce ne fut pas le cas. Elle ne voulait pas que Knox souffre, ne voulait pas que son démon pète un câble.

— Je vais compter jusqu'à dix, déclara Roan.

C'était vraiment trop sympa de sa part.

— Un.

Putain!

Elle allait mourir, c'était évident. Et pas à l'issue d'un combat où elle aurait au moins eu une petite chance de s'en sortir, mais ligotée et incapable de se défendre.

— Deux.

Sa poitrine se serra autour de son cœur qui battait la chamade, tellement vite qu'elle s'étonnait qu'il n'ait pas encore explosé. Elle détestait avoir peur, détestait se sentir aussi impuissante.

— Trois.

Le pire pour elle n'était pas tant le fait qu'elle allait mourir que l'impact que cela aurait sur Knox. Il allait se sentir coupable, se reprocher sa mort, surtout quand il apprendrait que Roan l'avait torturée avant de la buter.

— Quatre.

Sa démone s'agitait, sa colère s'amplifiait en Harper et circulait dans ses veines avec de grandes bouffées d'adrénaline.

— Cinq.

La chaleur, l'odeur de son sang, le goût amer de la peur, la morsure dans sa peau des liens qui l'empêchaient de bouger, la brûlure de son incision au ventre, ce lancinant mal de crâne… tout cela exacerbait la rage de sa démone, qui gonflait comme un ballon dans sa poitrine.

— Six.

Une nouvelle bouffée d'adrénaline circula dans ses veines. Personne ne viendrait l'aider, il était trop tard. Puis elle sentit les ciseaux lui entailler le lobe de l'oreille. Sa démone émergea une nouvelle fois. Elle siffla, gigota, grogna, se tortilla et hurla de rage.

— Sept, rit Roan.

Ce rire… ne fit qu'intensifier davantage la fureur de sa démone, une fureur qui exigeait d'être libérée. Harper sentit son cœur battre encore plus vite, encore plus fort, suivant le rythme sauvage de sa colère, qui se mêla à celle de sa démone et fit exploser quelque chose en elle.

— Huit.

La démone émergea alors entièrement et donna libre cours à sa fureur, sa peur, sa panique, son sentiment d'impuissance et son besoin de vengeance. Elle déploya brutalement ses ailes et les flammes qu'elles dégageaient brûlèrent les liens qui retenaient Harper. La démone se redressa et étreignit ses ennemis à la gorge, un dans chaque main. Au même moment, la terre trembla et des flammes or, rouges et noires apparurent tout autour d'eux.

— Je t'avais dit que je te tuerais, éructa la démone, les mâchoires serrées, en regardant Crow.

Puis elle balança ses deux ennemis à l'autre bout de la caravane. L'arrière du crâne de Crow heurta l'angle supérieur du placard de la kitchenette et il retomba au sol en poussant un grognement sourd. Roan frappa le classeur si violemment qu'un tiroir s'ouvrit.

Attrapant la corde qui retenait ses jambes, la démone y fit apparaître des flammes qui la brûlèrent et elle se libéra. Roan toussa en se relevant et balaya les lieux du regard, constatant que les murs et le plafond brûlaient.

— Vous ne pourrez pas vous échapper, cracha la démone aux deux hommes en descendant du bureau.

Crow paniqua et, de peur, écarquilla les yeux.

— Il n'y a pas de fumée. Ce sont les flammes des enfers.

La démone esquissa un grand sourire de satisfaction.

— « Tel est pris qui croyait prendre. » Vous avez piégé Harper, et vous allez le payer.

Les yeux grands ouverts, Roan prit la boîte à outils et la lança à la démone qui l'évita, mais un des angles lui érafla la tempe.

— Tu vas payer pour ça aussi, déclara la démone.

— Tu ne veux pas me faire de mal, dit Roan.

Mais il se trompait. La démone lui adressa un sourire cruel.

— Tu ne peux pas m'influencer.

Surtout pas en ce moment où elle sentait le pouvoir brut des flammes circuler dans ses veines, aussi chaud que le feu des enfers, aussi épais qu'un sirop, aussi pétillant que le meilleur des champagnes. Elle avait l'impression que des étincelles lui parcouraient toutes les terminaisons nerveuses de la tête aux pieds, dans tout le corps.

La démone sentait que Harper voulait reprendre le contrôle mais elle n'y fit pas attention. Elle avait l'intention d'exercer sa vengeance, de tuer ces hommes qui avaient voulu du mal à Harper.

La démone aurait pu obliger ses ennemis à se rendre mais ce n'était pas ce qu'elle souhaitait. Elle voulait se battre contre eux, leur prouver qu'elle était loin d'être impuissante. Elle voulait leur rendre la monnaie de leur pièce, qu'ils se sentent à leur tour piégés, incapables de se défendre, sachant que personne ne viendrait à leur secours.

— Si je meurs, tu meurs aussi, ricana Roan.

Tous les objets que contenait la caravane y passèrent : les meubles, les outils, des bougies de voiture, une bouilloire, un grille-pain. Crow se recroquevilla contre un placard et laissa Roan se battre contre la démone. La caravane était secouée par les chocs et les flammes continuaient d'en lécher les murs.

Le bureau fut renversé et heurta la démone à l'épaule, lui occasionnant une forte douleur dans le bras. Mais elle ne fit rien pour arrêter Roan. Elle voulait lui montrer qu'il avait beau être fort, il n'en demeurait pas moins complètement impuissant. Il était à sa merci mais, malheureusement pour lui, elle était impitoyable.

Apercevant sa botte sous la table, la démone l'attrapa et en extirpa son stylet.

— Tu vas bientôt saigner autant que moi, dit-elle.

Puis elle fit apparaître les flammes des enfers à la pointe de sa lame et jouit de voir un éclair de peur briller dans le regard de Roan. Harper tenta une nouvelle fois de reprendre le contrôle. Mais, forte de toute sa puissance, la démone ne la laissa pas faire.

Roan lui lança toute une série de boules de feu. La démone bougea, se déplaça, se pencha et les esquiva toutes les unes après les autres. Roan attrapa le plateau d'instruments chirurgicaux sur le comptoir et le lança au visage de la démone. Pendant qu'elle était occupée à les éviter, Roan l'atteignit d'une boule de feu à la poitrine. La peau grésilla et cloqua, mais l'adrénaline soulageait la douleur.

Roan regarda autour de lui, cherchant quelque chose d'autre à lancer. La caravane n'avait plus ni murs ni plafond et les flammes avaient presque tout dévoré. Seul le petit morceau de plancher où ils se tenaient tous les trois avait été épargné.

La démone montra les dents et esquissa un sourire sauvage.

— Tu n'as rien..., commença-t-elle avant de s'interrompre.

Elle plissa les yeux tandis qu'une lumière blanche qui n'avait rien de naturel brillait dans ses yeux. Crow se rua sur elle, le scalpel à la main. La démone lui assena un coup de lame au bras et Crow recula, apeuré.

— Tu aimes bien jouer du couteau, n'est-ce pas ? Eh bien, c'est ton tour maintenant de sentir la morsure de ma lame.

Puis la démone enfonça son stylet dans le ventre de Crow. Les yeux lui sortirent presque des orbites et il s'immobilisa et regarda la lame avec une expression d'incrédulité sur le visage. Ayant fait ce qu'elle avait à faire, la démone fit appel au feu des enfers et une longue flamme or l'agrippa au cou et l'attira dans le feu.

Le démon de Roan émergea à son tour en grognant et en chargeant, les ciseaux à la main. La démone s'en empara, agrippa Roan par la chemise et le fit basculer sur le bureau.

— Une oreille pour une oreille, éructa-t-elle en lui tranchant le lobe, goûtant ses hurlements. Si c'est la mort que tu souhaites, ton vœu sera exaucé.

Puis la démone précipita sa proie dans les flammes.

Chapitre 22

— Pourquoi l'a-t-il amenée dans une vieille casse ? demanda Larkin, debout devant le portail grillagé surmonté de barbelés qu'ils venaient de forcer.

— Il a peut-être choisi cet endroit simplement parce que ce n'est pas très loin mais assez isolé, supposa Levi en apercevant les chiens de garde abattus d'une balle dans la tête, courtoisie de Crow, sans nul doute.

— Je pense que son père travaillait dans une casse, intervint Tanner. Peut-être même celle-ci.

— C'est possible, dit Knox en rejetant les épaules en arrière, les muscles raides, tendus.

Il se fichait éperdument de savoir pourquoi Crow avait amené Harper dans cet endroit. Il désirait seulement la retrouver, et vite. L'angoisse lui comprimait le torse et exacerbait la rage féroce, violente qui lui nouait le ventre.

Son démon luttait pour prendre le contrôle. Il désirait donner libre cours à ses pulsions, faire ce qu'il savait le mieux, c'est-à-dire blesser, tuer, détruire. Rien ne l'empêcherait de prendre sa revanche sur ceux qui avaient osé lui enlever sa compagne.

Knox était très tenté de le laisser faire, de le laisser supprimer tous les obstacles qui le séparaient de la jeune femme. Tant pis s'il s'agissait d'un piège ou d'un subterfuge pour faire apparaître son démon. Une seule chose comptait pour lui : retrouver Harper. Il préférait que Crow ne sache pas qu'ils étaient là mais son démon était incapable d'être discret.

— Tanner, libère ton démon, ordonna Knox d'une voix sèche, gutturale. Dis-lui de la trouver.

Il n'y avait pas meilleurs pisteurs que les chiens des enfers. Dès l'instant où ils avaient localisé l'Audi, Knox s'était pyrotransporté sur place avec Levi et Larkin, et les deux autres sentinelles les avaient rejoints. Avec son flair, le démon de Tanner était le mieux en mesure de trouver Harper car le traceur GPS ne pouvait que leur donner l'emplacement de la voiture.

Tanner se déshabilla et confia ses vêtements à Levi.

— Crow ne la tuera pas, du moins, je ne le pense pas, dit l'Ankou. Si c'était là son intention, il l'aurait déjà exécutée.

Peut-être. Mais si cela était censé réconforter Knox, c'était complètement raté.

— Harper ne répond toujours pas à mes appels, expliqua Knox, les dents serrées, tellement tendu qu'il en avait mal aux mâchoires.

— Elle est peut-être inconsciente. Ou bien il lui a fait la même chose qu'à Carla et elle ne peut pas communiquer par télépathie, dit Levi. On sait cependant qu'elle est encore en vie. Il faut se raccrocher à ça.

Knox faisait justement cela. C'était le seul moyen pour lui de contrôler son démon, de le stabiliser autant que possible dans une situation aussi stressante.

— On sait également d'expérience qu'il est impossible de retenir une Wallis contre son gré, dit Keenan, l'air sinistre.

Il se reprochait encore de ne pas avoir vérifié que c'était bien Tanner au volant avant de lui avoir confié Harper, même si les autres sentinelles lui avaient dit qu'ils auraient agi exactement comme lui. Knox n'était pas d'humeur cependant à régler le cas de conscience de Keenan. Il ne pouvait penser à rien d'autre qu'à retrouver Harper.

— Prêts ? demanda Tanner, entièrement nu.

Knox lui adressa alors un signe de tête et Tanner libéra son démon. Ses os craquèrent et se déplacèrent pendant qu'il changeait de forme. Les chiens des enfers étaient très impressionnants : plus grands que des loups, leur fourrure était noire comme le charbon et leurs yeux, rouge sang. Ils étaient rapides, forts, cruels et dégageaient de forts relents de soufre.

Le chien des enfers remua la tête et s'ébroua, sans doute excité par une forte odeur faite d'huile de moteur, de saleté, de graisse et de rouille. Il gratta le sol de ses griffes, un peu comme un taureau prêt à charger.

— Va chercher Harper, lui ordonna Knox en détachant chacune de ses syllabes, son timbre de voix insistant sur l'urgence de la situation.

Le chien des enfers renâcla et se mit en route. Knox et les sentinelles lui emboîtèrent le pas sur le chemin poussiéreux serpentant entre les épaves de voitures, taxis, cars et camions. En dépit de l'obscurité envahissante, Knox remarqua que tous les véhicules étaient rouillés et accidentés. Certains avaient leurs pare-brise éclatés, d'autres n'avaient plus de portières, de sièges ou de roues.

Knox tendit l'oreille pour voir s'il captait des bruits de voix, mais les seuls qui lui parvenaient étaient le crissement du verre brisé sous leurs pas et le vent qui s'infiltrait entre les carcasses de voitures et les capots levés.

— Où sont-ils ? grogna-t-il en évitant une bougie sur le sol. Harper doit bien être ici quelque part.

Il ne voyait rien d'autre que des vieilles voitures, des piles de pneus et un chariot élévateur rouillé.

Ils marchèrent encore longtemps, des heures même, aurait dit Knox. À chaque pas, il sentait la panique le gagner davantage. Il avait l'impression que son contrôle s'effritait petit à petit. Plus le temps passait, plus il craignait de ne pas rejoindre sa compagne assez vite pour la sortir des griffes de son ravisseur, qui risquait de la tuer. Il était peut-être déjà en train de la torturer. Son cœur se serra à cette pensée et il ferma les yeux. L'enfoiré allait payer. Il allait lui faire verser le prix du sang.

Le chien des enfers s'arrêta tout d'un coup et émit un grognement sourd avant de se diriger vers l'est d'un pas rapide. Knox le suivit et sentit une bouffée d'adrénaline monter en lui. Il était prêt à…

Au loin, un grand hurlement de fureur ressemblant à celui d'une banshee, la démone annonciatrice de mort, déchira le silence. Tous ses instincts poussèrent Knox à se diriger vers le cri même si le sol se mit à trembler sous leurs pieds. Ils distinguaient également clairement des bruits de ferraille s'entrechoquant. Puis des flammes jaillirent du sol tout autour de la caravane loin devant, obligeant

Knox et les sentinelles à s'arrêter. Les flammes étaient exceptionnellement hautes, aveuglantes et… familières pour Knox.

— Ce sont des flammes des enfers ! s'exclama Levi, choqué.

— Bordel de merde ! lâcha Keenan en reculant, manquant de trébucher sur le chien des enfers.

— Knox, est-ce que tu…, bredouilla Larkin.

— Je ne les ai pas invoquées, non, dit Knox en haletant.

— C'est Harper qui les aurait fait apparaître ? s'enquit Levi.

C'était apparemment le cas. Mais comment avait-elle fait, merde ?

Il chercherait à comprendre plus tard. Il lui fallait d'abord la trouver. Ils se précipitèrent tous vers le feu et ne s'arrêtèrent que lorsque les sentinelles ne purent s'approcher davantage tant la chaleur devenait insupportable. Knox essaya de dissiper les flammes. Elles vacillèrent très légèrement mais le feu reprit de plus belle. Il fronça les sourcils et fit une nouvelle tentative. Elles ne s'estompèrent pas, continuant même à danser, à ondoyer et à consumer tout ce qu'elles touchaient.

Les joues de Levi rougissaient avec la chaleur. Il leva une main pour se protéger le visage.

— Fais-les disparaître, demanda-t-il à Knox.

— Je ne peux pas, elles ne m'obéissent pas, répondit Knox.

— Pourquoi ? demanda Larkin, perplexe.

— Parce que c'est Harper qui les a invoquées. Elles n'obéiront qu'à elle.

C'était elle qui les avait fait apparaître ; comment, il l'ignorait, mais c'était ses émotions qui nourrissaient le feu. Et à voir la férocité de l'incendie il ne pouvait qu'en conclure qu'elle était entrée dans une immense colère.

Le feu crépitait, crachait, pétillait, grésillait. La chaleur s'élevait dans l'air devenu lourd, épais, vibrant de la puissance de la démone.

— Il faut que je l'atteigne, dit Knox.

Il était le seul capable de traverser les flammes.

— Le feu commence à s'étendre, l'avertit Tanner en se rhabillant après avoir repris forme humaine.

La sentinelle avait raison. La ligne sinueuse de l'incendie progressait lentement mais inexorablement vers eux. Le métal grinçait sous l'assaut et le verre explosait. Les carcasses de voitures s'effondraient les unes sur les autres. Des odeurs de carrosseries chauffées à blanc et de caoutchouc brûlé leur parvenaient. La chaleur était si intense que le métal se mit même à fondre. Heureusement que les flammes des enfers ne brûlaient pas comme un incendie normal, sinon il y aurait déjà eu plusieurs explosions en raison de l'essence stockée sur les lieux.

Knox se raidit en entendant ce qu'il crut être un homme gémissant de douleur. Il ne pouvait en être sûr cependant avec le crépitement des flammes qui les encerclaient.

— Je vais voir, lança-t-il à ses sentinelles.

— Oublie ta colère, Knox, dit Levi en l'attrapant par le bras. Ces flammes sont féroces, hors de contrôle. Comme Harper. Une démone dans cet état est très dangereuse. Tu dois absolument garder ton calme, pour elle.

Knox en était conscient et hocha la tête. Il ne pourrait pas apaiser la rage de Harper s'il n'était pas lui-même calme. Et s'il n'y parvenait pas les flammes continueraient à brûler et à tout consumer sur leur passage. Il devait éviter de lui mettre trop de pression.

— Je vais la ramener, dit-il.

Il inspira longuement et se dirigea vers les vagues d'air brûlant, jusque dans les flammes or, rouges et noires. Il fut enveloppé par une chaleur vive qui lui mordit la peau sans le brûler. Elles ne pouvaient pas lui faire de mal.

Le sol était brûlant, il le sentit à travers ses semelles lorsqu'il avança à travers les flammes à la recherche de sa compagne. Partout, il ne voyait que des carcasses de voitures et des pneus brûlés. Il passa par-dessus un chariot élévateur ou ce qu'il en restait. Il regarda tout autour de lui tandis que son démon l'incitait à se dépêcher à trouver Harper.

Un hurlement d'homme retentit.

Knox se retourna et se dirigea vers le cri à travers les flammes. Puis il reconnut la voix de sa compagne mais constata que sa démone avait pris le contrôle.

— Si c'est la mort que tu souhaites, ton vœu sera exaucé.

Un autre cri d'homme retentit, beaucoup plus près de lui cette fois.

Près du but, Knox se hâta…

Et vit enfin la démone de Harper. Debout sur un petit bout intact de caravane, tout ce qu'il en restait, elle lui tournait le dos. Des flammes s'élevaient de ses ailes ainsi qu'une sorte d'étrange énergie magmatique.

Knox émergea du feu et posa le pied sur le tapis, faisant grincer la base métallique de la caravane, qui se déplaça légèrement.

— Harper ? dit-il.

Elle tourna lentement la tête pour regarder par-dessus son épaule et il vit ses yeux entièrement noirs. Il s'immobilisa immédiatement. Sa démone avait le contrôle et ce n'était pas une bonne nouvelle. Surtout si elle était aussi féroce que les flammes qui les entouraient. Elle était peut-être encore obnubilée par le besoin de se venger même si les menaces qui planaient sur elles avaient été entièrement consumées par les flammes. Une démone dans cet état était aussi dangereuse qu'un démon aliéné.

La démone ne réagit pas à la présence de Knox. Elle ne dit pas un mot et fixa sur lui son regard froid, les traits parfaitement inexpressifs. Il se demanda même si elle le reconnaissait. Cela n'augurait rien de bon car il ne voulait pas être obligé de se battre contre sa propre compagne.

— Me reconnais-tu ?

La démone se retourna lentement pour lui faire face et il prit une courte inspiration en voyant l'hématome noir et argent qui la défigurait comme si elle avait reçu un coup d'un objet contondant en plein visage. Elle saignait aussi d'une blessure assez profonde à la tempe. La peau sur le haut de sa poitrine était à vif, elle pelait, et il y remarqua également quelques cloques. Il vit aussi un gros caillot de sang noir séché sur le lobe d'une de ses oreilles. Et, comme si cela ne suffisait pas, elle perdait du sang d'une longue incision juste au-dessus de l'élastique de son shorty. *Putain de merde !*

Son démon poussa un grand cri dans sa tête et tenta d'émerger mais Knox réussit à garder le contrôle au prix de vaillants efforts. C'était de lui dont Harper avait besoin pour se calmer, pas de son démon. Ce n'était tout de même pas facile de maîtriser ce dernier quand lui-même éprouvait une colère tout aussi virulente.

— Ma chérie… j'aurais dû arriver ici plus tôt. Je suis désolé.

Il ne sut pas si elle comprit ses excuses. Elle ne montra rien. Elle continua à fixer les yeux sur lui, les traits toujours complètement inexpressifs. Elle fut secouée d'un long tremblement désordonné, comme un toxico en manque. La démone jouissait de son pouvoir sur ces flammes qu'elle avait fait apparaître. Knox le comprenait très bien. Il savait ce que cela faisait à son démon. Cela lui donnait une montée d'adrénaline qui lui insufflait énormément d'énergie, le grisait même. Et c'était très difficile d'en revenir, surtout pour une démone en colère.

Merde !

— Sais-tu qui je suis ? demanda-t-il en haussant la voix pour qu'elle l'entende en dépit du rugissement des flammes.

La démone hocha lentement la tête.

Il en fut extrêmement soulagé mais ne s'approcha tout de même pas davantage. Il n'avait aucune idée de la réception qu'elle lui réserverait s'il franchissait l'espace qui les séparait. Ils avaient beau être en couple, la démone pouvait très bien lui en vouloir de ne pas être arrivé plus tôt, de ne pas l'avoir protégée contre Crow.

— Tu es en sécurité maintenant, lui dit-il.

— Ils lui ont fait mal, dit la démone de sa voix désincarnée au ton tranchant.

La démone de Harper était extrêmement protectrice et donc très en colère, comme il s'y était attendu.

Il partageait ce sentiment après tout, merde ! D'autant plus qu'il voyait et sentait son sang. Il maîtrisa ses émotions cependant. Il devait s'occuper de sa compagne d'abord et avant tout. Harper avait réussi à le ramener à la raison quand son démon avait pris le contrôle. C'était maintenant à lui de faire de même. Il devait commencer par découvrir à qui elle avait fait allusion. Il y avait Crow, bien sûr, mais l'autre… Knox n'était pas sûr de son identité.

— Ils ne lui feront plus jamais de mal, dit Knox en prenant le risque de faire un seul pas très lent vers elle.

Heureusement, la démone ne le repoussa pas.

— Ils voulaient la tuer, ajouta-t-elle, ses mains prises d'un léger tremblement.

— Je sais, mais ils ne sont plus là.

Ils avaient sans doute été carbonisés par les flammes.

— Ils sont morts, déclara-t-elle. Ils n'ont eu que ce qu'ils méritaient.

— C'est vrai. Tu es en sécurité maintenant, répéta-t-il, mais la démone ne sembla pas calmée pour autant. *Reviens-moi, Harper*, la supplia-t-il.

— Ils voulaient te tuer.

— Mais ils ne l'ont pas fait, affirma-t-il en avançant d'un autre pas. Tu les en as empêchés.

Le démon intérieur de Knox voulait prendre le contrôle pour parler à sa compagne. C'était une bonne idée mais

Knox n'avait pas trop confiance en lui. Il craignait qu'il ait envie de participer au carnage.

—Tu peux éteindre les flammes maintenant.

—Mais elles sont si jolies, dit la démone, parcourue par un nouveau tremblement.

Merde ! Ce ne fut qu'à ce moment-là que Knox comprit à quel point cela avait dû être difficile pour Harper de le faire revenir quand il s'était retrouvé dans le même état. Elle avait dû avoir très peur de ne pas être capable de le convaincre de laisser tomber tout ce pouvoir et le plaisir qu'il en avait tiré. Et, pour la première fois de sa vie, il douta de lui-même.

—*Harper, ma chérie, tu dois lutter contre ta démone, de toutes tes forces. Je ne sais pas si je suis capable d'y arriver tout seul.*

Il sentit son esprit venir frôler le sien, lentement, très légèrement. Elle devait être épuisée par tous les efforts qu'elle faisait pour reprendre le contrôle de sa démone. Si c'était effectivement le cas, il n'aurait pas beaucoup d'aide.

—Tu vas tout détruire, incinérer tout le monde si tu ne calmes pas les flammes, dit-il.

—Ouais, mais, comme ça, plus personne ne lui fera jamais de mal.

C'était malheureusement la seule chose qui importait à la démone, tant qu'elle serait obnubilée par ce qui était arrivé à Harper et son propre pouvoir. Knox pouvait difficilement la raisonner dans cet état. Son seul espoir de maîtriser les flammes était de convaincre la démone de céder la place à Harper. Or c'était beaucoup plus facile à dire qu'à faire, bien entendu.

Il avança encore d'un autre pas prudent mais s'immobilisa quand la démone déploya ses ailes. Merde ! il savait pourtant que ses ailes étaient très rapides et agiles. Elle serait presque impossible à rattraper si elle prenait son envol pour s'enfuir et elle risquait d'attirer l'attention des humains.

— J'ai besoin de Harper. Là, tout de suite, insista-t-il.

— Ils lui ont fait du mal, grogna la démone comme si elle ne comprenait pas ce qu'il lui avait demandé. Ils l'ont ligotée, giflée, tailladée avec des ciseaux. Ils l'ont incisée aussi.

— Mais tu les as tués, lui rappela-t-il, réprimant avec difficulté un grognement à l'idée de ce qui s'était passé. Tu l'as protégée. Elle est en sécurité. Et toi aussi. Tu n'as plus besoin des flammes.

La démone cligna des yeux.

— J'ai besoin d'elle, insista Knox, commençant à désespérer.

Il avait besoin d'elle comme jamais il aurait imaginé avoir besoin d'une autre personne.

La démone inclina la tête sur le côté.

— Laisse Harper venir me rejoindre. Tu veux la protéger, je comprends. Mais elle est en sécurité avec moi, tu le sais, dit-il en franchissant le peu d'espace qui les séparait et en tendant très lentement la main pour la poser sur son menton. Elle est fatiguée. Ne l'oblige pas à lutter contre toi. Relâche ton pouvoir. Tu n'en as plus besoin. Tu peux me faire confiance pour la protéger.

La démone ne réagit pas pendant un long moment. Puis elle battit lentement des paupières et Knox vit ses yeux briller mais ils étaient devenus vert forêt.

Dieu merci! Il passa rapidement un bras autour de sa compagne pour la soutenir tandis que son pouvoir la quittait rapidement, la faisant vaciller sur ses jambes. Épuisée, elle poussa un long gémissement.

— C'est bon, ma chérie, je suis là, lui dit-il pour la réconforter.

Il était si soulagé qu'il en eut presque le vertige. Il la souleva en faisant attention à ses multiples blessures. Elle passa avec difficulté les jambes autour de sa taille.

— C'est super, ma chérie.

Il ferma les yeux et l'embrassa sur la tempe. Il l'avait retrouvée. Elle était vivante. Blessée, mais elle se remettrait. Son cœur battait encore la chamade et son torse se serrait d'angoisse. Son démon émergea brièvement, juste le temps de se frotter la joue contre sa compagne.

Dès l'instant où son démon se retira, Knox se retourna et traversa une nouvelle fois les flammes, qui commençaient à s'estomper. Elles s'amenuisaient et disparaissaient même peu à peu mais la chaleur était terrible. Il en émergea et trouva les quatre sentinelles qui les attendaient, une expression anxieuse sur leurs traits. Ils les rejoignirent rapidement dès qu'ils les virent.

— Ça va? s'enquit Larkin, l'air effrayée. Merde! qu'est-ce que cet enfoiré lui a fait? demanda-t-elle en remarquant l'étendue des blessures de Harper.

Knox soupçonnait Crow, l'enfoiré, d'avoir eu l'intention de l'opérer.

— On dirait qu'elle s'est bien défendue. Elle est blessée, mais elle s'en remettra.

— Les flammes ont commencé à s'estomper, signala Keenan.

Les flammes des ailes de Harper aussi.

— Ses émotions nourrissaient les flammes. Elle est inconsciente maintenant.

Cela signifiait que sa tempête intérieure ne faisait plus rage. Mais elle avait fait beaucoup de dégâts. La casse avait été presque entièrement détruite. Le sol ressemblait au lit d'une rivière à sec et il était recouvert d'une fine couche de cendres rouges, les résidus des flammes des enfers.

Knox resserra son étreinte sur Harper.

— Rentrons, dit-il.

Knox devina, en sentant les épaules de Harper se raidir, qu'elle se réveillait. Enfin. Après l'avoir ramenée à la maison, Knox avait nettoyé toutes ses blessures avant de la laver rapidement sous la douche. Elle était tellement épuisée qu'elle n'avait pas du tout réagi. Puis il l'avait mise au lit et s'était allongé à son côté.

Elle avait dormi comme un loir pendant six heures et il n'avait pas bougé. Il l'avait écoutée respirer, avait regardé sa poitrine se soulever et s'abaisser, s'assurant qu'elle allait bien jusqu'à ce que la peur qui l'étreignait finisse par se dissiper sans toutefois disparaître entièrement. Il en éprouvait encore quelques relents, mais rien d'insurmontable.

Maintenant qu'elle était réveillée, il voulait la prendre dans ses bras, la goûter, la réconforter mais elle ne le laissait pas la regarder. Il en devinait la raison, il la connaissait si bien. Elle n'aimait pas le fait d'avoir perdu le contrôle de sa démone et de ne pas avoir réussi à le reprendre. Elle en était gênée même.

Du pouce, Knox lui effleura la pommette, qui n'était pas encore tout à fait guérie. L'hématome avait jauni et disparaîtrait rapidement.

— Est-ce que tu me reproches d'avoir déjà perdu le contrôle ?

— Non, marmonna-t-elle au bout d'un moment.

— Alors arrête de t'en faire, dit-il mais elle ne le regardait toujours pas. Allez, laisse-moi voir tes yeux.

Elle finit par obtempérer et ouvrit les paupières. Des pupilles dorées rencontrèrent son regard.

— Bonjour, ma chérie, dit-il en souriant.

— Ma démone n'est pas comme cela habituellement, dit-elle en se léchant les lèvres. Elle veut toujours me protéger, elle est cruelle et froide, mais ne prend pas plaisir à tout détruire autour d'elle. En revanche, là, tout à l'heure, elle aurait beaucoup aimé tout calciner autour d'elle.

Elle ne s'en excusait pas, en plus, ce qui chagrina Harper. La démone croyait pouvoir tout se permettre.

— Ta démone a découvert un nouveau pouvoir. Elle a un peu exagéré, dit-il en lui replaçant une mèche de cheveux derrière son oreille intacte. L'autre lobe allait être vite guéri mais demeurerait sans doute encore un peu fragile.

— Exagéré ? lança Harper en lui adressant un regard incrédule.

— J'ai trouvé que ta démone avait très bien géré la situation, tout bien considéré, dit-il en paraphrasant les propos qu'elle lui avait tenus la fois où il avait lui-même perdu le contrôle.

Harper ne put retenir un petit sourire.

— C'est bien, ma chérie ! s'exclama-t-il.

Puis il l'embrassa goulûment, avide de sa saveur. Il la huma, s'emplit les poumons de son parfum. Il se calma un peu et son démon commença à se détendre.

— Ta disparition m'a fait très peur.

— J'ai eu un peu peur aussi, murmura-t-elle, se mordant la lèvre inférieure.

Elle en voulait terriblement à ces enfoirés qui l'avaient terrorisée.

— Pourquoi ne répondais-tu pas à mes appels télépathiques ?

— J'en étais incapable. Ça me faisait trop mal.

Son mal de tête avait fort heureusement disparu depuis un bon moment. Harper en profita alors pour frotter son esprit contre celui de son compagnon, ravie de voir que cela ne lui occasionnait plus de migraine.

— L'enfoiré m'a pris tellement d'énergie psychique que je n'ai même pas pu utiliser mes talents de sphinx pour l'amadouer.

Elle sentit son estomac se nouer en se rappelant les sentiments d'impuissance et de peur qu'elle avait éprouvés en…

— Hé ! reviens-moi, la supplia Knox en lui effleurant le pavillon de l'oreille.

— Ça va, le rassura-t-elle en s'obligeant à se changer les idées.

Knox avait bien l'intention de s'en assurer par lui-même. Il l'allongea donc sur le dos et défit la serviette qui la recouvrait. Les cloques sur sa poitrine avaient disparu et il constata en effleurant sa peau qu'elle était redevenue aussi soyeuse qu'avant. Il glissa le long de son corps et examina l'incision sur son ventre. Elle était presque entièrement guérie, comme la blessure sur sa tempe. Il n'en restait plus qu'une fine ligne rosée.

— Crow voulait te faire une hystérectomie, n'est-ce pas ?

— Oui, répondit-elle en lui passant une main dans les cheveux pour essayer de calmer sa colère. Il voyait cela comme un moyen de gagner du temps pour t'atteindre.

— S'il n'était pas déjà mort, dit Knox en embrassant sa fine cicatrice, je le tuerais.

Et il veillerait à lui donner une mort longue, lente et extrêmement douloureuse.

— Delia est arrivée. Elle l'a interrompu.

— Delia ? s'étonna Knox en relevant la tête.

— Elle ne faisait pas partie des Cavaliers. Elle s'est rendue… Mais où étions-nous ? demanda-t-elle, ne se rappelant que la caravane.

— Dans une casse. Tanner a dit que le père de Crow y travaillait anciennement.

— Je comprends mieux pourquoi elle a dit que Crow y allait avec son père quand il était petit. Comment m'as-tu retrouvée ?

— Il y avait plusieurs traceurs GPS sur l'Audi. Et, non, avant que tu me poses la question, je tiens à préciser que je ne t'espionnais pas à ton insu. Toutes mes voitures sont équipées de traceurs.

Harper n'en était pas convaincue mais, puisque cela lui avait permis de la retrouver, elle n'avait pas l'intention de s'en plaindre.

— Donc, comme je te l'expliquais, Delia est arrivée, suivie de quelqu'un d'autre peu après, poursuivit-elle en s'humectant les lèvres, répugnant à le nommer. C'était Roan. (Knox poussa un grognement sourd et Harper lui caressa de nouveau la tête.) Il était un des Cavaliers. Il a tiré sur Delia, c'est lui qui l'a tuée.

Harper trouvait encore toute cette histoire plutôt irréelle.

— Il a essayé de te tuer aussi, devina Knox.

— Il voulait que Crow s'en charge, dit-elle en hochant la tête, mais il a refusé. Alors Roan a décidé de le faire lui-même. Sauf que Crow a fait disparaître le flingue, comme ça, tout d'un coup. C'était très étrange. Puis Roan s'est emparé des ciseaux de chirurgien.

— C'est lui qui t'a fait ça à l'oreille, dit Knox, qui venait de comprendre.

— Il m'a raconté, dit-elle en hochant encore une fois la tête, que Carla lui avait entaillé le lobe de l'oreille. Je pense qu'il a convaincu Crow de lui faire du mal. Il a dit qu'elle était vraiment tordue. Il a ajouté qu'on était aussi tordus tous les deux parce qu'on partageait son sang…

— C'est archifaux, l'interrompit-il.

Harper n'avait rien de tordu.

— Si tu avais vu ma démone à l'œuvre hier soir, renâcla-t-elle, tu n'en serais pas si sûr. Elle était impitoyable.

— Elle en avait le droit, ma chérie. Ils t'ont fait du mal, dit-il en embrassant de nouveau sa cicatrice, résistant à la tentation de descendre un peu plus bas, mais elle était fatiguée et avait besoin d'être chouchoutée. Roan ne t'aurait pas donné les noms des autres Cavaliers par hasard ?

— Il était conforme à la description de Nora, dit Harper en secouant la tête. Froid. Envieux. Avide de pouvoir. Je n'avais jamais perçu cela en lui avant. Je le trouvais un peu bête, mais je ne l'aurais jamais imaginé capable de comploter notre mort à tous les deux.

Ou bien elle n'avait tout simplement pas voulu voir ce potentiel en lui.

— Je ne l'ai jamais soupçonné non plus, affirma Knox en passant les bras sous Harper pour la serrer contre lui. Je sentais bien qu'il m'enviait ma réussite sociale et mes pouvoirs surnaturels, et aussi qu'il était très arrogant envers toi. Je l'avais mis sur ma liste de suspects sans vraiment croire qu'il pouvait être un des Cavaliers. Je pensais plutôt à Alethea.

— Ne t'en veux pas trop, dit Harper en plissant les yeux après avoir perçu comme un accent d'autoflagellation dans sa voix, de ne pas avoir découvert ses plans funestes. Il était responsable de ses actes, comme Crow. Et surtout, il ne faut pas tout de suite écarter la possibilité qu'Alethea soit un des Cavaliers. Ce n'est pas parce que ce n'était pas elle qui tirait les ficelles de Crow qu'elle n'est pas aussi l'un d'eux.

C'était d'ailleurs la raison pour laquelle Knox ne pouvait pas se détendre entièrement. Il savait que cette histoire n'était pas encore réglée. Deux des Cavaliers étaient morts mais il en restait deux autres à trouver et à éliminer. Il se doutait bien que ce ne serait pas facile à réaliser, mais cela finirait par se faire. Il n'avait pas le choix, il n'accepterait aucune autre conclusion à cette histoire.

— On avait raison pour une chose, déclara Harper en passant la main dans les cheveux de Knox. Ils veulent savoir de quelle espèce tu es pour trouver le moyen de te tuer. Ils te voient comme un obstacle entre eux et la réussite de leur plan, poursuivit-elle. Je ne les laisserai pas te faire du mal ni te tuer. Je les éliminerai s'ils s'attaquent à toi. Pourquoi me regardes-tu comme cela ?

— Comment est-ce que je te regarde ? demanda-t-il, incapable de garder son sérieux.

— Comme si j'étais foldingue de penser que je pouvais te protéger.

Il l'embrassa sur tout le long du corps, en s'arrêtant à son pouls.

— Tu n'es pas foldingue, mais tu es très mignonne. Je vais annuler le gala, dit-il en lui effleurant la clavicule.

— Pas question. On va y aller.

Il fut très étonné mais sa compagne avait le don de le surprendre. Il commençait à en avoir l'habitude.

— Ma chérie, tu as vécu quelque chose de…

— On va y aller, insista-t-elle. Ces putains de Cavaliers ne vont pas nous obliger à faire ça. Je n'aurais accepté d'annuler cette teuf que pour une raison personnelle, mais rien d'autre.

Elle refusait de leur donner un quelconque pouvoir sur sa vie.

— Mais tu n'es pas encore complètement remise.

— Toutes mes blessures seront guéries d'ici au moment où je devrai me préparer, et tu le sais aussi bien que moi.

C'était vrai, c'était le cas.

— Tu es fatiguée, insista-t-il.

Il sentait presque la fatigue de sa compagne.

— C'est parfaitement compréhensible, il me semble, avec toute l'énergie psychique que j'ai dépensée ce soir. Je peux encore dormir quelques heures, mais tu dois me promettre de me réveiller à temps pour que je me prépare.

— Il y a un mois ou deux, dit Knox en appuyant son front contre celui de sa compagne, tu aurais explosé de joie, au moins dans ta tête, si je t'avais proposé d'annuler.

— C'est parce que je ne me rendais pas compte de l'importance que ce gala avait pour toi. Mais maintenant, si. Et puis le fait de frôler la mort de près m'a fait prendre conscience de certaines choses.

— Comme quoi ?

— Comme le fait que ce n'est pas si désagréable après tout de fêter un événement important avec mon compagnon, d'autant plus qu'il est vraiment canon en costard.

— Bon, d'accord, gloussa Knox en embrassant la jeune femme, on ne va pas changer le programme.

— On va faire une annonce concernant les Cavaliers, et avertir les deux autres qu'on finira bien par découvrir leur identité, tôt ou tard.

— J'intégrerai cela à mon discours, convint Knox, puisqu'il sera diffusé dans toute la Cité souterraine.

Comme ça, les deux autres Cavaliers l'entendraient forcément.

— Bonne idée, dit Harper en s'agrippant aux draps pour se donner le courage de poser la question, qui la tarabustait. Comment ai-je pu faire apparaître les flammes des enfers, Knox ? Je ne comprends pas. Tu me l'as dit toi-même après tout. Je n'ai pas la force nécessaire pour manipuler autant de pouvoir que toi.

Elle n'en voulait pas. Elle n'avait pas aimé surtout le fait que ce pouvoir s'était avéré comme une drogue pour sa démone.

Il passa la main dans les cheveux de sa compagne et en caressa les mèches soyeuses avant de répondre.

— J'y ai réfléchi pendant des heures.

— Et ?

— Quand les flammes sont-elles apparues ? Que se passait-il à ce moment-là ?

— J'étais en très mauvaise posture. J'étais en colère et effrayée. Ma démone a pris le contrôle et déployé mes ailes. Elles projetaient des flammes.

Cela ne s'était jamais produit avant.

Mais cela servait aussi à étayer la théorie de Knox. Il avait échangé avec Levi par télépathie à ce propos et il était d'accord qu'il s'agissait de l'explication la plus logique.

— Tes ailes sont aux couleurs des flammes des enfers. Et n'oublie pas qu'elles ne sont apparues que lorsqu'un peu de mon pouvoir s'est infiltré en toi. Je suis un archidémon, ce qui signifie que je n'invoque pas uniquement les flammes ; je suis les flammes. Cela voudrait dire que tes ailes sont issues des flammes des enfers, tout comme moi.

Cela signifiait par conséquent qu'elle pouvait les faire apparaître aussi bien que lui.

— Alors tu penses que je pourrais le refaire ?

Oh non ! Mais la perspective plut beaucoup à sa démone, la vilaine, qui esquissa un grand sourire.

— Tout à fait. Tu n'aimes sans doute pas cette idée parce que la perte de contrôle de ta démone t'a déstabilisée, mais je dois dire que cela me rassure un peu de penser que tu peux les faire apparaître.

Ainsi, elle aurait toujours une arme létale à sa disposition.

— Mais je ne l'ai pas fait exprès.

— Je sais. Je t'apprendrai à les contrôler et à les faire disparaître sans devoir passer par ta démone, ajouta-t-il en l'embrassant pour la réconforter. Tout comme je t'ai appris à contrôler tes ailes.

— C'est bien que tu m'aies obligée à m'entraîner autant. C'est grâce à cela que j'ai pu les déployer aussi facilement, même si j'avais été droguée et que j'étais terrorisée. Si je n'avais pas fait cela, je n'aurais pas pu me libérer de mes liens. Mes ailes ont brûlé la corde. Ah oui ! au fait, ma démone… j'ai eu du mal à la convaincre de me céder la place. Elle était très en colère et ivre de pouvoir. Elle n'avait pas du tout envie de se retirer. Tu as fait du bon boulot. Non, le mot est mal choisi. Tu as fait de l'excellent boulot, extraordinaire même. Tu es incroyablement fort.

— Je n'étais pas sûr qu'elle m'écouterait.

— Tu es la seule personne qu'elle accepte d'écouter.

Nora avait eu raison : Knox avait été le seul capable de les aider, elle et sa démone, à surmonter cette épreuve.

— Merci de m'avoir ramenée, dit Harper en l'embrassant et en enroulant ses bras autour de son cou tout en passant une jambe sur les siennes. Prends-moi.

Il serait plus sage de ne pas accepter cette invitation sensuelle, pensa-t-il. Il devrait lui rappeler qu'elle avait failli mourir. Devrait l'obliger à se reposer quelques heures, d'autant plus qu'elle en avait bien besoin pour être en forme pour le gala. Mais il désirait ardemment s'enfouir en elle, s'assurer qu'elle était en vie de la manière la plus primaire qui soit. Alors Knox la prit, lentement et doucement, en y mettant tout son cœur, tout ce qu'il ressentait. Elle jouit en hurlant son nom et il explosa littéralement en elle et avec elle.

Chapitre 23

Knox venait à peine d'entrer dans le dressing de Harper qu'il s'arrêta en apercevant sa compagne debout devant le miroir. Elle correspondait tout à fait à l'archétype du fantasme sexuel masculin. Sa robe de satin rouge foncé ne demandait qu'à être soulevée pendant qu'il la prendrait à la hussarde contre le mur. La couleur du tissu mettait en valeur sa peau ivoirine soyeuse et parfaitement lisse. On aurait dit des framboises à la crème. Sa robe était ornée de cristaux tout comme ses talons aiguilles assortis. Ils brillaient de tous leurs feux mais pas autant que sa compagne. Il apercevait aussi quelques traits de la marque sur son sein, ce qui plaisait terriblement à son démon.

Le lobe qu'avait entaillé Roan était entièrement guéri et elle put porter ses boucles d'oreilles à diamants blancs.

— Tu es drôlement élégant en smoking, Thorne, dit-elle en lui adressant un grand sourire.

Elle le trouvait même tout à fait affriolant. Elle aurait voulu se lover dans ses bras comme un chaton.

Il s'approcha d'elle lentement, de sa démarche de grand prédateur. Son démon aurait voulu la voir dans cette robe mais renversée sur un lit, le suppliant de la laisser jouir. Il en était véritablement obsédé. Knox ne pouvait pas le lui reprocher puisqu'il partageait son fantasme.

— Tu es magnifique, dit-il.

— Tu ne devrais pas dire ce genre de chose, lança-t-elle en lui adressant un regard lourd de reproches feints.

— Oh ? Et pourquoi donc ? demanda-t-il, curieux.

— Je ne suis pas libre, chuchota-t-elle, et mon compagnon est extrêmement possessif.

— Il a bien raison, dit-il en posant les mains sur ses hanches et en l'attirant à lui.

— Il n'apprécierait pas du tout que tu me touches.

— S'il laisse un autre homme t'approcher, dit-il en l'embrassant dans le cou et en humant son parfum de miel, il ne mérite pas de te garder.

— Mais il me mérite, affirma Harper en lui caressant les épaules.

— Es-tu sûre d'avoir envie de sortir ce soir ? lui demanda-t-il en souriant et en lui mordillant la lèvre inférieure qu'elle avait si pulpeuse. Tu as peut-être besoin de prendre le temps d'assimiler tout ce qui s'est passé.

— Ce serait normal en effet pour la plupart des gens, convint-elle, mais je ne suis pas comme tout le monde, on le sait bien tous les deux.

Knox lui effleura le sein. Il aurait bien aimé pouvoir jouer un peu avec son piercing, qu'il sentait sur son téton à travers le fin tissu de sa robe.

— Tu n'es pas étrange, rétorqua-t-il. (Elle n'aimait pas ressasser les choses. Elle tournait très vite la page et il ne l'en admirait que plus.) Tu es sûre que tu veux y aller ? Je suis tout à fait d'accord pour rester ici et te baiser toute la nuit dans ta robe que je remonterais jusqu'à la taille.

C'était tentant mais Harper était d'accord pour attendre un peu avant de réaliser ce fantasme avec lui.

— Si je ne te connaissais pas aussi bien, je croirais que tu n'as pas très envie que je sorte.

— Sans doute parce que je suis hyper protecteur en ce qui te concerne et que je préférerais te savoir en sécurité quelque part, reconnut-il.

Il était parfois si mignon.

— Mais cela reviendrait à laisser ces enfoirés gagner, non ? Cela leur donnerait exactement le pouvoir sur nous qu'ils cherchent. Et ça, je refuse.

— D'accord, dit-il en souriant, allons-y.

— Je te suis, répondit Harper en prenant son sac et en l'étreignant par le bras.

— Si quelqu'un m'avait dit hier, lança-t-il en descendant l'escalier, que tu sourirais en te rendant à ce gala, je ne l'aurais pas cru.

Elle avait l'air même ravie d'y aller. Sans doute avait-elle hâte, entre autres choses, de voir la réaction d'Alethea quand elle remarquerait ses bagues.

— J'aime te surprendre, te garder un peu sur le qui-vive.

— Tu réussis bien en tout cas, reconnut Knox.

Il guida sa compagne le long du couloir jusqu'à l'entrée de la salle où les attendaient les sentinelles.

— Comme vous êtes beaux ! s'exclama Harper en souriant.

Les gars étaient en smoking et Larkin portait une très jolie petite robe noire.

— Tu n'es pas trop mal non plus, déclara Keenan avec un sourire un peu forcé. Aïe ! s'exclama-t-il quand elle lui donna un coup sur le bras. Pourquoi m'as-tu frappé ?

— Parce que tu te reproches encore de ne pas avoir vérifié si c'était bien Tanner au volant de la voiture. Ce n'est pas ta faute si j'ai été enlevée. Au fait, es-tu allée prévenir Carla et Bray ? demanda-t-elle en se tournant vers Larkin.

— Oui, on y est allés il y a quelques heures, répondit la harpie en hochant la tête.

— Ils l'ont très mal pris, je suppose ? s'enquit Harper en se mordant la lèvre inférieure.

— Comme n'importe quel parent qui apprend la mort de son fils, dit Larkin. Je me suis un peu inquiétée qu'ils décident de venir à la teuf…

— Ce n'est pas une teuf, l'interrompit Knox.

— … pour faire du grabuge, s'en prendre à toi, mais ils avaient l'air de vouloir rester seuls. De toute manière, on les fait surveiller.

Harper n'avait pas hâte de revoir Carla et Bray. Si sa mère ne la détestait pas déjà, elle ne pourrait s'empêcher de le faire maintenant que son fils aîné avait trouvé la mort entre ses mains. Ou, plutôt, de celles de sa démone. Mais bon, cela ne faisait pas tellement de différence.

— Crois-tu qu'on a eu raison de ne pas aller les prévenir nous-mêmes ? demanda Harper à Knox.

— Oui, c'était ce qu'il y avait de mieux à faire, pour tout le monde.

En tant que Grands Maîtres, Knox et Harper auraient dû aller informer Carla et Bray de la mort de leur fils. Or, comme c'était la démone de Harper qui avait tué

Roan, elle aurait trouvé indélicat d'aller les en informer. Knox aurait pu le faire seul, mais il était hors de question pour lui de s'éloigner de sa compagne tant qu'il n'avait pas complètement surmonté ses angoisses au sujet de son enlèvement, dont le souvenir restait vif dans sa mémoire. Pas question donc pour lui de la perdre de vue pendant un bon moment.

— Penses-tu que Kellen va m'en vouloir ? demanda Harper.

— Non, répondit Knox. Il avait bien compris la véritable nature de son frère.

Mais si le gamin cessait une nouvelle fois de lui donner signe de vie il veillerait à ce qu'il ne revienne jamais. Harper n'était pas un jouet qu'on venait voir puis qu'on oubliait au gré de sa fantaisie. Elle était une personne, quelqu'un de bien qui ne méritait pas d'être maltraitée.

— Tu es sûre que tu ne préfères pas passer la soirée à la maison ?

— Oui, je suis sûre, dit-elle en redressant les épaules. Allons-y.

Le dôme de la Cité souterraine était méconnaissable. Avec ses arrangements floraux artistiques, ses sculptures de glace, la douce musique jouée par un orchestre, ainsi que les merveilleux parfums d'agrume et de lavande, il était facile d'oublier qu'il s'agissait là d'une aire de combat. Harper était franchement impressionnée. Belinda, la belle garce – ou non, simple question de point de vue – avait fait de l'excellent travail.

Un brouhaha de conversations, de rires, et de tintements de verres leur parvint. Des serveurs circulaient, proposant des boissons et des amuse-bouches aux convives, dont la plupart étaient des Grands Maîtres. Quelques démons esquissaient des pas de danse sur la piste installée pour l'occasion. Martina circulait parmi la foule, sans doute occupée à faire les poches des convives peu méfiants. Dans la mesure où elle ne mettait le feu nulle part, Harper ne s'en inquiétait pas trop.

Knox prit deux coupes de champagne sur un plateau et en remit une à Harper.

— Tiens-la de la main gauche, dit-il.

— Tu vois, je te l'avais dit que mon compagnon était possessif, ironisa-t-elle, devinant qu'il voulait que tout le monde remarque ses bagues.

— Je suis désolée, ma chérie, dit-il en souriant, la bouche contre sa tempe, mais on va devoir faire quelque chose qui vous rend littéralement folles, toi et ta démone.

— Oui, je sais, on va devoir parler à tout le monde, dit-elle, incapable de s'empêcher d'esquisser une petite moue.

— Oui, c'est cela, gloussa-t-il.

Les talons de Harper claquèrent sur le plancher. Heureusement, elle avait porté ses chaussures à la maison avant la soirée pour s'assurer qu'elles ne lui feraient pas d'ampoules aux talons.

— D'accord, mais est-ce qu'on pourrait commencer par Jolene ? demanda-t-elle en désignant du doigt un coin de la salle où sa grand-mère, en compagnie de Raini, Devon, Beck et Ciaran, était occupée à examiner une sculpture représentant un homme nu.

— Bien sûr, déclara Knox.

Malheureusement, ce ne fut pas si simple que cela en avait l'air au départ. Ils se dirigèrent vers Jolene mais furent interrompus dans leur progression par plusieurs personnes désireuses de leur parler, dont Thatcher et Mila. Harper souriait à tout le monde mais ne cessait pas de se demander qui parmi eux était un Cavalier. Certains des convives faisaient des remarques sur ses bagues, d'autres non, mais ils eurent tous l'air très étonnés.

Les sentinelles ne les quittaient pas une seconde, prêtes à intervenir au besoin. La mort de Roan et de Crow ne signifiait pas que les deux autres Cavaliers ne profiteraient pas du gala pour lancer une attaque contre eux même si Harper doutait sincèrement que ce soit le cas. Il leur faudrait élaborer une nouvelle stratégie maintenant qu'ils avaient perdu un autre membre de leur petit groupe de conspirateurs. Elle se demandait s'ils avaient été mis au courant de la disparition de Roan. Si tel n'était pas le cas, ils l'apprendraient quand Knox ferait son annonce.

Harper fut très déçue qu'Alethea ne fasse pas partie des gens qui venaient leur parler. Elle la vit cependant de loin, en conversation avec Jonas, Raul et quelques autres démons de l'autre côté du dôme.

Ce ne fut pas trop pénible pour elle de bavarder avec tout le monde dans la mesure où Knox ne la quittait pas d'une semelle. Par contre, il ne cessait pas de la toucher, de lui prodiguer des caresses hautement sensuelles, possessives, taquines. Elle avait presque l'impression de subir une surcharge sensorielle. Il lui passait les doigts dans les cheveux, lui caressait le dos et lui massait l'intérieur du poignet. Il lui pétrissait la nuque, posait la main sur ses hanches, lui effleurait accidentellement un sein ou mettait une main à plat sur le bas de ses reins juste en haut de fesses.

Quand il ne parlait pas aux autres, il l'embrassait sur la tempe ou lui chuchotait des mots doux à l'oreille, faisant se dresser les petits poils de sa nuque. Le pire, c'était qu'il connaissait parfaitement ses réactions à toutes ces petites caresses. Elle était très mouillée et avait le rouge aux joues. Elle ne rouspéta pas cependant parce qu'elle savait pertinemment ce qu'il ferait si elle osait : il utiliserait ses doigts psychiques pour la titiller. Il l'avait déjà fait en public auparavant et il n'hésiterait pas à recommencer.

— Dis-moi la vérité, chuchota-t-il tandis qu'ils quittaient un autre groupe d'amis. Est-ce que tu es très mouillée ?

— Tu connais assez bien mon corps pour le savoir.

— Tu as raison, confirma-t-il en souriant contre son oreille, appréciant beaucoup sa réponse.

Puis un autre groupe de démons vint les rejoindre. Il leur fallut au moins une heure avant de réussir à s'approcher enfin de Jolene. Harper eut l'impression d'émerger de la surface de la mer pour respirer un bon coup d'air frais.

— Bonsoir, mamy, lança-t-elle.

Toujours aussi élégante, Jolene serra d'un bras sa petite-fille contre elle.

— Tu es heureuse, alors tu m'en vois ravie. J'appréhendais de te voir faire la gueule.

— Moi, j'avais peur qu'on ne te trouve pas, dit Raini, en tordant un peu les lèvres.

— Moi aussi, bien honnêtement, gloussa Devon en sirotant son champagne.

Harper renâcla et se tourna vers Beck pour lui faire la bise. Elle n'avait pas encore raconté à qui que ce soit ses aventures avec Roan et Crow. Elle craignait en effet la réaction de sa grand-mère. Elle avait peur qu'elle entre dans une de ces grandes colères dont elle avait le secret et décide de faire sauter la maison de Carla en guise de représailles. Et puis Harper savait que sa famille et ses amis avaient beaucoup attendu cette teuf et elle souhaitait qu'ils puissent en profiter. Elle allait bientôt devoir les prévenir, songea-t-elle, que Knox avait prévu de faire une annonce désagréable. Elle préférait qu'ils ne soient pas pris au dépourvu.

— J'adore tes bagues, dit Jolene. Le démon de Knox arrêtera peut-être enfin de te faire des marques partout maintenant.

— Peut-être, convint Harper, qui en doutait fort.

Knox tapota légèrement du bout des doigts le diamant noir de sa compagne.

— Je n'imaginais pas que la présence de ce diamant sur ton doigt me ferait autant bander.

— Elles sont magnifiques ! s'extasia Devon comme devant un bébé. Elles sont si brillantes et... *Arrête de me renifler !* rouspéta-t-elle en fusillant Tanner du regard par-dessus son épaule. Je suis sérieuse, chien-chien, arrête. S'il te plaît.

Devon prit une longue inspiration, s'apprêtant à réprimander le chien des enfers... et puis merde ! Elle adressa un sourire chaleureux mais un tant soit peu ironique à la personne qu'elle aperçut alors derrière lui.

— Bonsoir, Belinda, dit-elle.

Génial ! Il ne manquait plus qu'elle !

Impeccablement sapée, la cambion apparut au côté de Harper dans une robe du soir en soie vert émeraude, les cheveux remontés en un élégant chignon qui avait dû nécessiter des heures de travail. Elle adressa un grand sourire poli à Knox.

— Tout va comme vous voulez ? lui demanda-t-elle.

— Oui, répondit-il en hochant la tête. Je suis impressionné.

— Vous m'en voyez ravie ! s'exclama Belinda en souriant et en joignant les mains. Mes collègues seront heureux d'apprendre que tous nos efforts n'auront pas été vains.

Khloë s'approcha alors de Raini, une brochette à la main.

— Ces bouchées de steak sont exquises, remarqua-t-elle.

— Je suis contente qu'elles vous plaisent, répondit Belinda, dont le sourire s'estompa tout de même un peu. Allez-vous bientôt prononcer votre discours, monsieur Thorne ?

Knox passa une main autour de la taille de Harper et s'apprêtait à ajouter quelque chose quand il entendit une voix familière sur sa droite.

— J'adore cette sculpture !

— Ah ! bonsoir, Lulu, dit Jolene en souriant au nouveau venu.

— Bonsoir, horrible femme, répondit Lucifer en plissant les yeux quand il se tourna vers elle.

— Tu as mal boutonné ta chemise, le prévint Jolene.

— Quoi ? dit-il en baissant les yeux vers sa chemise avant de comprendre que c'était faux, qu'elle avait dit cela uniquement pour le faire bisquer. Cela confirme mon opinion de toi, dit-il en serrant les lèvres. Tu es une horrible femme.

— Laisse tomber, Lulu, dit-elle en levant les yeux au ciel.

— Pourquoi tu lui demandes de laisser tomber ? s'enquit Harper, qui soupçonnait qu'il y avait anguille sous roche. Qu'est-ce que tu lui as encore fait, mamy ?

— Il était de méchante humeur, expliqua-t-elle en relevant le menton tout en se tournant vers Lucifer. Alors je l'ai invité à m'accompagner à une soirée relaxante pour lui remonter le moral. Mais bon, cette sortie n'a pas eu le résultat escompté.

— Où l'as-tu invité ? demanda Harper, méfiante.

— À un récital de poésie.

— Ce n'était pas de la poésie ! Ça ne rimait même pas, réagit Lucifer avec une expression dure sur le visage. Comment peut-on appeler cela de la poésie ?

C'en était manifestement trop pour lui en raison de ses TOC. De quoi lui faire péter un câble.

Harper serra les lèvres pour s'empêcher de rire mais ses épaules tressautèrent. Elle n'osa pas lever les yeux vers ses amies, sachant qu'elles s'esclafferaient toutes si elles échangeaient le moindre regard.

— N'apprendras-tu jamais à te méfier des invitations prétendument bien intentionnées de ma grand-mère ?

— Je préfère ne plus en parler, lâcha Lucifer en croisant les bras, l'air grognon.

Pendant ce temps, Martina se rapprochait de Jolene en fouillant dans un portefeuille et en chantonnant. Belinda tressaillit et Martina releva la tête. Elle ne put que remarquer que Belinda portait exactement la même robe qu'elle et esquissa un grand sourire.

— Oh ! fit-elle. Vous avez un goût exquis.

Horrifiée, Belinda grimaça en se tordant les mains.

— Vous... je... mais où avez-vous trouvé cette robe ? Je l'ai fait faire sur mesure, pour moi. C'était censé être un modèle unique !

Elle se retourna vers Harper en la fusillant du regard.

— C'est vous qui avez tout manigancé !

Bien évidemment et elle n'avait pas l'intention de le nier.

— Allez, Belinda, vous ne pensiez tout de même pas que je laisserais passer toutes les bêtises que vous m'avez dites ? Comme vous l'avez si souvent fait remarquer vous-même, je suis une Wallis. On ne laisse jamais passer ce genre d'insulte. C'est peut-être de la curiosité mal placée de ma part, mais il y a une chose que j'aimerais bien savoir, dit-elle en inclinant la tête sur le côté : est-ce que vous m'en voulez terriblement ?

Les joues rouges, Belinda s'éloigna d'un pas déterminé.

— Ouais, mais bon, c'est un peu ce que j'avais pensé.

— Elle va t'en vouloir à vie, affirma Knox, incapable de retenir un éclat de rire.

— Je n'en mourrai pas, répondit Harper en haussant les épaules, assez contente de son coup. Alors tu détestes te faire jouer des tours, dit-elle à Lucifer, mais tu es content quand ce sont les autres qui écopent ?

— C'est parce que je suis le diable ! dit-il en se pointant lui-même du doigt.

Mouais.

Ils passèrent ensuite toute une heure à rire et à se chambrer et… Harper dut reconnaître que c'était agréable. L'avantage avec Lucifer à leurs côtés, c'était que peu de gens s'approchaient de Knox. Les démons craignaient le diable même s'il y avait bien pire que lui en enfer. Il était peut-être complètement déjanté mais il n'en demeurait pas moins très puissant.

Un peu plus tard, Knox reposa leurs verres vides sur le plateau d'un serveur qui passait par là.

— Allez, viens, j'ai envie de danser avec toi, chuchota-t-il à l'oreille de Harper.

— Attends, dit-elle en se tournant vers le petit groupe qui les entourait. Je vais vous demander de m'écouter un instant, annonça-t-elle, l'air si sérieuse qu'ils s'approchèrent tous d'elle. Il m'est arrivé quelque chose hier en sortant du spa. C'était moche et j'ai été gravement blessée. Mais, comme vous pouvez le constater, je suis parfaitement remise. Vous connaîtrez bientôt tous les détails mais Knox va faire une annonce importante.

— Tu as été blessée et tu ne m'as rien dit ? lança Jolene en écarquillant les yeux.

Les autres eurent l'air tout aussi fâchés qu'elle. Même Lulu sembla énervé.

— Mamy, je t'adore et tu le sais. Mais tu es foldingue. J'avais peur que tu aies une réaction excessive. Je vous connais tous très bien et je n'avais pas confiance que vous accepteriez de ne pas intervenir. Je suis une Grande

Maîtresse dorénavant, que cela me plaise ou non. Je dois faire face, gérer des situations moi-même sans compter sur ma famille pour faire le boulot à ma place au risque d'avoir l'air faible. Ce n'est pas ce que vous souhaitez pour moi, j'en suis convaincue.

— Elle a raison, intervint le diable. Tu as tendance à dramatiser, dit-il à Jolene. Est-ce que je ne t'avais pas dit de faire attention à toi ? demanda-t-il à Harper en se tournant vers elle. Tu dois être prudente, pour le petit Lucifer. Knox, tu devrais mieux la protéger si tu veux que ce gentil bambin voie enfin le jour.

— Harper vous expliquera tout demain, dit Knox aux amis de sa compagne en ignorant complètement le diable. Vous pourrez lui dire à ce moment-là combien vous lui en voulez de ne pas vous avoir tout raconté plus tôt. Mais, pour l'heure, laissez-la profiter de sa soirée !

— Je ne t'en veux pas, Harper, soupira Devon. J'ai compris il y a très, très longtemps que tu n'étais pas le genre de fille à appeler tes amies pour leur confier tes problèmes. Je regrette par contre que nous ne soyons pas parties ensemble de la Cité souterraine.

— Si on n'était pas allées faire du shopping…, ajouta Raini.

— Ce n'est pas votre faute, dit Harper en les arrêtant d'un geste de la main.

— Eh bien, moi, dit Khloë, je t'en veux de ne pas nous avoir raconté cela. Mais bon, je te dirai ce que j'en pense demain et je vais te laisser profiter de ta soirée.

— C'est sympa, dit Knox en esquissant un petit sourire. Maintenant, si vous voulez bien nous excuser…

Puis il prit Harper par le coude et l'attira vers la piste de danse noire de monde. Il l'attira contre lui d'une main posée sur le bas de son dos tandis qu'il entrelaçait ses doigts avec les siens de l'autre. Ils dansèrent lentement, avec une grande aisance, parfaitement synchronisés.

— Je n'en reviens pas de te voir sourire.

— Cette teuf n'est pas si mal, tout bien considéré, déclara-t-elle en soulevant une épaule.

— J'espère que tu t'en souviendras la prochaine fois que je voudrai organiser une soirée.

Ce n'était pas très probable.

— Hem, fit-elle.

— On va aller faire notre annonce après ce morceau, dit-il. (Ce qui au départ devait être un simple discours allait être tout autre chose.) Puis on rentrera à l'appartement-terrasse, où j'ai bien l'intention de profiter de ton corps.

— Arrête, ça me donne des picotements partout, dit-elle, le rouge lui montant au cou et au visage. Arrête, réitéra-t-elle en perdant le rythme quand un doigt psychique glacial caressa sa zone sensible. Je suis déjà assez excitée comme cela.

— C'est ce que je veux, dit-il.

Il lui effleura la bouche des lèvres en même temps qu'un autre doigt psychique s'insérait en elle. Mais il les retira ensuite, sachant que son désir deviendrait insoutenable.

Harper se mordit la lèvre inférieure et fusilla Knox du regard.

— Tu es cruel, le morigéna-t-elle.

La musique s'estompa alors et il la guida vers l'estrade où ils retrouvèrent Dario, Malden, Jonas et le dauphin. La démone de Harper esquissa un grand sourire.

Knox leva leurs mains jointes le temps pour tout le monde d'apercevoir leurs bagues.

— Des diamants noirs, dit Malden en clignant des yeux. Je ne suis pas étonné, ajouta-t-il en sifflant et en levant son verre vers Knox et Harper pour les féliciter.

— C'est vrai ? s'enquit Harper.

À l'exception de Jolene, il était le seul à avoir dit qu'il n'était pas surpris.

— Knox est prêt à tout pour obtenir ce qu'il veut et le garder, dit Malden avec raison.

Dario, qui n'avait pas l'air trop surpris non plus par les bagues, manifesta son assentiment d'un signe de tête. Harper ne put s'empêcher de se demander si Nora, sa grand-mère chérie, avait prédit les bagues.

— C'est un peu tôt, non ? lança Alethea à Knox sur un ton cinglant.

— Tôt ? répéta Knox.

— Tu la connais à peine, déclara-t-elle en retroussant la lèvre supérieure. C'était déjà un peu irréfléchi de ta part de la présenter comme ta compagne. Mais, là, c'est carrément de l'étourderie.

— De l'étourderie ? Vraiment. Il y a encore des gens qui utilisent ce mot ? demanda Harper.

— Depuis quand crois-tu que j'aie besoin de ton approbation ?

— On se connaît depuis très longtemps, toi et moi, et je trouve que ce comportement ne te ressemble pas.

— Au contraire, je suis tout à fait le genre d'homme à offrir un diamant noir à ma compagne, à la marquer sans ambiguïté.

Knox tenait à ce que Harper et le reste du monde sachent qu'elle lui appartenait.

— Tu n'as jamais été possessif, déclara Alethea en secouant vivement la tête.

— Avec toi, non, effectivement, dit-il en remarquant qu'elle réussissait à peine à contenir une grimace. Je t'interdis de la regarder, grogna son démon intérieur en la voyant se tourner vers Harper en étrécissant les yeux.

Harper en frissonna presque quand elle sentit la température ambiante baisser de quelques degrés. Les autres membres de leur petit groupe s'immobilisèrent en pressentant le danger et ne désirant pas attirer l'attention du démon.

— Je voulais juste…, commença Alethea en clignant des yeux.

— Je ne t'ai jamais aimée, dit-il. Tu es trop facile à séduire. Tu cherches trop à plaire.

Ce fut au tour de Harper de tressaillir. Si le démon voulait faire honte au dauphin, il avait réussi.

— Ne me donne plus jamais ton avis sur nos décisions, ajouta-t-il avant de se retirer.

— Si vous voulez bien m'excuser, dit Knox. J'ai un discours à faire.

Ébranlé, blême, le dauphin déguerpit sans demander son reste. Bien lui en prit.

— Je vous prie de bien vouloir excuser ma sœur, intervint Jonas en s'adressant à Knox et à Harper.

Il ne chercha pas à expliquer son comportement et Harper ne l'en respecta que davantage.

— J'accepte vos excuses bien qu'elles n'auraient pas dû venir de vous.

Knox guida Harper vers l'avant de la salle et la foule se fendit pour les laisser passer. Une fois sur l'estrade, il prit le micro que lui tendait un technicien et se racla la gorge. Le silence se fit immédiatement et tout le monde s'apprêta à l'écouter.

— Je tenais tout d'abord à vous remercier tous d'être venus, dit Knox, la voix amplifiée par les haut-parleurs. Je voulais aussi féliciter Belinda Thacker et son équipe pour leur formidable travail d'organisation. C'est grâce à eux si cette soirée est si réussie.

Des applaudissements polis et dignes résonnèrent dans le dôme.

— Nous avons organisé cette soirée, continua-t-il en prenant la main de Harper, pour célébrer non seulement les cent cinquante ans d'existence de la Cité souterraine, mais aussi mon union avec Harper Wallis. Je suis entièrement persuadé qu'elle sera une excellente Grande Maîtresse...

Harper cessa d'écouter, beaucoup trop mal à l'aise pour goûter tous les compliments qu'il ne manquerait pas de faire à son sujet. Elle n'avait pas du tout envie de rester debout là à rougir jusqu'à ce que ses joues soient de la même couleur que sa robe. Elle balaya la salle du regard et aperçut Belinda et le dauphin qui se chuchotaient des trucs, l'air aussi en colère l'une que l'autre. *Mmm.* Harper se demanda comment elles se connaissaient mais elle supposa qu'il était tout à fait possible que Belinda ait organisé un événement pour le clan d'Alethea par le passé. Il lui faudrait essayer de creuser tout cela plus tard. Pour l'heure, elle ferait comme sa démone et se réjouirait de les voir contrariées par ses bagues.

— Avant de terminer, on a une annonce à vous faire, poursuivit Knox, interrompant le fil des pensées de Harper.

Harper était à peu près sûre que la moitié, sinon la presque totalité des invités, s'attendait à ce qu'il leur annonce qu'elle était enceinte.

— Il y a peu, continua-t-il, Lawrence Crow a été capturé et tué. On désirait lui venir en aide, dit-il après une courte pause pendant que les invités manifestaient leur étonnement, mais ce n'était plus possible. Il était allé trop loin dans son délire et c'est bien triste. On aurait sans aucun doute pu le secourir s'il n'avait pas été manipulé par un autre démon qui l'avait convaincu que sa compagne voulait l'empoisonner avec les médicaments qu'il prenait pour stabiliser son état. Celui qui tirait les ficelles lui a fait croire qu'il avait une mission à exécuter.

— En quoi consistait cette mission ? demanda Raul en fronçant les sourcils.

— Me tuer, révéla Harper. Mais leur stratégie n'a pas marché. C'est beaucoup trop difficile de contrôler un démon au bord de l'aliénation.

— Crow s'est retourné contre moi, reprit Knox, et a tenté de m'attaquer à plusieurs reprises. Vous vous demandez sans doute pourquoi on a voulu se servir de ce pauvre Crow. Eh bien, voyez-vous, il semblerait qu'un petit groupe de conspirateurs chercherait à supprimer tous les Grands Maîtres. Ils ont choisi de s'appeler les Quatre Cavaliers, expliqua-t-il pendant que les convives échangeaient des regards choqués. Isla en était, ce qui signifie qu'il en restait trois jusqu'à ce que Harper en tue un autre en situation de légitime défense. Il s'agissait du démon qui manipulait Crow.

— Qui était-ce ? demanda Malden.

— Le fils aîné de la femme que Crow avait kidnappée et charcutée, expliqua Knox. Il s'est baladé dans la Cité souterraine avec une photo de sa mère dans l'espoir de trouver quelqu'un qui l'aurait vue. Tout le monde pensait qu'il s'inquiétait pour elle, pour sa sécurité. En fait, ce n'était pas elle qu'il cherchait mais Crow. Il avait perdu la trace de sa marionnette. Malheureusement, nous ne connaissons pas l'identité des deux autres Cavaliers. Cela ne m'étonnerait pas qu'ils soient dans le dôme, ici ce soir, poursuivit-il en balayant la foule des yeux. Je tiens à ce que vous sachiez que je vous trouverai, lança-t-il et que je vous anéantirai.

— Je n'ai jamais entendu parler de démons qui se seraient donné le surnom de Cavaliers, dit Thatcher, manifestement perplexe.

— Eh bien, c'est le cas maintenant, dit Knox. N'hésitez pas à mener votre propre enquête. Cela nous aidera à les identifier plus rapidement. Vous serez sans doute intéressés d'apprendre qu'ils sont à l'origine de toutes les rumeurs qui ont circulé ces derniers temps. Ils veulent que les Grands Maîtres se battent entre eux et fassent leur sale boulot à leur place. Faites très attention aux rumeurs, prenez-les toutes avec des pincettes.

Ayant terminé, Knox remit le micro au technicien qui l'attendait et aida Harper à descendre de l'estrade. Ils retrouvèrent Tanner et Levi.

— C'était une bonne idée de faire cette annonce ce soir, dit Levi en scrutant les convives, qui discutaient entre eux. Le secret de leur existence était le principal avantage des Cavaliers. Ils viennent de le perdre. Tout le monde sera sur un pied d'alerte, à l'affût de comportements aberrants.

— Ils vont se méfier les uns des autres aussi, cependant, signala Tanner. La paranoïa mène souvent à la bagarre.

C'était vrai.

— Il fallait que les Grands Maîtres sachent qu'on cherchait à les manipuler, dit Knox, qui n'aurait pas voulu qu'on lui cache cette information. Es-tu prête à partir, ma chérie ? demanda-t-il à Harper.

— Absolument, répondit-elle.

— Veux-tu d'abord dire au revoir à tes amis ?

Elle se retourna pour s'exécuter mais vit Jolene qui se disputait avec Lulu, Martina qui fouillait dans un autre portefeuille et Khloë juchée sur le dos de Keenan, faisant selfie sur selfie.

— Nan, dit-elle alors en secouant la tête.

L'hôtel où ils avaient prévu de passer la nuit n'était pas très loin du dôme. Le trajet dans l'ascenseur privé leur parut interminable tant l'air était saturé de tension sexuelle exacerbée, presque tangible. Après les nombreuses caresses de Knox, Harper était rouge et si excitée qu'elle était plus que prête à se faire baiser.

L'ascenseur s'arrêta avec un tintement de sonnette et les portes s'ouvrirent. Ils sortirent et se retrouvèrent dans un hall spacieux. Knox se jeta tout de suite sur sa compagne et la poussa contre le mur. Elle en eut le souffle coupé. Ses yeux sombres brillaient d'un tel besoin violent qu'elle comprit qu'elle ne devait pas s'attendre à beaucoup de douceur de sa part. Tant mieux, parce qu'elle était très impatiente. Elle n'aurait pas voulu qu'il prenne son temps et sa démone partageait son point de vue.

— Ouvre la bouche, pour moi, lui ordonna-t-il d'une voix grave et dominante.

Harper obtempéra et il inséra la langue entre ses lèvres. Il fit comme chaque fois qu'il l'embrassait : il la domina, la mangea, la posséda, la prit tant et si bien qu'elle en eut le vertige et dut se retenir à ses épaules. À son goût se mêlaient ceux de la puissance et du champagne, et elle commença à se sentir soûle.

Harper lui suça la langue et ses yeux lancèrent des éclairs. Il poussa un grognement qui vibra dans son torse contre ses tétons, qui durcirent tellement qu'elle en eut presque mal. Elle était excitée, avide de lui, désirant sentir sa bouche, ses mains sûres dans ses cheveux lui tenant la tête.

Harper se sentait désespérément vide, elle se cambra pour se coller à lui, se frotta contre son sexe. Il était dur, prêt à s'enfouir en elle. Knox poussa un nouveau grognement, la plaqua davantage contre le mur et la retint en la poussant des hanches. Toutes les cellules de son corps criaient de frustration. Elle réclamait plus encore, elle avait besoin de le sentir en elle.

Knox releva brutalement sa robe, entendit le tissu craquer. Tant pis, il lui en achèterait une autre. Il lui retira son string et posa la main sur son intimité.

— Tu es mienne, affirma-t-il.

Elle lui appartenait totalement. Il inséra un doigt entre ses doux replis. Elle était déjà mouillée. Il caressa sa zone sensible et la titilla.

— Je vais commencer par te faire jouir, Harper, puis je te baiserai.

Ce programme lui plaisait. Il l'embrassa goulûment tandis qu'il caressait son intimité. Il inséra son doigt un peu plus profondément en elle mais tout doucement, l'enfoiré. Il le refit encore et encore tandis qu'elle se cabrait, gémissait et en réclamait plus. Enfin, il inséra un doigt complètement en elle et elle gémit de bonheur et de soulagement en basculant la tête vers l'arrière.

— Non, grogna-t-il en l'attrapant par les cheveux pour lui redresser la tête afin de la regarder dans les yeux. Ne détourne pas le regard.

Son ton dominateur l'énerverait sans doute toujours et elle eut envie de l'injurier. Mais d'un doigt il taquina sa zone sensible et, ouais, elle lui pardonna immédiatement. Il l'embrassa encore une fois et avala ses gémissements tandis qu'il la caressait du doigt. Elle avait besoin de lui, de son sexe en elle. Son baiser brûlant était une vraie drogue mais il exacerbait son désir, un désir si chaud et charnel qu'elle en tremblait.

Là était le problème : avec ou sans doigt psychique, il attendait toujours que son excitation soit à son paroxysme. Elle finissait par se sentir vide et agitée. Elle sentait son intimité se crisper au point d'en avoir mal. Elle avait besoin de lui.

—Knox, gémit-elle.

—Pas encore, répondit-il en se servant de sa main restée libre pour saisir son sein et l'étreindre fermement dans un geste de possessivité. Tu es parfaite, murmura-t-il en appréciant la rondeur dudit son sein, qui lui appartenait.

Il se pencha et suça son piercing en titillant le bijou de la langue. Elle se cambra de nouveau et il sentit son intimité se refermer sur son doigt. Elle allait jouir, il le savait. Il s'en fallait de peu pour qu'elle explose. Il inséra un autre doigt en elle et il imprima un rapide mouvement de va-et-vient à sa main.

—Jouis, dit-il. Jouis sur ma main.

De plaisir, ses paupières se fermèrent sur ses prunelles d'un violet brumeux tandis que son intimité se resserrait sur les doigts de Knox, si fort qu'ils risquaient de se fracturer. Sa bouche, rouge et gonflée de ses baisers, s'ouvrit en un cri silencieux.

—Tu es si belle, grogna-t-il d'une voix sourde.

Il ne pouvait plus attendre, il avait besoin d'elle.

Tremblant du contrecoup de l'émotion, Harper cligna des yeux, presque étourdie de plaisir. Elle avait tellement joui. Knox se déshabillait quand elle sortit de son hébétude. Elle se sentit de nouveau excitée. Elle voulait le voir nu, le goûter, le toucher. Mais quand elle tendit la main pour lui empoigner le sexe il lui étreignit le poignet pour l'arrêter.

—Non, fit-il. Je veux être en toi.

Il avait besoin de s'enfouir en elle, de sentir son intimité se contracter autour de son sexe quand il plongerait en elle. Elle lui appartenait.

— Je ne tiendrai pas longtemps, ma chérie.

Il aurait préféré prendre son temps, bien la goûter, mais il ne s'en sentait plus capable. Pas tant qu'elle se tenait là devant lui dans cette robe et ces chaussures tellement sexy, pas tant que sa saveur emplissait sa bouche et son odeur, ses poumons, pas tant qu'il serait tourmenté par la peur de l'avoir presque perdue.

Il la retourna face au mur et elle tendit les mains pour se retenir.

— Oui, dit-il, c'est comme cela que je te veux.

Il l'attrapa alors par les hanches, la disposa à la bonne hauteur et s'enfouit en elle. Il grogna en sentant son intimité se refermer sur lui. Elle était mouillée, gonflée et chaude, tellement qu'il perdit tout semblant de contrôle. Il lui assena quelques grands coups de reins, rapides, féroces et si profonds qu'elle risquait d'avoir mal. Elle s'arqua pour rencontrer chacune de ses poussées et le prendre encore plus profondément.

Il lui racla la peau du cou des dents.

— J'aime ton odeur, dit-il. Je l'aime encore davantage quand je te baise. Elle est plus chaude, plus douce. C'est bien, ma chérie, vas-y, je veux t'entendre, dit-il en l'entendant gémir quand il lui racla le cou des dents.

Harper n'aurait pas pu garder le silence même si sa vie en avait dépendu. Pas tant qu'elle était pleine de lui à en avoir mal, qu'elle sentait sa zone sensible se crisper. Elle tressaillit quand des doigts psychiques commencèrent à lui triturer les tétons, lui procurant des sensations de brûlure et des frissons.

— Je ne tiendrai pas longtemps si tu continues comme ça.

— Tu tiendras aussi longtemps que je te le dirai, grogna-t-il en plantant ses doigts dans ses hanches.

— Putain de merde !

Elle ne se rendit compte qu'elle l'avait dit à haute voix que lorsque sa main s'abattit brusquement sur ses fesses.

— Hé ! râla-t-elle.

Mais il lui donna une autre claque. Elle ne l'aurait jamais reconnu, mais elle aimait bien cette sensation de brûlure, qui exacerbait la friction qui se développait en elle. Avec ses tétons en feu, ses dents qui lui raclaient l'épaule et son sexe qui l'emplissait et glissait en elle, elle…

— Knox, le prévint-elle.

Elle allait jouir s'il continuait ainsi et…

Il se retira, la retourna et la souleva.

— Je veux te regarder dans les yeux quand tu jouis, dit-il.

Puis il la rabattit sauvagement sur son sexe, lui coupant le souffle. Il ne lui accorda aucun sursis. Il soutint son regard en continuant à lui donner de grands coups de boutoir, gémissant de la sentir si soyeuse, si chaude.

— J'adore sentir ton intimité se resserrer sur mon sexe, j'adore te sentir si mouillée pour moi.

Il y avait peu de chances qu'elle s'assèche avec un amant aussi expérimenté que Knox. Elle se plaqua contre lui, plantant ses ongles et ses talons dans son dos.

— J'ai vraiment besoin de jouir, merde !

— Je sais, ma chérie, dit-il en utilisant ses doigts psychiques pour écarter les replis de son intimité et toucher sa zone sensible à chacun de ses coups de reins. Dis-moi ce que j'ai envie d'entendre et je te laisserai jouir.

— Je t'aime, dit-elle sans hésitation.

Knox grogna et l'empala encore plus violemment, plus profondément, sans jamais la quitter des yeux.

— Vas-y, dit-il, jouis maintenant.

Elle poussa un long hurlement en explosant littéralement, sentant vague après vague de plaisir l'envahir. Knox étouffa un juron, donna encore un ou deux coups de boutoir et jouit en grognant son nom.

— Comment peux-tu encore bander ? s'enquit-elle en posant la tête sur son épaule, se sentant toute flagada.

— Pourquoi me poses-tu sans cesse cette question alors que tu connais déjà la réponse ? demanda-t-il en l'embrassant dans le cou.

— C'est juste que ça m'épate que tu aies assez d'énergie pour recommencer, répondit-elle en haussant les épaules.

Knox la serra contre lui et la porta jusqu'à la chambre, où ils s'allongèrent tous deux sur le lit sans même qu'il se retire d'elle.

— Ne t'endors pas.

— Non, non, dit-elle, mais elle mentait un peu.

— Tes yeux se ferment, dit-il en l'embrassant, et elle poussa un soupir dans sa bouche. Réveille-toi, j'ai envie de te faire plein de choses encore.

C'était une bonne raison pour ne pas s'endormir.

— Est-ce que je peux enlever ma robe ?

— Non. J'ai passé la soirée à fantasmer sur toutes les manières dont j'allais te prendre avec ta robe remontée jusqu'à la taille.

Puis il lui replaça une mèche de cheveux derrière l'oreille et il scruta le lobe que lui avait coupé Roan. Il se rappela qu'il avait risqué de la perdre.

— Arrête, dit-elle doucement.

— Quoi ? demanda-t-il en la regardant.

— Arrête de penser à tout ce qui aurait pu se passer d'horrible. Je suis en vie, je suis ici. Mes blessures sont toutes guéries.

— J'aimerais pouvoir dire que je ne vais plus me faire de souci, dit-il en posant son front contre le sien, maintenant que tu peux invoquer les flammes des enfers. Mais je serai toujours inquiet. Je voudrai toujours te protéger au point de te rendre folle.

— Tu ne me dis rien de nouveau, là. Tu as eu une réaction vraiment excessive à cette histoire de rodéo, le taquina-t-elle.

Une réaction excessive ?

— Mais tu es montée sur un taureau sauvage.

— Oui, mais moi au moins je n'ai pas baisé avec un…

— Arrête. S'il te plaît, arrête.

— C'est bon, rit-elle avant de passer les bras autour de son cou. Tu peux être aussi protecteur que tu veux. Cela ne m'empêchera pas de t'aimer.

— Génial. Parce que je t'aime, ma chérie, dit-il en souriant. Je t'aimerai toujours.

— Et tu crains enfin ma colère incommensurable, n'est-ce pas ?

Elle fronça les sourcils en le voyant hésiter à répondre. Pourquoi hésitait-il, au fait ?

— Je me dois de reconnaître que ta démone est assez effrayante.

— Assez effrayante ? Mais elle est pétrifiante, tu veux dire !

Plutôt défoncée, oui. Elle planait de se découvrir autant de pouvoir, pensa-t-il, mais préféra ne pas le dire à haute voix.

— Mais elle l'était ! insista Harper. Je suis tout aussi effrayante quand je perds le contrôle.

— C'est vrai, ça ?

— Oui.

Elle n'apprécia pas du tout la petite lueur amusée qu'elle vit au fond de ses yeux.

— Effrayante, oui ?

— Je peux devenir tellement effrayante que je me fais peur à moi-même. Pourquoi est-ce que tu ris ? Je suis sérieuse, c'est vrai. Tu ne me crois pas parce que tu ne m'as jamais vue comme ça. Si tu me voyais dans cet état, tu serais abasourdi. Vraiment, je te le promets. Laisse-moi te dire qu'il y a des hommes qui ont préféré fuir que de m'affronter lorsque je me déchaîne. Mais arrête de rire !

Remerciements

Comme toujours, je tiens à commencer par remercier ma famille qui réussit à vivre avec une femme qui passe presque tout son temps la tête dans les nuages – et à jouer avec des amis imaginaires. C'est très étrange, je sais. Mais c'est beaucoup mieux que de rester seule, croyez-moi.

Je suis immensément reconnaissante aussi à Melissa, mon assistante qui me soutient, travaille énormément et me sauve la vie, moi qui suis si peu sociable, pendant les rencontres avec mes lecteurs.

Je tiens également à exprimer ma gratitude envers ma maison d'édition, Piatkus. Il y a là des gens formidables et je tiens à mentionner plus particulièrement Tara Loder, la plus fabuleuse des éditrices.

Merci aussi à mes lecteurs, les derniers mais non les moindres de cette liste. Vous êtes merveilleux !

Si vous souhaitez me contacter au sujet de ce livre ou pour toute autre question, n'hésitez pas à m'écrire à : suzanne_e_wright@liv.co.uk. Vous pouvez également me trouver sur les réseaux sociaux.

À bientôt !

Achevé d'imprimer en octobre 2019
Par CPI Bussière à Saint-Amand-Montrond
N° d'impression : 2047564
Dépôt légal : juillet 2017
Imprimé en France
81121972-3